PAR
TOUS LES MOYENS

Pierre Bellemare
Gregory-Frank & Marie Suchet

PAR
TOUS LES MOYENS

Edition°1

Pour des raisons évidentes de secret professionnel et par souci du respect de la vie privée, EUROP ASSISTANCE *ne nous a pas communiqué l'identité réelle des héros de ces histoires, sauf autorisation des intéressés. La plupart des noms sont donc imaginaires.*

Pour la même raison, nous avons également modifié les dates et les lieux. Ainsi, toute ressemblance avec des personnes vivantes ou ayant vécu serait purement fortuite et involontaire.

***

*Les auteurs tiennent à remercier chaleureusement tous les membres des équipes d'*EUROP ASSISTANCE, *sans qui ce livre n'existerait pas. Il leur est dédié, ainsi qu'aux millions d'abonnés qui leur font confiance.*

1

Le pari fou de monsieur D.

Renée Charrière. C'est son véritable nom. Nous ne pouvions le changer. Parce que c'était quasiment impossible.

Renée Charrière est entrée dans l'histoire de notre siècle. Modestement. Dans la petite histoire, celle des révolutions tranquilles. Ce jour-là, quelque chose allait changer en effet pour des milliers d'hommes et de femmes aux quatre coins du monde.

Ce jour-là, c'est le 20 juin 1963. Mlle Charrière, ingénieur chimiste, est à Athènes, dans un club de vacances. Elle a retenu l'une des inévitables excursions proposées dans le programme, la visite à l'Acropole, site plusieurs fois millénaire, symbole d'une culture, vision attendue par Renée, vue cent fois dans des livres d'histoire de l'art.

Le spectacle est imposant, il est vrai. Une colline assez raide, avec beaucoup de poussière et quelques herbes jaunies par la sécheresse de cette fin de printemps. De vraies ruines, avec des blocs de pierre qui gisent ça et là, un parcours magnifique dans la mémoire des dieux, des escaliers très larges conçus pour des géants, des processions. Des marches au dénivelé surprenant, aux bordures usées, souvent cassées.

– Attention!

Trop tard, le pied a glissé, le corps est emporté, rebondit lourdement sur le monumental escalier de marbre et s'arrête enfin, dix mètres plus bas. Dix mètres, presque trois étages de hauteur! Renée Charrière est incapable de bouger. Seule sa main gauche répond encore.

– Ne la touchez surtout pas!

Le guide a eu un bon réflexe. Il écarte ceux qui s'approchent déjà et s'adresse aux accompagnateurs :

– Prévenez la police. Expliquez qu'il faut une ambulance immédiatement.

La chute de Renée fut si violente qu'on dut la mettre sur le brancard avec d'infinies précautions. À l'hôpital, le professeur P. ne tarde pas à livrer son diagnostic :

– Fractures multiples des jambes et du bassin. Peut-être des lésions internes...

Les gestes essentiels seront accomplis. La vie de Renée Charrière est préservée, tout ce qui peut être fait le sera. Avec les moyens et les techniques dont dispose l'hôpital où se trouve Renée Charrière, rien ne permet de penser qu'elle pourra être sauvée. Dans ce lieu, à cette date, rien ne pourrait s'opposer à une fin tragique. Rien, si...

Il y a ce petit mot, cette lueur : *si*...

***

Si un certain Pierre D. n'avait pas, à des milliers de kilomètres de là, engagé un pari absolument fou. Un pari qui remonte à plusieurs années déjà, né d'une simple intuition.

Pierre Desnos dîne chez des amis, un soir de 1957.

– Alors, et ces vacances?

– Ne nous en parlez pas! Un vrai cauchemar! Un peu plus et nous ne serions pas là ce soir!

– Vraiment?

– Nous avons failli y passer!

Les amis racontent leur voyage en Espagne, l'accident, la panique. L'impression d'être complètement isolés, démunis, à la merci du destin.

– Et tout cela, si près de nous, à deux heures de vol de Paris, s'étonne Pierre Desnos. Et si cela s'était passé en Amazonie!

Ses amis, heureusement, s'en sont sortis. Ils racontent encore avec émotion, les revivant, les jours pénibles, effroyables, qu'ils ont connus.

– Nous avons vu la mort de près. Et personne, personne à qui tendre la main.

Pierre Desnos reste pensif, puis remarque :

– Tout serait plus simple s'il existait un organisme que l'on puisse appeler, où que l'on soit, et qui interviendrait instantanément.

Aussitôt, autour de la table, on se passionne :

– Oui, mais c'est la nuit que la chose est arrivée! C'est toujours la nuit ou le dimanche!

– Et puis, il y a la distance!

– Vous oubliez l'état dans lequel nous étions. Le médecin a fait sur place tout ce qu'il a pu, avec des moyens restreints.

Pierre Desnos résume :

– Très bien, il faudrait donc un organisme qui, premièrement, travaille vingt-quatre heures sur vingt-quatre, sept jours sur sept. Qui dispose, deuxièmement, d'un personnel médical de haut niveau. Troisièmement, d'un matériel médical perfectionné. Quatrièmement, d'une capacité d'intervention immédiate à longue distance, donc d'avions...

– Vous oubliez, il me semble, l'obstacle des langues.

– Parfaitement. Des hommes et des femmes capables de parler en toutes langues, affirme Pierre Desnos, que rien n'arrête.

On sourit affectueusement. Sacré Pierre! Un des amis présents croit donner le dernier mot!

– Impossible, mon cher! Joli, mais impossible!

Et la conversation reprend son cours, on parle maintenant politique, des sujets moins utopiques.

Impossible. Combien de fois Pierre Desnos n'entendra-t-il pas ce mot dans les années qui vont suivre!

Déjà, tandis que la maîtresse de maison présente la salade de fruits et que l'on s'entretient de la santé d'amis communs, Pierre rêve. Et s'il créait cet organisme? Pourquoi pas? *A priori*, rien pourtant ne prédispose cet homme à se lancer dans un pari si extravagant. Il dirige pour l'heure, en province, une entreprise familiale qui s'occupe de chauffage central. Rien à voir.

L'idée hibernera quelques mois. Jusqu'à ce qu'elle

revienne dans une conversation au printemps 1958. Nouveau dîner, nouvelle rencontre de hasard, décidément... Cette fois, c'est à Marseille, avec un Danois qui fait de l'importation. On parle des voyages auquel son métier l'astreint souvent :

– Moi, dit-il, je mesure mes risques. Surtout si je circule en voiture! J'ai un contrat chez Falck!

Et d'expliquer que, s'il lui arrive quelque chose, il peut demander à cette société un certain nombre de services. Pierre se tourne vers sa femme, elle aussi d'origine danoise :

– Mais, dis-moi, cela ressemble un peu à mon idée. Tu ne m'avais jamais parlé de ça!

Madame Desnos a un sourire charmant :

– Je croyais que tu connaissais! Tout le monde connaît Falck!

Une preuve, s'il en faut, que nous passons tout près de quelques bonnes vérités et informations.

Pierre Desnos ignore, comme la très grande majorité des Français d'alors. Il profite d'un voyage dans sa belle-famille pour organiser une rencontre avec M. Falck. Il est reçu dans les bureaux de Copenhague avec une très grande gentillesse. Son interlocuteur fait venir un de ses directeurs et lui demande de répondre à toutes les questions de son invité. Pierre recueille ainsi de précieux renseignements qui lui permettront de monter son dossier. Il découvre ainsi que les Danois sont très en avance dans de nombreux domaines. C'est ce jour-là que l'idée qu'il portait en lui devint projet. Principalement sur le plan médical. Car cet organisme dont il rêve n'existe pas. Reste à l'inventer.

Il l'invente et y croit. Si bien qu'il s'étonne que personne n'y ait songé plut tôt. Cela correspond à un tel besoin, donc ça doit marcher. Donc ça va marcher!

– Impossible!

– Vous rêvez, Pierre!

– C'est une plaisanterie?

Pierre Desnos a les oreilles saturées. Il ne se décourage pas. Il est pourtant allé présenter son projet à des chefs d'entreprise dont l'activité lui paraît, à première vue, la plus proche de son idée, en commençant par une grande compagnie d'assurances nationalisée. Aider, protéger les abonnés, le principe de la mutualisation du risque. Cela semble être du domaine de leur compétence. L'adhésion devrait se faire immédiatement.

Devrait. En lieu et place de l'enthousiasme, il ne rencontre que haussements d'épaule et sourcils levés.

– Vous ne voudriez pas nous lancer, nous, compagnie bien établie dans notre marché, dans ce jeu de... boy-scouts, un peu idéaliste, si vous permettez!

Alors le boy-scout se dit : « J'ai frappé à de mauvaises portes. Cherchons ailleurs. »

Il rêve son projet. Il imagine des médecins en action, matériel de premier secours en bandoulière, sautant dans un avion pour voler à la rescousse des isolés en difficulté, blousons, sacs sur l'épaule, toujours prêts à partir, comme des reporters!

Les journalistes, voilà des gens qui pourront s'intéresser à son aventure. L'état-major d'un grand groupe de presse est séduit. Mais le directeur général s'y oppose :

– Soyez réalistes. Notre métier est d'informer sur ce qui peut arriver de par le monde à toute heure et non de nous en faire les acteurs.

Pierre Desnos accuse le coup. Après tout, ces gens doivent savoir ce dont ils parlent. Pas de doute, j'invente quelque chose de nouveau. Je ne dois pas être assez convaincant dans ma présentation. Remettons les pieds sur terre et consultons des spécialistes de la communication.

Un grand publicitaire, voilà l'homme de la situation :

– Certes, monsieur, c'est... nouveau... voilà le mot : nouveau. Intéressant, remarquez. je ne dis pas... cependant... d'ailleurs, quel nom donneriez-vous à cette activité?

– Je crois qu'il faut rester simple... Il s'agit de porter assistance, assistance, c'est cela, aux personnes en difficulté.

L'homme de la publicité – on parlait alors de réclame – a beau jeu de s'emparer de ce mot inconsidérément lâché :

– Assistance! Vous avez dit *assistance*! Mais c'est un mot – que dis-je, un mot, c'est un concept – absolument désuet! Négatif! Porteur de connotations!

– Des connotations?

– Absolument, tout un univers, toute une ribambelle, une

myriade, une flopée de connotations dévalorisantes. Vous prenez l'inconscient de votre *prospect* à rebrousse-poil!

– Le *prospect*?

– Oui, le consommateur, l'objectif, votre cible! Vous ne voudriez tout de même pas transformer les adultes que nous sommes en « assistés ». C'est très fâcheux, publicitairement parlant!

– Mais ce n'est pas la forme qui m'intéresse! Quand les gens ont leur voiture au fond d'un ravin ou leur petit enfant qui grelotte de fièvre dans un village perdu à l'étranger, adultes responsables ou non, ils sont dans le désarroi, ont besoin d'être aidés. Ils ne vont pas, croyez-moi, se demander si le mot a des connotations péjoratives en matière de publicité...

L'homme de communication coupe de ses dents le bout de son cigare en même temps qu'il interrompt la conversation :

– Je vous dis que cela ne peut pas fonctionner!

Pierre Desnos, deux ou trois fois par an, se rend à Paris pour y rencontrer tous ceux qui pourraient, dans un premier temps, s'intéresser à son projet et ensuite l'aider à le monter.

Le Touring-Club? Non. La Fédération des automobile-clubs? Désolé, ce n'est pas pour nous.

C'est long, très long et souvent absolument décourageant. Tout se décide à Paris et Paris ne se décide à rien.

Un jour, cependant, l'un de ses amis lui parle d'un assureur qui pourrait être l'homme de la situation. Quelques jours plus tard, quand Pierre Desnos rentre chez lui, il peut dire à sa femme :

– Je viens de rencontrer André Rosa. Il est directeur général du groupe Concorde. Il m'a écouté pendant une demi-heure. Je crois que lui enfin a compris et qu'il est prêt à tenter le pari. C'est un homme très intelligent.

Cela s'est passé en mai 1962. A la Toussaint de la même année, Pierre Desnos emménage dans de modestes locaux, rue de Londres, au 6, près de la gare Saint-Lazare. Il commence le recrutement de son équipe. Pas évident à réaliser. Comment trouver des gens qui sachent tout faire, assez sérieux pour être investis d'une confiance totale, assez fous pour se lancer dans cette aventure, dont la formulation est nouvelle et dont personne n'a jamais entendu parler, des *chargés d'assistance*?

Il faut aussi des médecins, et des médecins spécialisés dans les secours d'urgence. Pierre Desnos s'adresse au professeur Maurice Cara, qui vient de créer un service pionnier dans ce domaine. Ce service est l'ancêtre du SAMU de Paris dont le professeur deviendra quelques années plus tard le directeur.

Un accord est passé entre Europ Assistance et le professeur Cara. Grâce à un ami de guerre, un contrat décisif est signé avec une filiale de Sud-Aviation qui s'engage à tenir à la disposition d'Europ Assistance un avion biturbopropulseur et un équipage toujours prêt à embarquer. Les principaux moyens techniques requis étant en place, Europ Assistance va pouvoir être lancé. L'organisme voit le jour en mai 1963. Un expert n'avait-il pas prédit? :

– Vous rentabiliserez vos investissements dès la première année. Vous pourrez compter sur 45 000 abonnés dès maintenant.

En vérité, en 1963, le nombre des souscripteurs s'élèvera péniblement à 4 200.

Le grand publicitaire devait avoir raison – en partie du moins. Le concept ne passe pas. Les voix de la raison, toujours prêtes à se faire entendre, viennent prêcher le réalisme aux oreilles de Pierre Desnos :

– Vous voyez bien. Preuve est faite : il faut renoncer!

– Mais c'est vous qui rêvez. Nous ne pouvons pas abandonner! Il y a 4 200 personnes au moins qui sont parties avec notre carte en poche! C'est leur confiance absolue que nous avons! Et il peut arriver n'importe quoi, à n'importe quel moment!

Comme, par exemple, se blesser sur d'antiques dalles de marbre au pied de l'Acropole après une chute de dix mètres, et respirer faiblement, entre la vie et la mort, dans un hôpital d'Athènes dont les moyens sont limités.

Renée Charrière, 20 juin 1963. Théoriquement, elle est perdue. Sauf... sauf l'appel lancé le soir même par le responsable du club de vacances. L'appel à cette petite société toute nouvelle dont personne n'a entendu parler et qui fait... quoi déjà? Ah! oui, de l'assistance.

Le médecin régulateur d'Europ Assistance entre en contact avec le professeur P. à l'hôpital d'Athènes.

– Mlle Charrière est intransportable.

Le professeur Cara voudrait tout de même parler avec le chirugien qui s'occupe de l'abonnée. À l'époque, c'était une démarche inhabituelle. Mais une vie était en jeu. C'est ainsi que les deux praticiens, ensemble, vont suivre heure par heure l'évolution de ce lien ténu qui relie Renée au monde.

Un fil si fragile qu'un souffle pourrait le rompre. Après une longue et précise conférence téléphonique entre les médecins à Paris et à Athènes, le feu vert est donné. On va tenter l'évacuation, la toute première évacuation sanitaire d'Europ Assistance!

Le bimoteur quitte sa base. À bord, un médecin réanimateur et un infirmier qui se rendent, à peine arrivés à Athènes, à l'hôpital, où ils préparent la blessée en vue de son transport.

On redécolle. Soudain, l'avion ayant atteint son altitude de croisière, le pilote presse les écouteurs contre ses oreilles :

– Quoi ? Ce n'est pas le moment de plaisanter... On est en vol prioritaire!

Il écoute, jure une nouvelle fois et se retourne en se mordant le coin des lèvres. Le médecin et l'infirmier, penchés sur la civière, au milieu des fils et des tuyaux de perfusion, comprennent que quelque chose de sérieux perturbe le cours normal du vol.

– Un ennui ?

Sérieux! Le personnel des compagnies françaises va déclencher une grève surprise! À 19 heures, tous les aéroports seront bloqués! Il faudrait nous dérouter vers la Belgique!

– Pas question! Elle ne survivrait pas! Dites à Europ Assistance à Paris d'envisager toutes les possibilités d'atterrissage.

Une course contre la montre s'engage. Il faut atterrir avant 19 heures. Dans cette première mission, la toute jeune société d'assistance ne possède ni la notoriété ni le pouvoir pour faire rouvrir ainsi un aéroport fermé.

Par contre, à Paris, la direction a déjà trouvé une solution de remplacement : le terrain militaire de Villacoublay. L'armée accepte en dernier recours d'ouvrir sa piste à l'avion sanitaire.

Pour être prêt à toute éventualité, Europ Assistance envoie trois ambulances : l'une à Villacoublay, l'autre à Orly, lieu d'arrivée prévu. Une troisième part vers le Bourget, où le pilote essaiera peut-être de se poser si Orly est déjà fermé. L'avion se posera à Orly quinze minutes avant l'heure fatale. À l'hôpital Cochin, au service du professeur Merle d'Aubigné, on est en place. Des interventions multiples seront nécessaires. Des mois d'hospitalisation, de rééducation.

***

À l'heure où s'écrivent ces lignes, Mlle Renée Charrière se nomme Mme G. Elle vit normalement.

Ou presque. Il y a des souvenirs qui ne s'oublient pas, des aventures qui modifient votre manière de vivre, de percevoir les choses. Chaque année, pour l'anniversaire de son sauvetage, elle téléphone à Pierre Desnos. Ils sont devenus amis : la première rescapée a suivi de très près le développement de cette petite société à qui elle doit tout. Elle en est un peu la marraine.

Un jour, elle a fait une confidence à Pierre Desnos : lorsqu'elle a quitté l'hôpital Cochin, le professeur Merle d'Aubigné est venu la voir.

– Vous savez, quand on vous a débarquée de cet avion, on est venu me trouver en me disant : « *Patron, il y a quelque chose pour vous!* » Je vous ai examinée, puis je me suis demandé s'il n'était pas plus humain de... de laisser la nature faire son œuvre. J'ai fini par dire : « *Préparez-la, je vais tenter le tout pour le tout!* » Vous êtes là, je suis heureux.

Et Renée Charrière de conclure :

– Lorsque j'ai entendu cela de la bouche d'un tel médecin et que je me suis regardée, prête à repartir dans la vie, je me suis sentie immortelle, je vous je jure! Je sais bien que ce n'est pas vrai, mais reconnaissez que cela fait plaisir de le penser de temps à autre!

***

Vingt-cinq ans plus tard. Un vingt-cinquième anniversaire. L'âge d'un homme mûr. 1963-1988. Le jour où, pressentant que l'odyssée de son entreprise devait receler des récits fantastiques comme celui-là, nous avons demandé à Pierre Desnos de nous ouvrir ses dossiers, il l'a fait avec la discrétion et aussi toute la modestie que ses amis, ses équipes et ses abonnés lui connaissent.

C'était au dernier étage du grand immeuble du 23 de la rue Chaptal, l'une des bases à partir desquelles rayonne maintenant l'action d'Europ Assistance dans le monde entier.

Nous ne pouvions nous figurer l'ampleur du travail accompli en vingt-cinq ans.

Des chiffres si parlants que nous vous les livrons sans commentaires.

5 197 avions sanitaires spéciaux ont été affrétés.

11 655 transports sur avion de ligne, sous contrôle médical, ont été organisés.

765 817 dépannages de véhicules effectués.

41 495 pièces détachées envoyées aux automobilistes en panne.

4 697 933 appels téléphoniques reçus.

Des équipes médicales qui se relaient vingt-quatre heures sur vingt-quatre. Du matériel miniaturisé mis au point de manière à être transportable quelles que soient les situations. Des moyens humains et techniques qui se sont révélés suffisants pour installer, en quelques heures, après un accident très grave, à 6 000 km de Paris, vingt-cinq lits de réanimation avec une autonomie en énergie et en oxygène de 12 heures.

Une billeterie intégrée. Des garagistes et mécaniciens. Des infirmiers, des chauffeurs, des hôtesses accompagnatrices. Europ Assistance s'appuie aujourd'hui sur un réseau de 200 bureaux dans le monde. Il n'y a guère un pays où Europ Assistance ne soit pas intervenu un jour ou l'autre.

Aujourd'hui, des dizaines d'organisations se sont mises à

exercer cette activité à laquelle personne, sauf un homme, ne croyait au début : l'assistance. Mais ce sont dans les innombrables, les incroyables, les émouvants témoignages de la première de ces entreprises que nous avons voulu trouver les héros de ces récits.

Nous pensons qu'ils sauront vous captiver tout comme ils nous ont passionnés lorsque nous les avons découverts.

Tragiques ou tendres, drôles parfois quand le recul du temps jette sur eux sa lumière, ils rendent tous, à leur manière, hommage à la réussite du pari fou de Pierre Desnos.

– Pari gagné, alors?

Pierre Desnos répond sans hésiter :

– Gagné? Jamais complètement. Nous n'avons jamais fini de le gagner chaque jour un peu plus...

2

Le commodo

On imagine assez volontiers qu'il y a, parmi les abonnés d'Europ Assistance, des gens particulièrement exigeants. C'est tout à fait leur droit, d'ailleurs. Ils ont signé un contrat de manière à être secourus en toutes circonstances et ils veulent recevoir l'assistance requise. Quelle qu'elle soit. Ajoutons en plus qu'il est excellent pour une entreprise de ce type d'être sollicitée par des clients qui savent ce qu'ils veulent. S'ils l'obtiennent, la rumeur circule favorablement. Cela, Europ Assistance l'a compris depuis longtemps.

Et si, pour couronner le tout, l'abonné exigeant se révèle en même temps gentil, agréable et, pourquoi pas, tendre, s'il sait prendre ses interlocuteurs par les sentiments, c'est en quatre – que disons-nous ?, en huit – que le chargé d'assistance se mettra pour lui rendre service. Pour preuve : l'histoire, désormais fameuse, du commodo.

– *Señor*, voulez-vous, s'il vous plaît, descendre de votre voiture ?

Le ton d'une infinie politesse employé par le policier espagnol rend d'emblée le docteur Guillet méfiant. Il ouvre sa portière avec une légère appréhension.

– Par ici, *señor.* Veuillez regarder et constater !

Alain Guillet a les yeux de Chimène pour sa petite voiture. On la devine entretenue avec amour par son propriétaire.

***

L'auto d'Alain Guillet, c'est son jouet préféré : une Vespa 400, une petite « puce », comme il la surnomme. Un bijou. Un modèle maintenant introuvable. C'est grand comme un scooter, ça se gare dans un mouchoir de poche, ça consomme trois gouttes aux cent kilomètres.

Alain Guillet, jeune médecin, avait réussi à s'offrir ce jouet mignon pendant ses études. La Vespa 400 a été l'amie fidèle de ses années de carabin, et, pour rien au monde, il ne s'en séparerait.

Aussi, lorsque ses copains, moqueurs, lui ont dit : « *Maintenant, tu vas avoir les moyens de te payer une voiture!* » Alain, qui a pourtant de l'humour, n'a pas saisi la fine allusion :

– Mais j'en ai déjà une!

Les copains s'étaient donné le mot :

– Une voiture? Hé, les gars, vous avez déjà vu Guillet dans une voiture?

– Attendez : il veut peut-être parler de ce petit machin qui est garé en bas de chez lui?

– Ça? Oui, remarquez, ça a quatre roues!

– Et un volant!

– Oh? Un volant aussi? Vous plaisantez!

– Authentique! Il paraît même qu'Alain y a mis un moteur!

– Ça, c'est impossible : il y a peut-être de la place pour un moteur, mais, dans ce cas-là, où est-ce qu'on s'assoit?

Éclats de rires. Les copains ont proposé à Alain d'aller ensemble faire de dignes funérailles à l'engin :

– Comme on sait que tu l'aimes bien, on a réservé un caveau dans le cimetière des chiens; ça sera bien assez grand!

– Une puce au cimetière des chiens? Les cabots vont protester!

Piqué au vif, Alain Guillet a lancé alors ce défi :

– Vous pariez que ma Vespa et moi, cet été, on fait le Sud de l'Espagne et retour?

Vous connaissez ce genre de pari. Même si, ensuite, les copains disent : « *Laisse tomber, on plaisantait!* », le parieur, pris par son amour-propre, se trouve au pied du mur.

Il faut partir coûte que coûte. Alain Guillet a posé sur le siège un sac de voyage, une chemise, une paire de jeans, quelques menus effets et... roulez petit bolide! Le voilà parti pour de bon.

***

À un feu rouge, en plein Barcelone, qu'il a voulu visiter, un policier un peu trop condescendant l'invite à constater. Mais, à constater quoi, au fait?

– Mes papiers sont en règle! Vous voulez les voir?

– Inutile, *señor*! Je vois ce qui est à voir!

– C'est-à-dire?

– Vos phares, *señor*. Vous n'avez pas mis vos phares!

– Mais si, voyons!

– Mais non, *señor*! Vous mettez ma parole en doute?

– Pas du tout! Mais j'ai allumé! Comme ça!

Et Alain actionne le commodo. Première apparition de cette pièce diabolique sur laquelle va reposer toute l'affaire. Au fait, vous savez, bien sûr, ce qu'est un commodo. Évidemment. Vous savez que l'on désigne de ce joli mot la manette située sous le volant et qui commande l'éclairage, permettant de passer des phares aux codes et *vice versa*.

Donc, Alain pour prouver sa bonne foi, montre à l'agent ledit commodo.

– Vous voyez? Comme ça!

– Je vois, *señor*. Je vois que je ne vois rien! Vos codes ne s'éclairent pas! Veuillez descendre et constater vous-même!

Alain descend, constate, et doit se rendre à l'évidence.

– Bon. Excusez-moi! Ce sont les ampoules qui doivent être fichues! Je vais les changer!

Ironie du sort : à cette seconde, une ampoule se met à clignoter toute seule, comme une grande, sans qu'on lui demande rien.

Alain retourne au volant, baisse le commodo.

– J'essaie les phares, monsieur l'agent!

Même phénomène! Tout comme les codes, les phares refusent de s'allumer dans un premier temps puis se mettent à lancer des lueurs désordonnées, en dépit du bon sens.

Alain, franchement embarrassé, rougit, s'énerve, agite la manette. Le commodo lui reste dans la main.

– Désolé, *señor*... Mais votre voiture, qui est déjà bien petite pour être visible, constitue maintenant un danger! Vous ne pouvez plus la faire circuler dans cet état! Il faut la mener immédiatement à un garage!

Inutile de protester. D'ailleurs, l'agent est toujours très poli. Il organise même le convoyage de la Vespa sous la protection d'une voiture de police.

Diagnostic du garagiste :

– C'est le commodo!

Le docteur Guillet s'y connaît en diagnostic et doit convenir que c'est bien ça.

– Bon. Eh bien... vous me le réparez?

– Je ne fais pas de miracle, monsieur! Regardez : il est fichu votre commodo!

– Alors, changez-le!

Le garagiste reste un instant sans voix puis se retourne vers les policiers qui assistent à la scène. Il les prend tour à tour à témoin :

– Non, mais... Vous avez entendu? Vous avez bien entendu ce qu'il demande? De changer le commodo d'une Vespa 400?

Le garagiste commence à partir d'un rire qui, lentement, gagne tous ceux qui sont présents. Puis, lorsque l'hilarité est générale, l'homme de la mécanique s'arrête brusquement, visage soudain sévère.

– Vous avez de la chance! Vous avez de la chance que je sois dans un bon jour! Me demander, à moi, de changer un commodo de Vespa 400! J'ai trente ans de métier, monsieur! Et cette voiture, c'était déjà une relique, une espèce en voie de disparition, un dinosaure miniature quand j'ai débuté! Il n'y a pas une seule pièce dans tout le pays!

***

– Allô! Europ Assistance?

Que vouliez vous que fasse d'autre Alain Guillet? Il explique :

– La police m'a mis ma voiture sous séquestre! Ils m'ont retiré la carte grise! Interdiction de circuler tant que la réparation n'est pas faite!

– Et que propose le garagiste?

– Il m'a annoncé le prix du garage à la journée, et il m'en propose un autre pour emporter ma voiture à la casse! Il dit que la deuxième solution serait plus raisonnable!

Très franchement, le correspondant du service pièces détachées reconnaît que son opinion est assez semblable.

Le docteur Guillet intervient :

– Écoutez-moi, j'ai pris un abonnement pour être dépanné si quelque chose arrivait. Or, c'est arrivé! À vous de jouer maintenant! Et il se met aussi à parler de sa voiture, de son attachement sentimental à cette « puce ».

– Mes amis me disent que j'ai autant d'affection pour elle que pour un animal familier. Et c'est vrai, finalement. C'est peut-être idiot, mais c'est bien ça, un animal familier. Et c'est quand ils sont blessés qu'on s'aperçoit combien on y tient. Vous comprenez?

Forcément! Dès qu'on demande aux hommes d'assistance : « *Vous comprenez?* », ils n'y peuvent rien; cela les touche, les sensibilise. C'est leur métier, de comprendre.

D'autant plus qu'Alain Guillet ajoute tristement :

– Oh, vous savez... Je suppose que ça ne doit pas être très possible de le trouver, ce commodo. Si vous échouez, je ne vous en voudrai pas!

Un pari se présente. Justement, c'est un cas difficile. C'est à ces moments-là qu'il faut se défoncer, comme on dit. La machine est lancée.

– Bon. Nous allons essayer. Mais, comme la pièce est rare, il y aura peut-être des frais.

– Qu'importe. Si vous dénichez la pièce, c'est la voiture

que vous sauvez. De toute manière, ici, elle me coûte de l'argent, même pour la faire enlever!

Le chargé d'assistance téléphone dans tous les garages, tous ceux de la région parisienne.

– Chou blanc, les gars! Le commodo de M. Guillet, c'est dans un musée qu'il faudrait le trouver. Et encore!

– Un musée, peut-être pas. Mais chez les casseurs, tu as essayé?

On dispose d'une liste des casseurs et ferrailleurs. L'idée était bonne. L'un d'entre eux possède une épave de Vespa 400. Seulement, elle est au fond de son terrain, difficile d'accès, son personnel est en vacances, etc. Bref, il n'est pas décidé à faire beaucoup d'efforts pour le prix ridicule de cette tige de métal.

Le chargé d'assistance se fait alors pressant:

– Et si l'on vous envoyait un mécanicien pour récupérer cette pièce?

– Drôle d'idée! Bon, j'attends votre mécanicien.

On rappelle triomphalement Alain Guillet.

– Voilà, votre commodo, nous l'avons, moyennant...

Un prix qu'il trouve très raisonnable pour tirer d'affaire sa chère puce.

Aussitôt, Europ Assistance envoie un mécanicien démonter et récupérer le commodo convoité. Dans l'après-midi, le service fret achemine la pièce par avion de ligne. Le lendemain matin, le correspondant d'Europ Assistance à Barcelone se rend à l'aéroport, dédouane le précieux petit paquet et le porte au docteur Guillet, sous les yeux incrédules du garagiste.

Alain Guillet peut ainsi terminer son périple en Espagne et rentrer à Paris sabler le champagne avec ses amis. Pari gagné!

Une lettre l'attend chez lui: le casseur de Garges-lès-Gonesses l'informe qu'il tient à sa disposition une Vespa 400. Entière! Le docteur Guillet pourra remplacer, quoi qu'il arrive, toutes les pièces défaillantes de la puce.

Si ce n'est qu'un mois plus tard, il casse... le commodo. Et un commodo, c'est introuvable!

– Allô! Europ Assistance?

3

Catherine : an I de l'histoire

Pour ses onze ans, si l'on demande à Catherine : « *Que veux-tu faire plus tard ?* », elle répond, d'un ton distrait : « *Danseuse ou institutrice, ou encore star à Hollywood. Et pourquoi pas acrobate de cirque, ou astronaute...* » Ainsi sont les enfants : à chaque jour, son rêve.

Un joli visage ovale, des yeux immenses que rien n'étonne, un nez droit, l'air sage et décidé, Catherine a l'âge où ses amies hésitent entre enfance et adolescence, Catherine est déjà une petite bonne femme ravissante. La vie commence à peine, à onze ans, équilibre fragile qui peut être détruit en quelques secondes. C'est la loi du hasard sinon celle de la nécessité.

Un samedi d'août 1963, sur la route de Burgos, en Vieille-Castille. Un long pèlerinage que plombe le soleil si fort de l'été, un long cortège scintillant de voitures. C'est le grand rush des vacanciers. Depuis peu, l'Espagne de Franco ouvre ses frontières : on s'y engouffre par milliers, parce que, l'Espagne, c'est un pays magique, fascinant, si proche et si exotique pourtant pour les touristes français. Mme Join et ses deux enfants roulent vers le sud, la nuit va bientôt apporter son lot de fraîcheur.

À Paris, M. Join, qui n'a pas pris de vacances, est chez lui. De sa fenêtre, il regarde ce Paris du mois d'août, si calme. « *La meilleure saison,* pense-t-il, *pour apprécier cette ville.* » Et pourtant il serait, lui aussi, volontiers parti avec ceux qu'il aime. Il ne sait pas pourquoi l'angoisse lui noue la gorge lorsque le téléphone se met à sonner. Un grésillement étrange lui répond de l'autre côté.

L'autre côté, c'est, bien sûr, l'Espagne. Un pays où le téléphone, jusque dans sa tonalité, est encore archaïque. Une voix étrangère, une voix inconnue, dans un français rugueux, lui assène l'horrible nouvelle. Tout d'abord, M. Join comprend mal. On lui parle de Burgos, d'un hôpital, on lui dit qu'un accident grave, oui, grave, est arrivé, que Mme Join et les deux enfants sont blessés, sérieusement. Qui est sérieusement blessé ? Tous les trois ? Non, ce n'est pas vrai. Et comment cela s'est-il passé ? Et pourquoi diable sa femme ne peut-elle pas téléphoner elle-même ? Le flou s'installe sur ces deux seules certitudes : *accident grave* et *hôpital, Burgos.*

Au téléphone, les grésillements se sont tus. Il a raccroché. Il n'y a pas une minute à perdre. Nous sommes, en effet, en cette année 1963, en l'an I d'une révolution, celle apportée par Europ Assistance. C'est la première année que des services si nouveaux, si étonnants sont proposés. M. Join s'est abonné parmi les premiers. Réflexe de sécurité ! Sa femme et ses deux enfants partent seuls, sans lui.

M. Join compose le numéro indiqué sur les documents. Il explique, bafouille. Burgos... hôpital... accident grave... Toujours la même litanie ! Sa femme et ses deux enfants... Que faire ? Dix minutes. On lui demande dix minutes. Qu'il ne bouge pas, on le rappelle tout de suite. Dix minutes, dans ces cas-là, c'est très long, c'est l'éternité. Et l'éternité est très bavarde dans sa tête.

Sonnerie. Une voix d'Europ Assistance lui dit :

– Sautez dans un taxi, filez à Orly. On vous a réservé une place dans l'avion de Madrid. Là vous prendrez un autre taxi jusqu'à Burgos. Trois heures de voiture. Vous nous rappellerez de l'hôpital !

Samedi du mois d'août. Les vacanciers retardataires se pressent. Dans les couloirs d'Orly, un homme seul, livide, presque sans bagages, qui bondit dans les escaliers roulants. Comme c'est long, un enregistrement, un décollage. Incapable d'avaler la moindre miette du plateau que l'hôtesse lui présente. Ce réconfort qu'on lui prodigue est presque obscène. Chaque visage d'enfant qui dort dans cet avion lui déchire le cœur. Lui, il ne dort pas. Tous ces regards de femmes lui rappellent l'affreuse réalité.

***

Nuit espagnole. L'aéroport de Madrid, tentaculaire. Un chauffeur de taxi aux paupières embuées de sommeil, une transaction en pesetas. C'est d'accord pour Burgos. Une bonne course, vraiment. La nuit est claire, le ciel étoilé. Que lui importe à M. Join ; il ne voit rien, rien de cette Espagne qui lui paraissait il y a quelques heures si lointaine, si avenante. Il compte les minutes et, avec les minutes, les interminables kilomètres.

À l'hôpital de Burgos, aux services des urgences, presque un soulagement, l'état de sa femme et celui de son fils ne sont pas alarmants. Mais.. Le médecin espagnol a des précautions dans la voix pour dire le reste. Catherine est intransportable. La petite acrobate de cirque est gravement blessée. Son état est jugé très inquiétant. *Inquiétant* ? Un mot hypocrite. On l'avoue : c'est *désespéré* qu'il faut dire.

M. Join se précipite dans la chambre. Un spectacle terrible l'y attend. Dans la très catholique Espagne, quand la médecine a livré son dernier mot, on se préoccupe d'amener au chevet d'un mourant un prêtre pour donner l'extrême-onction !

En quelques heures, la vie a basculé. Comment décrire le désarroi d'un père, sa douleur au spectacle d'un prêtre qui psalmodie des prières dans une chambre où scintille une veilleuse. Il recommande à Dieu, ce bon prêtre de Burgos, l'âme de cette petite Française de onze ans, qui ne survivra pas.

Catherine est ailleurs. Ailleurs dans ce coma, dans ce lieu tout noir d'où elle ne peut, bien sûr, reconnaître son père. M. Join est de nouveau au téléphone. Les mêmes grésillements, mais dans l'autre sens. Il n'arrive même plus à expliquer ce qui se passe, l'extrême-onction, sa fille qu'on vient de lui ravir en son absence.

Pendant ce temps une autre liaison téléphonique réunit les médecins français et espagnols. Le verdict semble sans appel : *intransportable.* Une seule conclusion : comme les services de l'hôpital de Burgos ne sont pas équipés pour traiter les grands brûlés, on s'en remet à Dieu.

Un homme, lui, ne se résigne pas. Le professeur Cara, médecin-conseil d'Europ Assistance, pionnier des secours d'urgence, celui qui deviendra plus tard le premier directeur du Samu de Paris, affirme qu'il va partir chercher Catherine. Son raisonnement est simple :

– Si on la laisse là-bas, elle va mourir. Si je la ramène, en la plaçant sous perfusion et en l'hospitalisant dans un service de grands brûlés, elle a une chance, une petite chance. Intransportable ? On verra bien. Il faut tout tenter.

Un homme si déterminé réconforterait n'importe quel père. Malheureusement, il n'existe pas d'aérodrome civil à Burgos. Il reste tout juste, vaste souvenir des dures années de guerre, un terrain militaire, désaffecté depuis longtemps, fermé au public, sans personnel ni infrastructure. Pas de tour de contrôle. Il fait nuit. Que faire ?

Le correspondant d'Europ Assistance tire le consul de France de son sommeil.

– Désolé de cet appel si tardif. Pourriez-vous contacter l'armée de l'air espagnole ? Il faudrait aussi rouvrir le terrain militaire de Burgos, baliser la piste. Nous allons faire décoller un avion de France. Oui, il doit pouvoir se poser dans quatre heures. C'est une question de vie ou de mort pour une enfant. Il y aura à bord le professeur Cara, spécialiste des urgences médicales, ainsi qu'un autre spécialiste du traitement des grands brûlés. Vous pensez pouvoir le faire ?

C'est oui. Le consul de France peut demander en pleine nuit que l'on réveille à son tour un général, un général qui réveillera ses troupes, des troupes qui fonceront sur le terrain militaire dans des gros camions de l'armée, tous phares allumés pour baliser la piste. C'est une guerre qui vient de se déclencher, la seule guerre justifiable, une guerre contre la mort.

À Marseille, pendant ce temps-là, dans un hôpital, on prépare l'arrivée de Catherine. Au service des grands brûlés, la petite fille de onze ans est attendue dans quelques minutes. Pourquoi Marseille ? Parce que le spécialiste arrivé à Burgos est le patron de ce service.

Partout sur la carte de la solidarité, de France et d'Espagne, des petits points lumineux s'allument : Paris, Marseille, Burgos se tendent la main par-dessus les Pyrénées.

***

Dans l'avion, dans le ciel d'août, le miracle se produit : Catherine, sous perfusion, reprend connaissance. Connaissance et vie. Avec une coquetterie angoissée qui se comprend trop bien quand on est si jolie : elle demande si son visage n'a pas été abîmé. Il ne l'a pas été, on la rassure.

Atterrissage à Marseille, une ambulance qui traverse le petit matin blême de la Canebière. L'avion ne s'arrête pas à Marseille. Il redécolle bravement, ce petit appareil à deux turbines, et s'en va avec le professeur Cara chercher Mme Join et son fils, moins gravement atteints, pour les emmener à Paris, près de leur domicile, à l'hôpital Cochin.

Il faudra attendre. Catherine attendra, Catherine vivra. Quelques temps plus tard, le même avion ira la chercher à Marseille pour qu'elle soit hospitalisée près de sa maman à Cochin. Catherine connaîtra de longs mois de traitement. Car son état était très grave, c'est vrai. Elle va vivre, un petit supplément d'âme qui la fera rire et frémir rétrospectivement. L'extrême-onction qu'un bon curé espagnol lui a donnée! Elle va non seulement revivre, la petite acrobate-astronaute, mais revivre comme avant, avant qu'on ne prédise sa mort certaine.

Et le jour où elle retourne à l'école, elle a une histoire, une histoire incroyable – comme seuls les enfants peuvent les inventer – à raconter à ses petites amies incrédules. Une histoire d'avion dans la nuit d'Espagne.

Le visage est toujours aussi joli, les yeux toujours aussi immenses et curieux, le nez droit, et, lorsqu'on demande à Catherine ce qu'elle fera plus tard, elle répond maintenant :

– Je serai médecin.

***

Aujourd'hui, elle est médecin. Elle parle en riant d'une vocation tardive – onze ans, pensez donc! – et dit qu'une certaine expérience qu'elle a vécue a joué un rôle essentiel dans son choix. Catherine, la survivante de l'an I, est donc devenue médecin, épouse et mère de famille.

Quelques années plus tard, lors de vacances passées en Grèce, nouvel accident de voiture. Pas de blessures, juste des gros dégâts matériels. Elle rappellera Europ Assistance. Il n'y a plus de grésillements sur la ligne.

On la dépannera dans la journée. Sourire complice.

– Ravis de vous rendre visite. Pour si peu, cette fois.

4

Une retraite studieuse

Gino Cordara conduit en toute décontraction une belle voiture d'un modèle récent sur la route de Bolzano, dans le Nord de l'Italie. Il fait un temps magnifique, ce 30 mars 1984, et l'arrivée précoce du printemps a mis Gino dans un bel état d'esprit. Il sait que, dans les mois qui viennent, vont se jouer de grandes choses.

Dans deux semaines, le 15 avril exactement, Gino Cordara, vingt-quatre ans, doit soutenir sa thèse d'histoire à l'université de Bologne. Trois années de préparation pour ce travail; trois années jugées un peu trop nonchalantes par certains. Mais Gino est ainsi fait : il aime à profiter du temps qui passe. Qu'importe, d'ailleurs, puisque la thèse est maintenant dactylographiée et qu'il ne lui reste plus qu'à en faire quelques relectures pour cette partie décisive que constitue la soutenance.

S'il était resté à Bologne, chez lui, Gino Cordara aurait eu bien du mal à échapper aux démons aussi nombreux que variés de la paresse : trop de tentations, trop de distractions, trop d'amis... Gino appartient à ce qu'il est convenu d'appeler la *jeunesse dorée.* Comme ses parents ne lui ont jamais rien refusé, il a pris l'excellente habitude de ne rien se refuser... Le sujet de sa thèse apparaît bien austère quand on le compare au mode de vie frivole que le jeune étudiant s'impose depuis ses dix-huit ans, entre les boîtes de nuit et les voitures de sport. *La Féodalité en Toscane au XIIIe siècle,* Gino l'a cependant menée à bien, car elle représente, il le sait, un tournant dans sa carrière universitaire.

Gino se rangerait-il ? Depuis plus d'un an, n'est-il pas fiancé ? Avec Graziella Dolci, l'élue de son cœur, qu'il n'a pas rencontrée dans les night-clubs – elle ne les fréquente guère –, mais à la faculté. C'est une jeune fille un peu grave qui prépare une licence d'italien, son père étant lui-même un professeur de renom dans cette discipline.

Gino Cordara allume une cigarette. Il aime Graziella et la réciproque est vraie. Seul le professeur Dolci ne semble guère le porter dans son cœur. Il se souvient de cette première visite rendue à Graziella et de cette conversation surprise sur le pas de la porte alors qu'il prenait congé. M. Dolci, sans se soucier d'être entendu, avait tancé sa fille.

– C'est un bon à rien, ce garçon ! Quand il m'a parlé de sa thèse, je n'ai pas pu m'empêcher de sourire ! Je te donne rendez-vous à sa soutenance.

L'austère professeur Dolci a empoisonné leurs premiers mois de fiançailles. Mais Gino lui prépare une surprise. Il ralentit maintenant. La voiture s'arrête devant un chalet qu'un de ses amis lui a prêté, un peu au-dessus de la route de Bolzano, dans la montagne. C'est ici qu'il va passer les quinze derniers jours précédant sa soutenance. Il va s'y enfermer et, jouissant d'une tranquillité absolue, mettre la dernière main à son travail. Il a préféré ne dire à personne le lieu de sa retraite. Pas même à Graziella, à qui il a simplement demandé de lui faire confiance.

Gino laisse sa voiture devant la maison et ouvre la porte. Le chalet, quoique petit, est confortable. C'est tout à fait ce dont il a besoin. À présent, au travail ! Quinze jours durant, s'abstenant de regarder la télévision ou même d'écouter la radio, il vivra dans la solitude et le calme propices aux grandes œuvres.

⁂

14 avril, 11 heures du matin. Gino achève de jeter quelques notes sur une feuille de papier et se frotte les mains. Il a enfin terminé ses relectures et paraît, comme à son habitude, assez satisfait de lui. Il regarde par la fenêtre. Le

temps est mauvais, exécrable même depuis une semaine. Le faux printemps s'est dérobé tandis que l'hiver est venu les saluer une dernière fois. Il a neigé sans discontinuer pendant les quatre derniers jours. Heureusement, Gino avait prévu de quoi se restaurer. Il s'était d'ailleurs juré de ne pas sortir pendant tout ce temps, ne fût-ce que pour aller acheter un paquet de cigarettes. Vie monastique absolue. Mais, puisque le temps est aussi calamiteux et qu'il a achevé son travail, autant partir tout de suite. Les conditions de circulation sont peut-être mauvaises.

Il ouvre la porte et pousse un cri de surprise. La neige lui arrive à hauteur de poitrine! Soudain inquiet, il va chercher une pelle dans un placard et se met à creuser afin de dégager un passage jusqu'à la voiture, garée de l'autre côté du chemin. Mais la tâche se révèle très vite titanesque; avec cette seule pelle, il n'arrivera à rien. Il faut de l'aide. Et donc appeler la gendarmerie de Bolzano.

– Je suis bloqué par la neige. Pourriez-vous me secourir?

– Où êtes-vous, monsieur?

Gino explique la situation du chalet. Son correspondant l'interrompt immédiatement :

– La nationale qui nous permettrait de vous venir en aide est obstruée par des congères. Nous sommes en train de la dégager, mais il va nous falloir quarante-huit heures.

Gino pâlit.

– Il faut absolument que je sois à Bologne demain midi.

– Je suis désolé. Pas avant quarante-huit heures. Vous n'avez pas entendu nos appels à la radio et à la télévision pour recommander de quitter au plus vite ce secteur?

– Non, je n'ai pas entendu.

Le jeune homme raccroche, accablé. La fatalité lui joue un terrible tour! Lui qui n'avait pas ouvert son poste afin de n'être pas distrait. À présent, il ne lui reste plus qu'une solution, une seule, appeler l'université. La voix de la secrétaire du département d'histoire n'est guère aimable.

– Nous ne pouvons prendre en compte votre indisponibilité. Il nous faudrait un certificat médical et une contre-visite par un médecin universitaire. Vous n'êtes ni malade, ni blessé, je crois, d'ailleurs.

Gino raccroche, plus excédé encore. On vient de lui signifier une fin de non-recevoir. Impossible de repousser la date prévue cinq mois à l'avance. Il doit pourtant y avoir quelque chose à faire. Il va employer les grands remèdes! Il met son anorak, glisse sa thèse dans un sac en plastique et sort.

Dehors, la neige ne cesse toujours pas de tomber, à gros flocons serrés. Ne lui suffit-il pas de rejoindre la route, de contourner les congères et de regagner à pied la partie dégagée? De là, il trouvera sans problème un moyen de retourner à Bologne. Ne lui reste-t-il pas plus d'une journée devant lui?

Gino est un habitué des sports d'hiver. Mais, sans skis, la neige est bien rebelle. S'il avait pu en trouver une paire au chalet! À chaque pas, il s'enfonce, soulève avec une peine grandissante ses deux jambes de plomb. Au bout d'une demi-heure, épuisé, il n'a toujours pas atteint la route principale. Il s'est frayé un chemin sur une centaine de mètres, pas plus. S'il s'obstine, il risque sa vie : le froid glacial commence à le faire souffrir. Il faut faire demi-tour. Et sans tarder. Sans quoi, ce linceul blanc qui étouffe toute parole, tout cri, ne tardera pas à se refermer définitivement sur lui.

L'angoisse s'empare de lui tandis qu'il serre contre son ventre le sac contenant sa thèse. Il songe à Graziella qui l'attend demain à l'université et l'imagine certainement bien au chaud, préparant son grand oral. Si elle savait!

Il découvre enfin le toit du chalet. Le retour a été très pénible. Il se jette à bout de forces à l'intérieur de la maison. La nuit va bientôt tomber et il est revenu à la case départ après un épouvantable détour.

Cette fois, c'en est bien fini. Le téléphone est là, devant lui. Qui appeler? Graziella? Certes pas. Pour lui dire quoi? «*Je suis bloqué par la neige!*» D'ailleurs, Graziella vit chez ses parents. Il entend déjà le professeur Dolci qui triompherait :

– Je te l'avais dit : un bon à rien! Bloqué par la neige? Et quoi encore? Un bon prétexte pour avouer qu'il n'a pas terminé son travail.

La honte et la colère s'emparent de Gino. Il lui reste à

arpenter fébrilement la pièce. Pour calmer ses nerfs, il allume la télévision. Il aura droit aux dernières informations et à la rubrique météo : « *Dans la région de Bolzano, les chutes de neige exceptionnelles se poursuivent. Mais, grâce à nos appels, très peu nombreux sont ceux qui se trouvent actuellement coupés des grandes voies dégagées...* »

C'est bien volontiers qu'il aurait envoyé ballader ce fichu poste d'un coup de pied. Les programmes sont terminés. Une image grise, faite de lignes vacillantes, apparaît sur l'écran. Gino, qui se ressent de ces heures passées dans la neige à lutter contre l'impossible, ne tarde pas à s'endormir sur le grand canapé du salon.

Quand il se réveille, il fait grand jour – et quel jour! Ce fameux 15 avril, date de soutenance de sa thèse! Il va à la fenêtre, et c'est pour constater que le temps s'est remis au beau. Un clair soleil a déchiré l'épaisse masse des nuages. Bientôt la neige va fondre; demain, à n'en pas douter, on pourra sortir. Mais, demain, ce sera trop tard. Que lui importera alors de dégager cette voiture, de redescendre dans la vallée? Jamais il n'osera rentrer à Bologne. Cette thèse, il faut en faire son deuil.

Gino s'imagine au volant de sa voiture, tournant autour de la maison de Graziella. Brusquement, une pensée traverse son esprit. Il s'écrie :

– *Per Bacco!*

Une image lui revient en tête. Une image floue, mais qui mérite qu'on s'y arrête. Qui mérite qu'on vérifie. Le dernier espoir.

Il est aussitôt dehors, pelle à la main. Il creuse de nouveau. Jusqu'à la voiture. Voici le toit, puis le haut de la glace arrière. S'il se souvient bien, c'est dans le coin gauche, tout en bas. Durant la nuit, la neige a gelé, ses doigts se blessent à vouloir l'ôter. Mais le désir de découvrir est plus fort. Il faut se dépêcher, la montre au poignet indique qu'il est déjà plus de neuf heures et demie. Enfin, quelque chose apparaît sur la vitre. Un nom, *Europ Assistance,* et un numéro de téléphone à Milan. Jusqu'alors il n'y avait guère prêté attention. Cette fois, c'est fort d'un espoir nouveau qu'il revient au chalet et décroche le combiné.

– Europ Assistance? Mademoiselle, j'ai un gros problème.

Et il explique tout, sans vergogne : la neige, la thèse le jour même. Sans tarder, la standardiste lui passe le chargé d'assistance.

– Quelle est votre localisation exacte, monsieur Cordara?

– Trente kilomètres avant Bolzano en venant du sud. Au-dessus de la nationale, près d'un petit bois de sapins. Il n'y a qu'un chalet.

– À quelle heure devez-vous être à Bologne?

– À seize heures.

– Dans ce cas, aucun problème, ne vous inquiétez pas.

– Comment cela? Vous comptez venir?

– Oui, en hélicoptère.

***

L'hélicoptère, pour Gino, s'assimile à l'intervention divine. Il avait tout imaginé mais pas les secours venant du ciel. Le chargé d'assitance lui demande de se trouver devant la maison vers midi, de porter un vêtement voyant – Gino a un gros anorak rouge – et d'attendre l'appareil.

15 avril 1984, midi. Gino Cordara joue les sémaphores en s'égosillant devant le chalet. Mais il n'a pas besoin de crier; le pilote l'a déjà repéré. L'hélicoptère descend, se pose sur une surface dégagée à l'avance par le jeune homme. Gino n'a plus qu'à s'engouffrer dans l'appareil, les quatre cents pages dactylographiées sous le bras. Un vol sans histoires. Une arrivée à Bologne à 13 heures 30. Non seulement il n'est pas en retard, mais il a même le temps de passer chez lui, de prendre une douche et d'enfiler un costume décent pour se rendre en taxi à l'université.

– ... M. Gino Cordora nous présente sa thèse, *La Féodalité en Toscane au XIIIe siècle.*

En entrant dans l'amphithéâtre austère de la faculté des lettres, où se déroulent les soutenances, Gino n'a vu qu'une seule personne dans le public, Graziella, fidèle au rendez-vous lancé il y a deux semaines. Son père l'a accompagnée. Histoire, certainement, d'avoir à se gausser. Maintenant, devant le jury, Gino répond avec assurance à toutes les questions. Cette retraite lui a permis de maîtriser parfaitement son sujet et son exposé. Le petit miracle qu'il vient de vivre ce matin et dont personne n'a encore entendu le récit lui donne des forces nouvelles. Il est sûr de lui, jubile presque. Au bout d'une heure et demie de débats avec le jury, il est déclaré docteur avec la mention *très honorable.*

Graziella, à la levée de la séance, se précipite dans ses bras, le félicite. Plus étrange est la réaction du redouté professeur Dolci.

– J'ai douté de vous, quelque peu, je le reconnais. J'ai eu tort. Bravo!

***

Il y a un épilogue à cette histoire. Le lendemain, alors que Gino Cordara se reposait de ses émotions dans son petit appartement du centre ville de Bologne, on a sonné à la porte. Graziella, déjà? Non, ils devaient se retrouver pour déjeuner. Sur le seuil se tient un inconnu qui lui tend un trousseau de clés.

– M. Cordara? Je suis envoyé par Europ Assitance. J'ai pu accéder au chalet et j'ai ramené votre voiture. Elle est en bas de chez vous.

Gino a balbutié quelques mots de remerciements, mais l'homme l'a interrompu. Il était pressé. Une autre affaire à régler.

– Je vous quitte. Et à bientôt, *dottore.*

5

L'aventurière des sables perdus

Jean Sinert est grand. Si grand qu'il a la tête dans les nuages. Cette tête est celle d'un chercheur, d'un astronome, d'un amoureux des étoiles – des naines blanches, des nébuleuses, des supernovae et autres mystérieux trous noirs de l'univers. Il vit dans ce monde étrange de la nuit du ciel qu'il traque à tout moment de son bureau de l'Observatoire, à Paris.

Les mythes ont la peau dure. Un astronome ne peut que vivre la tête en l'air ou dans la lune. Un matin, il y a vingt-cinq ans, Jean Sinert est devenu père. Jusque-là, rien que de très normal. Plus étrange est l'absence de mère. Une femme qui lui a laissé ce cadeau de vie, un jour chez lui, a fui à l'autre bout du monde et n'est jamais venue réclamer l'enfant. Voilà quelque chose qu'à travers sa lunette ou son téléscope Jean Sinert n'avait pas prédit.

Qu'importe d'ailleurs? Jean Sinert a donc vécu cette curieuse existence de père célibataire et l'a bien vécue. Si bien qu'à vingt-cinq ans Grenadine, sa fille, maniant avec aisance aussi bien les mathématiques, les langues étrangères, l'histoire de l'art que l'archéologie, vient de passer son doctorat de troisième cycle. Grenadine court aujourd'hui le monde des fouilles archéologiques avec ce même plaisir que son père a à flirter avec les étoiles.

Ces deux étranges silhouettes se rencontrent parfois, même si le père et la fille sont censés vivre ensemble. Jean Sinert est en visite dans un observatoire à l'autre bout du monde tandis que Grenadine creuse le sol d'une tombe prédynastique de la Haute Égypte, à quelques milliers de kilomètres de là. Ainsi vont leurs vies, qu'ils se racontent souvent, au retour, quand un dîner dans l'appartement de la rue Monge les réunit, l'espace d'un soir. Leurs rêves se démultiplient dans les yeux de l'autre. Ils sont si singuliers, ces deux êtres qui s'aiment tant.

On pourrait se demander pourquoi leurs destins ont un jour rencontré ceux d'autres hommes et femmes, ceux des équipes d'Europ Assistance. Ce père et cette fille qui paraissent si marginaux, si irréels presque, ces deux fous passionnés qui sont si sûrs d'eux qu'ils nous paraissent, à nous, presque incertains. Ce n'est pas Jean Sinert, pourtant, qui a pris la précaution de souscrire un contrat à Europ Assistance. Ni lui, ni Grenadine. Non, simplement Alice, la sœur de Jean, cette Alice dont on moque souvent en famille la trop grande prévoyance. Mais, cette fois, Alice s'est fâchée. Quand elle a appris que sa nièce partait travailler dans le désert égyptien, à la frontière du Soudan, elle a d'office abonné la jeune archéologue.

Grenadine n'y a pas prêté attention. Elle travaille sur un site exceptionnel, à des kilomètres de tout village, en compagnie de collègues italiens, tchèques, allemands et hongrois. Une bonne équipe de chercheurs, regroupés autour d'un camping-car et de quelques tentes, qui fouillent méticuleusement un terrain couvert d'anciennes sépultures, aujourd'hui perdu dans le désert, à la recherche de quelques trésors qui pourront s'additionner à ceux que les musées du Caire et d'Alexandrie cachent déjà en leurs collections.

La vie dans ces condition se révèle très vite dure. Le vent souffle continuellement en grandes tempêtes de sable, un sable qui pénètre partout, dans les yeux, les oreilles, la bouche, sous les vêtements, qui dessèche la peau. On doit travailler le corps entièrement protégé, un foulard sur le visage, sous peine d'être aveuglé, asphyxié.

Le mal viendra pourtant d'ailleurs. Un archéologue italien ne se lèvera pas, un matin, de sous la tente. Il se plaint de terribles migraines, de diahrrées, de vertiges et d'une fièvre tenace. Quelques heures plus tard, son collègue hongrois vient le rejoindre. En une journée, tous les archéologues de la mission seront contaminés. Contaminés par quoi ? On l'ignore encore, quand la dernière de tous se couche à son tour. Et la dernière, c'est Grenadine.

Il n'y a plus qu'un rescapé. C'est Hamid, vieux sage égyptien, chef de caravane, qui les a menés jusqu'ici, dans ce désert qu'il connaît si bien. Hamid n'est pas malade. Et pourtant il a peur; il craint une épidémie de choléra.

Pendant ce temps, les visages se creusent, les corps se déshydratent, les silhouettes s'amincissent, les jambes refusent de marcher. Ils sont neuf, Grenadine comprise, à se tordre de douleur par terre sans pouvoir même s'alimenter. Ils ne pourront prendre qu'une seule décision : rentrer au Caire le plus tôt possible.

C'est Hamid qui conduira, bien entendu. Les malades s'entassent dans le camping-car. De terribles nausées rendent le voyage épouvantable.

Après deux heures de route, Hamid et son chargement parviennent enfin à un village digne de ce nom, où l'unique téléphone en service est la propriété du caïd local, sorte de maire à la mode égyptienne. Un téléphone antique et poussiéreux, accroché comme l'étaient autrefois nos appareils à une cloison, en l'occurrence, un vieux mur tout craquelé qui sépare le bureau du caïd de son habitation principale.

Hamid obtient la permission d'installer sa troupe de malades dans une maison isolée. Il n'est pas médecin, certes, mais il sait qu'une suspicion de choléra est grave. Au caïd, il a parlé d'une possible contagion, sans préciser plus. Il a réclamé le désinfectant universel, l'eau de Javel. Après quoi, il a actionné le téléphone, a demandé à l'opératrice un numéro à quelque quatre cents kilomètres de là, celui d'un institut d'archéologie allemand, basé au Caire, ce même institut qui avait commandité la mission.

Une voix lui répond. Une voix ensommeillée, car il est plus de dix heures du soir. C'est le gardien de nuit qui a décroché le téléphone. Un difficile palabre en arabe s'engage. Le gardien de nuit est chargé d'aller réveiller le directeur, lequel directeur réside dans un hôtel à l'autre bout de la ville. Et c'est grand, Le Caire! c'est la plus grande ville du continent africain. Une heure plus tard, Karl, responsable de la mission, rappelle le numéro que le gardien de nuit lui a donné. Hamid lui explique qu'en l'état actuel aucun des chercheurs ne peut lui parler. Impossible de quitter la petite maison où ils se reposent tous.

Karl a une idée. N'a-t-il pas vu dans le dossier de la jeune archéologue française, Mlle Sinert, un document qui indiquait qu'elle avait souscrit à une société d'assistance dont il voudrait bien avoir le nom, l'adresse de siège et le numéro de téléphone ? Il faut qu'Hamid file interroger Grenadine et qu'il rapporte tout de suite le renseignement. Karl reste en ligne.

Sinon, comment procéder pour trouver une ambulance, plusieurs ambulances, un médecin, des médicaments pour aller chercher la troupe à pareille distance ?

Hamid est déjà aux côtés de Grenadine. Qu'elle se souvienne, c'est très important ! Une assurance ? Quelle assurance ? Elle tend à Hamid son petit sac de voyage accroché à sa ceinture, lui propose de regarder. Peut-être là, cette petite carte, à l'intérieur du passeport, qu'est-ce que c'est ?

Grenadine déchiffre péniblement et traduit dans un arabe approximatif : *Europ Assistance.*

– C'est cela, je me souviens maintenant, ma tante...

Après quoi, la fièvre la reprend; elle se rendort.

Hamid, le brave Hamid, est retourné auprès du téléphone. Il répète : *Europ Assistance*, et donne un numéro de téléphone à Paris. Il explique tant bien que mal la situation de leur campement, seule oasis dans ce désert absolu.

Depuis Le Caire, Karl joint Paris. C'est facile : il raconte l'histoire d'une certaine Grenadine Sinert, archéologue, perdue avec ses collègues dans les sables égyptiens, malade.

À Paris, on s'étonne à peine. Bien sûr, aucune Grenadine Sinert n'a pris de contrat d'assistance. Juste une certaine Anne Sinert. Qu'importe, d'ailleurs ? Il faut agir. On apprendra plus tard la simple vérité : ce *Grenadine*, c'était une idée de Jean, son père, il y a vingt-cinq ans, à la naissance. Mais un officier tatillon de l'état civil du XIVe arrondissement ne l'avait pas accepté. On avait choisi Anne pour les papiers et gardé Grenadine pour le reste. Autre problème ? Anne est la seule abonnée du groupe des archéologues. Mais, sauvetage oblige et service avant toute chose, il est hors de question de faire un distinguo entre Grenadine et ses camarades de misère.

Alain dans les locaux d'Europ Assistance, Karl au Caire, Hamid dans ses dunes de sable : un trio magique met en place une chaîne de solidarité, téléphone aidant.

Les six malades sont dans un état critique de déshydratation. Il faut un médecin spécialiste de ce genre de cas, un médecin pourvu d'un matériel de perfusion et de médicaments. Il le faut sur place et très vite.

Il est déjà en route.

Mais... mais s'il s'agit bien du choléra, une hospitalisation s'impose d'urgence, ainsi qu'une quarantaine. Impossible à déterminer sans examens de laboratoire! À l'hôpital du Caire, on met tout en œuvre pour réaliser la chose. Après un conciliabule entre médecins français et égyptiens, deux ambulances et trois praticiens sont envoyés dans le désert à la recherche de nos amis.

Hamid n'en croit pas ses yeux. Sept heures après son premier appel du village, il voit arriver les deux véhicules sanitaires et les médecins, se déplier des lits de toile, s'installer des perfusions. Lui-même doit revêtir une blouse stérile, des gants. Deux heures plus tard, deux nouvelles ambulances rejoignent le village. On peut partir.

Toute la mission archéologique se réveillera à l'hôpital du Caire. Certes le résultat des analyses pratiquées sur les malades ne pourra être connu que dans trois jours. En attendant ils sont soignés, mis au régime, réhydratés, et sous le contrôle permanent du spécialiste dépêché par Europ Assistance.

Pendant ce temps, Paris s'est chargé de prévenir Jean, le père d'Anne-Grenadine. Mais Jean, une fois de plus, est dans les étoiles : seule sa gardienne d'immeuble sait qu'il est parti il y a deux jours faire un petit tour dans le Sud de la France. Pour son travail, a-t-il affirmé.

Un astronome, où donc peut aller un astronome dans le Sud de la France? Et s'il était allé à l'observatoire du Pic du Midi? Juste intuition. On vient de joindre Jean Sinert qui, immédiatement, veut partir. Partir au Caire. Europ Assistance s'occupe de lui arranger son voyage. Certes, étant donné la quarantaine, il ne pourra visiter sa fille et devra se contenter de recueillir des informations sur place. Mais le chargé d'assistance insiste. Cela servira tout de même à quelque chose – au moral des troupes, bien sûr. Grenadine, couchée, laisse éclater sa joie à l'annonce de la nouvelle. Elle ne verra pas son père, mais elle le saura là, à quelques mètres d'elle, dans le hall.

Trois jours passent. Les résultats arrivent. Ce n'est pas le choléra. Grâce à tous les dieux égyptiens réunis, le pire est évité ! Il s'agit d'une sévère fièvre intestinale, provoquée, pense-t-on, par un virus quelconque. A moins, à moins...

– Auriez-vous mangé quelque chose de mauvais ?

Ils ont dévoré des mangues sur un marché du désert... Hamid aussi. Mais Hamid est plus résistant, mieux accoutumée. Les mangues, ces maudites mangues, n'ont pas eu d'effet sur lui.

⁂

Chacun est reparti en convalescence dans son pays. Hamid a dit au revoir et à bientôt à tout le monde. Il est retourné dans les sables garder le chantier des fouilles en attendant le retour de ces fous du passé, avec leurs brosses, leurs grattoirs, leur vieux camping-car et leurs passions.

Il aura un éclat de rire dans la voix lorsqu'il demandera, deux mois plus tard, à ses amis archéologues revenus sur le terrain :

– Toi ? Europ Assistance ? Ah, bon ! *Allah akbar!* (Dieu est grand dans ce cas-là aussi !)

6

La disparue du train 6507

On se figure difficilement le nombre de gens qui peuvent, à l'occasion des vacances, perdre leur portefeuille, leur trousseau de clés. Qui d'entre nous n'a pas connu ce genre de petites inattentions parfois bien fatales? On est tout de même plus étonné lorsque la perte s'applique à des voitures, des caravanes, des camping-cars. Perte et non vol, bien sûr : « *Je ne sais plus ce que j'ai fait de ma voiture* » est une phrase que les standardistes d'Europ Assistance entendent fréquemment pendant les mois d'été.

Plus étranges sont les dossiers que nous avons ouverts et qui relatent la disparition, la « perte » de personnes. Au moment du grand *rush* saisonnier, on égare, qui une aïeule nonagénaire, qui une fiancée, qui un mari... Bien sûr, lorsqu'il s'agit d'êtres humains, le souci de mobilisation au sein des membres de l'équipe d'assistance prend d'autres proportions. Le drame n'est pas toujours, heureusement, la conclusion de l'enquête. Mais cela, on ne le sait que lorsque tout est terminé.

Ainsi, cette nuit de juin 1980, un abonné, Bertrand Mauduit, téléphone de Yougoslavie :

– Ma femme a disparu!

– Où êtes-vous?

– Dans une cabine à la gare de Belgrade.

– Vous aviez rendez-vous à cet endroit? Êtes-vous sûr qu'il ne s'agit pas d'un simple retard?

– Non! Je descends du train! Le train Niš-Belgrade! C'est dans le train que Monique a disparu.

Niš est une ville ancienne au sud-ouest de Belgrade, vers la frontière avec la Roumanie.

– Avez-vous prévenu la police? Le chef de gare?

– Non, vous êtes les premiers! Je vous le dis, j'arrive à l'instant!

La voix de Bertrand Mauduit est étouffée. Il a une main en cornet devant le combiné. Il révèle au chargé d'assistance qu'il est diplomate et veut garder tout cela dans la plus grande discrétion. Il travaille au Quai-d'Orsay à Paris.

– Vous... Vous comprenez, ma femme et moi, nous nous sommes un peu disputés. Je suis allé seul au wagon-restaurant! Je suis revenu dans notre compartiment et elle n'était plus là. Je l'ai cherchée en vain, en ne prévenant personne. Je me suis alors aperçu que les valises de ma femme manquaient également!

Il a du Hitchcock dans l'air...

– Monsieur Mauduit, la solution est peut-être toute simple! Vous m'avez dit que le climat entre votre femme et vous était assez tendu?

– Je le reconnais. Mais c'est une question... d'ordre privé!

– Bien sûr, je respecte votre intimité, monsieur. Mais votre épouse était peut-être assez fâchée pour décider de descendre à la première gare avec ses valises!

Un grand silence, puis :

– Notre train était un direct! Il n'y avait pas de gare avant Belgrade!

À cet instant, Bertrand Mauduit comprend l'ambiguïté de son affaire. Une femme disparue dans un train direct, une femme avec qui il venait de se disputer. Hitchcock n'est décidément pas loin...

– Ne vous paniquez pas, monsieur Mauduit! Il y a certainement une logique dans cette affaire! Votre étape prévue était à Belgrade?

– Oui. Nous avions... Nous avons une réservation à l'hôtel Sumadija.

– Très bien. Vous allez vous y rendre, monsieur. Si votre femme cherche à vous joindre, ce sera certainement à cet endroit. De notre côté, nous prévenons notre correspondant local. Il vous contactera très vite!

⁂

Le correspondant, Duško Z., est tiré de son sommeil pour s'entendre raconter cette invraisemblable histoire. Un dossier très délicat. Un diplomate français, en voyage en Yougoslavie.

Avant de prévenir la police et afin d'éviter à Bertrand Mauduit de recevoir une désagréable visite de ces messieurs à son hôtel, Duško Z. se met immédiatement en relation avec la ZTP, l'équivalent de notre SNCF.

– Le Niš-Belgrade? Parfaitement, monsieur Z... Arrivée à Belgrade à 1 heure 44. Le train 6507. C'est en effet un train direct!

Duško a un ami qui assure depuis plus de vingt ans la permanence de nuit de la police de Belgrade. Milan, de son prénom.

– Duško, toi, à cette heure? Une sale affaire?

– Non, juste un tuyau, vieux! Tu serais au courant d'un incident sur le train de Niš?

– Pourquoi? Je devrais?

– Je ne sais pas encore. Pour l'instant, j'aimerais que ça reste entre nous!

– Pour combien de temps?

– Juste assez pour savoir si c'est un problème ou non. Si c'en est un, je te passe le relais. Tu me connais?

– D'accord. Ici au quartier général nous sommes en personnel réduit, à cette heure-ci. Il est possible que nous soyons en retard... d'un train, si j'ose dire, pour les informations très récentes. Je vais appeler les renseignement généraux.

– Attention, Milan!

– Ne t'inquiète pas! Je ne vais pas sonner le branle-bas de combat! Je vais faire ça sur le ton de la routine! Le fonctionnaire consciencieux qui veut se tenir au courant. Tu es chez toi? Je te rappelle.

Un quart d'heure plus tard, le policier confirme : toutes informations recoupées, aucun incident n'a affecté le parcours du train 6507. Pas le moindre signal d'alarme tiré inopinément, pas le plus petit incident qui aurait nécessité un arrêt imprévu.

– Ce serait normalement bon signe, Duško, mais j'ai l'impression que ça t'ennuie plutôt ? Tu me caches quelque chose de grave ?

Duško Z. hésite ! Sa position de correspondant local et l'amitié qui le lie au policier l'obligent à jouer franc-jeu, en toutes circonstances. Cependant, il pense aussi à son abonné. Il doit l'aider et non lui apporter des complications. Ne faillir ni à son pays, ni à son devoir, ni à sa fonction, ni à son amitié... Pas évident !

– Voilà, Milan ! Effectivement je ne te dis pas tout. Mais en cette seconde, cela ne concerne encore que mon boulot. Discrétion professionnelle, donc. Mais, comme promis, dès que j'ai la certitude que cela entre dans ton domaine, je te raconte ce que je sais.

– Une heure, Duško, je te donne une heure.

– Deux ?

– Une heure et demie. À 3 heures 45, je suis devant ta porte, si je n'ai pas eu de nouvelles avant. Et ce n'est pas à l'ami que tu parleras mais au flic ! Et à un flic furieux de s'être fait avoir par un ami !

Duško Z. examine la faible marge de manœuvre qu'il lui reste. Un incident qui aurait pu échapper à la fois aux très efficaces services généraux yougoslaves et aux chemins de fer. Appeler Bertrand Mauduit à l'hôtel ? Ce n'est peut-être pas le meilleur moyen d'obtenir des renseignements. Juste lui téléphoner pour le rassurer.

Il y a vingt-sept gares entre Niš et Belgrade. Vingt-sept devant lesquelles le train 6507 est passé. Sans s'arrêter. Pourtant c'est la piste que Duško Z. décide de suivre. Il appelle toutes les gares, l'une après l'autre. Sans résultat. Jusqu'au moment où le sous-chef de gare de la station de Mladenovac lui répond :

– Le 6507 ? En effet, il avait quatre minutes d'avance.

– Ah oui ? Et alors ?

– Alors, j'ai actionné les signaux pour le ralentir et le stopper.

– Donc, le train s'est arrêté? Vous en êtes certain?

– Quelle question! Bien sûr. Il y a une ligne droite de plus de cinq cents mètres. J'ai parfaitement vu ses feux. Puis j'ai libéré le signal, et il est reparti.

– Et vous n'avez pas mentionné l'incident?

– Il ne s'agit pas d'un incident, monsieur! Je n'ai à le mentionner à personne, sinon à le porter sur le cahier de la gare, ce qui a été dûment accompli! Cela fait partie de mes attributions! Et d'abord, monsieur, de quel droit me posez-vous ces questions en pleine nuit?

– Ne nous énervons pas, je vous en prie! Il se trouve que je recherche une dame qui était à bord de ce train, et...

– Est-ce que, par hasard, il s'agirait d'une dame avec un chemisier vert?

– Je l'ignore. C'est une Française.

– Je ne sais pas si la mienne est française, mais elle a un chemisier vert!

– La vôtre!

– Oui, enfin, façon de parler! Figurez-vous que, justement après le passage du 6507, j'étais dans mon bureau pour porter les notes réglementaires dans le cahier de trafic. Quand je suis ressorti, j'ai vu cette dame, allongée sur un banc dans la salle d'attente, avec ses valises et son chemisier vert. Je ne sais pas d'où elle sort. Comme il n'y a pas de train avant 6 heures 18 demain matin, je voulais lui demander si elle avait besoin de quelque chose : Pas moyen de lui parler. Elle grogne et se rendort. Alors, je la laisse dormir! Moi, je ne veux me mêler de rien! Venez régler vos histoires vous-même.

C'est bien ce que Duško compte faire. Un coup de fil à son ami Milan pour l'assurer qu'il n'y a probablement plus de problème, et le voilà en route pour Mladenovac, petite ville dont le nom fleure bon la Serbie, et qui se situe à quatre-vingts kilomètres de Belgrade.

Sur un banc, entre deux valises, un *vanity-case* et un sac à main, dort en effet une dame en chemisier vert. Sous l'œil désapprobateur du sous-chef de gare, Duško secoue la dame qui grommelle, se retourne et se rendort! Duško se permet d'ouvrir le sac à main, et il y trouve bel et bien un passeport au nom de Mauduit, Monique. Voilà donc déjà une partie du mystère résolue. Duško s'adresse au fonctionnaire de la ZTP :

– Cette femme n'est pas dans son état normal! Vous avez du café? Faites-le chauffer?

Ensuite il force tant bien que mal Mme Mauduit à s'asseoir, puis à se lever. Il la soutient par l'aisselle :

– Marchez, madame! Il faut vous réveiller!

Il lui fait ainsi parcourir de long en large le hall désert de la petite gare, puis réussit à faire ingurgiter à la dormeuse deux tasses d'un café yougoslave plutôt robuste. Après, avec l'aide du sous-chef de gare, il l'installe à l'arrière de la voiture, calée entre les bagages. Monique Mauduit tente de repousser une valise pour s'allonger.

– Non, madame! Restez assise! Et gardez les yeux ouverts! Nous allons retrouver votre mari! Votre mari, vous vous souvenez?

– Moui... Mon mari... Fâché...

– C'est cela, madame Mauduit! Parlez-moi de votre mari. Que s'est-il passé?

Tout en conduisant, Duško entretient la conversation, essaie d'éviter que Monique Mauduit ne replonge dans sa curieuse léthargie. Comme le café semble commencer à produire son effet, chemin faisant, Duško commence à comprendre par bribes ce qui est arrivé.

***

Madame Mauduit et son mari, qui semblaient brouillés depuis quelques mois, avaient décidé de repartir du bon pied en faisant un beau voyage. Ils ont commencé par un séjour au bord du lac d'Ohrid, puis ont suivi un programme de visite passant par Skoplje, Niš et enfin Belgrade. Mais la tension entre les époux, un moment dissipée, était revenue en force, et notamment pendant le parcours en chemin de fer.

– Donnez-moi mon somnifère, Bertrand! Je préfère encore dormir que vous voir et vous écouter dans cet état!

– Eh bien, moi, je vais aller dîner, ne vous déplaise!

Et Bertrand était sorti du compartiment. Monique Mauduit se souvient ensuite vaguement du passage du contrôleur faisant une annonce dans le couloir. Monique ne parle évidemment par le serbo-croate, mais elle comprend distinctement, prononcé par deux fois :

– Belgrade! Belgrade!

En réalité, le contrôleur annonçait :

– Les passagers pour Belgrade! pour Belgrade! Arrivée dans moins d'une heure!

– Tiens, se dit Monique, déjà Belgrade. J'ai dormi un bon bout de temps. Nous sommes arrivés!

Ne voyant pas son mari, elle se lève, se sent très fatiguée mais pense :

– Bertrand continue de bouder je descends avant lui...

Et elle commence à sortir ses bagages du filet et à les porter dans le couloir, tout en se sentant de plus en plus épuisée.

En fait, le train est encore loin de Belgrade. Très exactement à quatre-vingts kilomètres. Au niveau de la gare de Mladenovac, vaguement éclairée.

– Voilà Belgrade! conclut Monique.

Au même moment, le sous-chef de gare consulte sa montre, constate les quatre minutes d'avance et actionne les signaux d'arrêt. Le hasard fait que le wagon où se trouve Monique s'arrête le long d'un quai de ciment isolé, destiné à remiser des instruments de voierie. La voyageuse, le regard embrumé, pour des raisons que nous éclaircirons plus tard, descend sur ce quai avec deux valises, un *vanity-case* et son sac à main. Elle appelle faiblement :

– Bertrand!

Elle s'attend à voir son mari et d'autres passagers la rejoindre, mais le convoi reprend lentement sa route.

Voilà comment Monique Mauduit s'est retrouvée en pleine nuit dans un endroit qui ne ressemblait à rien, si ce n'est à un cauchemar. Car, décidément, elle ne savait plus à cet instant si elle rêvait ou non. Il lui semblait bien pourtant avoir vu, dans les secondes précédant l'arrêt, quelque chose qui avait l'air d'une gare. Pourquoi Belgrade et sa gare se sont-ils soudain volatilisées? En plissant les yeux, elle crut distinguer, très loin au bout d'une ligne droite, quelques lumières.

Mécaniquement, elle empoigna ses valises et, luttant contre la torpeur, se mit en route. Trébuchant et cahotant, la voilà qui escalade le quai de la petite gare, plongée dans la nuit. Un banc accueillant : Monique ne résiste plus, ne se pose plus de questions. Elle s'effondre et dort.

C'est a peu près ce que parvient à reconstituer Duško Z., au travers d'une conversation hachée, entrecoupée, où Monique perd souvent le fil de son récit. Il aimerait en savoir plus, mais il constate dans son rétroviseur que le café n'a eu qu'un effet momentané. Monique Mauduit, la tête renversée en arrière, est repartie dans les bras de Morphée.

Quatre-vingts kilomètres aller, et autant pour le retour, sur les routes yougoslaves et de nuit, plus le séjour dans la gare. Il est plus de cinq heures du matin lorsque l'automobile arrive dans le tranquille quartier de Banovo Brdo devant l'hôtel Sumadija. Duško demande un coup de main au veilleur de nuit pour extraire de la voiture l'endormie et ses bagages.

– Qui est cette personne ? s'enquiert le veilleur.

– Une de vos clientes. Elle rejoint son mari, un Français, M. Mauduit.

Œil arrondi du préposé à la réception :

– Là, vous devez faire erreur. Nous avons bien un M. Mauduit. Mais sa femme est déjà avec lui !

Duško dépose Monique dans un fauteuil et entraîne le réceptionniste vers le comptoir, pour poursuivre la conversation.

– Vous êtes sûr de ce que vous dites ?

– Sûr et certain ! Nous n'avons pas eu des centaines de clients cette nuit ! Je me souviens parfaitement. Ce Français est arrivé seul sur le coup de deux heures et demie du matin. Je l'attendais, il avait une réservation.

– Exact. Et ensuite ?

– Eh bien, ce monsieur avait l'air inquiet. Il m'a dit qu'il attendait des nouvelles de sa femme, et que, si jamais il se produisait quoi que ce soit à ce sujet, je le prévienne immédiatement.

– Jusque là, ça va.

– Bon. Ensuite est arrivée cette dame blonde, très énervée, qui voulait connaître le numéro de la chambre du monsieur. Je lui demande si elle est Mme Mauduit. Elle me répond que oui. Je l'ai donc fait monter. Et voilà.

Duško regarde la pauvre Monique, dont la tête dodeline contre le dossier du fauteuil. Il pressent la catastrophe.

– Vous pouvez appeler ce monsieur au téléphone et me le passer? demande Duško.

Lorsqu'il a Bertrand Mauduit en ligne, il pèse ses mots. Il doit parler en français et, à quelques pas, Monique recommence à ouvrir un œil.

– Je suis le correspondant d'Europ Assistance, monsieur Mauduit. Je suis à la réception de l'hôtel. J'ai retrouvé votre femme. Je vais monter avec elle... dans quelques instants.

Là-haut, Bertrand Mauduit comprend la perche qui lui est tendue à demi-mot.

– Heu... Oui... Est-ce que vous pouvez attendre un peu?

– C'est cela, monsieur Mauduit. Nous en avons pour cinq minutes!

Le réceptionniste a suivi la manœuvre. Psychologue et partisan de la discrétion dans son établissement, il apporte son concours :

– La chambre est au troisième étage. Malheureusement, l'ascenseur est en panne. Est-ce que cela ira quand même, madame?

Monique acquiesce et se met difficilement en route. Arrêt sur le palier du premier, soutenue par Duško.

– Les marches sont hautes, n'est-ce pas?

Entre le premier et le second, le réceptionniste laisse tomber une valise qui glisse, bloque l'escalier.

– Ah, je suis désolé! Quel maladroit je fais!

Au troisième, les deux hommes entourent de très près Monique, qui, ainsi, ne voit pas, au détour du couloir, s'éclipser une dame hâtivement vêtue et visiblement échevelée. Bertrand Mauduit peut alors accueillir avec force remerciements son épouse et son sauveur. Monique ne s'aperçoit de rien : elle voit un lit moelleux, son seul objectif est d'y plonger pour terminer son sommeil interrompu.

Le soleil se lève sur Belgrade lorsque Duško Z. et Bertrand Mauduit, le regard vide, les yeux cernés se retrouvent attablés dans la salle à manger déserte de l'hôtel. Avant de laisser le relais à l'équipe de jour, le réceptionniste leur a servi un café. Il a cru judicieux d'adjoindre une petite bouteille de *slivovic*, l'alcool de prune du pays, et deux verres, puis il s'est retiré discrètement. Duško Z. s'adosse à sa chaise. Il ne dit rien. Même si des questions lui brûlent les lèvres, son rôle d'assistance est terminé. Le silence se prolonge un moment, puis Bertrand Mauduit retire ses lunettes cerclées d'écaille. Il pince entre le pouce et l'index l'arrête de son nez, entre les sourcils crispés. Puis, lentement, il parle.

⁂

Il raconte sa liaison orageuse avec sa secrétaire au ministère, sa peur constante de se voir découvert, déshonoré. Un vrai caractère, cette demoiselle. Exigeante, possessive, envahissante.

– Et puis, j'ai décidé de me ressaisir, de m'éloigner avec ma femme. Ce voyage, c'était mon espoir. J'ai cru que j'avais réussi à reconstruire notre couple lorsque nous avons passé une semaine de rêve au bord du lac d'Ohrid. Et un matin, au petit déjeuner, elle était là! Installée à quelques tables de la nôtre! Elle, oui! Elle me regardait fixement, en souriant! J'avais eu l'imprudence de faire organiser notre voyage par l'agence habituelle du ministère. On n'a fait aucune difficulté pour communiquer mon parcours à ma secrétaire, qui disait vouloir me joindre.

À partir de là, ce fut infernal. Elle avait retenu des chambres pour elle à chacune de nos étapes. Elle voyageait par les mêmes trains!

Bertrand Mauduit raconte comment il a résisté aussi longtemps que possible. Mais ses nerfs était mis à rude épreuve, il n'a pas réussi à maintenir son calme jusqu'au bout.

– Belgrade était notre dernière étape. Sophie – c'est le nom de... de cette personne –, Sophie avait pu m'approcher en montant dans le train. Elle m'a carrément menacé : si je ne la rejoignais pas, cette fois, elle dirait tout à ma femme!

Aussi lorsque Monique Mauduit, excédée par la nervosité inexplicable de son mari, exprima le désir de dormir et prononça cette phrase :

– Donnez-moi mon somnifère, Bertrand!

... Le mari coupable vit là une occasion inespérée : il appuya un peu plus sur le compte-gouttes.

– Mais ce n'est pas du tout ce que vous pensez, Monsieur Z.! Je voulais juste avoir un peu de temps pour une explication avec Sophie! Une dernière explication! J'étais décidé à rompre!

Duško Z. ne pense rien. Ce n'est pas son rôle. À peine se remémore-t-il la silhouette entrevue au détour d'un couloir. Charmante, assurément. Et il était presque six heures du matin. Longue rupture... Le correspondant d'Europ Assistance pose une main fatiguée mais amicale sur l'épaule de Bertrand.

– Bonne chance, monsieur Mauduit.

Duško Z. rentre chez lui. Il ne saura jamais si Bertrand Mauduit a profité de cette chance.

Nous non plus. Mais ceci, dit le sage, est une autre histoire.

7

Une valise rouge

Oyez, braves gens, l'histoire bien connue et jamais démodée du voyageur dont la valise a disparu. Égarée, perdue, soutirée, envolée vers une destination inconnue, ou encore demeurée sur l'aéroport du départ, acheminée sans raison valable vers une escale lointaine, à moins qu'elle n'ait été déchargée, Dieu seul sait pourquoi, lors d'une escale intermédiaire.

Les raisons sont multiples mais les conséquences se ressemblent toutes : désespoir, panique et embarras sans nombre. Une valise ne parle pas. Et, lorsqu'on oublie de lui adjoindre une petite étiquette avec nom et adresse, ce silence prend parfois des proportions catastrophiques.

Vous êtes ainsi parti avec juste ce qu'il fallait de vêtements et vous apprenez devant la consigne qu'il vous faudra rester quinze jours durant en short, sans brosse à dents, sans cadeaux pour la famille que vous allez visiter. Un quidam, en désespoir de cause, eut même recours, il y a quelques années, à une émission de radio, animée par Pierre Bellemare, pour remettre la main, par voie d'antenne, sur sa valise perdue. En une demi-heure le tour était joué.

Cette émission se nommait *Il y a sûrement quelque chose à faire,* titre que ne désavouerait pas Europ Assistance dans notre cas tragi-comique de valise perdue.

Oyez donc, braves gens, l'histoire de la valise perdue de Nicolas. Une histoire américaine dont le héros est un jeune français de quatorze ans, le cheveu en brosse, l'œil vif, le sourire éclatant. Nicolas, un de ces adolescents qui se débrouillent dans le monde avec l'aisance des grands.

Il vient de faire un séjour aux États-Unis, dans une famille où il a appris à vivre à la mode américaine, mangeant à toute heure hamburgers et gros gâteaux à la crème, prenant même cet accent élastique et difficilement compréhensible de l'habitant de l'Ohio. Il s'est gavé de télévision, de baseball et retourne maintenant dans sa famille française.

Il a pour cela une valise en main. Il est à l'aéroport J.-F.-Kennedy de New York.

Soyons honnêtes : nos lecteurs savent que le suspense n'est pas de mise, puisque, de toute manière, Nicolas va perdre sa valise. Mais observons tout de même le déroulement de l'opération.

Nicolas vient de descendre d'un avion des lignes intérieures et a récupéré son précieux bagage. Une navette le conduit devant le hall de sa correspondance pour Paris. Nicolas est en transit. Le transit, un état que tous les experts qualifieront d'extrêmement dangereux pour la survie d'une valise, une parenthèse diabolique semée des pièges les plus redoutables.

Il pose sa valise à ses pieds et se plonge dans la lecture d'un numéro de *Rolling Stones,* sa revue préférée.

Arrêt sur image : nous avons là, en plan fixe, devant le comptoir de la compagnie, un jeune homme habillé d'un jean bleu savamment délavé et d'un *sweat shirt* blanc orné d'une magnifique panthère rose. Une valise rouge est toujours à ses pieds. Enfin, une charmante voix – celle qui distille les mêmes informations dans tous les aéroports du monde – engage les passagers du vol pour Paris à faire enregistrer leurs bagages. Les consignes de sécurité de l'aéroport exigent qu'avant même l'enregistrement, un premier contrôle ait lieu. À cet instant, précis, la valise est toujours aux pieds de Nicolas. Il s'en saisit et s'approche des officiers de la douane.

La disparition, n'en doutez pas, de la précieuse valise est pour très bientôt.

Tandis que sa valise roule sur un tapis et livre ses secrets à l'œil indiscret de l'électronique, Nicolas passe par une petite cabine où il est méticuleusement fouillé. Il en ressort une minute plus tard, se dirige vers le tapis roulant et attend de voir glisser sa valise devant lui.

Nous y voilà.

Il ne s'affole pas outre mesure, inspecte tout d'abord la machine qui vient de lui « manger » sa chère valise, fait le tour des passagers en présence dans le hall, regarde sous les sièges, interroge les officiers de la police de l'air qui n'ont, bien sûr, rien vu. Quinze minutes plus tard, alors que Nicolas cherche toujours, l'hôtesse insiste sur l'urgence de l'embarquement.

Nicolas n'a plus de valise. Et les hôtesses, désolées, ne peuvent rien pour lui. Plusieurs groupes de passagers vers des destinations différentes se sont croisés dans cette salle de contrôle. Il faut embarquer sans valise.

La disparition est d'autant plus incompréhensible que la valise de Nicolas n'est pas précisément ce que l'on peut appeler une valise de luxe. Elle est rouge, en plastique, d'un modèle très courant, elle a déjà beaucoup voyagé et sa poignée est un peu arrachée du côté droit. Elle n'a rien de la valise qu'un mauvais esprit pourrait convoiter.

Le voyage est quelque peu perturbé. Notre héros est franchement furieux. Qu'y avait-il dans cette valise qui mérite de pareils regrets ? Outre une collection de deux cents posters des meilleurs joueurs de base-ball des équipes américaines, destinés à être revendus au prix fort à ses amis en France, s'y trouvaient également tous ses vêtements d'été. Or Nicolas doit repartir trois jours plus tard pour la Corse afin de rejoindre ses parents dans leur maison de Calvi. On ne part pas en Corse avec des pull-overs et des pantalons de velours. Et c'est tout ce qu'il reste dans la penderie de sa chambre à Paris.

Mais rien n'est perdu, bien sûr. À peine arrivé à Roissy, Nicolas file au comptoir de la compagnie afin d'y faire une déclaration de perte.

– Elle est rouge, en plastique, la poignée abîmée.

– Vous avez mis votre nom dessus ?

– Eh bien... non !

Le regard de l'employé exprime un mélange de résignation et de dédain.

– Alors, là...

– Vous pouvez quand même faire des recherches ?

Un petit temps d'hésitation.

– On ne nous a rien signalé sur ce vol.

– Mais vous pouvez interroger New York, non?

Cette fois l'employé bafouille quelques mots plats.

– Oui, oui... Après un délai de cinq jours, si l'on ne retrouve rien, nous transmettrons la réclamation au bureau des litiges de Kennedy Airport...

Nicolas prend le bus, les mains désespérément vides. Cinq jours à attendre! Nicolas n'aime pas attendre.

Une fois arrivé chez lui, il prend le téléphone d'une main et sa carte d'Europ Assistance de l'autre :

– Allô! C'est pour une valise...

Une valise pleine de posters et d'habits d'été, une valise perdue, c'est un pépin comme les autres. Même s'il est plus facile de retrouver un chien égaré sans collier qu'une valise perdue sans étiquette. Une véritable catastrophe, souligne Nicolas, le plus sérieusement du monde.

Le correspondant de Nicolas à Europ Assistance s'appelle Dominique. Dominique joint immédiatement la compagnie à Kennedy Airport et décrit la valise de son abonné. Rien de tel en magasin. On lui passe le bureau des objets trouvés. En anglais le *lost and found office*. Dominique reprend la description du bagage, en insistant bien sur la caractéristique de la poignée abîmée. À l'autre bout du fil, par-delà l'Atlantique, une voix répond « *Yes* ».

– Comment, *yes*? Vous avez la valise?

Ils ont la valise rouge, avec la poignée endommagée.

– Formidable! Vous l'expédiez aujourd'hui?

– *No.*

– Comment *no*? Pourquoi non?

– Parce que le nom sur la valise n'est pas celui de votre correspondant.

Aucun moyen de lui en faire dire davantage. Dominique rappelle Nicolas en lui proposant de passer tout de suite au bureau.

– On va rappeler le type de New York et faire un duplex par téléphone. Tu lui donneras le détail du contenu de ta valise.

Une demi-heure plus tard, l'aéroport de Kennedy est en ligne :

– Ouvrez ma valise, elle n'est pas fermée à clé. Mais faites attention, ne laissez pas tomber les posters des joueurs de base-ball.

Petit silence intercontinental et réponse glaciale de l'employé.

– Cette valise est fermée à clé.

Nicolas est troublé. Il n'avait pas de clé. Comment se peut-il ? Et si on essayait les rayons X ?

– Pas possible, répond New York. Il doit y avoir confusion de valises.

Dominique garde son calme. Une des vertus qui lui permet de bien faire son travail de chargé d'assistance.

– Vous dites qu'il y a un nom sur l'étiquette ?

– Exact, je vous le répète : *J. Cobsbury, Wychow, New Jersey.*

Le préposé de l'aéroport, excédé, a fini par leur raccrocher au nez.

Dominique réfléchit. Et croit comprendre : quelqu'un a dû se tromper de valise, prendre celle de Nicolas pour la sienne. Une valise rouge avec une poignée endommagée, ce ne doit pas être fréquent, d'ailleurs. Le nommé J. Cobsbury, de Wychow dans le New Jersey, devait être en transit. Il faut mettre la main dessus.

Les renseignements internationaux, passant par le central du New Jersey, fournissent une liste de sept Cobsbury à Wychow. Dominique prend les numéros de téléphone et commence l'enquête.

Le numéro un n'a pas voyagé depuis longtemps. Le numéro deux est pâtissier et n'est pas allé à New York depuis plus de six mois. Le suivant est un petit garçon, qui ne veut pas passer l'appareil à sa maman, laquelle le lui arrache des mains pour répondre que, de toute manière, elle n'a pas de valise rouge et que son garnement est insupportable. Le numéro quatre n'est plus attribué. Quant au numéro cinq, c'est une dame, tout à fait charmante, qui s'étonne tout de même qu'on l'appelle de si loin pour prendre des nouvelles de son voyage :

– Oui, j'ai bien voyagé et transité par J.-F.-Kennedy ce jour-là. Oui, j'ai une valise rouge, mais elle est là et je n'ai pas encore eu le temps de l'ouvrir.

Cette fois, Nicolas n'a pas le temps de demander que l'on s'empare de la valise avec précaution pour ne pas faire tomber les somptueux posters. Madame Cobsbury est déjà partie voir.

– C'est plein de posters, dit-elle en riant. Mais vous savez où est ma valise ?

Ainsi s'achève l'histoire exemplaire de la valise rouge perdue et retrouvée. Dominique a fait d'une pierre deux coups : deux valises rouges pour le prix d'une seule... Jenny s'est chargée de déposer celle de Nicolas le jour même dans le plus proche bureau de la compagnie. Munie d'une étiquette au nom du jeune garçon, la valise est arrivée le lendemain à Roissy, après s'être offert une journée supplémentaire de vacances sur le territoire américain et un petit détour dans l'État du New Jersey.

Trois jours plus tard, Nicolas était à Calvi. Il y retrouvait plusieurs de ses amis. Le temps des affaires commençait pour lui. Au prix du poster, il pourrait sans doute s'acheter bientôt une belle valise toute neuve, bien à lui, pareille à nulle autre.

8

Surtout, ne traverse pas!

L'histoire est courte. Un moment intense pour Éliane, chargée d'assistance : trente-cinq minutes au cours desquelles elle a vécu, dit-elle, accrochée à un fil.

17 heures 25.

– Europ Assistance, j'écoute!

– Bonjour, madame! C'est vous, le docteur?

Une voix enfantine, tremblante. Des bruits passagers de moteurs.

– Non. Ici ce n'est pas un docteur! C'est une maison qui s'appelle Europ Assistance!

– Bon, ben... J'ai dû me tromper de numéro!

– Attends! Tu as besoin d'un docteur?

– C'est pas pour moi, c'est pour mon papa! Faut que je raccroche, madame! Je dois appeler le docteur!

– Je peux t'en envoyer un! Où es-tu?

– Sur l'autoroute!

– Comment?

– Je suis sur l'autoroute! C'est les voitures qui font du bruit!

– Tu es dans une cabine?

– Oui, mais je n'ai pas beaucoup de sous!

– Tu peux lire le numéro qui est marqué sur la cabine?

Première précaution : savoir où joindre la personne qui appelle, en cas de coupure de la communication.

– Ne quitte pas!

On passe la ligne sur le plateau. Chargée d'assistance : Éliane, trente-cinq ans, maman de deux enfants de six et huit ans. Aussitôt le numéro relevé par la standardiste l'intrigue :

– Tu es loin de Paris ?

– Je sais pas! Pourquoi vous me demandez ça! C'est un docteur que je veux, pour mon papa qui est malade!

– Comment t'appelles-tu ?

– Éric !

– Qu'est-ce qu'il a ton papa ?

– Il a mal au côté! Il est tout blanc et il peut pas se lever !

– Où est-il en ce moment ?

– Dans la voiture! Il m'a donné la carte avec le numéro et il m'a dit d'appeler un docteur! Quand c'est qu'il vient, le docteur ?

– Il faut que je sache où tu es, pour savoir quel docteur est le plus près de toi ! Il y a une ville, pas loin ?

– Je crois, mais je me rappelle plus le nom.

– Essaie, Éric! Tu es un grand garçon? Quel âge as-tu ?

– Sept ans, madame!

– Bon. Alors, le nom de cette ville, tu l'as sûrement entendu prononcer par ton papa! C'est là que vous allez ?

– Non. On avait encore du chemin. On allait à Nice.

– Il vous restait beaucoup de route à faire ?

– Je sais pas. Un peu... Montelier, ça existe ?

– Non. Il y a Montpellier, mais ce n'est pas sur ton chemin.

– Pourtant, je crois que c'est Montelier... ou Montélie.

– Montélimar, c'est ça ?

– Oui. Montélimar. Il y a un docteur, là-bas ?

– Il y en a plein! Mais il faut me dire où est la voiture de ton papa : les gendarmes vont venir vous chercher!

– Mais il n'a rien fait de mal, papa! Il est juste malade!

Éliane se rappelle soudain comme il est difficile de communiquer avec un enfant de cet âge. Elle devrait le savoir! Mais ici, à son lieu de travail, elle a tendance à oublier sa vie de maman.

– Écoute, Éric, je me suis trompée. Ce ne sont pas les

gendarmes. Ce sont les motards de la police. Ils sont sympas! Oui, si c'est eux, je suis d'accord.

Éliane essaie de faire décrire le paysage alentour, de trouver un point de repère : la voiture se trouve sur l'autoroute, près de Montélimar, mais le petit Éric est incapable de dire si c'est avant ou après la ville.

C'est alors qu'un autre membre de l'équipe reçoit lui aussi un appel : un homme est à un poste téléphonique sur l'autoroute. Il a dû s'arrêter car il souffre de ce qui semble être une crise d'angine de poitrine ou un début d'infarctus. Mais, ce qui l'inquiète, c'est que, lors de son malaise, il a envoyé son fils contacter Europ Assistance. Or, l'homme est à la cabine la plus proche de son véhicule et son fils n'y est pas. C'est évidemment le père d'Éric. Éliane est mise au courant.

– Dis-moi, Éric, cette cabine, elle est loin de la voiture de ton papa?

– Non. Tout près. Il y en avait une autre, devant, mais il fallait beaucoup marcher. Alors, j'ai vu celle-là, j'ai grimpé dans l'herbe. C'était haut, mais plus près!

– Comment ça, haut?

– Ben oui! Elle est sur le pont, de l'autre côté!

– De l'autre côté de quoi?

– De l'autoroute, pardi!

– Tu... tu as traversé l'autoroute?

– Évidemment, puisque c'était de l'autre côté! Mais j'ai fait attention!

– Écoute, Éric. Ton papa nous a téléphoné aussi et je sais où est votre voiture. Les motards vont arriver très vite. Mais...

– Mon papa! Je veux pas qu'il marche si loin seul! Je vais l'aider!

– Non! Il va mieux! Ne bouge pas!

– Si, je vais y retourner!

– Éric, surtout ne traverse pas!

– Je ferai attention, comme en venant!

Éliane imagine ce petit Éric sous les traits de son propre fils, François. Elle le voit, dans une cabine en haut d'un pont qui traverse l'autoroute, à des centaines de kilomètres d'elle. Elle voit le talus abrupt, un bout de fossé et, là-haut, les voitures et les camions énormes, sur leur lancée en pleine ligne droite. Par le téléphone, elle perçoit le chuintement des pneus au passage. On lui signale que le père d'Éric n'est plus en ligne, peut-être victime d'un nouveau malaise. Heureusement, il a pu être localisé et la police de la route est prévenue. Mais elle mettra un certain temps à arriver, car l'emplacement du véhicule est éloigné de la bretelle d'accès. Éliane retrouve d'instinct les mots qu'il faut. Elle commence à expliquer en termes simples le travail qui est en train de se faire pour secourir le papa. Les téléphones, les ordinateurs. Intéresser Éric, le captiver, le garder en ligne.

– Tu sais, si tu étais plus loin, on aurait pu t'envoyer un avion!

– Oh? Vous avez un avion?

– Oui. Tout blanc!

– Avec combien de moteurs?

– Deux. Mais ce sont des réacteurs!

– Vous passez le mur du son?

C'est étonnant, les facultés d'évasion d'un enfant.

– Eh, madame, on peut faire un tour dans votre avion?

– Ça, c'est difficile! Il est réservé aux médecins, pour les gens en danger. Mais quand tu viendras nous voir, avec ton papa, on te montrera un hélicoptère.

Trente-cinq minutes. Puis, brusquement, Éric interrompt une phrase :

– Bon. Faut que je parte, maintenant!

La voix s'évanouit quelques secondes. Puis Éric revient au téléphone.

– Il y a un motard à côté de moi. Il veut que je l'accompagne! Il dit que mon papa va bien!

Éliane se tasse sur sa chaise et soupire.

Mais, au bout du fil, la petite voix insiste :

– Dites, madame... pour l'hélicoptère, c'est promis?

– Promis, juré, Éric. Mais, en échange, je veux aussi une promesse!

– Laquelle?

– Si tu te retrouves au bord d'une autoroute, à n'importe quel moment de ta vie, pour n'importe quelle raison, *surtout, ne traverse pas!*

9

La nuit tchadienne

Des pâtés de sable en forme de gros cubes, sous lesquels vivent des hommes. La terre est rouge, ainsi fut-elle certainement dans le seau de cet architecte enfant, qui, muni d'une grande pelle, a construit ce quartier à l'échelle des rêves du premier âge. C'est à N'Djamena, c'est le quartier des maisons de terre.

Isabelle traîne souvent là, les yeux brûlés par la lumière et la poussière des vents de sable. Elle découvre la vie; elle a 20 ans. Elle vient de se marier, elle a tout quitté pour suivre François dans ce pays multicolore que d'antiques pasteurs ont découvert, il y a des millénaires, le Tchad.

Isabelle ne connaissait que la banlieue de Lyon, Villeurbanne, ses brumes tenaces, les terres humides du bassin du Rhône. Elle y terminait ses études à l'école normale d'instituteurs.

François Chevy, dont elle porte aujourd'hui le nom, lui avait dit un matin :

– Je pars au Tchad, comme coopérant, pour deux ans. Si nous nous marions, nous irons ensemble.

La nouvelle a fait l'effet d'une bombe chez les parents d'Isabelle.

– Au Tchad? Mais tu es folle, ma petite! Il y a la guerre là-bas!

– La guerre, c'est quoi? C'est en substance ce qu'Isabelle a demandé.

– Tu ne te souviens pas? Françoise Claustres? Tu étais

trop jeune. *Ils* l'ont enlevée et *ils* ne l'ont libérée que lontemps après, après mille tractations.

Qui sont ces *ils*? Il ne faut pas trop en demander. Tous ces conflits larvés ou qui éclatent, ces factions, les aides étrangères... Trop complexe pour qui ne connaît pas le terrain, pour qui vit à Lyon depuis son enfance.

Tous les arguments sont bons pour dissuader Isabelle : la guerre, les maladies africaines, l'isolement. Seul, le mariage n'est pas mentionné, même si son père se voit, du jour au lendemain, dépossédé de toute prérogative sur son enfant unique.

– Et dire qu'il l'enlève au Tchad.

Pour Isabelle, le rêve prend forme. Le tiers monde... une drôle de promenade, une promenade de deux ans, pour fêter leurs noces.

Et, un matin de mai 1986, Isabelle et François Chevy débarquent à l'aéroport de N'Djamena. L'ancien Fort-Lamy.

***

Des bouffées d'histoire remontent. Le fantôme de Leclerc, dirigeant ses hommes vers la Libye au nom de la France libre, entre autres. Un pays où le français est toujours la langue officielle. Un pays qui, il y a un siècle, était à peine exploré, à peine connu. Une terre aride, le Tibesti sauvage, le Sahel rongé par la sécheresse permanente. Des nomades et des enfants du désert pour qui une goutte d'eau parfois est le don d'un ciel sans clémence. Le plein cœur de l'Afrique, un territoire immense. La frontière du monde blanc islamisé et du monde noir animiste. Un pays isolé, sans voies importantes de communications, sans richesses, en proie à la famine et aux guerres intestines qui sapent l'identité d'un peuple qui ne sait pas toujours qui gouverne aujourd'hui et qui gouvernera demain. Des ruines, les traces des plus récents bombardements, l'impact des balles. On ne compte plus les villages détruits. On ne compte plus les morts. Et les vivants, comptent-ils encore?

Ils sont prudents, Isabelle et François. La guerre fratricide Nord-Sud n'est pas pour eux. Il est hors de question d'aller faire du tourisme au Tibesti, de visiter les magnifiques réserves de Zakouma ou d'aller faire une promenade autour du lac Tchad. La vie à N'Djamena leur convient; ils y sont heureux, loin de tout, c'est-à-dire l'un près de l'autre.

Sage Isabelle : avant de quitter la France, elle a passé son diplôme à l'école normale. Elle exerce ses talents sur les enfants tchadiens.

Dans ce quartier aux maisons de terre rouge, il y a des enfants partout : des enfants qui traînent et ne demandent qu'à apprendre à lire. Faire apprendre, telle est la passion d'Isabelle.

Il y a eu aussi l'extraordinaire rencontre avec ce vieillard peul, au visage de berger philosophe. Il s'appelle Dakwi; il a quarante métiers, poète, inventeur de proverbes, raconteur d'histoires, guide et homme à tout faire, quarante métiers et deux grands yeux noirs, intenses.

Chaque matin, il attend Isabelle pour la mener dans le quartier des maisons de terre, où elle enseigne. Il sera son traducteur, son confident, son maître à penser. Il sait et connaît tout : la pêche, comme l'élevage du zébu, le tissage du coton comme l'affûtage d'un roseau pour fabriquer des flûtes. Il est surtout cette mémoire vivante des contes de son peuple, de ces pasteurs semi-nomades qui vivent de si peu et croient en tant de choses. Chaque jour, Isabelle apprend des contes nouveaux, les traduit avec Dakwi et les fait réciter le lendemain à ses petits élèves. Des contes à rêver debout, où les bergers, les paysans, les guerriers, les cueilleurs de coton et les pêcheurs du Grand Lac sont les généraux de cette grande armée du songe. Des récits menés tambour battant, qu'elle enregistre, consigne par écrit chaque soir. Elle se couche de plus en plus tard parce que c'est de plus en plus beau.

François s'amuse de la voir ainsi veiller.

– C'est moi que tu aimes ou le pays?

– Ni l'un, ni l'autre, mon chéri. C'est Dakwi que j'adore.

Un matin, pourtant, Isabelle est très pâle. Les yeux sont cernés de bleu, une fatigue continuelle l'habite. Le soir, au coucher du soleil, elle frissonne. Les fièvres du quartier des Pierres-Rouges...

Dakwi, le vieux sage, lui demande :

– Es-tu malade ou vas-tu nous donner un enfant?

François, le soir, posera la même question.

Des enfants, elle n'en veut pas tout de suite. Il n'y en a que trop ici, des centaines de paires d'yeux curieux qui la regardent, l'aiment, l'ont adoptée. Des enfants qui, quand ils n'apprennent pas, jouent avec des bouts de bois, de ficelle, des bouteilles de plastique et de vieilles boîtes en fer-blanc qui servent à puiser l'eau. Quand eau il y a.

Il y a un mois un garçon de six ans lui a offert une Rolls. C'est-à-dire qu'il a découpé dans un magazine une belle image en couleur, l'a collée sur une vieille feuille de carton d'emballage et a dessiné, maladroitement, le visage d'Isabelle au volant de la voiture.

Pourquoi donc cette image qui la distrayait tant ne la fait-elle plus sourire depuis quelques jours?

Elle est au lit, ne peut plus se lever, les traits amincis, le front fiévreux. Mais elle refuse toujours de consulter un médecin.

– Un simple coup de froid...

François fait remarquer que, par ces chaleurs...

– Une petite insolation, alors!

Qu'importe cette mauvaise foi attestée. François ira chercher un médecin. Dakwi fait la moue.

– Mon pays est pauvre. Sa médecine est aussi pauvre. Et le médecin est encore plus pauvre.

C'est un proverbe fataliste et très ambigu.

Dakwi est allé chercher le médecin. Mais il n'a pas confiance. Ses ancêtres étaient un peu sorciers. Il sent qu'Isabelle est trop malade pour être guérie.

Le médecin a fait une piqûre, la fièvre est retombée, et Isabelle, qui voit ses forces revenir, décrète que demain est jour d'école. Elle ira avec Dakwi dans le quartier des Pierres-Rouges.

Dakwi est d'accord? Bien sûr, il est toujours d'accord. Mais, lui, qui a vu tant de fois le visage de la mort dans les yeux des Occidentaux de N'Djamena, sait que demain ils n'iront pas ensemble apprendre aux enfants les récits du vieux sage. Le médecin n'a d'ailleurs rien promis :

– Il faudrait faire des analyses, si l'état empire – des analyses longues et difficiles. Je ne sais pas si on pourra les faire.

Deux semaines plus tard, tandis qu'Isabelle a rechuté et, plus amaigrie que jamais, se morfond dans son lit, le médecin prend François à part :

– Écoutez, je crois bien qu'il s'agit d'une pneumonie virale. Votre femme réagit mal au climat, au pays. Il lui faudrait un repos complet, et aujourd'hui c'est devenu grave. Je ne pense pas que nos hôpitaux seront en mesure de faire quelque chose...

– Vous voulez dire qu'elle va... ?

Il est des mots qui restent sur les lèvres. Surtout quand votre interlocuteur comprend votre désarroi et ajoute :

– Il faut la faire rapatrier en France, là elle aura sa chance.

Dakwi n'est pas content. Le médecin a parlé de virus. Qu'est-ce que c'est, un virus? Non, non, Isabelle est victime d'un poison qui traîne dans l'air et qui est entré en elle par la bouche, par la respiration. Et le poison et diabolique, il fait souffrir avant d'agir.

Ce conte peul ressemble à un cauchemar. Pendant que François et le médecin confèrent, les longues et fines mains de Dakwi passent une compresse fraîche sur le front d'une Isabelle déjà presque absente. D'un geste maladroit, elle fait tomber la jarre de terre cuite sur le sol.

François est déjà au téléphone avec un médecin régulateur d'Europ Assistance. Le diagnostic de pneumopathie virale se confirme.

Avant de partir, les jeunes mariés, sur le conseil de la famille, avaient souscrit un contrat. Le père d'Isabelle avait ajouté :

– Ils ne garantissent pas les conséquences des guerres.

Aujourd'hui, la guerre se fait à plus petite échelle. Dans le corps d'Isabelle, qui ne lutte déjà plus, et dans la tête de François. Un médecin d'Europ Assistance propose un règlement immédiat du conflit : on va affréter un jet spécial.

Il est 14 heures 30, ce 24 octobre, à Paris.

Tous les détails techniques sont réglés en moins d'une

heure. Il est temps : dans sa chambre, avec Dakwi à son chevet, Isabelle délire et respire à grand-peine.

À Paris, le chargé d'assistance se trouve confronté à un problème inattendu. Le jet sanitaire est au Bourget, prêt à décoller, mais les autorités tchadiennes déclarent :

– Nous ne pouvons pas vous donner notre accord pour l'atterrissage à N'Djamena.

– Quel est le problème ?

– Votre avion arrivera de nuit ?

– Oui, et alors ? L'aéroport est équipé, c'est le seul du pays.

– Exact, mais le survol du Tchad, la nuit, par des avions civils, est interdit.

C'est nouveau. Jusqu'alors, il n'y avait pas de limitation.

– Raisons de sécurité, déclare l'officier tchadien.

Impossible d'en savoir plus. Les journalistes ont peu d'informations sur les zones de combat, la situation militaire évolue d'heure en heure. Les États-Unis, la France, la Libye, tous ces pays ne savent plus très bien ce qui se passe au Tchad.

Quelques minutes plus tard, le chargé d'assistance rappelle N'Djamena :

– Voilà. Notre Mystère 20 partira avec un équipage composé de deux pilotes, d'un médecin réanimateur et d'un infirmier. Décollage prévu au Bourget à 0 heure 15, arrivée à Zazaïtine, en Algérie, à 5 heures 5. Nous serons à N'Djamena à 8 heures 3, demain matin. Est-ce que c'est possible ?

C'est possible. La nuit tchadienne s'achève officiellement à 8 heures du matin. Le plan de vol est accepté.

– D'accord, mais n'oubliez pas les visas!

Les visas... les visas de l'équipe médicale. La balle est dans le camp du correspondant local d'Europ Assistance. Il est 15 heures 30, là-bas. Il a une heure pour obtenir les indispensables laissez-passer. Les bureaux ne vont pas tarder à fermer. Il devra se trouver à l'aéroport, muni de tous les documents, à 8 heures 3 précises, le lendemain, sans quoi l'équipe ne pourra pas descendre de l'avion. Le redécollage est prévu deux heures plus tard. Ils seront tous au Bourget à 16 heures 30.

Le correspondant local sait qu'il doit à tout prix gagner la partie. Il sait aussi qu'à N'Djamena, plus qu'ailleurs, obtenir des papiers dans les administrations n'est pas toujours facile. Il s'égosille à répéter les identités du pilote, du copilote, du médecin, de l'infirmier, insiste mille fois sur l'urgence extraordinaire de la situation. Les bureaux, ça y est, vont fermer. Et s'il revenait demain matin, on serait plus au calme, propose une secrétaire.

Pas question! Tout de suite! Tel est le dur métier de correspondant local d'Europ Assistance. Ils sont plus de deux cents dans le monde, sur les épaules de qui la bonne conclusion d'un sauvetage repose parfois.

Dans son coin, Dakwi reste silencieux. Il ne comprend pas. Ne comprend pas cette histoire d'avion qui va venir de si loin. Pour lui le diable ou le virus – c'est à peu près pareil – est dans la chair et il faut l'accepter. Il lâche un dernier proverbe :

– La science est grande comme le tronc d'un baobab, un seul homme ne peut l'entourer de ses bras.

Il a raison, Dakwi. Ce qu'il ignore, c'est qu'Isabelle n'est plus seule. Ils sont une bonne dizaine, à Paris, en plein vol dans l'avion, et à N'Djamena, à entourer le baobab de leurs bras.

Au coucher du soleil, Isabelle est dans le coma.

La nuit est longue quand rôde la mort.

Mais voilà qu'une ambulance est devant la porte : et que d'autres hommes viennent prêter main-forte au seul médecin de N'Djamena. Le Mystère 20 a atterri comme prévu à 8 heures 3, avec de l'oxygène, des perfusions et le matériel de réanimation.

10 heures 18, aéroport de N'Djamena. Dakwi regarde s'envoler un avion. Sa vieille main noire se pose sur l'épaule de François qui n'a pas pu partir avec sa femme parce que son travail l'en empêchait. Il la rejoindra plus tard. Les médecins d'Europ Assistance l'ont rassuré, pourtant.

Les enfants du quartier des Pierres-Rouges ont une consolation : Dakwi leur a promis de leur raconter l'histoire extraordinaire de l'oiseau de fer qui vient chercher leur idole.

*
* *

25 octobre 1986, Isabelle est en réanimation à l'hôpital de la Cité universitaire, à Paris.

Février 1987. Isabelle quitte l'hiver rigoureux de France et ses parents qui l'ont accueillie pendant sa convalescence.

À son arrivée, François l'attend. Il aurait bien voulu être tout seul. Mais Dakwi a voulu venir, les élèves d'Isabelle ont voulu venir avec lui. Ils sont une bonne centaine à marteler du pied l'asphalte.

Un enfant est allé vers elle, avec un dessin collé sur un bout de carton. D'après la description de Dakwi, il a exécuté un Mystère 20. Un grand avion tout blanc, avec des flammes dans les réacteurs, et un museau noir orné d'une superbe paire de moustaches.

Le petit garçon aurait été très fâché si on l'avait félicité pour avoir dessiné une si jolie souris.

10

J'ai cassé mes lunettes

– Allô! Europ Assistance? J'ai cassé mes lunettes.

Il est 18 heures, ce 26 août 1974. La voix, une voix d'homme, est difficilement audible. Un très fort grésillement sur la ligne. Les standardistes d'Europ Assistance sont habituées à ce genre d'appels, qui sortent de l'ordinaire. Aussi, celle qui répond ce soir pose-t-elle les questions qui s'imposent, sans s'étonner davantage.

– Qui êtes-vous, monsieur?

– Paul Lefrançois. Un abonné.

– D'où nous appelez-vous?

– Je ne sais pas.

Aussi surprenant que cela paraisse, la chose n'est pas si rare... la standardiste comprend tout de suite qu'une situation bien particulière se présente.

– Vous savez bien dans quel pays vous êtes? À l'étranger?

Cette question entraîne un flot de paroles mal contrôlées.

– En Turquie. Nous faisons le tour du pays, ma femme et moi. Nous devions aller à Urfa, mais, en freinant un peu violemment, j'ai fait tomber mes lunettes et les ai cassées. Je suis affreusement myope; je n'y vois pas à cinq mètres. C'est ma femme qui m'a guidé jusqu'ici. Malheureusement, elle ne sait pas conduire elle-même. Vous devez absolument nous dépanner, nous envoyer quelqu'un. Nous ne pouvons pas rester ici!

– Vous êtes dans un village ?

– Oui, un village perdu. Une chambre chez l'habitant. Je ne sais pas ce que nous allons devenir. Ma femme est très inquiète, nerveuse.

– Quel est le nom du village ?

– Allez savoir ! Ils ne comprennent pas un mot. J'ai beau leur parler, je n'arrive à rien.

– C'est loin d'Urfa ?

– C'est sur la route. C'est tout ce que je peux dire. La standardiste d'Europ Assistance en sait assez. Elle a réussi à glaner un numéro de téléphone : le maire du village. Avec ce numéro, on obtiendra facilement le nom de la commune. Elle passe la communication à François Jacquinot, un de ceux dont la tâche est de résoudre ce type de dossier. Ce dernier veut poser des questions supplémentaires, mais M. Lefrançois l'interrompt.

– Je ne peux pas parler plus longtemps. J'ai très peu d'argent liquide, uniquement des chèques de voyage. On me fait signe de raccrocher.

François Jacquinot entend la sonnerie du téléphone, qui vient d'être coupé. Il passe à l'action. Cela ne semble pas trop grave. Il suffit d'envoyer deux chauffeurs dans un véhicule, qui ramèneront M. Lefrançois à Ankara, où Europ Assistance se chargera de lui faire parvenir une copie de ses lunettes d'après les indications que fournira le dossier de son opticien. L'autre chauffeur conduira sa voiture.

François Jacquinot décroche et obtient peu après M. Gouran, correspondant à Ankara. Malgré l'anecdote un peu pittoresque, ce dernier ne prend pas l'aventure à la légère.

– J'envoie la voiture et les deux chauffeurs. Ils partent tout de suite mais il leur faudra la nuit pour arriver sur place. Pouvez-vous me dire à quoi ressemble la voiture des abonnés ?

François a le dossier sous les yeux.

– Une 404 blanche.

Et il donne le numéro. Immatriculée 54, dans la Meurthe-et-Moselle.

– Serez-vous là demain matin ?

– Pas de problème.

– Très bien, faites prévenir le maire du village et tenez-nous au courant.

Pour François Jacquinot, le travail se poursuit. C'est la fin août et il a beaucoup de dossiers à traiter. Un accident matériel en Espagne, un carburateur en Italie, un chéquier volé en Grèce. Le lendemain, ce sont d'autres cas qu'il traite l'un après l'autre, non sans garder en mémoire l'affaire des lunettes. Enfin, vers midi, la standardiste lui annonce un appel :

– Je vous passe la Turquie.

Il s'attend à entendre la voix de M. Gouran mais il reconnaît celle de M. Lefrançois. Beaucoup plus anxieux encore que la veille.

– Que se passe-t-il ? Vous m'avez abandonné !

– Personne n'est arrivé ?

– Non. Et il faut aussi un médecin.

– Vous êtes malade ?

– Pas moi, ma femme. Elle est en train de faire une dépression. La chaleur, la nervosité, la solitude. Je ne sais pas, je n'arrive pas à la raisonner. Elle se croit en danger de mort.

Quelques minutes plus tard, François Jacquinot est de nouveau en communication avec le correspondant d'Europ Assistance à Ankara.

– Monsieur Gouran ? Cela se complique.

Il explique la brusque aggravation de la situation. Non seulement on n'a aucune nouvelle des deux chauffeurs envoyés à la rescousse, mais il faut maintenant un médecin. François Jacquinot en revient aux chauffeurs.

– Qu'est-ce qui a pu leur arriver, selon vous ?

– Un accident matériel, sans doute. La route n'est pas bonne.

– Dans ce cas, ils auraient appelé.

– Pas si sûr. La région est déserte. Ils sont peut-être à des dizaines de kilomètres d'un village.

Et M. Gouran conclut :

– De toute manière, j'envoie une seconde équipe avec un médecin et un chauffeur. Ils seront là-bas avant ce soir.

Ce soir... Jusqu'à vingt-trois heures, François Jacquinot reste devant son téléphone. Rien. Il n'y a rien en provenance de Turquie. M. Lefrançois n'a toujours pas de nouvelles, ni de la première ni même de la seconde équipe. Tous sont muets. Où sont-ils donc les uns et les autres? Pourquoi n'appellent-ils pas? Ils ne se sont tout de même pas volatilisés sur la route d'Urfa, même si elle est difficile et isolée? Ils disposent de voitures en parfait état de marche. Ils sont habitués à des déplacements autrement risqués. Alors? Cette histoire, qui avait commencé comme une comédie, prend de plus en plus une allure inquiétante...

François Jacquinot se décide à contrecœur à rentrer chez lui. Un de ses collègues le remplace devant le téléphone. Lui-même ne reviendra que le lendemain : il est sûr de ne pas passer une bonne nuit. Comment le pourrait-il, alors que, de l'autre côté de la Méditerranée, un drame mystérieux est peut-être en train de se dérouler?

28 août 1974, 9 heures du matin. Il y a maintenant un jour et demi que l'affaire des lunettes et de M. Lefrançois a commencé. En arrivant à son bureau, François Jacquinot apprend qu'il n'y a rien de nouveau. Il appelle M. Gouran mais malheureusement celui-ci n'a rien à lui apprendre.

– L'abonné attend toujours. Je suis en train d'appeler toutes les gendarmeries de la région. Personne ne leur a signalé quoi que ce soit.

– Qu'est-ce qui a bien pu arriver, selon vous?

– Je ne sais pas. Je suis inquiet.

– Avez-vous songé à un hélicoptère?

– Oui. Mais pour cela il faut l'accord de l'armée. Et rien ne dit encore que ce serait justifié. S'il n'y a pas de nouveau ce soir, je verrai.

Quant à envoyer une troisième équipe, ni M. Gouran ni François Jacquinot n'en évoquent l'hypothèse. Bien sûr, ils ne croient pas à une malédiction de la route d'Urfa, mais comment ne pas penser à la fameuse « loi des séries »? Le mieux est d'attendre et, en dernier recours, de penser à l'hélicoptère. Cette fois, heureusement, il y a rapidement du nouveau. Une demi-heure plus tard, le téléphone sonne à Paris. C'est un des chauffeurs de la première équipe.

– Nous sommes dans le village avec les abonnés.

– Que vous est-il arrivé?

– Notre radiateur a crevé. Nous avons dû faire de

l'auto-stop. Cela nous a retardés d'une journée. Mais, dites-moi, il y a un problème avec Mme Lefrançois.

– Dans quel état est-elle ?

– Mal. Elle est très abattue. Elle pleure. Il paraît que son mari vous l'a dit. Pourquoi ne pas avoir envoyé un médecin ?

François Jacquinot explique alors à son interlocuteur ce qui vient de se passer. Il questionne à son tour.

– Vous n'avez pas vu l'autre voiture ?

– Absolument pas.

– À quelle distance d'Urfa avez-vous eu votre accident ?

– Deux cents kilomètres environ.

– Il y a une autre route ?

– Non. C'est la seule.

François Jacquinot reste pensif. Cela signifie qu'il est arrivé quelque chose au médecin et à son coéquipier avant ces deux cents kilomètres. Mais quoi ? Si c'était un incident technique, ils se seraient débrouillés pour téléphoner. Si c'était un accident grave, la gendarmerie le saurait. À moins d'imaginer le pire : la voiture tombée dans un ravin inaccessible, ou... La voix du chauffeur le tire de sa réflexion :

– Nous ramenons les abonnés à Ankara. C'est là que Mme Lefrançois sera le mieux soignée. Si nous voyons quelque chose sur le chemin du retour, nous vous prévenons dès que nous pouvons.

Une moitié du suspense est terminée. Mais il reste l'autre, tout aussi angoissante. M. Gouran téléphone plusieurs fois, mais c'est pour dire qu'il n'y a rien et demander des nouvelles. Enfin, à 13 heures, ce 28 août, c'est l'appel libérateur. Au bout du fil, le médecin de la deuxième équipe. Il commence par rassurer.

– Tout va bien. Nous avons été retardés.

– C'est grave ?

– Ç'aurait pu l'être. Sur la route, nous avons rencontré des paysans qui nous faisaient signe. Nous nous sommes arrêtés. Ils nous ont expliqué qu'un enfant était tombé dans les rochers et bien sûr demandé de prévenir les gendarmes. J'ai préféré les suivre. Ils habitaient une maison perdue dans la montagne.

Il y a brusquement un intense grésillement. François Jacquinot n'entend plus rien. Quand la communication redevient claire, il demande à son interlocuteur de reprendre son récit là où il l'avait laissé.

– J'ai tout de suite vu qu'il souffrait de plusieurs fractures. J'ai réduit les fractures, placé des attelles. Cela s'est bien passé, mais j'ai préféré rester ensuite plusieurs heures auprès de lui. Il souffrait beaucoup. Maintenant, je le conduis à l'hôpital pour qu'on le place en observation.

François Jacquinot pousse un énorme soupir de soulagement. Non seulement ce n'était pas le drame qu'il redoutait, mais il vient d'apprendre le sauvetage d'un enfant.

– Bravo, docteur! Et, après l'hôpital, vous pourrez rentrer directement chez vous. Le nécessaire a été fait pour nos abonnés.

Mme Lefrançois a été sur pied après une semaine de repos, tandis que son mari recevait, faite par son opticien, une paire de lunettes envoyée de Paris à Ankara par Europ Assistance. Selon la formule consacrée, tout était bien qui finissait bien, et François Jacquinot a pu classer son dossier. Mais cette histoire hors du commun ne s'est pas effacée de sitôt de son esprit. Pendant longtemps encore, en arrivant dans son bureau, il a craint d'entendre au téléphone cette petite phrase apparemment anodine :

– Allô, Europ Assistance? J'ai cassé mes lunettes.

11

Histoire d'amour

Une bien étrange histoire qui commence dans le hall principal de Roissy-Charles-de-Gaulle.

Elle avait dit :

– J'ai horreur des voyages de groupe!

Le plus poliment du monde, il avait osé trois mots.

– Vous allez à Athènes?

– Évidemment! Hélas, pas toute seule.

Georges Ambert, professeur d'histoire à la retraite, homme paisible, ignore que cette conversation sera décisive, fatale. Les adjectifs sont nombreux pour qualifier ce récit authentique. Et, bien qu'il ait cherché à se mettre à l'écart, la file d'attente pour l'enregistrement le contraint à demeurer non loin de la dame.

– Ça empeste le parfum. Je déteste. C'est vulgaire!

Maintenant que les bagages sont enregistrés, il n'a plus aucune raison de s'embarrasser de cette indiscrète personne. Il est, par nature, peu bavard. Il s'asseoit, ses appareils photo sur les genoux, précieusement tenus.

L'inénarrable mégère vient le rejoindre.

– Apprenez que le parfum, ça me connaît! j'ai travaillé pendant plus de trente ans pour une grande maison de cosmétiques. Au fait, savez-vous qu'il ne faut pas pulvériser un parfum?

Georges Ambert, bien crédule, vient de tomber dans le piège tendu par sa voisine.

– Ma mère avait un charmant petit pulvérisateur, en pâte

de verre, signé Gallé. Il y avait, je me souviens, un très long tuyau flexible recouvert de soie noire et une jolie petite poire.

– C'est bien ce que je vous disais. Rien à voir avec ces horribles pulvérisateurs à gaz qui empestent le déodorant.

Georges Ambert est bien forcé d'acquiescer. Cette dame finira peut-être par le distraire. Cela ne saurait durer trop longtemps. Une fois dans l'avion, il pourra de nouveau méditer sur son voyage, songer à cette magnifique civilisation grecque dont il va visiter les ruines... Georges Ambert regarde en coin sa voisine. Quel âge? Difficile à déterminer. Un foulard recouvre entièrement les cheveux et d'énormes lunettes de soleil mangent un peu le regard. La bouche est sans fard. Un peu trop jeune pourtant pour faire partie de ce que l'on appelle le troisième âge. Car il s'agit d'un voyage organisé pour les retraités. Des retraités de l'enseignement. Que vient donc y faire cette dame qui l'entretient avec tant de ferveur de parfum?

– Vous enseigniez, je suppose, madame?

– Mais enfin, pas du tout! Et pourquoi me posez-vous une pareille question? Nous ne nous connaissons pas, que je sache!

La fuite s'impose. Georges Ambert se lève, prend son lourd sac d'objectifs en bandoulière et se déplace. Il a économisé depuis plusieurs mois sur sa retraite pour faire ce voyage, pour s'offrir ce séjour à Athènes, avec le tour complet du Péloponnèse en car. Retour en bateau par le canal de Corinthe. Ce serait vraiment stupide de perdre ainsi son temps avec une paranoïaque.

– Vous partez?

Elle exagère. Elle doit aimer cela.

– Je vais fumer une cigarette...

– Mais restez, la fumée ne me dérange pas!

Elle est folle; il est tombé sur une folle!

Vite, une hôtesse! D'ailleurs, on embarque. Le steward est prévenant avec lui, se propose de ranger les objectifs et l'appareil dans un casier où ils ne subiront pas les chocs dus aux trous d'air. Il offre un journal, annonce le café et les jus d'oranges pour bientôt. Le plaisir du voyage est entier. Et Georges est assis du côté hublot.

– Vous permettez ?

C'est l'hôtesse qui parle : elle se propose d'installer une dame à côté de lui. Et quelle dame !

La folle retire ses énormes lunettes de soleil et en chausse de nouvelles. De gros verres de myope. Elle retire son foulard et laisse apparaître une tignasse de cheveux d'un joli gris foncé. Elle cherche sa ceinture, s'accroche. Et tremble de tout son corps quand on annonce le décollage.

– Je hais les avions. J'ai horreur de ces carlingues mortelles !

Georges s'attendrit. Sa voisine se fait plus humaine.

– Présentons-nous, puisque je suis votre voisin.

Georges Ambert salue respectueusement Marie-Céline Fougeron. Ils n'ont en apparence qu'un seul point commun : ils sont tous les deux célibataires. À cet âge.

L'avion s'élance sur la piste. Marie-Céline Fougeron, enfoncée dans son fauteuil, la gorge sèche, se saisit de la main de son voisin, la presse et y enfonce ses ongles.

– Je ne voulais pas partir, ils m'ont obligée, ces monstres. Les enfants sont des monstres, ils n'ont qu'une idée : se débarrasser de moi.

Georges, tout en ne comprenant pas très bien, partage les opinions des « *monstres* ». Marie-Céline, apprend-il, a eu deux enfants, une fille et un garçon.

– Mais puisque je vous dis que je suis célibataire !

– Veuve, peut-être ?

– Oui, veuve, si vous voulez. Mon mari est mort quand ma fille avait quatre ans. Cela vous étonne ?

Peu à peu, le portrait de Marie-Céline se précise. Son fils, professeur de mathématiques, s'est arrangé pour que sa mère puisse se joindre à ce voyage organisé par la caisse de retraite de l'Éducation nationale. Une véritable opération de commando. Ils ont acheté les billets d'office, fait ses bagages derrière son dos et l'ont conduite un matin à Roissy. Bon vent !

Tandis qu'elle raconte et que le Boeing s'élève dans les airs, la marque de dix ongles nacrés s'imprime sur la main de Georges. Le digne professeur d'histoire ne sait plus quoi dire. Troublé ? Peut-être. Il y a bien longemps qu'une femme ne s'est pas ainsi accrochée à lui, après tout !

– Vous êtes rassurée?

– Pas du tout, nous n'avons pas encore atterri.

Marie-Céline finit par s'endormir. Presque contre l'épaule de Georges Ambert, qui n'ose plus bouger. C'est à peine s'il peut lire *L'Histoire de la guerre du Péloponnèse,* de Thucydide, qu'il a emportée pour cette traversée. Qu'importe! Il imagine l'Acropole, Delphes, l'Agora, Socrate.

L'atterrissage est annoncé pour bientôt. Les ongles reprennent leurs places. La délivrance est proche, tout de même. L'appareil s'immobilise sur la piste. Les portes s'ouvrent. La lumière pénètre dans la carlingue. Il fait beau, très beau, près de dix degrés de plus qu'à Paris. Et le ciel est superbe : temps idéal pour les photographies.

***

Le soir, lors du dîner qui réunit les vacanciers et les trois organisateurs, Marie-Céline s'adresse à lui, de retour d'une longue sieste.

– Georges, cela vous dirait d'aller visiter l'Acropole avec moi. Je ne supporte pas ces mouvements de troupeau. Les programmes, les guides, les étapes obligées, ce n'est guère mon genre. Nous avons bien l'âge de faire l'école buissonnière, non?

Georges n'a rien contre un peu d'aventure. Lui non plus n'est guère moutonnier. Mais il ne se voit guère louer une voiture, faire de nouvelles dépenses, alors que ce voyage lui a déjà coûté assez cher.

– Enfin, ce n'est pas un problème! Je vous la loue, cette voiture. À la condition que vous conduisiez, bien sûr!

– Oui, mais les repas? Les repas étaient compris dans le forfait, du moins celui de midi.

– Georges Ambert, vous me décevez. Vraiment. Moi qui comptais régler ces petites choses. D'ailleurs, vous me donnez une idée. Quittons-les pour le restant du séjour!

– Quitter le groupe?

– Parfaitement. J'en ai déjà assez.

– Mais les chambres d'hôtel, le car? Tout est réglé d'avance; je ne pourrais jamais me permettre!

Marie-Céline serait-elle l'héritière d'une grande fortune ? Elle a, affirme-t-elle, des chèques de voyage à ne plus savoir qu'en faire. Il faut bien dépenser !

– J'adore l'aventure.

Georges n'a que des *mais* à lui opposer. Marie-Céline déteste ce genre d'obstacles. La dame se révèle autoritaire dans ses passions.

– Vous êtes fatigant ! Sans vous, je ne peux rien faire. Je ne sais pas conduire, vous vous devez à moi. Ma proposition est honnête, non ? Je vous prends comme chauffeur, accompagnateur, guide, et je me charge des finances et de l'intendance. Alors ?

Georges Ambert n'a pas l'habitude de se faire entretenir. Il le dit sans vergogne.

– Votre réflexion est parfaitement désobligeante. Vous me prenez pour qui ?

Chaque objection que Georges avance est tournée en ridicule. Ils iront sur les plages, dans les ruines, dans les petits restaurants typiques, débarrassés de la troupe, libres comme l'air.

– Bon sang, Georges ! c'est l'occasion ou jamais ! Moi qui ne peux jamais rien faire à Paris sans mes enfants. Et puis vous pourrez faire les photos qui vous plaisent, les vôtres, pas celles de tout le monde.

C'était l'argument traître.

Alors, ils ont loué une voiture, Georges s'est mis au volant après avoir laissé un message à la réception de l'hôtel d'Athènes. Pour prévenir les organisateurs de la fugue du vieux monsieur et de la dame indigne.

Et vogue la galère ! En plein mois de juin, sous un soleil de plomb, Georges et Marie-Céline sont partis à la conquête de cette merveilleuse civilisation qui a fait Homère, Eschyle et tant d'autres. Georges se révèle être un meilleur guide que chauffeur. Il connaît tout. Tant de livres lus depuis quarante ans sur le sujet. Marie-Céline l'écoute avec passion.

Athènes, la Florissante. Traduction littérale. Du mot *anthos,* fleur.

Athènes se nommait précédemment Cecropia, du nom de son roi et fondateur Cecrops. C'était alors une petite ville sur une colline, donnant sur la mer, une colline que l'on baptisa du nom d'*acropolis*, la cité haute...

Le professeur d'histoire à la retraite reprend le temps d'un voyage un peu de service. Il n'a jamais eu d'élève aussi attentive que Marie-Céline. Entre quelques rasades d'ouzo et deux ou trois couchers de Soleil inoubliables, l'histoire grecque défile devant elle, avec un somptueux commentaire en voix off. Dieu que cette échappée est merveilleuse. Ils sont heureux, mais cela ne pouvait durer. On ne s'évade pas sans risques du troupeau. Le grand méchant loup guette.

Du haut d'un rocher, Georges montre à Marie-Céline la vue imprenable dont ils jouissent. Le soleil déclinant sur les ruines de l'antique théâtre de Delphes, le petit vent frais du soir. Tout est si parfait que Marie-Céline s'exclame :

– Je ne pourrais imaginer de vivre ailleurs!

Et elle tombe en arrière. Elle vient de glisser sur une pierre. Son cri est renvoyé par l'écho du théâtre. Mais, en bas, en contrebas du rocher, elle gît maintenant, silencieuse, étrangement allongée par terre. Une chute de plus de quatre mètres.

Georges se précipite, cherche du regard quelque secours. À cette heure, il n'y a plus personne, tous les groupes se sont évanouis dans la brume de chaleur de cette soirée. Ils sont seuls, absolument seuls.

Marie-Céline n'a pas perdu connaissance. Elle murmure, douloureusement :

– Je suis paralysée, Georges. Je... je ne peux pas bouger. Ma jambe, mon dos...

Georges est atterré. La voiture est garée assez loin et il faudrait transporter Marie-Céline. Il essaie, renonce : descendre Marie-Céline jusqu'à la route est impossible.

– Je vais prendre la voiture, aller chercher du secours. Il faut un brancard, une ambulance.

– Pas question, je ne peux pas rester seule. J'ai peur. Vous ne pouvez pas m'abandonner.

– Il le faut pourtant!

– Lâche, vous voulez fuir, je m'en doutais!

– Enfin...

– Je vous déteste.

– Vous me...

Ils se disputent. Incroyable. Ils se disputent comme de vieux amants qui s'égratignent en se revoyant dix ans plus tard. Marie-Céline prend conscience du ridicule. Elle se calme.

– Pardonnez-moi, Georges. Quand j'ai peur, je suis infernale. Et j'ai peur, Georges!

La nuit est prête à tomber, c'est vrai. Quand Georges reviendra, s'il trouve du secours, il fera totalement noir. Marie-Céline n'aura qu'à crier quand elle entendra du bruit, crier ou allumer le briquet que Georges lui laisse...

– Embrassez-moi...

Georges est quand même surpris. Il s'exécute.

– Et si je mourais avant que vous ne soyez revenu?

C'est une hypothèse qu'il est presque prêt à prendre au sérieux. Ce baiser si doux lui donne des ailes. Il dévale la pente au risque de se rompre le cou, regagne la route, la voiture, débarque à vive allure devant la terrasse d'un petit café qui ferme. Personne ne comprend un mot de son français et lui ne parle pas grec! *Police*, voilà un mot qu'on ne traduit pas. Le patron du bistrot lui fait signe que le prochain bureau de police est en ville. Georges Ambert n'arrive pas à se faire expliquer où précisément. Il songe à Marie-Céline dans ses rochers, seule dans le noir, se lamentant, l'appelant... en proie aux rôdeurs, à des dangers de toute nature. Pauvre Marie-Céline! Ce n'est plus la raison qui parle chez lui, c'est le cœur maintenant.

Il fouille dans sa poche. Il a le numéro de téléphone du correspondant d'Europ Assistance à Athènes. Ça sonne, on décroche.

– Allô, allô! Je suis français, c'est très grave.

On lui répond dans sa langue avec un très léger accent.

– Ne vous inquiétez pas, monsieur, je fais immédiatement le nécessaire. Retournez auprès de cette personne, une ambulance ne va pas tarder. En attendant, prévenez le gardien du musée qui se trouve à une centaine de mètres de l'endroit où cette dame s'est blessée, il pourra vous aider.

Le correspondant d'Europ Assistance insiste pour qu'on ne cherche pas à soulever Marie-Céline.

Georges a raccroché. Mais soudain le doute s'empare de lui. Tout cela paraît trop simple, miraculeux. D'un petit café de village à Kastri, près des ruines les plus fameuses du monde, à bientôt neuf heures du soir, par l'intermédiaire de ce vieux téléphone qui ne cesse de grésiller, il aurait trouvé un sauveur ?

Georges a du mal à retrouver son chemin. La nuit est épaisse, noire, en effet. La lune a pris son congé. Il gare sa voiture approximativement. L'affolement le reprend. Il hurle :

– Marie-Céline ? Êtes-vous là ?

L'idée du briquet était judicieuse, mais avec ce vent qui souffle... Il finit par entendre la voix de son amie.

– Je suis là, votre saleté de briquet se refuse à marcher.

Grâce à Dieu et peut-être à la Pythie de ce dédale de pierres et de ruines, Marie-Céline est en colère. C'est un bon signe, une preuve qu'elle est en vie – morte de peur seulement. Il soupire. Explique qu'il a trouvé du secours. Marie-Céline se fâche. Cette histoire ne vaut rien, nous pouvons toujours attendre ! Il est vraiment ridicule.

Georges a pris le parti de ne pas se vexer. Il sait que quand Marie-Céline a peur elle s'emporte un peu facilement. D'ailleurs, quelques minutes plus tard, qui leur paraissent des heures, une ambulance se gare devant l'entrée du musée. Deux hommes, portant un brancard, se précipitent vers eux. Le correspondant d'Europ Assistance arrive à son tour, dans sa voiture personnelle.

Le diagnostic des médecins, traduit par Yannis, est sévère : fracture du bassin. Marie-Céline en profite pour s'évanouir quelques instants.

Hôpital central d'Athènes. Insupportable Marie-Céline, qui, une fois sortie de sa torpeur, se plaint de ne rien comprendre à ce que racontent les médecins grecs, se méfie des médicaments qu'on lui donne, des piqûres qui s'imposent et des radios nombreuses auxquelles elle doit se soumettre.

Yannis, le correspondant d'Europ Assistance à Athènes, explique que la réaction de Marie-Céline est classique. Certes, elle est, comme dit le professeur d'histoire, « *un peu soupe au lait* », mais elle se comporte finalement comme la plupart des malades ou des blessés à l'étranger. Elle panique. Ce pourquoi, après un bref conciliabule entre Paris et Athènes, les médecins des deux parties prennent la décision de la faire rapatrier.

– Et moi ? questionne Georges.

– Vous pouvez poursuivre vos vacances, sans vous faire de soucis. Mais je vous conseille tout de même de réintégrer le groupe, si vous pouvez le retrouver; c'est plus sûr.

– Je veux rentrer avec elle.

– Vous êtes son... enfin... vous êtes son compagnon ?

– Nous ne sommes pas mariés, mais je veux rentrer avec elle !

Puisque Georges insiste, on se propose de lui retenir une place sur un vol régulier qui partira le lendemain. Marie-Céline, elle, doit quitter la Grèce dans une ou deux heures. Le temps que l'avion que Yannis attend arrive, un avion sanitaire.

– Emmenez-moi...

– Monsieur Ambert, ce n'est pas raisonnable. Vous n'êtes pas blessé, et, croyez-moi, elle est en d'excellentes mains. Par ailleurs, nous avons prévenu sa famille. Son fils sera à la descente d'avion. Vous avez fait tout ce que vous deviez faire.

Georges, confus, se penche sur Marie-Céline :

– Ils refusent que je parte avec vous. Je suis un étranger. Et puis, votre famille est au courant, ils vous attendent.

Et Marie-Céline murmure :

– Allez, Georges, dites-leur que nous sommes fiancés.

– Mais...

Georges se reprend. Marie-Céline déteste ces sages *mais*.

Il regarde le médecin français dans les yeux. C'est pour lui dire, le plus sérieusement du monde :

– Nous nous sommes fiancés ce matin, elle ne veut pas me quitter, elle a peur.

Dans ces conditions...

***

Pendant le trajet du retour, Georges a retrouvé la délicieuse sensation des ongles qui s'enfoncent dans sa chair. Marie-Céline était très agitée et lui parlait sans cesse.

– Georges, c'est quoi ce bruit ?

– Rien, c'est le train d'atterrissage.

– Georges, qu'est-ce que c'est que cette lumière, cette vibration, qu'est-ce qui se passe ? Georges, j'ai peur ! Je déteste avoir peur ! Georges !

– Oui ?

– Ta main gauche, donne-moi ta deuxième main.

Europ Assistance se fixe quelques limites dans ses champs d'intervention. Ainsi, le mariage est-il un risque qui n'est pas couvert. Malgré cela, Marie-Céline est devenue madame Georges Ambert. Ils ont envoyé un faire-part à Europ Assistance.

C'est un témoignage qui mérite de figurer en haut de cette volumineuse pile d'archives qui constitue la mémoire vivante de vingt-cinq ans d'existence.

12

Le siroukoukou

Le serpent naja, dénommé en Angola *siroukoukou* (ou *sirucucu*) est l'un des plus redoutables reptiles du globe. Il fait partie de la famille des élapidés. On le place ordinairement dans la catégorie des serpents à lunettes. On ne le voit que lorsqu'il est trop tard. Il a la faculté de changer de couleur et de se fondre totalement dans le paysage où il évolue. Ses écailles varient dans leur orientation et leur pigmentation, avec une palette qui s'étend du gris anthracite dans la poussière d'un chemin, jusqu'au jaune d'or de la savane, en passant, pendant la saison des pluies, par le vert tendre des jeunes pousses.

Il peut donc approcher sa cible à quelques centimètres sans être aperçu. Il est alors terrible. C'est un cobra cracheur, qui attaque des animaux beaucoup plus gros que lui, car il peut non seulement mordre mais cracher une substance proche de la soude caustique, droit dans les yeux de l'adversaire. Lorsqu'il mord, ses crochets terminés par des harpons le maintiennent solidement installé, lui laissant le temps de transmettre tout son venin. Et quand il se détache de sa proie, il déchire les tissus autour des crocs, permettant au venin de se propager plus rapidement par les vaisseaux éclatés. Ce venin est dit *curarisant* car, par un processus chimique aussi complexe que rapide, il se transforme en curare dans l'organisme de la victime. Le curare cause la mort par paralysie. À notre connaissance, il n'existe à ce jour aucun exemple d'être humain ayant survécu à la rencontre avec le siroukoukou. Sauf un cas recensé par l'OMS (Organisation mondiale de la santé), le cas BDH.

*
* *

BDH, ce sont les véritables initiales d'un médecin. Inutile ici de les changer, de les modifier. N'importe quel médecin de la planète s'intéressant aux mystères de l'herpétologie reconnaîtrait instantanément le personnage. Et c'est un personnage que le Dr BDH. Une force de la nature, un géant souriant de plus de cent kilos de muscle et de vitalité.

Ce matin du 16 janvier 1986, au petit hôpital d'Ambriz, en Angola, il a joué seul les rôles d'anesthésiste, d'infirmière panseuse et, évidemment, de chirurgien, puisque tel est son métier. Il faut savoir tout faire, dans certains pays, et BDH, sur ce plan, a de l'entraînement. Il a travaillé pendant plusieurs années dans les équipes de Médecins sans frontières et de Médecins du monde. Il a parcouru ainsi l'Afghanistan, l'Éthiopie, l'Asie du Sud-Est...

Ce matin-là, il accueille dans son hôpital d'Ambriz une jeune Angolaise de douze ans qui, suite à une grossesse mal surveillée, doit subir une césarienne d'urgence. BDH sait qu'il est seul; l'infirmier, l'unique infirmier, est parti dans la brousse visiter sa famille.

Le docteur opère, place la jeune accouchée et son rejeton dans une chambre :

– Ne te fais pas de souci, je viendrai régulièrement te voir. J'ai besoin de sortir prendre l'air.

En fait de bol d'air, c'est un bol d'eau qu'il a l'intention de prendre : Ambriz est la base d'une importante société pétrolière de forage *off shore,* forage au large par plateformes. Des équipes s'y relaient sans cesse et doivent s'approvisionner en eau. Or, la station de traitement d'Ambriz donne quelques inquiétudes à BDH, qui veut aller y faire un prélèvement pour contrôler si l'eau est parfaitement potable. De cela aussi, il s'occupe, comme de tout ce qui concerne l'aspect sanitaire de cette région. Il arrive donc à la station, effectue le prélèvement et s'apprête à refermer et étiqueter le flacon.

La douleur au mollet droit est fulgurante. Un éclair de feu, qui remonte jusque dans la nuque, électrise tout le corps, le secoue tout entier. La main de BDH part vers l'épicentre de la douleur, saisit quelque chose qui ressemble à un câble haute tension.

Et qui se tortille. C'est vivant.

Un siroukoukou! Le naja est planté par ses crochets dans le mollet, à travers la toile du pantlon. BDH tire, grimace de douleur, tire encore. De toute sa force. Il crie sans retenue lorsque les harpons s'arrachent de la chair. À peine l'étreinte puissante des mains se relâche-t-elle que le serpent se dégage, glisse, s'échappe.

Le siroukoukou! Le nom local s'impose au docteur, tandis que lui reviennent les mots : naja, *elapidae,* venin, curarisation. Et cette certitude, le résultat logique d'une équation impitoyable : *mort. Je suis mort.* Nul à ce jour n'a survécu au siroukoukou.

BDH a tiré de son étui de ceinture un couteau à large lame. Découpe d'une ligne droite la toile du pantalon. Découvre le mollet tuméfié autour des tissus machurés, éclatés. Les empreintes centrales des crocs sont distantes de près de 4 centimètres.

– La bête devait être énorme, plus grosse que toutes celles que j'ai jamais rencontrées! se dit BDH.

Mais il n'a pas eu le temps de voir vraiment.

– Le sérum!

BDH, connaissant le danger que représentent les serpents de cette région, a fait commander une provision de sérum.

Qui se trouve, il le sait parfaitement, sur la première étagère à droite, dans le frigo de l'hôpital.

Le bâtiment est à peine à plus de deux cents mètres. BDH le distingue, dans un flou qui gagne peu à peu ses yeux, sa tête. Il se met en marche, traînant sa jambe déjà ankylosée. Le sang coule du pantalon déchiré. Chemin faisant, le docteur se dit qu'il ferait mieux de rester là, d'abandonner tout de suite. À quoi bon : il est déjà mort. Le sérum ne pourra pas empêcher la fatale issue d'une morsure de ce serpent-là.

– Doudou! Félicien!

BDH appelle de toute la force de ses larges poumons, tout en descendant vers la pharmacie de l'hôpital. Deux Angolais accourent. Les seuls présents dans le bâtiment : Doudou, le plombier, et Félicien, le cuistot. Ils regardent le docteur, sa jambe.

BDH leur tourne le dos, fouille dans le frigo, prépare à toute allure des flacons.

– Vous savez ce que c'est ? Ce sont des perfusions! Il va falloir que vous me les fassiez!

– Nous, toubib ? À vous ?

– Oui, vous, à moi! Il n'y a personne d'autre ici! Je viens de me faire mordre par le siroukoukou!

Les deux Noirs reculent. Rien que le nom terrible, effrayant, les glace, comme si le docteur était porteur de la malédiction du serpent.

– Approchez, ce n'est pas contagieux! Regardez bien ces flacons : c'est du sérum dans lequel je mets l'antipoison! Je les numérote 1, 2, 3, etc. Il faudra me les injecter dans l'ordre, c'est important!

BDH a fait, sur son parcours, un calcul précis. Normalement, la dose prescrite en intraveineuse pour un individu est de 20 à 30 centimètres cube. Mais ainsi, il n'aurait aucune chance. Compte tenu de son poids, de sa corpulence, et en évaluant la taille du serpent et la quantité de venin, le docteur a décidé de s'injecter quelques 94 centimètres cube d'antidote. Il les a répartis graduellement dans les flacons numérotés. Il sait parfaitement qu'il est à la limite où le remède peut s'avérer aussi dangereux que le venin. Mais, fichu pour fichu, autant essayer.

– Doudou, Félicien, écoutez-moi bien : il faudra faire exactement ce que je vais vous dire. D'abord, voilà ce qui va m'arriver : vous allez voir mes yeux tourner et devenir blancs. Ne vous inquiétez pas, c'est normal. Ensuite, je ne pourrai plus tenir debout. Vous m'allongerez, la jambe étendue, la tête et le dos légèrement relevés...

Sous les yeux écarquillés des deux Angolais, BDH est en train d'introduire dans la veine de son bras une aiguille, qu'il fixe solidement avec de larges sparadraps.

– Là-dessus, vous brancherez ce tuyau!

Il désigne le cathéter de perfusion qui aboutit au flacon numéro 1.

– Vous voyez cette molette, au milieu du tuyau ? Elle sert

à régler le débit! Les gouttes doivent passer à cette vitesse-là, ni plus vite, ni moins! Et il faudra aussi vous occuper des blessures de ma jambe!

Devant la frayeur visible de ses deux infirmiers improvisés, il a la force de les réconforter :

– Ce n'est pas parce que je suis médecin qu'il faut vous en faire! Dans peu de temps, je serai un malade comme un autre!

Et il reprend, avec un extraordinaire courage, cette leçon de médecine contre la montre : il faut enseigner à ces deux hommes toutes les étapes de l'évolution de son cas dans les heures à venir. C'est essentiel pour qu'ils ne se paniquent pas. Il leur décrit précisément tous les symptômes :

– Dans un premier temps, je vais avoir l'air de tomber dans le coma! En fait, je serai conscient, je vous entendrai peut-être! Mais je ne pourrai pas bouger. Au bout d'un moment, j'aurai peut-être des mouvements saccadés – comme ceci. Ce sera un peu de tétanie. Il faudra me maintenir le bras solidement, pour que je n'arrache pas la perfusion! Avec ma force, vous ne serez pas trop de deux! Allez-y carrément, n'ayez pas peur de me faire mal, je ne sentirai rien!

Il continue méthodiquement jusqu'à la limite de ses forces, puis, ainsi qu'il l'a annoncé, sombre dans un état semi-comateux.

Pendant des heures, Doudou le plombier et Félicien le cuisinier le surveillent. À un moment, Doudou murmure dans le dialecte de leur village :

– Toubib l'été gagné!

Pour les Angolais, la morsure du siroukoukou est depuis toujours si certainement mortelle, que l'expression traditionnelle n'est plus : « *Il a été mordu par le serpent* », mais « *il a été gagné.* »

Gagné, c'est-à-dire vaincu. Et c'est joué d'avance. C'est ce qu'ils répètent à l'infirmier, le vrai, lorsqu'il rentre, tard le soir :

– Toubib, l'été gagné!

Tout de suite, l'infirmier comprend. Surpris d'abord que le médecin soit encore en vie, il sait qu'il ne peut faire face tout seul à cette situation. Dans un dispensaire voisin, il sait pouvoir trouver un autre docteur et, au radio-téléphone, lui résume le cas.

– Bon, il faut l'emmener chez moi. Je ferai ce que je peux! Ses 94 centimètres cubes d'antidote, c'est de la folie. Mais je t'envoie l'hélicoptère! on verra bien...

Dans la nuit, le transfert est opéré. Et, le lendemain, le médecin voit BDH reprendre conscience!

– Mais qui es-tu? Superman en personne?

– Non : c'est ma corpulence, mon poids qui me permettent de mieux lutter! Seulement mon mieux-être risque d'être passager, je pense! Voilà, à mon avis, ce qui va se passer.

Cette fois en termes médicaux, il analyse son propre cas avec clairvoyance. Pourtant, pendant quatre jours, son état reste stationnaire. Son confrère le visite en souriant :

– Alors, Superman, tu t'es trompé à ce que je vois?

– Tant mieux! Mais je suis incapable de prédire jusqu'où ira ma résistance. Dis-moi franchement : si je replonge, tu sauras quoi faire?

– Honnêtement, non! Tu sais que tu es un cas unique?

– Justement, c'est bien ça qui m'inquiète. Écoute, j'ai une idée, j'ai de nombreux copains à Europ Assistance. Veux-tu prendre contact avec eux et leur demander si on peut envisager un complément possible au traitement initial que je me suis administré?

Pour n'importe quel abonné en danger, dans des circonstances particulièrement spécifiques, les équipes médicales d'Europ Assistance n'hésitent pas à faire appel à des sommités internationales si elles ne peuvent répondre à certaines questions. Spécifique, l'aventure vécue par BDH l'est au plus haut point.

C'est donc vers les grands spécialistes en la matière que se tournent les régulateurs de l'organisation. Des réponses commencent à tomber des quatre coins du monde, sur les télex ou par longs télégrammes. Au fur et à mesure, on transmet les suggestions à BDH, qui gère lui-même l'épais dossier ainsi constitué.

Et qui reste perplexe :

– Je vois là des théories toutes logiques, mais toutes différentes! Et cela tient au fait que tout reste théorique : *que pourrait-on entreprendre si un homme survivait à la morsure du naja cracheur?* C'est du conditionnel, évidemment, puisque personne n'a cette expérience! Seulement, moi, je ne suis pas au conditionnel! Je suis au présent! Vivant! Et je veux le rester!

Un point commun, pourtant, à toutes ces suggestions : aucun médecin n'indique l'emploi du sérum à une dose aussi massive. Même les plus hardis restent à des quantités infiniment plus faibles. Le doute envahit BDH.

***

Au quatrième jour, un appel parvient à Europ Assistance :

– Certains signes cliniques viennent d'apparaître! BDH commence à décompenser! Il avait vu juste! Que faisons-nous?

– On le rapatrie! Notre chargé d'assistance me glisse un papier. Il y a un vol qui part de Paris sur Luanda en fin de matinée. Escale à Luanda et retour sur Paris. Nous avons des places retenues à bord! Le blessé voyagera allongé!

– Et vos visas?

– Pendant les deux heures d'escale, notre correspondant local règlera le problème!

Pendant le trajet, l'état de BDH s'aggrave. Le correspondant local joint Paris :

– Votre patient, c'est une nature! Il ne veut pas être hospitalisé à Paris, mais à Bordeaux! Il dit que c'est plus près de chez lui. Il dit aussi que l'hôpital Saint-André de Bordeaux est très bien équipé pour le traitement des maladies tropicales!

– Il a raison. On s'en occupe! Le malade sera transféré à Bordeaux, en avion sanitaire.

À l'hôpital Saint-André, BDH reste quarante-cinq jours dans un coma dont il ressort aphasique et tétraplégique. Tous, autour de lui, espèrent que cet homme d'une vitalité légendaire, cette force de la nature, n'a pas vraiment conscience de son état.

– Il aurait mieux valu qu'il y reste!

C'est la phrase qui vient aux lèvres de ceux qui découvrent ce géant amaigri (il a perdu 40 kilos). Mais il faut se défier de ces phrases. BDH, au fond de lui, à aucun moment, n'a eu envie d'« y rester ». La preuve, il s'en sort. Il retrouve non pas tous ses moyens, mais il y a gagné la rage de vivre. Vivre une vie plus intense que de nombreux bien-portants. Les lésions oculaires dues au venin ne lui permettent pas d'exercer son métier de chirurgien pour le moment. Il doit subir une dialyse chaque semaine, car son organisme continue de fabriquer à un taux élevé les anticorps contre le venin. À ce jour, il doit en être à sa cent quarantième plasmaphorèse, et le poison est toujours là.

Mais, BDH est déjà retourné deux fois en Angola pour secourir les personnes en danger. Son agenda est rempli pour des mois par le programme de ses voyages. Malgré la surveillance médicale continue à laquelle il est astreint, il assiste à toutes les conférences dans le monde, qui ont pour but d'améliorer les traitements des victimes d'empoisonnements majeurs. Et il emmène à ces conférences le sujet d'examen le plus pertinent qui soit, un exemple vivant : lui.

Les médecins de l'institut Fernand-Widal à Paris, ceux de la NASA, ceux du Centre d'herpétologie de Houston, et tous ceux qui collaborent avec l'OMS, ont maintenant une base sérieuse pour faire progresser leurs travaux, et notre héros y contribue largement.

Quant à BDH, si vous le croisez entre deux avions, il vous dira en souriant :

– Je trotte. Quand je songe qu'à mon arrivée à Bordeaux un interne a eu la curiosité de mesurer avec un mètre de couturière la circonférence de mon mollet droit. Dites un chiffre... Soixante-quatorze centimètres.

Et il peut ajouter :

– Aujourd'hui, le serpent est sûrement mort. Il pourra se vanter, au paradis des serpents, d'être le premier naja gagné par l'homme.

13

Une pièce de collection

Un samedi de mai 1977. Il ne fait ni beau, ni chaud : ce n'est pas le week-end de la Pentecôte et l'animation ne connaît pas la fébrilité des grands départs en vacances ou en week-end. Dans le bureau de Marcel Gilon, à Europ Assistance, les appels ne se bousculent pas.

La quarantaine un peu dépassée, Marcel Gilon est un des spécialistes d'Europ Assistance pour les problèmes mécaniques en tout genre. Ancien mécanicien lui-même, ayant travaillé longtemps dans une écurie de course, c'est un expert, un passionné de réparation automobile. En dehors de son travail au bureau, c'est à cela qu'il consacre ses loisirs. Il va chez son ami Patrick Gros, qui a un garage à Trouville et, ensemble, ils retapent de vieux modèles. Mais ce week-end, il est de garde.

Oui, un expert, un fanatique de mécanique! Carburateur, pistons, circuits électriques, de freinage, de refroidissement, il connaît tout cela sur le bout des doigts. Et il n'a pas son pareil – ce qui est peut-être encore plus difficile – pour faire parvenir en des temps record la pièce manquante. Il a ainsi dépanné des conducteurs découragés, perdus aux quatre coins du monde, certains ayant des modèles de voitures qui ne se fabriquent plus depuis longtemps, ce qui oblige à faire le tour des garages d'occasion.

Depuis dix ans qu'il travaille à Europ Assistance, Marcel ne se souvient pas d'un problème insurmontable. C'est pourquoi, sans se l'avouer, il attend le « pépin » vraiment difficile, le beau cas qui lui donnerait du fil à retordre. La standardiste lui passe un appel.

– C'est pour vous.

Marcel pose les questions habituelles.

– Votre nom ?

La voix est jeune.

– Olivier de Beauport. Je suis abonné chez vous.

– Que vous arrive-t-il ?

– Je ne sais pas. La voiture s'est arrêtée toute seule. Le moteur s'est coupé. Elle a continué quelque temps en roue libre. Depuis, impossible de la faire redémarrer.

– La marque et le type du véhicule, s'il vous plaît.

– Hispano-Suiza 1924.

– Comment ?

– Hispano-Suiza 1924. Pour le modèle exact, je ne saurai pas vous dire.

Marcel Gilon a du mal à se remettre de son étonnement. Une Hispano-Suiza 1924 ! Une merveille, un carrosse de conte de fées vient de surgir au milieu de la monotonie des 2 CV, des R 5 et des 404. Mais il faut revenir à la réalité.

– Pour tout vous dire, j'ai un abonnement Europ Assistance mais c'est une DS 21 qui est portée dessus. Je vous en supplie, aidez-moi ! J'ai déjà téléphoné à tous les garages de la région et ils m'ont envoyé promener.

– Que vouliez-vous qu'ils fassent d'autre ? Il faut être spécialiste pour toucher à un engin pareil.

– Vous êtes mon dernier espoir. Je ne peux pas la laisser au bord de la route.

– Faites appel à un dépanneur pour la faire remorquer jusqu'à chez vous.

Le jeune Olivier de Beauport est brusquement pris de panique. Les phrases se bousculent dans l'écouteur.

– Mais elle n'est pas à moi ! Elle est à mon futur beau-père. Il est américain. En ce moment, il est à Philadelphie, aux États-Unis, avec son épouse et ma fiancée. Il avait acheté l'Hispano-Suiza pour notre mariage, pour arriver à l'église, vous comprenez ? Il l'a laissée dans sa maison de vacances en France. Comme j'ai les clés, j'y suis allé. Je ne pouvais pas résister à l'envie de faire un petit tour. Ils rentrent tous les trois ce lundi. Nous devons nous marier dans une quinzaine. Si mon futur beau-père apprend ce que j'ai fait, je me trouve dans de beaux draps.

– Tout de même... vous pourrez lui expliquer!

– À lui? Jamais, vous ne pouvez pas imaginer. C'est une famille très riche, avec des principes d'un autre temps. Priscilla aura, d'ailleurs, la même réaction.

– Qui est Priscilla?

– Ma fiancée, bien sûr.

– Vous auriez dû réfléchir avant de prendre le volant d'une automobile datant de 1924. Mais enfin, on va essayer de vous aider.

Il y a un silence de part et d'autre. Marcel Gilon réfléchit. Non que les déboires de ce jeune fiancé en passe d'épouser la fille d'un milliardaire américain lui paraissent dramatiques. Mais, tout de même, une Hispano-Suiza... Il aimerait pouvoir contempler cette pièce de collection, la toucher, l'ausculter et accomplir le petit miracle de la remettre en marche. Après tout, pourquoi pas? Si elle n'est pas trop loin de Paris, il pourra s'y rendre après son travail et voir un peu, simplement voir un peu.

– Êtes-vous dans la région parisienne, monsieur de Beauport?

– Hélas, non. Je suis sur la route de Lisieux à Caen.

Marcel Gilon a un cri.

– C'est extraordinaire! Vous avez une chance incroyable!

– Ah, bon?

– Quelle est votre position exacte?

– Je vous l'ai dit : sur la route de Lisieux, à une dizaine de kilomètres de Caen.

– Mais où, précisément?

– Vous savez, la voiture se remarque. Tout le monde ralentit pour l'admirer et, en plus, elle est rouge vif.

– Je vous envoie quelqu'un. Ne bougez pas.

Pour la première fois, Olivier de Beauport a un très léger accent d'optimisme dans la voix.

– Merci! Merci de tout cœur! Et, pour ce qui est de ne pas bouger, ne vous inquiétez pas.

L'instant d'après, Marcel Gilon appelle son ami Patrick Gros à Trouville. Il sait qu'il le trouvera dans son garage en train de bricoler. Mis au courant de la situation, Patrick Gros a une exclamation émerveillée.

– Une 1924? Tu en es sûr?

– Autant qu'on puisse l'être.

– Ce sont les plus belles – et les plus fragiles aussi. Comment s'est produite la panne?

Marcel Gilon répète fidèlement le récit du jeune homme et conclut.

– À mon avis, c'est dans le circuit électrique.

– C'est ce que je pense aussi. J'emporte tout mon matériel et la dépanneuse. Si je ne peux pas terminer sur place, je la conduirai au garage. C'est pressé, cette réparation?

– Lundi, dernier délai...

– Cela me laisse tout le week-end. Ce sera suffisant. J'en fais une question d'amour-propre!

Mais le week-end ne sera pas nécessaire. Quelques heures plus tard, le téléphone retentit de nouveau, en provenance de Normandie, dans le bureau de Marcel Gilon. C'est son ami Patrick. Il exulte.

– Ça y est! Elle marche. J'en ai profité pour régler le moteur. C'est un régal. Du Mozart!

– Qu'est-ce qu'il y avait.

– Trois fois rien : un court-circuit dans l'allumage. Évidemment, il fallait le trouver. Tiens, écoute...

Le garagiste tend le combiné, depuis la cabine, jusqu'à la voiture, qui se trouve à proximité, mais, à l'autre bout du fil, Marcel Gilon ne perçoit qu'un brouhaha confus.

– Tu as entendu?

– Non. Crois-bien que je le regrette.

– Tant pis! Je vais accompagner le client jusqu'à chez lui. On ne sait jamais, des fois que cela recommencerait. C'est tout de même délicat ces mécaniques-là.

Il y a un moment de silence et la voix d'Olivier de Beauport remplace celle du garagiste.

– Je vous dois une fière chandelle! Je ne sais comment vous remercier.

– Moi, je sais. Prenez l'adresse de mon ami et venez nous

voir un week-end, au garage, avec l'Hispano. Si, en plus, vous nous offrez une balade, ce sera encore mieux!

– C'est juré! Je viendrai tout de suite après mon voyage de noces.

Jamais Marcel Gilon ne vit arriver Olivier de Beauport au volant de sa pièce de collection. Sans doute le nouveau marié avait-il oublié sa promesse, à moins que l'Hispano n'ait définitivement rendu l'âme. Mais Marcel Gilon a toujours voulu penser que c'était la première hypothèse qui était la bonne.

14

L'été de tous les dangers

Jacek Brodski est fou de joie. Il est là, dans son petit appartement de Wroclaw, en Pologne, avec tous ses proches qui s'étonnent, lui demandent la nouvelle qu'il vient d'apprendre au téléphone. Les cousins de France arrivent! Les cousins, c'est-à-dire Wanda, son mari Joseph, et leurs deux enfants. La fête des retrouvailles sera superbe. Chacun s'en ira faire des courses, ces longues files d'attente chez le boucher, chez l'épicier, et Jacek s'occupera lui-même de dénicher de la vodka, la délicieuse vodka à la cerise dont raffole Wanda, sa sœur aînée.

Wanda s'appelle désormais Mme Martin, elle a épousé un mineur français. Une tradition : chez les Brodski on est mineur de père en fils, et une fille Brodski ne saurait épouser qu'un autre mineur. Jacek explique à sa famille que Wanda et son mari partiront directement du Nord de la France, en voiture, et qu'ils comptent arriver à Wroclaw vers le 12 juillet.

Nous sommes en 1968; la France, l'Europe se réveillent d'un drôle de printemps, un printemps étrange où fleurissaient les graffitis sur les murs, les pavés dans les airs et les interdictions d'interdire. Mais, quand elle n'a pas vu son frère depuis si longtemps, nul ne peut interdire à une Polonaise qui vit en France de partir en vacances. Déjà, elle rassemble des cadeaux. Ces petites choses qu'on ne trouve pas là-bas. Les valises en sont pleines : de la nourriture, bien sûr, mais aussi quelques bricoles bien occidentales : un transistor, une montre à pile, des collants en nylon pour sa belle-sœur, des jouets pour les petits neveux.

Ils sont en route. Frontière polonaise passée, Wanda se propose de faire un cours de géographie et d'histoire à ses deux garçons : ils ne connaissent rien du pays maternel. Une bonne occasion de leur expliquer pourquoi certains d'entre eux ont dû émigrer dans les années 30. Pour le père de Wanda, c'était l'exil ou la prison.

La route, bien qu'agréable, est longue. Elle est si longue et eux sont si pressés d'arriver que, pour la dernière partie du voyage, Joseph conduit de nuit. Ils sont à une cinquantaine de kilomètres de Wroclaw et Wanda raconte, intarrissable. Elle leur parle de l'Odra, cette rivière qui traverse la ville, là où les Allemands se sont battus contre l'Armée Rouge jusqu'en mai 1945, après un siège de quatre-vingt-deux jours. Les bombes, les ruines, la reconquête de la ville par les Polonais, toutes ces jolies maisons dont son père lui parlait, et qui sont rayées de la carte, la reconstruction. Avant le grand désastre, la vie était douce dans la campagne, mais dure dans la plaine de Walbrych, la plaine du charbon.

La voiture roule sur une petite route où se devinent les champs de blé, de seigle. Il fait doux, les enfants dorment. La grande histoire les a fatigués : à douze, quatorze ans, on a d'autres aventures en tête. Wanda elle-même sommeille un peu, heureuse. L'aube approche. Ils prendront le petit déjeuner en famille, dans une heure... si tout va bien. Il n'y a aucune raison que tout n'aille pas bien. La voiture est toute neuve, Joseph est si prudent qu'il s'est même arrêté au début de la nuit pour dormir un peu en pleine campagne. Un mineur a l'habitude du décalage des heures. Un mineur a l'habitude du noir. Jour ou nuit, il y a toujours la mine et la mine est toujours noire. La route d'ailleurs n'est pas dangereuse, bien plate, elle longe doucement les champs de céréales.

Le choc les surprendra tous. Joseph n'a eu que le temps d'apercevoir une ombre, énorme, au beau milieu du chemin. Il a freiné, mais trop tard. Ce fantôme, dans cette nuit encore opaque, c'est une charrette de foin tirée par deux chevaux. La voiture est venue s'encastrer dans son flanc, entre les grosses roues. Tout bascule, dans un fracas de ferraille et de hennissements de chevaux.

Puis, c'est le grand silence, ce pesant silence qui suit les cataclysmes. Joseph, le premier, réalise le drame : la voiture, couchée sur le flanc et sa portière à lui qui est arrachée. Il sort péniblement, ahuri, indemne. Il ne voit rien. Absolument rien. Il n'entend rien non plus. Affolé, il appelle. Une voix, celle de l'aîné de leurs enfants, répond :

– Je n'ai rien, papa, mais je suis coincé. Qu'est-ce qu'il s'est passé ?

Joseph se glisse à l'intérieur du véhicule et tire son fils par les épaules. À son tour, le cadet se manifeste. Jean s'est tordu le poignet, il est un peu assommé. Mais tout va bien, il peut lui aussi s'extirper de l'habitacle. La peur, une peur terrible, gagne Joseph.

– Wanda! Tu m'entends? Tu as mal quelque part? Wanda, répond-moi!

Wanda est muette. Coincée entre le siège avant et le pare-brise. Joseph n'aperçoit plus que sa chevelure blonde, il s'affole.

– Wanda, que se passe-t-il?

Il ne sait quoi faire. La déplacer, la faire sortir de la voiture ? Mais comment ? Elle est... oh, non! Pourtant, c'est elle qui a subi le choc le plus fort, là, à la place du... Le mot ne peut se dire. Fébrilement, il cherche une lampe de poche, la trouve, dirige le faisceau lumineux par la portière avant-gauche dont la vitre est brisée. Un craquement, il n'a que le temps de reculer. Sous le poids du véhicule, la charrette a glissé et la voiture retombe brutalement sur ses quatre roues.

Sans même s'apercevoir que le paysan a été jeté dans le fossé, Joseph s'acharne aussitôt sur la portière. Elle est bloquée, bien sûr. Il faut crier aux enfants de ne pas rester comme cela sur la route et de mettre le signal de détresse, un peu plus haut. Il faut à tout prix dégager Wanda, avant que l'irréparable n'arrive.

Enfin, la portière cède et Joseph reçoit dans ses bras, comme un lourd paquet, le corps inanimé de sa femme. À côté, le paysan s'agite, fait de grands gestes. Joseph ne comprend pas le polonais. Et d'ailleurs, que peut bien raconter d'intéressant cet homme ? Il emporte Wanda et la dépose doucement sur le talus. Le visage livide sous la lumière électrique de la lampe, elle paraît morte. Et pourtant, bien que son cœur à lui batte si fort, il perçoit, en se penchant, celui de sa femme. Il bat faiblement, mais il bat.

– Wanda! C'est moi. Parle-moi, je t'en prie!

Sur le visage, sur les lèvres de Wanda une légère grimace en guise de réponse. Elle gémit. Son bras sûrement, cassé. La jambe droite est étrangement placée sur la terre. Et ce sang, ce sang, là, sur son chemisier, à hauteur des côtes... Et ce sang sur son visage!

Joseph est pris d'une rage irrésistible, prêt à injurier le paysan. Mais celui-ci a disparu. Stanislas l'a vu prendre un cheval et partir sur la route.

– J'ai bien compris. Je crois qu'il est allé chercher du secours.

Du secours, sur une route déserte, à 4 heures du matin! La route n'est pas si déserte. Tout d'abord, un chauffeur de car qui aide à dégager la voiture sur le bas-côté, puis le paysan qui revient au volant d'une vieille camionnette et se propose de transporter les blessés. Mais Joseph craint pour Wanda, toujours évanouie. Il faut une ambulance, une ambulance, vous m'entendez! Palabres à n'en plus finir entre le paysan et le chauffeur du car. Enfin, on explique à Joseph que l'un d'entre eux va téléphoner. L'ambulance arrivera vite, ils ne sont qu'à une vingtaine de kilomètres de Wroclaw. Pendant ce temps, le vieux paysan remorquera la voiture au village voisin.

Joseph a mal à la tête. Ces bourdonnements qui vous assaillent quand tout est confus autour de vous. Les enfants? Ce n'est pas grave; des contusions, une entorse, des bleus. Mais Wanda, Wanda qui attend dans son grand silence sur cette bonne terre de Pologne dont elle rêvait depuis si longtemps.

La nuit s'évanouit presque quand l'ambulance arrive enfin. Ils sont conduits dans un hôpital de la banlieue de Wroclaw. Mais Wanda leur échappe. Joseph la regarde partir, la gorge serrée, portée sur une civière. Et, si diagnostic il y avait, il ne le comprendrait pas. Il faut téléphoner à la famille, prévenir Jacek qui a dû se lever pour préparer leur petit déjeuner de retrouvailles. Jacek, lui, parle français. Il commence par pleurer au téléphone, puis crie qu'il arrive.

***

Maintenant, c'est Paris qu'il faut appeler, Paris et ce numéro d'Europ Assistance qu'il a dans son portefeuille. Il est 5 heures 40 à Paris. Il est trop tôt, sûrement, il ne trouvera personne.

– Allô!

Il y a quelqu'un! Il y a vraiment quelqu'un au bout du fil, qui rassure Joseph, le questionne posément. Il n'y a rien à craindre. Wroclaw n'est-elle pas une grande ville, les hôpitaux n'y sont-ils pas modernes? D'ailleurs, un médecin d'Europ Assistance se met immédiatement en contact avec l'hôpital. La voix venue de France explique à Joseph qu'un chargé d'assistance prend le relais. Il réglera tous les problèmes, sera l'interprète entre les différents médecins. Joseph est abattu, il a peur de raccrocher. Une nouvelle voix s'adresse à lui, de France.

– Je m'appelle Philippe. Tout va s'arranger monsieur Martin. Notre médecin est déjà en communication avec le service des urgences; ne quittez pas l'hôpital. Avez-vous besoin de chambres d'hôtel. Vous êtes chez les parents? Quelqu'un viendra vous prendre. Disons dans une heure. Je vous tiens au courant immédiatement de la suite. S'il faut rapatrier votre femme, ce sera fait dans la journée. Sans quoi, on la soignera sur place. Mais dites-moi où se trouve la voiture. Avez-vous besoin de quelque chose pour vous, les enfants?

Une grande bouffée d'oxygène. Joseph reprend espoir. Il n'est plus seul. Les enfants sont en sécurité. Wanda, toujours... Vingt très longues minutes à patienter dans les couloirs avant que le téléphone ne sonne pour lui. Cette fois, c'est un médecin français. Il vient de faire le point avec son confrère de Wroclaw. Wanda souffre d'un traumatisme cranien, qui a provoqué un coma; les fractures sont multiples, complexes. Il est urgent de la faire transporter en France dans un service spécialisé. Qu'ils attendent chez Jacek. Europ Assistance s'occupe de tout; une voiture les conduira à l'aéroport.

Wanda, elle, est l'objet de toutes les attentions. Un pont téléphonique est établi entre Paris et Wroclaw. On veille sur elle. Joseph doit dormir. Les enfants également. Non sans avoir embrassé toute la famille qui vient d'arriver. On ne parle plus de cadeaux, ces fichus cadeaux qui sont restés dans un coffre écrasé. Il n'y a plus de fête.

Jacek est fasciné. Son beau-frère et sa sœur sont pris en charge, comme ne le sont que des privilégiés. À Wroclaw, c'est chose rare. Joseph n'ose penser à son désarroi s'il n'y avait eu cette main tendue, ce téléphone magique, qui l'a relié à chaque instant à son pays, ses habitudes. La certitude d'être compris, aidé. Dans l'appartement de Jacek, un peu de réconfort gagne les trois rescapés : pendant qu'ils se reposent, une grande toile d'araignée aérienne se met en place. Pour Wanda.

***

À Paris, pendant ce temps, un homme se bat. Le chargé d'assistance, Maurice, connaît bien tous les rouages de l'administration. Il sait à merveille travailler avec les fonctionnaires polonais. Et pourtant, Maurice, cette fois, ne comprend plus rien. Alors qu'il vient de demander à l'administration civile polonaise l'autorisation de faire atterrir un Mystère 20 à Wroclaw, on lui répond non, et l'on accorde l'autorisation d'atterrissage pour Poznan.

Maurice insiste, une loi de son métier.

– Mme Martin est intransportable par ambulance, nous devons la rapatrier par avion!

– Atterrissage autorisé à Poznan.

– Mais d'habitude il n'y a aucun problème pour atterrir à Wroclaw.

– Désolé, c'est Poznan ou rien.

– Le trajet en ambulance jusqu'à Poznan est trop long. Il serait fatal. Les médecins vous le diront.

– Nous regrettons. Il n'est pas possible d'atterrir à Wroclaw.

Maurice prévient sa direction, qui entre aussitôt en contact avec les ambassades de France à Varsovie et de Pologne à Paris. Europ Assistance remue ciel et terre, mais en vain. C'est toujours la même réponse : Poznan.

Pendant ce temps, Joseph s'est effondré sur son lit à côté des enfants. Leur sommeil les place heureusement bien loin du débat qui se joue. Il se passe quelque chose de vraiment bizarre, comme en témoigne l'ambassade de France : « *Le terrain de Wroclaw est aujourd'hui exclusivement un terrain militaire. Seuls certains avions étrangers peuvent y atterrir.* »

Aucune dérogation n'est possible. Mais Europ Assistance n'aime pas les fins de non-recevoir. C'est contraire à son métier, à sa vocation. Le défi est permanent. Mais, cette fois, le mur s'est dressé, épais. Une information, lâchée par un attaché d'ambassade à bout d'argument, perce.

– Vous savez où est Wroclaw? Bon. Vous savez à quelle distance de la frontière tchécoslovaque se trouve l'aéroport? Bon. C'est tout.

Sur la carte du monde, d'étranges choses se trament.

Pour Wanda, il faut se résigner : le Mystère 20 atterrira à Poznan. Mais Europ Assistance prévient les autorités polonaises : « *Mme Martin ne survivra pas au trajet en ambulance. Nous demandons instamment qu'un avion sanitaire militaire emmène les médecins français de Poznan à Wroclaw et qu'il assure le retour avec la blessée.* » On insiste sur les responsabilités morales en cas de refus. Les Polonais ne refusent pas mais ne donnent pas non plus leur accord.

Le téléphone sonne dans le petit deux-pièces où Joseph se repose. Maurice le tranquillise, annonce qu'un Mystère 20 vient de décoller pour Poznan avec à son bord deux médecins réanimateurs. L'un parle polonais, l'autre russe. Ils ont carte blanche et une forte somme d'argent pour obtenir sur place les transports nécessaires. Wanda sera transportée aujourd'hui. Joseph prendra, lui, ainsi que les enfants, un avion de ligne. Les billets arrivent chez Jacek avec leurs réservations.

Wanda sera cette nuit à Paris, certifie Maurice. Maurice ne s'est-il pas avancé? Et si l'avion militaire n'était pas au rendez-vous? Et si, et si...

L'avion militaire est là. Il se range bord à bord auprès du Mystère 20. L'équipage se met à disposition des médecins français. Une seule restriction : pas d'appareil photo. À quoi diable un appareil photo servirait-il à des médecins français qui viennent sauver une compatriote? Lubie de militaires!

Une heure plus tard l'avion est à Wroclaw. Wanda est transportée sous perfusion et sous la surveillance étroite des réanimateurs. Retour à Poznan où le Mystère 20 est prêt à décoller.

Le docteur G. – qui parle polonais – et le docteur I. – d'origine russe –, les deux émissaires d'Europ Assistance, ne s'y trompent pas. Ils ont vu le terrain de Wroclaw, un terrain qui fourmille d'avions militaires qui vrombissent, d'hélicoptères qui tournoient, d'un grand nombre d'uniformes. En langage approprié, on nomme cette agitation *grandes manœuvres.*

À Paris, Maurice ignore tout de la réalité, tout des raisons qui ont justifié cet aller-retour Poznan-Wroclaw. Une seule chose importe : l'équipe a ramené Wanda vivante. Et Wanda est en France, sauvée.

***

On ne saura la suite que quelques jours plus tard. Mais c'est une autre histoire, celle d'un été torride, après un printemps déjà chaud. Les troupes du pacte de Varsovie entraient en Tchécoslovaquie. Maurice comprendra : Wroclaw, si près de la frontière tchécoslovaque, un terrain si stratégique...

Ainsi s'achèvent les vacances de Wanda Martin, née Brodski. Son voyage le plus court dans le pays natal. Europ Assistance l'a sortie de la guerre froide; une histoire étrange et belle qu'elle racontera à ses petits-enfants.

15

Demandez Ali

En ces temps-là, les grands rallyes africains n'avaient pas encore les faveurs d'un vaste public. Jean-Claude V. a décidé de tenter l'aventure en véritable amateur, c'est-à-dire seul. Folie, direz-vous, quand on sait l'investissement énorme en hommes et en matériel des grandes écuries, investissement qui n'empêche pas les pilotes de souffrir et d'être mis à rude épreuve. Une folie d'autant plus dangereuse en ces années de pionniers, où l'encadrement est loin d'être ce qu'il deviendra.

Qu'importe! Cette folie, Jean-Claude V. est bien déterminé à la vivre, avec toute l'ardeur de ses vingt-six ans, toutes ses économies, et toute sa ferveur de motard chevronné. Car c'est à moto qu'il veut se mesurer aux cailloux, au soleil et aux dunes. Saluons son courage, et retrouvons-le sans tarder au tout début de son périple.

Jean-Claude, raisonnable dans sa folie, a pris huit jours de congé, quelques semaines avant le rallye, pour aller reconnaître le parcours. Vous serez peut-être étonné d'apprendre que ce n'est ni évident, ni même obligatoire! Certains de ces passionnés, pour des raisons de temps et d'argent, osent se lancer dans la course sans avoir jamais auparavant posé ni un pied ni une roue sur le sol africain!

⁂

Jean-Claude est donc parti en repérage en se mettant autant que possible dans les conditions de l'épreuve, c'est-à-dire sans autre assistance que les quelques pièces détachées, le bidon d'eau, la nourriture séchée et le sac de couchage qu'il a pu entasser dans ses sacoches.

La machine, elle, est une 600 trafiquée, fignolée à la lime à ongles pendant des nuits et des week-ends, dans l'atelier attenant à la maison des parents V. près de Colmar. C'est là que Jean-Claude demeure, célibataire à peine endurci, mais contraint à cet état parce qu'un salaire de postier ne peut pas entretenir décemment à la fois une moto de rallye et une jeune épouse.

Ah! Mais, je m'aperçois que nous avons commis une erreur. Si vous voulez bien regarder quelques lignes plus haut, il est écrit que le jeune V. est parti « *sans autre assistance que...* » Erreur de taille, puisqu'il a précisément souscrit, sur l'insistance de sa maman, un contrat à Europ Assistance.

Bien lui en a pris, car, lorsque commencent ses premiers soucis mécaniques sérieux, il est assez isolé. Perdu, en réalité : sa carte ne semble pas mentionner le minuscule village où il se trouve, à 350 kilomètres d'Alger. Village est un grand mot, un mot démesuré, pour désigner ce groupe d'habitations cubiques, d'un blanc jaune, niché derrière un tas de pierrailles qui fait écran à ce vent qui souffle si souvent.

Il y a cependant un poste téléphonique, signalé par une plaque émaillée mangée de rouille. Première difficulté : trouver quelqu'un qui ouvre le local, fermé d'un cadenas. Lorsque Jean-Claude est arrivé, deux enfants jouaient près d'une maison. Une femme est venue les disputer et les faire rentrer, les poussant devant elle comme des poules, et plaquant sur son visage un pan de son vêtement. Après avoir frappé à deux ou trois portes obstinément closes, Jean-Claude parvient à faire sortir un vieil homme : il doit prendre cet étranger casqué, en combinaison de cuir, pour un cosmonaute et lui hurle des choses incompréhensibles et probablement désagréables.

Enfin, *moto* et *téléphone* doivent constituer quelque chose d'acceptable, puisque le vieil homme se dirige à petits pas vers le local marqué de la plaque de tôle émaillée. Il fait signe à Jean-Claude, qui est plus grand que lui : la clé du cadenas se trouve entre deux pierres sèches au-dessus de la porte. Dans un cagibi grand comme... comme un cagibi, sur un bidon cylindrique qui a dû contenir de l'huile pendant la dernière guerre ou la précédente, est posé un combiné. Imaginez l'un de ces appareils de bakélite, avec une fourche, une manette et pas de cadran.

Le vieil homme glisse un doigt sous son turban pour se gratter le crâne. Cela fait manifestement longtemps qu'il n'a pas utilisé l'engin. Il commence à soliloquer dans la langue de ses ancêtres, sans s'adresser vraiment au motard. Le vieillard prend le combiné, agite la manette sur l'appareil, manipule la fourche, puis colle l'écouteur à l'oreille de Jean-Claude. Rien, absolument rien. Puis, soudainement inspiré, il se frappe le front, tire sur le fil, tire encore et montre les deux extrémités dénudées, riant de sa grande bouche édentée. Il trouve une caisse de bois, monte dessus et fixe les deux tortillons de cuivre dans deux bornes à vis, sur un panneau de bois fixé au mur. Cela doit marcher.

Nouvelle tentative : quelques allers et retours de la manette et... miracle! Quelqu'un répond. Long préambule où l'on explique que rien de grave n'est arrivé, que la femme va bien, le frère de la femme n'est pas mort. Tout va bien, sauf qu'il y a un drôle de type en costume de cuir qui veut téléphoner.

– Paris, je veux un numéro à Paris! En France!

Lorsque le vieil homme passe le message et annonce Paris, l'éclat de rire qu'entend Jean-Claude ne laisse rien présager de bon. Il a raison : on lui fait signe de s'asseoir sur le seuil du cagibi et d'attendre. Le vieillard s'éloigne et l'abandonne.

Pendant l'heure qui suit, le jeune motard voit d'abord des volets s'entrouvrir et des silhouettes furtives le dévisager dans la pénombre. Des enfants, qui ont échappé à la vigilance de leur mère, viennent contempler la moto. Arrive alors une très vieille dame : elle porte un plateau avec du thé, qu'elle dépose sur la marche où Jean-Claude est assis, et repart. Retour du vieil homme, qui s'accroupit près du plateau, remplit deux tasses en versant le thé de très haut et invite le visiteur à boire. Et à attendre avec philosophie.

Silence. Bourdonnement des mouches dans l'après-midi brûlant.

Une heure et vingt minutes plus tard, grelot du téléphone. Des craquements, passage par des relais multiples, puis une voix française :

– Europ Assistance, j'écoute!

Au beau milieu des parasites, Jean-Claude essaie d'expliquer.

Mais le standard veut d'abord le localiser, par précaution. Hélas...

– Je ne sais pas où je suis exactement! À 350 kilomètres environ au sud d'Alger!

– Ne quittez pas!

Le motard regarde avec inquiétude les deux malheureux bouts de fil dénudés qui le relient à Paris.

Une autre voix, masculine :

– Y a-t-il quelqu'un près de vous? Une personne de la localité?

– Oui, mais...

– Passez-la-moi!

Surprise de Jean-Claude lorsqu'il entend le vieil homme converser en arabe, comme s'il parlait avec une vieille connaissance.

Il finit par rendre le combiné au motard.

– Alors, monsieur V., que vous arrive-t-il?

– Ma moto a commencé à donner des signes de faiblesse côté suspension!

– Avant ou arrière?

– Arrière! Le pneu frotte par moments contre le cadre!

Le correspondant semble savoir parfaitement quel type de moto conduit Jean-Claude. Il lui pose ensuite une série de questions qui dénotent une connaissance approfondie de la mécanique.

– Avez-vous vérifié tel niveau? Avez-vous essayé de...? etc.

Il résume :

– Bon. Si je comprends bien, vous n'avez pas du tout conservé l'équipement de série.

– Ben, non. J'ai un peu bricolé tout ça!

Alors le correspondant conclut :

– Vous êtes mal parti!

– Vous voulez dire que vous ne pouvez rien faire pour me sortir de là ?

– Moi, non. Mais, à quelle vitesse pouvez-vous rouler sans risquer de casser ?

– Quarante, cinquante maximum !

– Vous allez chauffer ! Il faudra vous arrêter souvent !

– Mais, pour aller où ? J'ai quitté ma route ! Je ne sais même pas où je suis !

– Moi, je le sais ! Ne vous inquiétez pas ! Je vais vous suivre !

– Me suivre ! Comment ça ?

– Écoutez, nous allons sûrement être coupés bientôt ! Alors, faites exactement ce que je vais vous dire ! Suivez la route par laquelle vous êtes arrivé. À trois kilomètres et demi, tournez à l'ouest. Il n'y a pas de piste, mais c'est praticable. Ensuite...

Et Jean-Claude s'entend donner un itinéraire qui doit le conduire vers un nouveau poste téléphonique. Comme il était prévisible, la communication est interrompue. Plus moyen de se poser de questions : il faut y aller.

Au ralenti, notre motard suit le chemin qui lui a été indiqué. Éberlué, il parvient effectivement à un village. Une borne téléphonique... La sonnerie retentit un quart d'heure plus tard.

– Ici, Europ Assistance. Tout va bien ?

– Oui.

– Maintenant, il va falloir rouler plus lentement et vous arrêter deux fois pour ménager le moteur. Voici le trajet. Vous notez ?

Jean-Claude, trop fatigué pour s'étonner, s'enfonce ainsi par étapes successives dans un territoire qu'il a renoncé à identifier. Trois relais téléphoniques où, à chaque fois, un appel le trouve avec un synchronisme presque parfait, compte tenu de la distance, de sa vitesse et de ses pauses. Il aboutit dans un village qui, cette fois, ressemble à un village. La voix lointaine lui a indiqué de se rendre dans le café. Il y est maintenant. Son correspondant lui dicte :

– Vous êtes près d'une fenêtre ?

– Oui.

– Il y a un rideau en perles de bois?

– Oui.

– Écartez-le légèrement.

– C'est fait.

– Vous voyez un homme assez gros, avec un bonnet rouge?

– Oui, il est assis à une table dehors.

– Est-ce qu'il a plusieurs verres devant lui?

– Deux. Deux petits verres. Il en boit un troisième.

– Bon. Dans ce cas, ne tenez pas compte de lui. Sortez, tournez à droite. Troisième maison. Demandez Ali.

– Pardon?

– Demandez Ali!

Sur le seuil de la troisième maison à droite, deux petits garçons jouent avec un chien. Dans une cour, derrière, on entend un bruit métallique. Jean-Claude demande à l'un des gamins :

– Il y a quelqu'un qui s'appelle Ali?

Sans répondre, le gamin court vers l'intérieur. Un grand jeune homme souriant arrive, en essuyant dans un chiffon le cambouis qui macule ses mains, et articule, dans un français impeccable :

– Je suis Ali. Quel est le problème?

Jean-Claude a juste la force de mener ce mécano inattendu vers la moto, de lui expliquer la panne, et c'est à son tour d'avoir une défaillance. Les jambes lui manquent et le dénommé Ali le prend dans ses bras.

– Eh bien, mon pauvre gars! T'es pas brillant!

Effectivement, la combinaison de Jean-Claude est trempée de sueur. Il se laisse guider par Ali vers une chambre fraîche, où il tombe sur un lit recouvert d'une couverture de laine rouge. Il n'a plus la force de faire un geste.

– Tiens, laisse-moi te tirer tes bottes. C'est chez toi, ici. Dors tant que tu peux, tant que tu veux. Je m'occupe de ta bécane.

Jean-Claude va dormir dix-huit heures d'affilée.

Lorsqu'il se réveille, en fin de matinée, il est dans une maison inconnue. Il se laisse guider par des sons familiers : un atelier de garage en pleine activité. Il arrive dans une cour intérieure, cligne des yeux sous la lumière éblouissante, distingue Ali agenouillé près de la moto.

– Ah! Tu es retapé? Ta machine aussi! Il ne faudra pas faire de folies, mais je crois qu'elle tiendra!

Alors, le voyageur égaré pose enfin les questions qui lui brûlent les lèvres. Où est-il? Est-ce que ce téléguidage insensé a vraiment eu lieu? Comment était-ce possible?

Jean-Claude dira plus tard :

– Il faut me comprendre! La veille, j'étais tellement paumé et épuisé que je me demandais si je ne rêvais pas. Si je n'avais pas eu un accident ou une insolation et si je ne délirais pas. Vous savez à quoi j'ai pensé? À ces satellites que les Russes et les Américains ont placé au-dessus de nos têtes et qui sont, paraît-il, capables de distinguer un détail infime à la surface de la Terre.

Ali avait accepté de répondre à ses questions. Ce qui va suivre ici paraîtra à beaucoup, comme ce fut le cas pour nous, inouï, presque fabulé. Il s'agit pourtant de la plus exacte vérité.

***

– Abder, mon cousin, le fils du frère de mon père, et moi, nous sommes nés ici. Nous terminons nos études d'ingénieur à Paris. Moi, en mécanique, lui en hydraulique. Pour les vacances, je reviens au pays; Abder se fait un peu d'argent comme chargé d'assistance intérimaire à Europ Assistance! Voilà; tout simple, n'est-ce pas? En plein désert.

Tout de même, en quittant ce nouvel ami, Jean-Claude s'est souvenu d'un autre détail.

– Dis-moi, Ali, et ce gros monsieur que ton cousin m'a demandé de regarder, à la terrasse du café. Qu'est-ce qu'il venait faire dans cette histoire?

Le jeune Algérien a eu l'air gêné.

– Lui... Oh! C'est l'oncle Ahmed. L'autre frère de mon père. C'est à lui, le garage. C'est le meilleur mécanicien à mille kilomètres à la ronde. Bien meilleur que moi. N'importe qui te l'aurait indiqué. Seulement, il a un défaut. Quand il a plus de deux verres devant lui, il ne fait que des âneries. Il t'aurait abîmé ta machine. Abder a eu raison : à cette heure-là, il valait mieux demander Ali!

16

Trekking au Népal

« *Madame Jeanne Dupont, vous avez gagné un lingot d'or!* » Qui d'entre nous n'a jamais reçu dans son courrier un prospectus comprenant cette affirmation aussi alléchante qu'aimablement trompeuse? Car, bien entendu, le lingot ou tout autre prix mirobolant reste à gagner. Il faut participer à une loterie et tirer le bon numéro sur des dizaines et des dizaines de milliers de lettres « personnalisées » qui ont été expédiées « *aux quatre coins de l'Hexagone* ».

Un matin de février 1982, Nicole Vannier trouve une réclame de ce type dans sa boîte aux lettres. « *Madame Vannier, vous avez gagné un lingot d'or.* » C'est écrit... en lettres d'or... dans une graphie élégante qui imite à s'y méprendre l'écriture manuscrite. Nicole Vannier n'est pas dupe un instant, mais, comme il s'agit d'une maison de vente par correspondance dont plusieurs articles l'intéressent, elle passe commande en joignant son bon de participation.

La quarantaine ou presque, Nicole Vannier est, par la force des choses, une femme indépendante. Divorcée depuis cinq ans – il n'est pas facile de reconnaître qu'un homme vous quitte parce que vous ne pouvez pas lui donner d'enfants –, elle vit dans la proche banlieue parisienne et effectue, bon an mal an, ses deux heures de trajet quotidien pour un honnête salaire de secrétaire dans une compagnie d'assurances parisienne.

Se remarier? Elle y pense de temps à autre. Ce serait tout à fait possible; Nicole est jolie, blonde aux yeux verts, souriante, assez agréablement faite aux dires des hommes, et douée, surtout, d'un excellent caractère. Elle ne se fâche jamais, ne se départit que rarement de cette inaltérable bonne humeur qui la fait remarquer de tous. Sa devise se résume à un *laissons venir les choses à nous* qui étonne souvent. Face aux aléas divers de l'existence, elle regarde avec un égal détachement les bonnes comme les mauvaises circonstances. Il lui faudra d'ailleurs beaucoup de bonhomie pour accepter sans maudire le Ciel cette cascade d'événements que va déclencher le simple fait d'avoir répondu à cette publicité.

Un mois plus tard, nouvelle lettre au courrier : « *Madame Vannier, vous venez de gagner un lingot d'or!* » Cette fois, l'écriture ne cherche pas à imiter le manuscrit. Cette lettre est celle d'un huissier, dactylographiée, et signée par un homme de loi, qui lui explique que le tirage au sort vient d'avoir lieu sous son contrôle et que c'est elle qui a gagné. Un lieu et une date sont indiqués dans le corps de la lettre afin de donner quelques éléments sur la remise du prix. Une plaisanterie de mauvais goût? Un seul coup de téléphone au siège de la société de vente par correspondance dissipe tous les doutes. Le responsable de la promotion confirme l'heureux événement. Nicole raccroche après avoir remercié. Elle est contente, mais nullement bouleversée. Il en faudrait beaucoup plus pour lui tourner la tête.

***

Les salons d'un grand hôtel parisien. Le président-directeur général de la compagnie remet solennellement son lingot à Nicole Vannier sous les flashes de deux photographes. Les cadres de la société sont présents. La gagnante se plie de bonne grâce à la petite cérémonie et à l'interview. Elle sourit comme à son habitude.

– Que pensez-vous faire de cette petite fortune, madame Vannier?

Nicole est quelque peu prise de court. Aussi étonnant que cela paraisse, elle n'en sait absolument rien. À peine la nouvelle sue, elle s'était précipitée dans un kiosque à journaux pour connaître le cours du lingot d'or. Une grosse somme mais insuffisante pour lui permettre d'acheter le studio de ses rêves.

Quant à une voiture, il n'en est pas question : Nicole ne conduit pas et s'est toujours refusée à tenter de passer son permis. Ainsi passe-t-elle en revue plusieurs achats virtuels, sans véritablement se décider. Et là, brusquement, devant cet homme qui l'interroge, une idée lui vient. Elle répond, d'un ton qui paraîtra assuré au public présent :

– Je pense voyager.

– Très intéressant! Peut-on savoir où vous irez?

Une fois de plus, elle répond sans hésitation.

– J'aimerais découvrir le Sahara.

– Le Sahara, comme c'est curieux...

Nicole cherche à s'expliquer. Elle parle de vastes étendues silencieuses, de chemins qui ne mènent nulle part, cite à l'appui quelques livres et quelques films qui lui ont donné cette envie. En parlant, elle se rend compte de la fiction qu'elle est en train de construire. Elle préfère en rajouter : nous sommes en avril; c'est une excellente saison pour profiter des deux semaines de congé qu'elle comptait prendre.

Un jeune homme souriant dans une agence de voyages près de l'Opéra, le quartier où travaille Nicole Vannier.

– Le Sahara? Nous n'avons malheureusement rien de disponible pendant cette période, mais si vous aimez les vacances sportives...

Nicole fait un *oui* résolu de la tête. Elle dirait *oui* à tout. Dire *non* la fatigue, surtout devant ce jeune homme qui lui montre quelques dépliants.

– Dans cette catégorie, voilà ce que j'aurais de mieux à vous conseiller : trekking au Népal. Quinze jours dans les plus hautes vallées du monde, des paysages à vous couper le souffle.

Nicole laisse le vendeur parler. Un paysage radicalement différent de son quotidien surgit devant ses yeux, qu'elle garde presque fermés afin de mieux imaginer : les sommets escarpés remplacent les immensités plates du Sahara, les neiges éternelles les sables brûlants, les yaks les chameaux... et elle se laisse convaincre. Elle pourrait chercher ailleurs, mais elle aime être séduite. Avant de signer, elle se renseigne sur les risques de ce genre d'équipée, précisant qu'elle n'en a que peu l'habitude... *Peu*, pour ne pas dire *pas du tout*. On la rassure : la sécurité est totale. Toutefois, si elle le souhaite, elle peut prendre un abonnement à Europ Assistance. Va pour le Népal et va pour l'abonnement!

***

Une fois arrivée dans le pays, Nicole ne regrette pas de s'être fiée à sa seule intuition. Son séjour est littéralement enchanteur. Certes, le voyage est quelque peu éprouvant. Mais il faut savoir mériter semblables merveilles.

L'étrange spectacle de ce pays coupé du monde par ses immenses montagnes est inoubliable. Là-bas, rien ne ressemble à ce que Nicole connaît : les maisons, les visages, les costumes, la manière de travailler. Sous la direction de trois sherpas, le petit groupe de vacanciers audacieux sillonne les hautes vallées à partir de Katmandou. Ils sont quinze, Nicole comprise. Celle-ci n'a pas tardé à se lier avec les Mercier, un couple d'enseignants, familiers de ce type de périple. Ils connaissent d'ailleurs le monde entier, et le soir, après une longue journée de marche, devant un bon feu, les yeux de Nicole pétillent aux récits extraordinaires qu'ils lui font. Ils lui parlent du Sahara, où elle finira bien par aller si le lingot d'or ne fond pas trop vite. Parfois, en regardant le soleil se coucher derrière un haut sommet enneigé, Nicole se prend à rêver à la planète tout entière. Le hasard a décidé du Népal et c'est tellement bien ainsi!

25 avril 1984. Les vacances au bout du monde sont déjà largement avancées. Dans moins d'une semaine, ce sera le retour en France. Nicole se réveille dans un hameau de bergers. Ce jour-là, la route est particulièrement magnifique, les couleurs du ciel, de la végétation, de la roche, très variées. Les Mercier ne cessent pas de s'arrêter pour prendre des photos. Nicole, elle, n'a pas d'appareil. Une question de principe. Ce qu'elle découvre, elle veut le voir de ses seuls yeux et n'en veut garder d'autre trace que dans sa mémoire.

Un peu avant midi, le groupe arrive devant un petit pont de bois. Rien de spectaculaire ni de dangereux en apparence. L'ouvrage enjambe un étroit fossé de quatre ou cinq mètres de profondeur, guère plus. Les sherpas s'engagent les premiers, s'assurent de la solidité : tout va bien. Les uns après les autres, les vacanciers suivent.

C'est au tour des Mercier. Au dernier moment, le mari se ravise. Le point de vue de cet endroit lui paraît intéressant. Que Nicole passe donc pendant qu'ils font une photo.

Nicole Vannier s'avance donc, sans méfiance, tandis que le couple d'amis reste un peu en arrière. Ce qui suivra sera d'une rapidité inouïe : une brusque sensation de chute, une violente douleur accompagnée d'un éblouissement qui dure un peu. Nicole gît dans le fossé, cinq mètres plus bas. Au-dessus d'elle, deux grosses branches brisées.

Le premier instant de stupeur passé, les sherpas se précipitent vers elle, ce qui, pour des habitués de la montagne, ne demande que quelques bonds, tandis que, plus haut, se font entendre les exclamations des compagnons de Nicole. La jeune femme souffre énormément. L'un des trois guides, qui a quelques rudiments de secourisme, l'examine. Il conclut en hochant la tête.

– Deux jambes cassées. Il faut rentrer à Katmandou.

Nicole Vannier est au bord de l'évanouissement. Elle comprend seulement que les sherpas confectionnent une civière, placent des attelles. Les Mercier, à ses côtés, sont bouleversés.

– Dire que c'est nous qui aurions dû passer à votre place... pauvre Nicole!

Nicole revoit quelques images fugitives. Ce lingot d'or qui lui a été remis en public; le visage de ce garçon, dans l'agence de voyages, qui lui propose de troquer Sahara contre Népal; une série d'événements qui l'ont conduite à se retrouver là, les deux jambes brisées, portée par un sherpa accompagné d'un paysan, qui a accepté de faire ce long trajet. Les deux autres sherpas termineront le trekking avec le groupe. Quant à eux, il leur faudra trois jours pour regagner la capitale népalaise et l'hôpital, trois jours éprouvants, sous une chaleur humide.

***

Les fractures sont réduites. Nicole est plâtrée. Elle n'oublie pas ce contrat avec Europ Assistance signé juste avant le départ. Le siège de Paris est aussitôt prévenu, décide du rapatriement, et envoie un médecin. Dans la nuit même, le docteur Paul L. quitte Roissy pour rejoindre Katmandou.

25 avril 1984, 8 heures du matin. L'accidentée fait la connaissance du médecin. Trente-cinq ans, un teint mat acquis au cours d'une récente intervention aux confins du désert, tout dans son visage inspire la confiance et la sympathie. En dehors de ses qualités professionnelles, le docteur L. a su souvent se rendre efficace sur le plan psychologique, redonnant à des malades ou à des blessés isolés dans des coins perdus du monde l'optimisme nécessaire.

À peine a-t-il examiné les radios de Nicole et constaté la bonne qualité des soins donnés qu'il veut lui adresser quelques mots de réconfort... Nicole l'interrompt avec son plus beau sourire :

– Merci, docteur. Je n'ai pas besoin d'être consolée. J'ai toujours été fataliste, voyez-vous.

C'est la première fois que le docteur L. se trouve en présence d'une patiente aussi stoïque et fière de l'être. Ravi de la bonne disposition de sa protégée, il la conduit donc à l'aéroport. Comme à l'aller, il faut prendre un premier avion jusqu'à Dehli. Un de ces appareils rachetés à une compagnie occidentale qui avait dû être mis à la retraite après de bons et loyaux services. À l'intérieur, il y a surtout des Indiens et des Népalais. Nicole et le médecin sont les seuls Européens.

La civière a été placée à l'arrière, de la manière la plus sûre et la plus confortable possible. Le vieil appareil fait ronfler ses moteurs pendant un long moment et s'élance sur la piste.

Dans tout décollage, il y a un point de non-retour : une fois celui-ci passé il faut aller de l'avant, coûte que coûte. Le pilote, ce matin, s'aperçoit en une fraction de seconde que l'appareil ne pourra pas s'élever. L'avion pile brutalement dans un crissement de freins et une odeur de pneus brûlés. Enfin, il s'immobilise en bout de piste.

Les passagers, que la manœuvre avait rendus silencieux, se mettent maintenant à crier. Certains, qui avaient mal attaché leur ceinture, se sont cognés contre les sièges avant.

D'autres sont en proie à un début de panique. Le docteur L. se préoccupe d'abord de sa blessée. Il se penche sur elle :

– Vous n'avez rien ?

Nicole Vannier n'a rien. Sanglée étroitement dans la civière, elle était la mieux protégée de tous les passagers. Elle fait un signe de la tête.

– Non, occupez-vous plutôt des autres.

Le docteur L. distribue pansements et calmants légers à ceux qui en ont besoin. À peine a-t-il achevé de donner ces réconforts et ces soins que le pilote entame une deuxième tentative de décollage. Cette fois encore, vainement. Il freine plus en douceur, le choc est moindre, mais l'angoisse grandit. Que se passe-t-il ? Pourquoi ce gros coucou n'arrive-t-il pas à s'arracher de cette maudite piste ? L'hôtesse a beau prodiguer des paroles rassurantes en circulant dans la travée, personne ne l'écoute. Certains récitent même des prières.

La tension sera à son comble quand une troisième tentative échouera à son tour. La panique est généralisée. Nombreux sont ceux qui veulent quitter tout de suite l'appareil. Impossible en l'absence d'échelle, leur répond-on. Seule Nicole, au grand étonnement du médecin français, garde son calme.

– J'ai appris à accepter les choses comme elles viennent.

Le quatrième décollage sera le bon. Le médecin sourit à Nicole.

– Cette fois, vos émotions sont terminées.

– Attendez. Qui sait ?

Les imprévus, en effet, ne manquent pas. À Dehli, ils apprennent qu'en raison des trois décollages manqués l'avion qui assure la correspondance avec Paris est déjà parti.

Celui qui les informe se nomme Cyrus Basu. Petit homme aux traits expressifs et au regard pétillant, il est le correspondant d'Europ Assistance dans la capitale indienne.

– J'avais prévu la chose. Les liaisons avec le Népal ne sont pas très bonnes, vous savez. Mais vous avez des billets dans l'avion de demain et deux chambres dans un hôtel en ville.

Cyrus Basu a également pensé à une ambulance, qui les conduira jusqu'à leur lieu de résidence. Tandis que les couleurs et l'animation des rues fascinent Nicole, le médecin et Cyrus Basu font le point.

– Votre avion part à 8 heures. Je serai là avec l'ambulance pour vous accompagner. Soyez prêts à 6 heures.

Paul L., qui n'a pas dormi la nuit dernière, fait une grimace.

– Pas si tôt!

– Je connais bien la ville, croyez-moi : c'est au petit matin que la circulation est la plus dense. Faite-vous réveiller à 5 heures, pas une minute de plus.

– Vous ne pensez pas que 5 heures et demie?

– Non, 5 heures, sinon, nous raterons l'avion.

Le lendemain, c'est la sonnerie insistante et insupportable du téléphone qui réveille le médecin dans sa chambre :

– *Good morning, sir!*

Le docteur L. marmonne quelques mots inintelligibles et raccroche, bougon. Après une toilette rapide, il se rend dans la chambre de Nicole. Cette dernière est, elle aussi, réveillée; et d'excellente humeur.

– Conduisez-moi dans la salle de bains. Je me débrouillerai toute seule. Si j'ai besoin de quelque chose, je frapperai contre le mur.

Paul L. retourne donc dans sa chambre. Il fait son maigre bagage, ouvre sa trousse médicale, fait le point des papiers et billets d'avion, tout en tendant l'oreille, attentif au moindre bruit, de l'autre côté de la cloison.

Ce n'est pas un bruit qui lui parviendra, c'est un grondement épouvantable, une explosion, un vacarme de fin du monde. Il se précipite, pousse la porte et ne peut retenir un cri d'horreur. Là, sur le lit, à la place qu'occupait Mme Vannier il y a encore quelques minutes, avant qu'il ne vienne la chercher, se trouve un énorme bloc de béton et des brassées de plâtre. Une partie du plafond vient de s'effondrer!

Un court instant, il doute... mais la voix familière de Nicole lui parvient depuis la salle de bains.

– Que s'est-il passé? Un tremblement de terre?

Sous l'énorme masse de plusieurs centaines de kilos, le lit s'est effondré.

– Rien, si ce n'est un miracle. Si j'avais insisté pour

obtenir mon réveil à 5 heures et demie, vous seriez là-dessous.

Et pourtant Cyrus Basu s'était trompé : le trafic jusqu'à l'aéroport fut parfaitement fluide. Ils arrivèrent avec une avance largement confortable.

En attendant l'avion, ils n'en finirent pas de discuter de cette incroyable série d'événements, tantôt heureux, tantôt malheureux, qu'avait connus Nicole Vannier. Ce fut elle qui eut le dernier mot.

– Maintenant je sens que ma vie va reprendre un cours normal. Je le regrette presque.

Effectivement, l'avion pour Paris décolla sans difficulté et arriva à l'heure prévue. L'état de la blessée évolua de la manière la plus satisfaisante : trois semaines plus tard, on lui retirait ses plâtres, et, un mois encore après, elle marchait tout à fait normalement. Quant au fameux lingot, il réservait, à n'en pas douter, de nouvelles surprises à Nicole.

Le temps des coups de théâtre semblait pourtant passé. Il ne reste de l'aventure de cette femme que l'un des plus étonnants dossiers conservés dans les archives d'Europ Assistance.

17

Aline et le sorcier

Rien ne va plus ce matin à Abidjan. Le soleil est trop blanc et la nuit a été trop noire. Aline, assise sur une des marches de la terrasse, a une mine épouvantable. Elle prend sans le regarder ce bol de café que son mari vient de lui tendre.

– Qu'as-tu donc?

– Une sale migraine. Je n'ai pas dormi.

– Encore!

Jean-Louis a cette perplexité des hommes devant les petits maux féminins. Depuis quelque temps, Aline ne cesse d'ailleurs de se plaindre, de tout et de rien. Bien malin serait celui qui pourrait dire de quoi elle souffre. Jean-Louis ne comprend pas d'ailleurs que l'on puisse se sentir mal dans un pays aussi magnifique. N'a-t-elle pas trouvé en Côte d'Ivoire tout ce dont elle pouvait rêver? Une belle maison, la mer à la porte, le soleil, des amis pour faire du sport. Quant au contrat qui lie Jean-Louis à une société internationale, il offre des avantages qu'ils ne trouveraient pas en métropole. Où sont donc les problèmes?

Aline aurait bien du mal à répondre elle-même. Rien ne va plus dans sa tête.

Jean-Louis s'apprête à partir, comme tous les lundis, pour rejoindre son poste : il sera absent trois jours pleins. Que faire pour Aline?

– Allez! Dis-moi ce qui ne va pas?

Aline, nerveuse, explose brutalement.

– Mais rien, rien, je te dis! Je dors mal, un point c'est tout! Ça passera.

– Consulte un médecin.

– C'est grotesque, je ne suis pas malade!

Puisque c'est grotesque, Jean-Louis préfère se taire. Il se rassure. Il en faut très peu pour le rassurer. Aline affirme n'être pas malade. On ne se connaît jamais mieux que soi-même, donc Aline n'est pas malade!

– À jeudi?

– C'est ça, à jeudi.

– Je te téléphonerai tous les soirs.

Il est parti. Il va rejoindre son chantier en brousse. Il aime ce travail qu'on dit difficile et parfois dangereux. Cette vie d'ingénieur itinérant – il reste deux ans dans un pays puis le quitte pour un autre – est celle qu'il a choisie. Il a promis à Aline qu'ils voyageraient beaucoup.

Tout faire pour que sa femme soit heureuse! Dans la chambre d'Aline et de Jean-Louis, sur la commode, il y a la photo de leur mariage. C'était il y a maintenant cinq ans, à Saint-Cloud. Aline avait déjà ces belles boucles brunes et l'œil bleu qui s'amuse toujours en regardant Jean-Louis. Cette fois, le jeune marié était en smoking blanc, ému. Un souvenir de très grand bonheur.

Aline se jette sur le lit, la tête bourdonnante. Elle s'y est allongée cette dernière nuit, sans fermer l'œil. Malade? Jamais! Elle vient de passer une visite de contrôle avec le Dr Guibert, l'un des médecins en renom de l'importante colonie de coopérants d'Abidjan. Il a trouvé Aline en parfaite santé, bien équilibrée, supportant à merveille le climat.

– Vous allez tout à fait bien.

Si Aline n'avait pas été si pudique, si réservée, elle aurait contredit le Dr Guibert. En apparence, seulement, tout va bien. Car elle vit depuis plusieurs mois dans une sorte d'angoisse permanente, de détresse idiote, qui l'empêche ce matin de mettre un pied devant l'autre.

Aline se recouche. D'habitude, à cette heure-ci, elle est déjà en route pour le grand marché coloré et odorant d'Abidjan, mais aujourd'hui le lit lui paraît un refuge préférable.

Une voix claire et enjouée la tire de ce demi-sommeil cafardeux.

– Aline! Quelle paresseuse tu fais!

Cette voix, c'est celle de la meilleure amie d'Aline. Hélène est installée en Côte d'Ivoire depuis maintenant neuf ans. Elle connaît le pays par cœur et, pour rien au monde, ne reviendrait en France. Grâce à elle, Aline s'est familiarisée avec la société africaine et s'est un peu échappée du milieu des coopérants.

– Eh bien, ça ne va pas?

Deux heures plus tôt, Jean-Louis posait la même question. Mais la meilleure amie se voit, elle, gratifiée d'une confession en règle. L'erreur d'Hélène est de vouloir jouer au médecin.

– Si tu continues ainsi, tu es partie pour une bonne dépression!

Aline ne lève pas la tête.

– Mais enfin, cela arrive à tout le monde! À moi aussi, rassure-toi! Je vais te donner les somnifères que m'a conseillé mon médecin. L'essentiel c'est que tu dormes.

C'est exactement la chose à ne pas faire. Jamais. Il ne faut jamais avaler un médicament de ce type sans prescription. Hélène ne sait pas, à cet instant, qu'elle commet une bévue énorme.

Ce lundi soir, Aline prend un comprimé de barbiturique. Jean-Louis téléphone, inquiet. Tout va mieux, le mal de tête est parti, elle dort déjà.

Le réveil semble encourageant. Quoiqu'un peu vaseuse, Aline a le sentiment que toute angoisse s'est dissipée. Hélène, venue aux nouvelles, triomphe. Aline doit encore dormir ainsi quelques nuits et tout le mal sera effacé pour le retour de Jean-Louis.

Elles parlent longuement ce matin, sur la terrasse, face à la mer. Aline n'a pas d'enfant. C'est ce qui la tracasse. Et son grand tort est de le taire, par pudeur. Et Jean-Louis qui dit toujours qu'ils ne sont pas pressés, qu'ils doivent profiter de leur liberté... Aline, elle, est certaine qu'elle ne pourra jamais avoir d'enfants.

– Tu plaisantes! Je connais ce genre d'obsession. Je vais t'emmener chez le marabout. Ils ont des pouvoirs paranormaux, je le sais. Tu connais Marie? Elle y est allée et...

Hélène est loquace. Bien sûr, il ne faut pas croire à toutes ces histoires de guérisseurs ou de sorciers, mais ce marabout est un type formidable. Aline, la veille du retour de Jean-Louis, se laisse entraîner par son amie.

Le marabout tient séance dans une petite case retirée à l'extérieur de la ville. Son pouvoir, dit-il, lui vient en héritage de ses ancêtres. Plantes, poudres magiques, rien ne lui est étranger. Il prononce quelques incantations qui auraient fait éclater de rire Aline il y a encore quelques mois. Mais aujourd'hui, en parfaite zombie, le regard perdu, elle croit à tout, à ces mains de sorcier qui se promènent au-dessus de sa tête et doivent lui apporter le repos de l'âme.

Revenue chez elle, Aline se couche, épuisée et étrangement troublée. Le délire commence ainsi que les hallucinations. Un visage se cache, un visage grimaçant se cache derrière les grands rideaux de la chambre, elle le jurerait! Et puis ce visage se fait corps, entre dans le sien, elle a mal, est torturée. Aline crie.

Le lendemain matin, Jean-Louis découvre sa femme alitée, dans un état de nervosité indescriptible, le corps en sueur, en proie à des tremblements convulsifs. Des yeux exorbités le regardent et semblent ne pas le reconnaître.

– Aline, qu'as-tu? Qu'est-ce qui s'est passé?

Hélène, à son chevet pendant toute la nuit, raconte. La visite chez le marabout. Jean-Louis retient sa colère et préfère appeler le Dr Guibert.

– Qu'est-ce qu'il lui a fait avaler, ce fou?

On ne sait plus très bien. Une tisane de fécondité. N'importe quoi! Le Dr Guibert arrive immédiatement, administre un premier calmant. Grave erreur, qu'il ne peut imaginer. N'a-t-il pas posé la question rituelle à Jean-Louis?

– Votre femme prend-elle des médicaments?

– Non, aucun.

– Pas même des somnifères?

– Jamais un seul.

L'entretien se passe en l'absence d'Hélène. Quant à Aline, elle est hors d'état de répondre quoi que ce soit. Elle perçoit de vagues mots, des silhouettes.

L'état d'Aline ne fait qu'empirer. C'est étrange. Plus on lui donne de calmants et plus elle s'agite. Délires, cauchemars se succèdent pendant quatre jours. Ce marabout l'a, décidément, bel et bien ensorcelée.

Le Dr Guibert décide d'appeler Europ Assistance. Pour avoir un autre point de vue.

– Écoutez, je ne comprends pas. Voilà une femme qui n'a jamais eu aucun antécédent psychiatrique et qui semble aujourd'hui dans une phase critique de délire. Pourriez-vous me passer un psychiatre qui travaille avec vous?

Les deux médecins conviennent au téléphone que le marabout n'y est probablement pour rien. Au bout de quatre jours, les symptômes devraient disparaître...

– Bien, nous allons organiser un rapatriement. Un psychiatre va venir la chercher et la ramener dans un avion de ligne. Sa vie n'est pas en danger, mais il lui faut de l'assistance pour le retour.

À l'aéroport d'Abidjan, le psychiatre, qui va reprendre le prochain avion du soir, réceptionne une sorte de fantôme que son mari soutient par les épaules. Jean-Louis est effondré. Tout a été si brutal, imprévu; il n'y comprend rien.

– Oubliez le marabout, je ne pense vraiment pas qu'on puisse l'accuser de quoi que ce soit.

Jean-Louis est sceptique. Il ose une question :

– Mais alors, elle est folle? Dites-moi la vérité.

– Certainement pas. On ne devient pas fou du jour au lendemain. Simplement, en attendant le départ, vous allez me dire tout ce que vous savez en ce qui la concerne, d'accord?

– Rien, je ne sais rien. Juste qu'elle ne dormait plus depuis quelques jours. Elle a reconnu auprès de son amie Hélène qu'elle se sentait déprimée, qu'elle voulait un enfant, craignait... J'ignorais que c'était si fort, si violent.

– Pas de médicaments, pas de tranquillisants, vous êtes bien sûr?

– Absolument. Elle déteste ce genre de drogues. D'ailleurs Aline était en parfaite santé. Elle était... Regardez-la, maintenant! Elle parle de Dieu, se dit habitée, rêve tout haut, dit qu'il y a un démon dans son ventre, qu'elle a mal. Ma femme est devenue folle!

– Attendez! Vous dites qu'elle se plaint du ventre?

– Oui, cela doit faire partie de ses lubies. Elle doit s'imaginer enceinte, je ne sais pas.

Le psychiatre ne dit rien. Jean-Louis voudrait accompagner sa femme. On le lui déconseille.

– Cela ne servirait absolument à rien. On peut bien sûr vous rapatrier avec elle. Mais il n'y a pas de danger grave. Nous vous tiendrons au courant chaque jour de l'évolution de la situation.

Jean-Louis, à bout de forces, se laisse convaincre. Toute vérité lui échappe, il ne maîtrise plus rien et, si cela continue, il se déclarera fou à son tour...

***

Dans l'avion, le psychiatre et Aline sont côte à côte, confortablement installés en classe affaires.

Il lui parle très doucement.

– Vous avez mal au ventre ?

Aline acquiesce. Son petit visage est tout gonflé, ses yeux bouffis font deux énormes boules larmoyantes qui s'ouvrent à peine. Les fièvres n'ont guère cessé. Elle converse toujours avec un hypothétique au-delà. Ses mots sont curieux. Elle ne cesse de parler de la couleur rouge.

– Quel rouge, dites-moi Aline ?

Une fois encore, Aline désigne son ventre en se tordant de douleur, une douleur qui paraît presque simulée tellement elle est excessive. Le psychiatre l'accompagne jusqu'aux toilettes. Il découvre que ces délires ne sont pas feints. Le rouge existe bien. Dans les urines. Un rouge suspect. En fait de maladie mentale, s'il s'agissait tout simplement... Le psychiatre fait un diagnostic rapide dans sa tête : crise de porphyrie, certainement.

À l'atterrissage, à Orly, une ambulance les attend. On abandonne la première destination, l'hôpital psychiatrique de Sainte-Anne, pour se diriger vers Cochin. Car Aline n'est probablement pas folle. Elle doit faire une réaction toxique à des barbituriques, que son organisme ne supporte pas. On en trouve d'ailleurs des traces importantes dans les urines, après analyse. Les sacrées pilules de cette chère Hélène. Quatre pilules en quatre jours, à quoi il faut ajouter les calmants administrés par le Dr Guibert, qui ont fait très mauvais ménage avec les somnifères. Le sorcier est déchargé de toute responsabilité.

Imaginons seulement qu'Aline ait été effectivement transportée dans un service à Sainte-Anne! Aurait-elle supporté les doses de tranquillisants qu'inévitablement on lui aurait administrées?

Pauvre marabout qui, faute d'avoir le pouvoir de guérir, se voit retirer celui de rendre malade!

***

Aline, quelques jours plus tard, avait repris des forces. Restait tout de même cette petite dépression passagère, cette envie de bébé, à laquelle Europ Assistance ne peut, bien sûr, remédier.

Il nous faut signaler cependant qu'Aline, quelques mois plus tard, a rechuté. Pas tout à fait la même « maladie », certes...

Elle a passé plusieurs mois, allongée sur un pliant sur sa terrasse d'Abidjan, n'ayant mal nulle part. Dormant comme un bébé, les mains sagement posées sur le ventre.

Elle se passera cette fois de diagnostic.

18

L'île 355

C'est un homme jeune, il est marié, a des enfants. Il exerce un métier difficile et moderne, un métier d'avenir, du moins tant que le pétrole sera l'avenir de nos civilisations. Tant qu'il ne sera pas relégué aux antiquités, comme le sont certaines mines de charbon. Cet homme quitte sa famille pour un mois, après quinze jours d'indispensable repos. Il va reprendre son travail à bord de la BOS 355. Drôle de nom pour une île. Mais c'est aussi une drôle d'île. Elle n'est pas née des profondeurs des laves sous-marines, elle n'a pas l'âge de l'Atlantide, elle a été fabriquée par les hommes. Une BOS, c'est une barge *off shore,* une barge de travail pour la recherche pétrolière en mer. Une île de métal sur l'océan. Celle-là porte le n° 355. L'île 355... Ce n'est pas aussi romantique que les noms qui émaillent les atlas depuis que l'homme navigue et découvre des terres inconnues. Mais le pétrole est-il romantique ?

Aujourd'hui, veille du printemps de l'année 1983, cet homme regagne son bord en hélicoptère, avec d'autres travailleurs de la mer, comme lui. Il va retrouver l'univers métallique, l'île de fer qui enfonce sa tête de forage dans la plate-forme continentale, à la recherche de l'or noir.

Le décor, c'est l'embouchure du fleuve Zaïre, 7° de longitude ouest en dessous de l'équateur, environ. La première ville à vol d'oiseau est à 110 kilomètres, au Congo, c'est le port de Pointe-Noire. Paris est à 6 000 kilomètres. Il y règne un printemps glacial, alors que, sur l'île 355, le terrible soleil tombe à la verticale des structures métalliques.

Dans les cellules d'habitation, climatisées, c'est le réveil des équipes. On vit ici un peu comme dans un sous-marin. Promiscuité inévitable, organisation des repas et des loisirs, chacun arrange sa petite bulle personnelle le mieux possible. Les conditions de travail sont dures, c'est pourquoi les hommes se relaient par équipe de mois en mois. Ils ont besoin de se ressourcer dans leurs familles régulièrement. Mais ceux qui ont choisi ce métier ne l'ont pas choisi par hasard.

Et ils n'ont pas été choisis au hasard non plus. Outre les qualifications nécessaires, il faut une bonne condition physique, un excellent équilibre psychologique. C'est l'heure du petit déjeuner, 6 heures, dimanche 21 mars. Jean discute avec Robert, qui passe le sucre à Jim, qui demande du café à François.

Tous ces hommes sont jeunes, en pleine forme, les pieds nus dans des baskets, en short, ils s'apprêtent à entamer leur journée de travail. Sur une barge de recherche pétrolière, les équipes travaillent même le dimanche. Il s'agit pour eux aujourd'hui d'entreprendre un travail classique, qui consiste à installer des pipelines d'évacuation vers la côte.

Après la douche et le petit déjeuner, petit *footing* sur une passerelle. On ne fume pas à bord. Les panneaux d'interdiction, de précaution, sont partout. L'île 355 est ancrée sur un volcan de gaz de pétrole.

Quelque part dans le monde, les pays de l'OPEP se sont réunis en conférence et, pour la première fois depuis 1961, ont décidé de réduire le prix du pétrole. Gros fait divers, à résonance internationale. La guerre est permanente, les recherches s'intensifient partout dans le monde. Et dans ce monde il y a ceux qui cherchent l'eau dans le désert pour survivre et ceux qui cherchent le pétrole, pour survivre aussi. Les survies ne sont pas les mêmes, c'est tout. Une partie des humains à l'œil fixé sur le prix du baril, l'autre sur le grain de riz offert par une main solidaire.

***

Le soleil est déjà haut. Les hommes déjà en sueur. Il est 7 heures 54 sur l'île 355.

À cette minute précise, l'île métallique et l'océan brillent de la même lueur dorée sous les rayons du Soleil levant. 7 heures 55. Précises.

Cela ressemble à Hiroshima. C'est une fin du monde en miniature. L'éclair a duré environ deux minutes. Une bulle de gaz de pétrole s'est enflammée, à près de deux mille degrés. Le feu s'attaque directement à la peau nue des hommes. Des corps sont projetés en mer par le souffle de l'explosion, torches vivantes à la surface d'un incendie liquide. D'autres sont écrasés sur les structures métalliques.

Trois sont morts sur le coup, à peine le temps de ressentir le souffle incandescent et de quitter la vie sans comprendre. Il y avait là une quarantaine d'hommes, et les minutes qui passent donnent la mesure de l'horreur.

Morts : 3.

Disparus : 10.

Brûlés : une trentaine.

Un homme a été projeté à la mer, il a les côtes cassées, des brûlures peu graves. Il serait mort noyé si l'équipage d'un navire voisin ne s'était précipité pour le sauver. Il ne respire plus. Massage cardiaque, bouche-à-bouche, le rescapé ouvre les yeux. Le choc a été si violent et si brutal qu'il ne réalise pas l'enfer auquel il vient d'échapper. Il regarde devant lui, l'île 355, dévastée par le feu. Il y a trois minutes encore il était à bord. Il ne peut pas parler, il ne peut pas expliquer, il regarde, c'est tout. Il prendra vraiment conscience de la réalité beaucoup plus tard, alors que la valse des hélicoptères a déjà commencé.

Et la réalité est effrayante. Sur les ondes de radio Saint-Lys, l'appel est lancé à partir de Pointe-Noire.

« Barge 355. Accident provoqué par la rupture accidentelle, lors d'une opération de battage, d'un pipeline de gaz de pétrole qui n'était pas signalé à cet emplacement. » Suit un bilan approximatif des morts, des disparus, et des blessés.

Le message parvient à Europ Assistance à 9 heures, ce 21 mars. Aussitôt se met en place une « cellule de catastrophe ». À Europ Assistance, on a déjà vécu la tragique expérience de l'incendie du camping de Los Alfaques. On connaît les énormes difficultés d'organisation des transports des grands brûlés.

Dans ce cas précis, le lieu de l'incendie se trouve à dix heures de vol de Paris. Et c'est une course contre le temps et la mort qui s'engage. Les grands brûlés posent des problèmes spécifiques et compliqués. Ils ont besoin d'une importante quantité de liquide de perfusion, de civières de transports adaptées, en forme de coquille de plastique.

La première opération consiste à réunir les moyens humains : les médecins et les infirmières qui vont partir sur place. Le SAMU de Paris, avec lequel Europ Assistance a depuis toujours un accord, participe également à l'organisation.

Parallèlement, les « régulateurs », obtiennent les informations précises sur le nombre des victimes, la gravité de leurs blessures, et les lieux où ils ont été transportés. Des hélicoptères ont évacué tous les blessés sur les hôpitaux de Pointe-Noire. C'est donc à Pointe-Noire que la logistique des secours doit aboutir, dans un premier temps.

L'opération va durer trente-six heures, nous ne sommes qu'à la première heure. À la deuxième heure, les équipes médicales sont constituées. L'on a rassemblé douze médecins, quatre externes, quatre infirmiers, et l'ensemble du matériel médical. Ils décollent tous entre 16 heures et 16 heures 15 du Bourget, après répartition et chargement du matériel à bord des avions. Un Boeing 737 et deux Mystère 20 feront escale à Hassi-Messaoud et à Niamey, avant d'atterrir à Pointe-Noire.

Dix heures de vol pour 6 700 kilomètres. À bord, les équipes médicales sont régulièrement tenues au courant par radio de l'évolution de la situation. Au fur et à mesure que les blessés sont examinés et soignés à Pointe-Noire, le bilan de chacun est établi le plus précisément possible. À Pointe-Noire, un médecin de la clinique Elf s'est chargé de ce travail et de la liaison avec Europ Assistance.

Des véhicules d'intervention pour le transport des équipes médicales, à l'arrivée, et un réseau radio VHF entre les différents éléments de l'équipe d'intervention ont été mis à la disposition d'Europ Assistance par la base à terre de la compagnie *off shore.* Ce système de liaison permanente permet aux équipes médicales en cours de vol d'affiner leur dispositif.

Pour tous ceux qui participent à cette opération, c'est véritablement une ambiance de commando spécial.

À la dix-neuvième heure, les avions ont atterri, les équipes ont gagné les trois hôpitaux de Pointe-Noire, avec le matériel d'urgence. Sur l'aéroport, une base d'approvisionnement est installée. À la vingtième heure, la préparation des blessés pour le rapatriement a commencé.

La clinique d'une grande société pétrolière, la mieux équipée de la ville, s'est chargée de 5 brûlés graves. L'hôpital public a reçu le plus grand nombre de victimes : 17 blessés, dont 9 brûlés à plus de 50 % de la surface du corps. Un troisième établissement, plus petit et moins bien équipé, pose des problèmes plus délicats pour les soins d'urgence.

À ce moment là, le bilan est toujours de 41 victimes, dont 3 morts, 10 disparus, 23 blessés gravement atteints et 5 brûlés légers qui pourront rester à Pointe-Noire.

Le Boeing 737 est transformé en une gigantesque ambulance aérienne. Il doit redécoller de Pointe-Noire à 20 heures le soir même de la catastrophe.

Imaginez l'avion de vos vacances... À l'avant une salle pour les médecins, jusqu'à mi-carlingue les civières des blessés légers, puis l'espace réservé aux brûlés graves, et enfin à l'arrière de l'appareil la réserve de matériel. Cette réserve est constituée de respirateurs artificiels, de 260 litres de liquide de perfusion, de sérum d'albumine, de plasma de sang, d'appareils d'analyse, de pompes à perfusion, et de 55 000 litres d'oxygène!

La vingt-troisième heure est celle de l'évacuation. Les deux Mystère 20 décollent les premiers, emportant chacun un brûlé grave. L'un d'eux est atteint à 90 %. C'est-à-dire qu'il ne pourra pas être sauvé. La seule chose que l'on puisse faire pour lui est d'atténuer ses souffrances.

En vol les trois avions fonctionnent comme des unités de soins intensifs. À l'atterrissage, le transport et la répartition seront faits avec l'aide du SAMU parisien. Ce n'est pas un mince problème. Il existe alors en France, sur la totalité du territoire, une centaine de lits pour les grands brûlés. Et nous sommes paraît-il des privilégiés! Mais cette centaine de lits est souvent occupée, il arrive même qu'on les dise « fermés ».

Mystère de l'organisation et de la rentabilité hospitalière. C'est comme ça. La répartition a donc été faite ainsi : 2 blessés à Toulon, 1 à Metz, 1 à Lille, 7 à Lyon, et 9 à Paris.

À la trente-sixième heure, ils ont chacun rejoint leur lit de souffrance et, pour beaucoup, de guérison. Le maximum de temps a été économisé, la lutte contre la mort a été gagnée. Le bilan, parmi les blessés qui ont été transportés : 9 morts et 14 survivants.

Sans une organisation de ce type, ils étaient condamnés. Car ce genre de sauvetage ne s'improvise pas. Il n'est possible qu'à partir d'une organisation structurée, entraînée, et en perpétuel état d'alerte.

***

La grande question, dans tous les pays du monde, est de savoir si les structures sont suffisantes pour faire face aux grandes catastrophes. Dans les pays en voie de développement, la question est le plus souvent résolue par l'aide internationale. Mais les grands pays industrialisés ne sont pas à l'abri de la pénurie des organisations de secours. Nous ne sommes pas à l'abri non plus. Quelquefois, des complications diplomatiques, des susceptibilités politiques, viennent empêcher une coordination efficace des secours.

À Pointe-Noire, ce ne fut pas le cas. Bien au contraire. Et une organisation comme Europ Assistance a maintenant suffisamment d'expérience pour réussir des opérations de sauvetage longue-distance, avec le maximum d'efficacité.

Des hommes apprennent tous les jours, de drame en drame. Le matériel s'améliore, les délais d'intervention se réduisent de plus en plus. Il le faut. Le monde de la technique a multiplié les risques. Nous connaissons les catastrophes naturelles, et les nôtres, celles qui sont provoquées par l'homme.

L'île 355 est l'exemple d'une catastrophe dite *moyenne.* Malgré toutes les précautions prises, les systèmes de sécurité de plus en plus perfectionnés, il reste à prévoir le pire. C'était une île de fer, sous le soleil d'Afrique. Ils étaient 41 dans l'enfer de l'incendie. Sur 23, Europ Assistance en a ramené 14 à la vie, 14 survivants de cet épisode dramatique de la recherche pétrolière en mer. Ils portent, gravé dans la chair par le feu de l'or noir, le souvenir de ce premier jour de printemps 1983.

19

Le bébé de Bangui

23 août 1977, 8 heures du matin. Europ Assistance reçoit un appel en provenance de Bangui, capitale de l'Empire Centrafricain.

– Ici, le Dr A., je voudrais le service d'assistance médicale.

Quelques instants plus tard, le Dr J. est, depuis Paris, en communication avec son collègue d'Afrique.

– Je vous écoute.

– Il s'agit d'une jeune femme qui présente une menace d'accouchement prématuré.

Brusquement, c'est le silence. Il n'y a plus, au bout du fil, qu'un grésillement confus. Le Dr J. insiste à plusieurs reprises, mais en vain : la communication est interrompue. Il raccroche et attend plusieurs minutes, dans l'espoir que son correspondant rappelle; le combiné reste muet. Il demande alors aux PTT un appel prioritaire à destination de Bangui. Au bout d'une demi-heure, le Dr J. est, de nouveau, en ligne.

– L'abonnée est Henriette Brun, épouse d'un coopérant français. Elle est enceinte de huit mois mais va accoucher prématurément.

– Quels sont les symptômes?

– La poche des eaux s'est rompue depuis hier soir et elle a eu plusieurs contractions.

– Elle est chez elle?

– Non. On a pu la transporter à l'hôpital.

Le Dr J. se renseigne sur l'équipement de l'établissement.

– Il y a des couveuses; notre personnel est compétent mais, évidemment, les conditions ne sont pas idéales pour un accouchement à huit mois.

– Un rapatriement vous semble préférable?

– Oui, mais il faudrait prévoir le nécessaire dans l'avion au cas où... On ne sait jamais!

– Bien entendu. J'accompagnerai l'équipe et le matériel. Nous serons là ce soir. Pouvez-vous faire le nécessaire pour retarder d'éventuelles contractions?

– Je vais essayer et, en même temps, je vais m'occuper du mari.

– Le mari est-il malade?

– Non. Mais il est en safari et sa femme le réclame. Il faut absolument le faire revenir.

⁂

Paris, 10 heures du matin. Le Dr J. a résolu le problème qui lui était posé. Le plus simple et le plus rapide était d'utiliser le vol régulier : ils partiront donc sur les lignes d'Air Afrique. Le Dr J. s'est assuré le concours d'un gynécologue. Il y aura en outre, dans l'appareil, une couveuse artificielle et des flacons de sang, groupe A +, celui de Mme Brun (le renseignement figurait dans son dossier). L'avion part à midi. Le médecin a juste le temps de se rendre à Roissy, pour arriver dans la capitale centrafricaine à 21 heures.

Bangui, 10 heures du matin. Le Dr A. quitte Henriette Brun à qui il vient de faire des piqûres pour diminuer la fréquence des contractions. La patiente est calme, il a bon espoir. Sans sortir de l'hôpital, car il veut rester sur place en cas de besoin, il s'installe dans un bureau avec un téléphone : il compte bien retrouver au plus vite le mari d'Henriette Brun.

Par elle, il a su quelle société s'était occupée du safari. Il est rapidement en contact avec le directeur.

– M. Brun? Il est dans la région d'Ourda, à cent cinquante kilomètres au nord. Ils sont trois Français plus les guides locaux.

– Ils y sont allés comment ?

– La société a un avion de tourisme. On les a déposés au village. Il y a une piste d'atterrissage rudimentaire.

– Vous pourriez les rechercher ?

– Pour aller à Ourda, pas de problème. C'est après que cela se complique. Cela fait une semaine qu'ils sont partis; on ne sait pas où ils sont. Et, en admettant qu'on les retrouve, il n'est pas du tout certain que l'avion puisse se poser. Il faudrait un hélicoptère.

– J'ai compris... D'après vous, à partir d'Ourda, quelle direction ont-ils prise ?

– Pour cela, pas d'hésitation : droit vers l'est. Ils ont été chasser l'antilope. C'est toujours dans ce secteur qu'on va.

Le Dr A. remercie et raccroche. Il n'y a pas des milliers d'entreprises de location d'hélicoptères à Bangui; à vrai dire, il n'y en a qu'une. Il reste à espérer que son appareil ne soit pas en vol.

Il ne l'est pas. Le médecin transmet les informations qu'il vient de recevoir et explique. Il faut que M. Brun rejoigne dans les plus brefs délais l'hôpital. Il est impératif qu'il y soit ce soir, car le départ de sa femme ne pourra pas être retardé. Le Dr A. regagne alors la chambre de Mme Brun dont il juge l'état satisfaisant. Après avoir bavardé quelque temps avec elle, il retourne à son bureau, au cas où il y aurait un appel.

Midi va sonner quand une infirmière fait irruption.

– Docteur, venez vite! Elle accouche!

Le médecin la suit dans la salle de travail. Quand il arrive, tout est déjà terminé. Le gynécologue centrafricain tient dans ses bras un bébé.

– C'est un garçon, madame.

Henriette Brun demande d'une voix inquiète :

– Quel poids fait-il ?

La pesée a lieu immédiatement.

– Deux kilos tout juste, madame. C'est très bien pour une naissance à huit mois.

Mme Brun contemple son enfant et le médecin le lui retire pour le mettre en couveuse. Elle a l'air très lasse mais heureuse.

– Il s'appellera Pierre...

Pour le Dr A., les données du problème ont changé. Il se précipite dans le bureau qu'il occupait pour appeler Europ Assistance. Il a le médecin qui a pris la place du Dr J. Il demande s'il est possible d'empêcher son départ.

– Non. L'avion partait à midi. À présent, il est en vol. Pourquoi ?

Il parle de l'accouchement qui vient d'avoir lieu malgré ses précautions. Son interlocuteur commence à s'alarmer, mais ii le rassure.

– Tout s'est passé au mieux. Cela n'aurait pas été plus parfait en France.

– Alors, il est inutile d'opérer le rapatriement.

– Absolument. Cela occasionnerait une fatigue inutile à la mère et à l'enfant.

Il ajoute :

– Nous aurons fait venir des secours pour rien, mais il vaut mieux cela que l'inverse.

Et il raccroche. Maintenant, il n'y a plus qu'à attendre l'arrivée de M. Brun et à lui apprendre qu'il est l'heureux papa d'un petit Pierre...

L'attente dure jusqu'au soir. Un peu avant vingt heures, il entend un vrombissement et il voit avec surprise l'hélicoptère se poser sur le parking de l'hôpital. Il ne peut s'empêcher de penser que le pilote fait des excès de zèle. Il aurait pu atterrir plus loin au lieu de réveiller les malades avec ce vacarme. Il n'y avait tout de même pas une telle urgence.

Mais, l'instant d'après, le Dr A. passe de la surprise à la stupeur. Deux hommes descendent de l'hélicoptère : le pilote et un autre en tenue de safari, sans doute le guide de chasse. Ils sortent avec précaution une civière rudimentaire, faite de branches coupées, sur laquelle un troisième homme est allongé. Le docteur se précipite au-devant d'eux.

– Que se passe-t-il ?

Le présumé guide de l'expédition lui explique alors.

– C'est le ciel qui vous a envoyé. M. Brun a eu un accident hier soir. Un buffle l'a chargé. S'il n'y avait pas eu cet hélicoptère.

Le Dr A. se penche sur le blessé. Il a le visage blême, sans doute a-t-il perdu beaucoup de sang; il est inconscient. Il examine la blessure et fait la grimace : les deux jambes sont brisées, avec de multiples fractures ouvertes.

Il est en train de se passer quelque chose d'extraordinaire. L'assistance médicale prévue pour la future accouchée est devenue inutile, mais, de manière absolument imprévue, elle va se révéler décisive pour soigner son mari. Si l'on n'avait pas été chercher M. Brun pour l'amener près de sa femme, il serait certainement mort. Le guide de chasse le confirme.

– Nous étions encore à deux jours d'Ourda. Je le ramenais en civière, pour faire mon devoir, mais je n'avais plus aucun espoir.

Quand le Dr J. et le gynécologue d'Europ Assitance arrivent à l'hôpital avec leur couveuse artificielle et leurs flacons de sang au groupe de Mme Brun, c'est, évidemment, pour eux, la même surprise. Le gynécologue, en spécialiste qu'il est, va au chevet de l'accouchée, le Dr J., lui, se préoccupe du blessé.

Madame Brun s'inquiète à son tour :

– Est-ce qu'il y aura besoin de le rapatrier ?

– Absolument. C'est même un cas typique. Ce genre de fractures multiples nécessite des interventions complexes qui ne peuvent pas être faites ici.

***

Après s'être assurés que le mari ne souffrait pas de lésions internes, les médecins repartiront avec lui sur le vol du soir, par lequel le rapatriement de son épouse était prévu à l'origine.

À Paris, il fut hospitalisé dans une clinique spécialisée, et, après plusieurs interventions et une rééducation qui ne dura pas moins de six mois, il put retourner en Centrafrique. Quand il rentra à Bangui, son fils Pierre était déjà un beau et grand bébé. Ce fils, dont la précoce venue au monde lui avait sauvé la vie.

20

Vous avez dit bulgare?

La Bulgarie? Le coup du parapluie, les yaourts, la filière du même nom, voilà à quoi se résume la science de Catherine quand on lui parle de ce pays. Mais sa sœur jumelle, Cécile, a entrepris de lui faire un cours. Des brochures touristiques parlent de la mer Noire en termes dithyrambiques et affichent des tarifs séduisants pour un séjour de deux semaines sur la côte du Soleil.

Catherine, l'ingénue, interroge :

– Il y a du soleil en Bulgarie? Où ça?

– Entre Varna et Burgas! Et beaucoup d'autres choses à faire que de rester sur une plage. On peut louer une voiture sur place et faire un tour jusqu'aux Balkans. On y verra peut-être Dracula.

– Puisque je te dis qu'il n'est pas bulgare, Dracula, il est roumain.

– Bulgare, je maintiens.

Elles se disputent, c'est leur manière de s'aimer. Leur façon de vivre cette gémellité qui leur appartient plus que tout. Depuis que Cécile a appris qu'elle était née la première, il y a vingt-cinq ans de cela, elle tente de convaincre sa sœur qu'elle est bien l'aînée et que c'est à elle de donner l'allure. Catherine affirme s'y connaître en obstétrique : on estime que le premier né dans un accouchement de jumeaux est le plus jeune, donc...

Mais la biologie ne peut rien contre la ténacité et l'opiniâtreté à ne point lâcher prise de Cécile. Cécile a décidé qu'elles iraient en Bulgarie, elles iront en Bulgarie, dans un coin appelé Ozbor, sur la mer Noire. Il y a de superbes excursions à faire dans l'intérieur, d'immenses colonnes de calcaires qu'un archéologue russe a pris autrefois pour des ruines antiques. Sans parler des sources de soufre, des grottes, des cheminées de fées, etc.

Si Cécile, dans toutes ses passions, est sérieuse, parfois jusqu'à l'ennui, Catherine est plus frivole. Elle est styliste, dessine des robes, et fondera un jour sa propre maison de couture.

Cécile étudie la géologie. On s'explique aisément les raisons du voyage en Bulgarie... Il n'y a pas d'autres différences entre elles. Pas un trait du visage, pas un centimètre de taille, pas une dent : la copie est parfaite. Certifiée conforme par l'état-civil. Comme toutes les jumelles, elles ont partagé les vicissitudes de l'enfance : rougeole, scarlatine, dents de sagesse et premier flirt. Après, leurs chemins se sont à peine détournés. Elles cherchent des jumeaux à qui plaire, nos deux grandes filles, brunes, au teint mat et au regard légèrement myope.

Les voilà parties. Les voilà arrivées. Installées dans un petit hôtel d'Ozbor depuis ce 15 juillet 1985.

Elles se sont vite lassées du soleil et du sable tiède. Cécile fait visiter Varna à Catherine, Varna, port un peu trop fréquenté à leur goût, où la chaleur est insoutenable. Très vite elles filent sur la route qui mène au fameux site des Pierres plantées, à quelques dix-huit kilomètres de la ville. Une promenade toute bête; la route est excellente et le parking est presque vide.

Elles y arrivent à la tombée du jour, le moment le plus saisissant. Sur une étendue très vaste, plus de trois cents colonnes de grès, de toutes formes, de toutes tailles, se dressent, hiératiques. Des fleurs de sauge, de ciguë et d'acacia sauvage embaument l'air. Cécile est à son affaire et commente : *érosion, terrain sableux, déformation tectonique de la couverture calcaire.*

Deux heures plus tard, Catherine ose :

– Et si... et si l'on rentrait?

Cécile consent. Elle-même se sent fatiguée. Exceptionnellement, Catherine prendra le volant.

Il est bien connu que les jumeaux ne doivent jamais renverser les rôles.

Une dizaine de kilomètres plus tard, ce sera l'accident. Une vieille guimbarde qui surgit d'un chemin, sur la droite. Un choc très violent. Le crâne de Catherine cogne contre la vitre. Sans mal. Juste un peu étourdie. Des voix lui parviennent de loin; elle se souvient, ce type qui a percuté leur voiture du côté... du côté droit!

– Cécile!

Les yeux clos de sa jumelle, le visage si blanc, son corps étrangement replié, tordu, cette grimace au coin des lèvres... Catherine hurle, gesticule. Des voitures se sont arrêtées, le conducteur bulgare tente de la calmer, des bras empêchent Catherine de tirer sa sœur hors du véhicule. Il ne faut pas la toucher. Attendre les secours. Mais quels secours? Et ces gens qui parlent dans cette langue si étrange, et son double qui gît là, inerte, dans les bris de la glace latérale, entre des morceaux de ferraille. Un mince filet de sang descend tout au long du bras de Cécile, tache le chemisier en soie naturelle, coule sur sa jupe. Catherine voit son sang : la douleur se réfléchit dans le miroir de cette amitié biologique contre laquelle on ne peut rien. Catherine est prête à s'évanouir, à imiter, malgré elle, sa jumelle.

Mais il ne faut pas perdre pied. Pas dans ces moments. On verra plus tard pour le reste; il sera temps de songer à sa propre douleur. Une demi-heure passe avant que n'arrivent les secours. Deux infirmiers arrachent la portière, déposent Cécile sur une civière. Catherine pleure.

– Qu'est-ce qu'elle a? Pourquoi ne parle-t-elle pas? Est-ce qu'elle respire?

On veut l'empêcher de monter dans l'ambulance, elle s'accroche aux blouses blanches, hurle. On finit par céder. Penchée sur son image, Catherine lui parle pendant tout le trajet.

– Cécile, je suis là, ta Catherine. Je ne te quitterai pas, jamais. Fais-moi un signe, je t'en supplie.

Cécile ne répond pas.

À l'hôpital, une civière arrache Cécile à sa sœur. Salle d'opération. Un médecin baragouine quelques mots d'anglais, montre son épaule. Clavicule cassée ? Puis désigne son genou. Rotule ? Puis l'abdomen. Côtes cassées ? Catherine ne comprend rien, mais, tandis que le médecin s'efforce de lui décrire les traumatismes de sa jumelle, Catherine a mal. Très mal. Mal au ventre.

Il faut patienter. Deux heures plus tard, Catherine doit presque se battre pour faire irruption dans la chambre de Cécile. *Chambre* est un grand mot. Parlons plutôt d'un dortoir avec six lits. Cécile est allongée, un pansement sur la tête, un autre autour du thorax, le bras droit immobilisé. Et le genou ? Rien, bizarrement enflé ; on ne s'en est pas occupé. Par contre, on lui a généreusement badigeonné le visage et le corps de mercurochrome.

Cécile n'est pas réveillée. Suite de l'anesthésie ? Coma ?

Un médecin rassure Catherine. Ce n'est pas grave, elle sera bientôt guérie. Mais guérie de quoi ? Les obstacles linguistiques empêchent de poursuivre la conversation.

Catherine est prête à étrangler. À étrangler un service tout entier de médecins et d'infirmiers bulgares. Quelque chose à l'intérieur d'elle, un quelque chose qu'elle ne peut définir, lui donne le sentiment que Cécile est en danger, que ces gens n'ont pas fait ce qu'il fallait. Elle en est sûre maintenant.

Si l'on était en France ! Il suffit de téléphoner à Europ Assistance. Elle est tellement bouleversée que son interlocuteur a du mal à la comprendre.

Mais le chargé d'assistance est habitué. L'émotion rend souvent les conversations téléphoniques difficiles à décrypter. Il faut reconstituer ce qui s'est passé, calmement. Un de ses collègues va prendre contact avec le médecin de Varna. Il parle bulgare, bien sûr ; il s'appelle Dimitri et rappellera Catherine dans quelques minutes.

L'hôpital paraît sinistre. Inquiétant. Catherine attend dans un couloir. Dans une pièce voisine, deux infirmiers rangent des boîtes de pansements. On ne s'occupe guère d'elle. Que pourrait-on d'ailleurs lui dire, dans une langue qu'elle ne comprend pas ? Peut-être de se calmer un peu, de ne pas sursauter à chaque fois que le téléphone sonne dans le bureau voisin. Dimitri doit appeler, Dimitri appelle.

– Je viens d'avoir le médecin qui a opéré votre sœur, il est tout à fait rassurant.

– Qu'est-ce qu'il lui a fait? Je veux savoir, je veux savoir, vous m'entendez?

Dimitri entend parfaitement. Cécile souffre d'une fracture de la clavicule, de deux côtes cassées et d'une forte luxation au genou.

– Il faut qu'elle se repose...

Catherine réfléchit quelques secondes. Non, elle n'est pas satisfaite. Elle insiste :

– Écoutez-moi, Dimitri. Je suis sûre qu'il y a autre chose, qu'ils n'ont pas vu ce qu'elle avait!

– Ne vous affolez pas, croyez le médecin.

Non, elle ne le croit pas. C'est sa sœur jumelle.

– Je vous en prie, vraiment. Cela peut vous paraître étrange, mais je ne leur fais pas confiance. Cécile a autre chose, c'est presque comme si elle me l'avait dit...

Les jumeaux sont vraiment singuliers, c'est le cas de le dire. Dimitri est troublé, malgré les paroles rassurantes du médecin. Il promet de rappeler ne serait-ce que pour avoir à dire quelque chose de plus détaillé à Catherine, quelque chose qui puisse la rassurer?

– Bon, je vais retéléphoner dans une heure, lorsque l'équipe de nuit sera en place. Nous aurons l'avis du médecin de garde. En attendant, rentrez vous coucher à votre hôtel, nous vous avons réservé une chambre à Varna. Je vous appellerai là-bas.

Têtue est un mot faible, Dimitri s'en aperçoit. Catherine n'ira pas à l'hôtel, ne quittera pas sa sœur, dormira dans la chambre aux six lits, dont l'un n'est pas occupé.

– D'accord, Catherine, passez-moi quelqu'un, je vais leur expliquer.

Dimitri est persuasif. On n'aime guère être encombré par les familles des malades. Mais enfin, pour des jumelles, c'est vrai, on accepte.

Catherine est au chevet de sa sœur. Cécile dort toujours, mais sa sœur n'aime pas ce sommeil.

À huit heures, comme convenu, elle descend au standard. Dimitri a dit qu'il appellerait. Il est déjà au téléphone, répond à la voix de Catherine. La sienne, à lui, est changée :

– Voilà, nous avons eu l'interne de garde et ce qu'il nous a répondu est un peu évasif. Cela ne plaît guère aux médecins d'Europ Assistance. Quelque chose n'est pas clair dans cette histoire.

– J'en étais sûre. Elle va mourir. Ils ne la soignent pas bien. Depuis l'accident, j'ai mal au ventre. Je souffre pour elle, c'est un signe. Il faut que vous veniez la chercher!

– Un médecin discute en ce moment avec les médecins bulgares, mais ils ne semblent pas d'accord pour la laisser partir.

– Comment cela? De quel droit?

– Ils estiment que son état est bénin...

Dimitri explique que les médecins bulgares sont maîtres chez eux et qu'il va falloir trouver des arguments pour enlever la décision. On s'en occupe. Quant à Catherine, elle est résolue, affirme-t-elle, à enlever sa sœur, à la prendre elle-même sur son dos, direction l'aéroport. Qu'en pense Dimitri?

L'inquiétude de Catherine l'a gagné. Il fait part de la sienne au médecin, à côté de lui dans les locaux d'Europ Assistance. Ce mal de ventre, bien sûr, cela paraît invraisemblable, mais tout de même. La prudence ne veut-elle pas que l'on tienne compte de tous les phénomènes même extraordinaires? La conversation avec les collègues bulgares se poursuit. Courtoise et de plus en plus précise.

– Nous venons d'apprendre par sa famille que l'opérée souffre d'une maladie nerveuse... nous préférerions la rapatrier, vous comprenez.

Le médecin de l'équipe de nuit de l'hôpital de Varna donne enfin son accord.

Soulagement partagé. Catherine a les yeux fiévreux de bonheur. Dimitri lui assure que le Mystère 20 décollera dans une heure.

***

L'avion a décollé, atterri, redécollé. Cécile a été prise en charge tout de suite par le médecin réanimateur d'Europ

Assistance. Le diagnostic a été posé. Il était plus que temps.

Six heures après le départ de Bulgarie, Cécile est opérée dans un hôpital parisien. Catherine est là quand elle se réveille. Sa jumelle fond en larmes.

– Tu sais, je savais, je savais qu'il y avait quelque chose. J'avais mal, mal où tu avais mal.

Et, parce que le visage de Catherine était baigné de grosses larmes de bonheur, Cécile, à son tour, s'est mise à pleurer.

21

Le seul souvenir

Ils sont belges.

Mais croyez bien que ce n'est pas la raison de leur mésaventure : elle aurait pu arriver à des Français, des Suisses, des Américains ou des Lapons. À condition que ce soient des Lapons, des Américains, des Suisses ou des Français quelque peu étourdis.

Mme et M. Lippens sont partis de Bruges, où ils vivent, et ont décidé de prendre quelques jours de vacances, qu'ils occuperont en suivant les côtes françaises. Quoi de plus simple quand la mer du Nord est à quelques encablures de chez soi ?

Ils ont donc franchi la frontière pour descendre vers la riante Normandie, visant la rude Bretagne, la douce Vendée et, qui sait, toujours plus loin, peut-être atteindront-ils la Gironde! À partir de là, rien ne saurait les arrêter. Après tout, la Terre est ronde. Les espaces infinis les attendent. Quoique... Point n'est besoin d'aller jusqu'au Kamchatka pour découvrir les beautés de la planète.

La preuve : le Pas-de-Calais réserve à ceux qui savent les voir des merveilles que tout cinéaste aimerait saisir.

– Regarde, Raymonde! Est-ce que ça n'est pas un enchantement ?

Albert Lippens a levé le pied de l'accélérateur. Le sage sait à quel moment il faut saisir la chance, et la chance, elle est là. Un coucher de soleil se prépare, ici même, entre le cap Gris Nez et le cap Blanc Nez, sur cette mer si proche du domicile de nos explorateurs, et si belle. Les merveilles du monde sont parfois tellement près de nous, aveugles que nous sommes!

Un coup de volant à droite : la voiture des Lippens – 1 200 kilomètres au compteur, une automobile suédoise un peu chère, mais réputée increvable – quitte le macadam pour s'engager sur un chemin qui va vers la côte. Un coup de volant à gauche, maintenant (la direction assistée, quel confort!), et elle emprunte un sentier à peine dessiné. La solide suspension n'en a cure. Elle est faite pour en voir d'autres. D'ailleurs, le sentier s'efface peu à peu, laisse place à une herbe rase, douce comme un tapis de billard.

C'est en roue libre qu'Albert, fin connaisseur, termine le parcours. Le puissant moteur, bien réglé avant le départ, ne fait presque aucun bruit au ralenti, et l'on sent le vent battre contre le pare-brise (en verre feuilleté, une option coûteuse, mais la sécurité n'a pas de prix).

Albert amène les roues à s'immobiliser sur l'ultime bord du continent, serre le frein, coupe le contact, et se laisse étreindre par l'émotion. Il saisit la main de Raymonde, qui frissonne un peu. Non de froid, mais saisie, elle aussi, par la beauté du spectacle.

– Quand je pense, Albert... À deux heures de chez nous...

– Hé oui! Mais ça ne veut rien dire, vois-tu? Il y a des gens qui viennent d'Australie pour voir ça!

Albert pressent que le moment arrive où le spectacle sera à son paroxysme, lorsque la boule de feu du Soleil parviendra à jeter ses reflets rougeoyants dans cette masse grise du plus bel acier. Il saisit dans la boîte à gants le petit appareil photo automatique.

– Je vais en prendre une! Tu viens avec moi?

– Non, non! Vas-y, moi je crains le vent!

Heureusement, songe Albert, que nous, les hommes, nous sommes moins fragiles! D'ailleurs, tous les grands reporters sont des hommes. Sans nous, que deviendraient les pages centrales de *Paris-Match* et du *National Geographic*?

Il passe quand même par-dessus son pull un K-Way bleu à bandes oranges et sort. Il descend un petit escarpement, trouve une assise idéale sur un rocher et, appareil vissé à l'œil, il attend.

Il attend même un peu longtemps. Le soleil se couche plus lentement que prévu. Au bout d'un moment, Albert quitte la pose, laisse l'appareil au bout de sa courroie et souffle dans ses doigts. Le froid est piquant ce soir. Et puis, rester accroupi, c'est ankylosant. Il se redresse, aperçoit la silhouette de Raymonde à la place du passager. Il lui fait signe de baisser la vitre, met les mains en porte-voix :

– Tu devrais me rejoindre; c'est encore plus beau vu d'ici!

Raymonde se décide, emprunte prudemment l'escarpement. Albert lui tend la main, l'aide à prendre place sur la plateforme étroite.

– N'aie pas peur! Si tu ne te penches pas, tu ne risques rien!

Il reprend l'appareil, adopte l'héroïque position, pieds largement écartés et genoux fléchis du reporter en action.

– Voilà, il faut bien viser! Pour que l'image soit bonne, il y a une seconde idéale. Jamais plus. Attention.

Et, sur leur gauche, ils entendent un craquement sourd, magistral et sinistre.

La pointe. L'ultime pointe du continent se détache.

L'avancée de la falaise, traîtreusement rongée à sa base par les marées, n'était plus qu'une mince langue surplombant le vide. Une mince épaisseur de craie, surmontée d'un peu de terre, couverte d'une herbe rase.

Sur laquelle était posée la voiture. La belle et chère Suédoise, 1 200 kilomètres au compteur, direction assistée, moteur bien réglé, et, en option, pare-brise feuilleté.

Un éboulement dantesque, une chute abrupte.

Puis le bruit régulier, infini, des vagues. Un moment, on entend encore rouler de menus cailloux. Et les vagues.

Albert et Raymonde Lippens regardent longuement, trente mètres plus bas, l'écume lécher la carcasse informe. La carcasse où gisent leurs valises, leurs papiers, leur argent. Albert et Raymonde ont eu chaud. Maintenant, Raymonde a froid. Albert lui passe son K-Way et, sans avoir échangé un mot – que dire en une pareille minute? –, ils remontent vers la lande à la recherche d'un village, d'un endroit pour téléphoner.

Sur les lieux de l'accident, en contrebas, par un de ces hasards qui font les belles images de fin dans les films, l'un des phares de la voiture continue d'éclairer l'éboulis et les vagues. Solide conception suédoise de l'automobile...

⁂

Quelques semaines plus tard, les Lippens repartent d'un pied neuf vers une année de travail. Leur aventure n'est pas oubliée, mais Europ Assistance a fait ce qu'il fallait pour l'estomper : nuit d'hôtel arrangée à la ville la plus proche, papiers provisoires, dépannage financier, et même une voiture – pas suédoise, française; mais très bien – pour prendre un peu le large et se détendre après cette grosse frayeur.

Albert a apprécié cette aide immédiate et chaleureuse et il passe au bureau de la compagnie pour dire un grand merci. Il apporte une boîte de bêtises de Cambrai achetées sur le chemin du retour. Mais, surtout, il exhibe fièrement une pochette de papier :

– Regardez! Ce sont les photos! Lorsque la falaise a craqué, j'ai eu le réflexe, quand même. J'ai appuyé sur le déclic juste au moment où la voiture basculait!

L'équipe d'assistance passe le cliché de main en main. Albert commente :

– Juste à la seconde! C'est le seul souvenir qui nous reste de notre pauvre voiture!

Devant l'expression des membres de l'équipe, il se rembrunit un peu :

– Eh oui, je sais. Malheureusement, la photo est un peu floue!

22

Les naufragés des Caraïbes

Ils en ont rêvé des Caraïbes! Ils l'ont rêvé, ce grand bateau blanc; ils en ont lu, des récits magiques de grands navigateurs! Ils en ont tellement rêvé que, cette fois, ils vont les vivre : ils partent. Ce qui n'arrive qu'une seule fois dans l'existence. *Ils,* ce sont trois hommes jeunes, Jean, Pierre et Henri.

Jean est préparateur en pharmacie, Pierre et Henri achèvent leurs études, respectivement de mathématiques et d'architecture.

La passion de la voile les réunit depuis plus de trois ans et, depuis ce jour, ils n'ont que ce projet en tête. À cet âge l'obstination n'est jamais vaine : ils ont fait de sérieuses économies en prévision du voyage qui les mènera de Paris à Caracas. C'est alors que tout commencera : le tour des Caraïbes.

C'est à Caracas qu'ils loueront leur voilier pour une croisière de deux bons mois, seuls, libres comme l'air, à travers les îles fabuleuses, de la Barbade à Grenade, la Martinique, la Trinité, Sainte-Lucie, en passant par les îles Sous-le-Vent, de Curaçao à la Jamaïque.

La mer des Antilles est riche de légendes et d'histoires fantastiques où les pirates sont légion. Leur enfance et leur adolescence à tous trois ont été bercées par ces contes. Aujourd'hui, en ce début de janvier 1977, ce sont trois hommes jeunes et résolus qui décident d'aller vivre l'aventure sur leur petite coque de noix.

Sur la photo de ce départ, ils ont un sourire superbe. Jean a emporté son appareil. C'est lui qui se chargera du récit en couleurs de cette épopée. Un mètre quatre-vingt-deux, le cheveu châtain et dru, l'œil clair, déjà un peu délavé. Il est marin dans l'âme depuis qu'il s'est passionné, à dix ans, pour les aventures du capitaine Nemo. Quant à Pierre, son goût pour l'extravagance le pousserait plus volontiers à lire *Moby Dick* de Melville, livre qu'il vient d'ailleurs d'emporter dans son grand sac de marin, au côté de *Guerre et Paix.* Tolstoï aux Caraïbes, pourquoi pas ?

Henri, le troisième, est de loin le plus singulier. Plus petit d'abord que ces deux grands gaillards, plus petit et plus rêveur surtout. Derrière ses lunettes, il a quelque chose, en plus jeune, du professeur Tournesol. Ce futur architecte se contente, faute de prendre des photographies ou de lire les grandes œuvres, de dessiner toute la journée. En quatre heures d'attente à l'aéroport, il a déjà noirci tout un petit carnet de croquis.

Ils sont heureux. Ils sont dans l'avion. Ils arrivent à Caracas. Le bateau qui les attend a fière allure. La voilure est neuve, la cabine assez vaste, le moteur de secours fonctionne, la coque paraît saine. Ce qui n'est pas si mal quand on a loué à distance et au seul vu d'une photo un peu floue.

Une dernière photo sur le quai. Un docker a accepté de les prendre tous les trois. Le premier rouleau est terminé. On le développera plus tard. Il faut partir. Ils ignorent encore le drame qu'ils vont vivre. Un drame qui n'est pas entièrement de leur fait. Car ils ne sont pas navigateurs d'occasion. Ils ont fait, chacun de leur côté, leurs preuves. Ils se connaissent et connaissent bien la mer. Autant qu'on puisse la connaître. Car celle des Antilles, ils le savent, est souvent capricieuse, traître. Les histoires de naufrages qui sont les siennes nécessiteraient de nombreux volumes. Et le livre reste toujours ouvert, jamais terminé.

Mais Croquignol, Filochard et Ribouldingue, comme ils se sont surnommés – bien qu'ils n'aient aucune ressemblance avec ces héros de leur enfance – ont la foi qui déplace les montagnes, les océans s'il le faut.

***

La première semaine, sur une mer d'huile, sera un véritable enchantement. Jean prend des clichés étonnants, des poissons volants, des couchers de soleil somptueux sur fond d'or et de rose.

La deuxième semaine est plus mouvementée : ils feront escale à Marie-Galante, histoire de se reposer quelques jours. Ils iront ensuite à Saint-Domingue. Dans le sac de Jean, les rouleaux de pellicule s'entassent. Une photo le réjouit beaucoup : Pierre aux prises avec sa casquette dans un courant d'air qui s'engouffre sur le porche de l'ancienne église de Las Mercedes. Personne ne verra jamais ce cliché.

La troisième semaine, ils sont au large de la Jamaïque; au grand large, quelque part entre Kingston et Barranquilla, sur la côte de Colombie. La tempête s'est levée. L'une de ces tempêtes qu'affrontèrent jadis pirates, corsaires, naufrageurs et autres conquérants de l'impossible. L'enfer sur une mer déchaînée.

Le voilier a lutté longtemps, mât brisé à la base, au beau milieu des vagues déferlantes. Puis il s'est incliné et avec lui ses trois passagers à bout de forces. Naufrage inéluctable : Jean et Henri ont eu le temps de jeter à l'eau le canot de sauvetage, Pierre s'est chargé de lancer un SOS et de tirer une fusée de détresse.

Le voilier a coulé en quelques minutes, aspiré par ce gouffre en colère qui s'agitait sous sa coque. La tempête a refermé ses draps d'écume sur lui.

Ils passeront ainsi des heures, ballotés sur le canot de sauvetage. Quelqu'un manque à l'appel, hélas. Pierre a disparu, bel et bien. Il n'a pas eu le temps d'enfiler son gilet, ni même de le gonfler. Il n'a pas eu le temps de sauter. Il s'est évanoui, valeureux capitaine qui n'abandonne pas son bord.

Jean et Henri n'oublieront jamais. Ils n'oublieront jamais cette grande silhouette de leur camarade, soulevé par une vague plus immense encore, transporté un instant dans l'espace. Ils n'oublieront jamais ce rien qui a suivi.

Le SOS a été capté par un cargo polonais qui faisait route dans le secteur. Le capitaine a modifié immédiatement son cap et est parti à la recherche du voilier, ou du moins de ce qu'il en restait, deux malheureux rescapés que cette lutte contre les éléments avait épuisés, deux épaves à la limite de leurs forces et qui étaient prêts, eux aussi, à lâcher prise. Deux hommes, surtout hébétés, qui ne veulent pas admettre que le troisième, leur ami, leur frère, manque à l'appel. Il n'y a pourtant aucun espoir de retrouver Pierre, jeté à la mer sans même un gilet de sauvetage.

De la cabine du cargo polonais part donc ce premier message radio, signalant sur les fréquences internationales le repêchage de deux navigateurs français, un message qui comprend la mention, « *Prévenir Europ Assistance* ».

Guadeloupe, gendarmerie nationale. Le gendarme Colin se fait répéter ces quelques mots, captés par hasard. Depuis deux heures que le cargo polonais transmettait inlassablement le même message, il trouve enfin un écho.

Le gendarme Colin se charge de faire parvenir un télex à Europ Assistance. Trois abonnés, trois fiches qui mentionnent les adresses et les téléphones des familles à prévenir en cas d'accident. L'une d'elle, surtout, à qui il faut annoncer la fatale issue. Mais aucun téléphone ne répond. Les vacances sans aucun doute.

En attendant, le cargo fait route sur Panama. Jean et Henri y seront débarqués, sains et saufs quoique fortement choqués. Qu'ils n'aient plus rien sur eux, ni papiers d'identité, ni argent, cela n'est pas grave. Une seule chose importe, qui restera gravée dans leur mémoire à jamais : ils sont deux au lieu de trois.

Le correspondant panaméen d'Europ Assistance les attend sur le quai par ce petit matin frais de février 1977. Il a réglé les problèmes administratifs, prévenu l'ambassade, qui se charge des passeports, et il recueille deux épaves. Soignés, habillés, réconfortés par l'équipage, les deux survivants peuvent à peine parler. Carlos, le correspondant local, devra faire preuve de tact, de délicatesse, d'amitié. Là-bas, en France, les familles ne savent toujours rien. Europ Assistance cherche vainement à les joindre depuis la réception du télex. Amis, relations ignorent tout de leurs déplacements.

Carlos a pris Henri et Jean chez lui, leur prodigue du réconfort, les assure de leur retour, avance les fonds nécessaires. Dans ces cas-là, on n'a guère envie d'aller à l'hôtel, guère envie de manger, de parler. Il faut du temps pour réaliser, comprendre que l'on va repartir en avion, que le rêve s'est brisé, qu'il s'est fait cauchemar, que la mort a frappé et que Pierre est si loin, avec les photos de ce bonheur insupportable d'il y a quelques jours, avec ses livres, son compas, sa boussole, ses croquis, son si beau visage.

Une semaine durant, Carlos sera cet infirmier improvisé qui s'acharne à redonner à ces deux grands garçons muets un peu de courage, un peu de foi. Jusqu'au jour où l'avion les ramènera en France.

Entre-temps, bien sûr, les familles ont été prévenues. Le père de Pierre a assuré, avec un sanglot étranglé dans la voix, qu'il serait à l'aéroport pour accueillir les deux amis de son fils.

23

Antoine le fugitif

Il est sur la route, la grande, la nationale 20. Avec un panneau qui dit, tout de go : « *Où vous allez, j'irai.* »

Certains automobilistes s'amusent du canular, d'autres s'arrêtent pour questionner :

– Je vais nulle part, c'est dans ta direction ?

Il est là depuis l'aube. Une aube bien fraîche pour cet été parisien. Il a dix-huit ans depuis la veille et un gros poids sur le cœur. Un échec. Il vient de rater son baccalauréat. Pour son père, c'est sa vie qu'il rate.

– Pas de vacances, Antoine. Tu travailles tes maths tout l'été. Bouclé !

Antoine a esquissé une défense, fait état de son incapacité à assimiler toutes ces choses. D'ailleurs...

– Pas question de faire carrière. Le mot me répugne. Je ne serai pas ingénieur, voilà tout. La musique, il n'y a que ça de vrai. Je veux en faire.

Ces choses sont dites en termes élégants. Antoine a dû forcer un peu le ton, mettre un peu trop de crudité dans ses mots. Sans ça, son père, blême de rage, ne lui aurait pas signifié une fin de non-recevoir, fait comprendre que, puisque les choses se passaient ainsi, il valait mieux qu'il prenne la porte.

On dit souvent à quelqu'un de ficher le camp. Par bravade ou dans l'emportement. Ce qui est plus rare, c'est quand la personne prend la chose au pied de la lettre. C'est ce qui s'est passé, hier soir. Antoine a claqué la porte, qui, en se refermant sur ce père irascible, a fait un grand bruit. Les voisins seront au courant.

« *Où vous allez, j'irai* » n'est pas une formule désabusée. Baudelaire voulait bien aller n'importe où hors du monde. Mais Antoine, sur ce bord d'asphalte, pouce tendu, est têtu. Il ira en vacances et il sait où. Il prendra ces vacances que cette fichue note en mathématiques et ce zéro pointé en physique-chimie lui ont volées. Il s'échappera vers le nord, la Norvège, les lacs, le soleil blanc, les filles éclatantes et les chers Lapons nomades.

L'automobiliste qui sera sensible à son sens de l'humour et finira par le prendre s'étonnera tout de même.

– Et vous n'emportez que ça ?

Antoine vient de réaliser que son sac à dos est bien peu épais. C'est normal. Quand on claque une porte, la fierté ne permet guère de revenir en arrière : deux ou trois chemises, une paire de chaussures de marche, un vêtement de pluie... et vraiment pas beaucoup d'argent ! Qu'importe, il fait beau ce matin, il a le feu aux joues et la voiture file vers l'Allemagne.

Tout va bien. De ce côté du moins, car sa disparition pose quelques problèmes chez lui. Pas exactement ceux que l'on pourrait imaginer au premier abord.

***

Six jours plus tard...

Mme Dubosq, mère d'Antoine, ne sait plus à quel saint se vouer. Si la rage se lit encore sur le visage de M. Dubosq, il n'y a dans les yeux de sa femme qu'angoisse et terreur : beaucoup de panique.

Une voisine vient de semer un trouble terrible dans sa tête. Cette dame, c'est la maman d'un copain d'Antoine, Étienne, qui est le meilleur ami de son fils.

Étienne n'a qu'un défaut, aujourd'hui, celui d'avoir trouvé la semaine dernière un misérable petit lapin dans une forêt des Vosges. C'était lors d'une randonnée. Comme le lapin s'était laissé approcher et qu'il avait l'air franchement malheureux,

Étienne n'avait écouté que son cœur, auquel s'ajoutait ce matin-là un puissant instinct écologiste. Il avait mis l'animal dans son sac, avait fini son week-end avec lui et l'avait ramené, triomphant, chez lui, sans s'apercevoir que ce cadeau était empoisonné – empoisonné, c'est-à-dire blessé.

Léon – il fallait bien donner un nom à l'orphelin – est mort. Mort de la rage. Quant à Étienne, il est en observation à l'hôpital.

Mais Antoine ? Antoine, pourquoi s'inquiéter pour lui ? À l'allure où roule la BMW de l'automobiliste qui l'a pris à Copenhague, il doit d'ailleurs être déjà loin.

Il est loin. C'est ce qui explique le désarroi de sa mère. Parce qu'Étienne, avant d'être hospitalisé, a dit qu'il avait montré Léon à son ami, et qu'Antoine avait découvert, en caressant le lapin, une grosse blessure, mal refermée, en arrière du cou.

Les mères connaissent tout de leurs enfants, même à dix-huit ans, quand les velléités de fuite deviennent des fugues bien réelles. Elle sait que son fils se ronge les ongles jusqu'au sang, que ses doigts sont souvent écorchés. Étienne n'a-t-il pas dit que le lapin avait essayé de mordre Antoine lorsqu'il lui avait caressé la tête ? Essayé ou réussi ? Étienne ne se souvient plus, bien entendu.

Les médecins préviennent : trois semaines à deux mois d'incubation pour la maladie. Le compte à rebours a commencé. Madame Dubosq réfléchit : il est parti mardi dernier, nous sommes lundi... lundi déjà !

Mais parti où ? Sur le paillasson de la maison, il avait griffonné : « *Je vais chez les Lapons et ron et ron petit patapon.* » Un humour qui, dans la circonstance, n'a fait rire personne. Et surtout pas son père qui, pendant quatre jours, a harcelé tous les amis d'Antoine pour savoir la destination prise par son garnement de fils. Destination, que bien sûr, tous les autres garnements ignoraient.

Ce lundi midi, la mobilisation est générale. Dans la cuisine de leur maison, on peut assister au spectacle d'une mère et d'un père, tantôt accablés, tantôt furieux, parfois se tenant la tête à deux mains, parfois criant avec de terribles grimaces, qui expriment leur crainte, leur remords.

M. Dubosq vient de se lever précipitamment :

– Et son contrat à Europ Assistance, au fait ?

Mme Dubosq avait souscrit un contrat dans l'hypothèse optimiste du baccalauréat réussi et des vacances, tous frais payés, en Norvège.

– Je... je ne l'ai pas annulé!

Le père saute sur le téléphone, explique tour à tour sa colère, son inquiétude et la nécessité d'intervenir à un jeune chargé d'assistance que rien n'étonne. Il a même une idée.

– Il est parti avec beaucoup d'argent ?

M. Vincent se racle la gorge.

– Non, non, je ne crois pas. Je n'ai pas eu le temps de lui en donner.

Pieux mensonge. Le père s'amende.

– Très bien. Vous dites qu'il voulait partir en Norvège. Sans argent, là-bas, il n'y a pas trente-six mille possibilités : les auberges de jeunesse!

L'idée est excellente, à n'en pas douter. Une seule complication, la Norvège est très bien équipée en pareilles structures. Au téléphone, le chargé d'assistance confirme :

– Il y en a – j'ai la liste sous les yeux – cent quatre-vingt-dix-neuf. Cent quatre-vingt-dix-neuf auberges de jeunesse et pas une de plus.

Quelques minutes plus tard un télégramme *type* part d'Europ Assistance dans cent quatre-vingt-dix-neuf directions différentes, un télégramme en norvégien, bien sûr. Et, pour mieux tisser sa toile d'araignée, Europ Assistance prévient tous les postes frontières du pays. En une semaine, Antoine n'est peut-être pas encore arrivé à destination.

***

Changement de scène. Extérieur, jour. Ici, c'est la Norvège. Mais le scénario qui s'écrit est trop réel. Sur une route, en fin de journée, une journée qui s'étire, un jeune garçon, à qui une maigre barbe et des cheveux longs donnent l'air d'un Christ en chemin. Du Christ, s'il n'a pas la sainteté, il vit pourtant la Passion. C'est-à-dire qu'il souffre, qu'il souffre affreusement. Aller en Laponie et n'en jamais revenir.

Les télégrammes arrivent les uns après les autres. La Norvège en est inondée. Mais, chaque fois, quand on téléphone pour vérifier si le message a été bien acheminé, s'il a été lu, traduit, affiché à l'entrée de l'auberge de jeunesse, la réponse est la même :

– Il n'est pas chez nous, on a vérifié...

À 17 heures, le chargé d'assistance fait un premier point. Pas de Français du nom d'Antoine Dubosq. Cent soixante-quatre réponses négatives! 19 heures, un moment clé. À cette heure, tous les voyageurs ou presque se sont inscrits pour la nuit. Leurs cartes ont été vérifiées. Les registres sont formels : ils disent cent quatre-vingt-dix-neuf fois non. Plusieurs solutions : Antoine a trouvé une tente quelque part; Antoine s'est enrichi et il dort dans un grand palace d'Oslo; Antoine n'est pas en Norvège mais en Finlande, en Suède...

Les guides touristiques assurent pourtant que la plus grande concentration de Lapons se trouve en Norvège, dans le Grand Nord. Mais si cette histoire de Lapons rimait avec *tourner en rond*? Un canular de plus. Ce mot de canular dans ces circonstances est soudain bien amer.

Parce que, pendant ce temps-là, un jeune homme épuisé vient de poser son sac à la porte d'une auberge de jeunesse. Il n'aurait pas pu aller plus loin. L'heure d'inscription est largement dépassée; il est près de huit heures du soir. Le préposé au registre n'est plus là. Il a laissé un ami pour la garde du soir. Et l'ami n'est au courant de rien; il sait juste qu'il reste un ou deux lits dans le grand dortoir. Antoine paye sa nuit et file, sans même prendre un drap, se coucher sur ce qui, dans son état, ressemble presque à une civière.

À peine allongé, les nausées lui montent à la gorge; le lit suspendu semble basculer. D'horribles vertiges, une irrépressible envie de vomir. Déjà, deux fois dans la journée, il a vomi. La dernière fois, c'était en voiture, et l'automobiliste qui l'avait pris en stop lui a conseillé de se reposer sur le bord de la route, ce qui lui permettrait à lui, en bon homme d'affaires d'Oslo, d'arriver à l'heure pour le dîner dans sa maison de campagne. Non-assistance à personne en danger? Certes pas; ce jeune Français a dû boire un peu trop d'alcool; il dessoûlera dans le fossé. Antoine n'a pas dessoûlé, il n'avait pas bu. Il a dû marcher plus de deux heures en direction de la première auberge de jeunesse. Marcher ou plutôt se traîner, livide, décomposé.

Sur sa couche de fortune, dans ce dortoir où des veilleuses donnent un ton macabre au lieu, Antoine grelotte. Il fait chaud pourtant, très chaud. Pas d'aération. Mais c'est à l'intérieur de lui, au plus profond, que le froid se fait sentir. Et puis, ces hoquets de bile qu'il ne peut plus retenir. Il passe un quart d'heure aux toilettes. Exténué. En retournant se coucher, un jeune Français, arrivé la veille, le dévisage.

– Tu ne serais pas ce type... ?

– Quoi ?

C'est tout ce qu'Antoine a la force de murmurer.

Son compatriote lui désigne le tableau d'affichage. À côté des offres de voyage (*Partons demain 7 heures pour le Nord, cherchons passagers pour partager frais d'essence*, etc.), des demandes de voiture et de quelques informations touristiques sur les chemins de grande randonnée norvégiens, un message. Un message en français : *Antoine Dubosq, contacter d'urgence votre famille, problème grave vous concernant.*

Il n'a pas le temps de s'arrêter aux fautes de français de cette hâtive traduction. Un problème grave ? Auraient-ils un don divinatoire, là-bas, à Paris ? Oui, il a un problème grave, très grave, il s'en rend compte.

À Paris, pourtant, on a perdu l'espoir de découvrir sa trace. Ses parents du moins. Car le jeune chargé d'assistance ne se décourage pas. Certains voyageurs disent avoir rencontré Antoine à Oslo. Alors, pourquoi ne le retrouve-t-on pas ? Les chefs d'auberge semblent avoir oublié de traduire le message en français, alors même qu'on le leur avait demandé expressément au téléphone. Un seul a répondu : « *Oui, oui, c'est fait.* »

C'est fait. Et, par une chance extraordinaire – il n'y a pas d'autre mot –, cela a été fait dans cette auberge de jeunesse où précisément Antoine vient d'échouer.

À 20 heures 15, par PCV, le fil rompu, le cordon ombilical, est rétabli avec la famille. Antoine apprend de sa mère, qui pleure au téléphone, que le mal est peut-être en lui ; tous ces symptômes ne témoignent-ils pas, ne convergent-ils pas ? Il est là, dans la cabine téléphonique, paralysé. Incapable de quoi que ce soit.

En une heure, son retour est organisé par Europ Assistance. Voiture, transport jusqu'à Oslo, vol de nuit sur Paris, hospitalisation à 4 heures du matin dans un service spécialisé. Il retrouve Étienne, lui-même en observation. Ils ne pensaient vraiment pas passer leurs vacances ensemble, entre quatre murs blancs.

Tests, prises de sang, analyses, examens. Le diagnostic ne tarde pas. Antoine est vraiment malade. Il fait une hépatite virale.

Il a eu très peur. Il a appris qu'il y a des animaux qui, sous leur doux pelage, cachent, sinon de mauvais instincts, du moins une sale maladie contagieuse, infectieuse et mortelle.

Il a appris un peu plus : qu'on ne part pas ainsi, sans armes ni bagages.

« *Je leur ai posé un sacré lapin !* », a dit Antoine à Étienne, une fois sorti de l'hôpital. Cette manie de faire des jeux de mots !

Il y a un proverbe, que M. Dubosq vient de découvrir sur sa table de nuit, recopié de la main de son cher et turbulent fils : « *Qui veut noyer son chien l'accuse de la rage.* »

Ce soir, un père de famille a souri. Pour la première fois depuis plusieurs jours.

24

Documents pour Moscou

Dire d'un agent des douanes soviétiques qu'il est méfiant, c'est presque un pléonasme, une redondance, une copieuse répétition. En témoigne aujourd'hui cet homme qui contrôle à l'aéroport de Moscou les identités des voyageurs arrivés sur le vol de Milan.

– C'est bien pour affaires que vous venez chez nous, monsieur Finzi ?

– Oui.

– Quel genre d'affaires ?

– Tuyaux. Des tuyaux de fonte. Des gros, des petits tuyaux. C'est mon métier.

– Vous venez donc pour vendre des tuyaux ?

– Pour essayer en tout cas.

– Parce que nos républiques n'en produisent pas assez ?

– Pas les mêmes. Les miens sont...

– Meilleurs ?

– Non. Différents. Ce sont des tuyaux très spéciaux.

– Bien. Admettons. Et vous n'avez comme bagages que cette valise et cette mallette ?

– Je ne reste pas longtemps.

– Pour quelle durée est prévue votre séjour ?

– Trois jours. Quatre, tout au plus.

– Verriez-vous un inconvénient à suivre ces messieurs pour une conversation ?

Derrière le douanier sont apparus deux hommes en chapeau gris. Giuliano Finzi n'aime guère cela.

– Je veux bien, si la conversation ne doit pas être trop longue. Je suis attendu, voyez-vous.

– Nous le savons, monsieur Finzi. On vous attendra le temps qu'il faut.

L'un des hommes s'empare de la valise, l'autre de la serviette de cuir noir. Ils encadrent l'industriel et le dirigent, par des couloirs à angles droits vers une pièce aveugle meublée seulement d'un bureau de métal vert et de deux chaises. Au plafond, une rampe lumineuse à l'éclairage cru. L'un des hommes s'assied, fait signe à Giuliano Finzi d'en faire autant. L'autre, debout devant le bureau, examine les bagages et tend la main.

– Les clefs de la valise, je vous prie... avec votre permission.

Sans attendre, il commence à soulever méthodiquement chemises et chaussettes. L'autre s'accoude au bureau, se penche vers le visiteur.

– Voyez-vous, monsieur Finzi, c'est la soudaineté de votre voyage qui nous surprend. Votre réservation d'avion et d'hôtel a été faite... Quand cela déjà ?

– Hier. Mais j'avais un visa en cours. Ce n'est pas moi qui ai décidé de la date. J'ai été appelé par mes futurs clients, vos propres compatriotes.

– Vous avez une lettre, un télégramme ?

– Non, un coup de téléphone. C'est urgent pour eux. Vous pouvez vérifier !

– Nous vérifierons, monsieur Finzi, nous vérifierons. Seulement, à cette heure-ci, les usines sont fermées.

L'homme a fini de fouiller la valise, où il n'y avait rien, semble-t-il, de très intéressant. Il s'attarde sur la trousse de toilette, puis, cette fois sans demander la permission, il s'attaque à la serviette, fermée d'un simple clip. L'autre enchaîne, toujours très poliment :

– Vous disiez que vous étiez attendu ? Par qui ?

– Un Italien, le *signor* Monti.

– Tiens ! Ce n'est pas le nom que l'on nous a communiqué. Il se trouve que nous avons été... avertis d'une rencontre avec un certain Pinello. Lequel Pinello est actuellement en conversation avec quelques-uns de nos collègues. Voilà pourquoi il peut vous attendre... un certain temps !

– Quel nom avez-vous dit ? Pinello ? Mais je ne le connais pas !

Le deuxième douanier émet un grognement de satisfaction. Parmi des prospectus sur papier glacé vantant les mérites de la tuyauterie de fonte italienne, il vient d'extirper une enveloppe de papier kraft. Il l'ouvre, en tire délicatement une seule feuille de papier avec un en-tête au motif chargé et un cachet violet sous un texte dactylographié.

– Tiens, tiens... Je vous trouve soudain inquiet monsieur Finzi ! Ce document a-t-il quelque chose de particulier !

– C'est que... il ne m'appartient pas !

– Comme c'est curieux ! Il est pourtant au milieu de vos affaires ?

– Oui, mais il m'a été confié !

– Peut-on savoir par qui ?

– Hé bien, par un coursier ! Un coursier est venu me le porter à l'aéroport. J'avais reçu un coup de téléphone me demandant ce service ! Juste porter ce document à un M. Monti à Moscou !

– Ce Monti, c'est une de vos relations d'affaires ?

– Non. Je ne le connais pas ! Je devais...

– Bon, bon, bon. Si j'ai bien compris, vous avez été recruté par téléphone, avant un voyage décidé à la dernière minute, pour porter à Moscou un document livré par un coursier, à un homme que vous n'avez jamais vu ? Intéressant ! Très intéressant !

– Mais non ! Pas recruté ! Il s'agit de...

– D'un service, monsieur Finzi ! Un simple service ! Nous connaissons bien cela !

– Oui, un service. Ce papier, c'est un certificat de décès !

– De mieux en mieux ! Un certificat de décès ? Je croyais qu'il ne vous appartenait pas ? Comment savez-vous soudain ce que c'est ?

– On me l'a dit ! D'ailleurs regardez vous-même !

– Désolé, monsieur Finzi ! Car, si vous parlez parfaitement le russe, mon collègue et moi ne parlons ni ne lisons l'italien. Mais rassurez-vous, nos services ont les moyens de décoder tout cela !

– Décoder ? Mais il n'y a rien à décoder ! C'est le certificat de décès de la femme de ce M. Monti, mon compatriote.

– Parce que vous continuez à prétendre qu'il y a bien un Monti à Moscou ?

– Mais oui ! Il attend ce papier pour pouvoir rejoindre sa femme !

– Rejoindre sa femme, qui est morte selon ce document ?

– Non, je m'explique mal ! C'est son ancienne femme qui est décédée ! Il doit rejoindre sa future femme qui est russe !

– Voilà qui simplifie les choses, monsieur Finzi !

– Mais je vous jure que je ne connais pas de Pinello ! Giuliano Finzi se tasse sur sa chaise :

– C'est terrible ! Si seulement vous pouviez joindre Europ Assistance à Milan ! C'est pour les aider que j'ai fait ça !

Dans la petite pièce glaciale, un ange passe :

– Vous pouvez répéter ce que vous avez dit ?

– J'ai parlé d'Europ Assistance ! C'est eux qui m'ont demandé de porter ce pli !

Les deux hommes échangent quelques mots à voix basse. L'un d'entre eux sort téléphoner. Une demi-heure plus tard, le correspondant local d'Europ Assistance à Moscou est aux côtés de M. Finzi. Et il explique toute l'affaire.

Le mardi soir, le central de Milan a été appelé par un de ses abonnés, Sergio Monti, séjournant à Moscou. Il a un besoin urgent du certificat de décès de sa défunte épouse, qui a quitté ce monde, voilà quatre ans.

Sergio Monti désire se remarier avec une citoyenne soviétique. Le mariage est prévu pour le samedi suivant, mais la mairie de Moscou vient de réclamer l'indispensable preuve du veuvage de Monti. Ce document doit être fourni au plus tard la veille de la cérémonie, ce vendredi. Si l'on n'a pas l'assurance que Monti est bien libre de liens conjugaux, le mariage ne pourra être célébré.

Grand émoi, car la famille Monti est déjà à Moscou et la future épouse a démissionné de son travail ainsi que l'exige la loi soviétique en cas de mariage mixte. Or, le temps moyen par voie consulaire pour obtenir le certificat serait d'un mois. Il reste trois jours.

Le mercredi matin, Europ Assistance-Milan fait la demande du document à la mairie du domicile de l'abonné, en Italie du Nord. Mercredi soir, un porteur spécial dépose le papier à Milan. Jeudi, on apprend que le messager qui devait acheminer le document à l'aéroport de Moscou n'aura pas son visa avant deux jours. Europ Assistance fait alors sortir de l'ordinateur le *listing* des sociétés italiennes qui ont souscrit un abonnement couvrant les voyages sur l'URSS dans le mois en cours. On les contacte : aucune ne compte envoyer d'employé à Moscou le jour même.

Sauf la petite société de tuyauterie de fonte Finzi. C'est le patron en personne qui s'embarque pour décrocher un marché. D'ailleurs, il est déjà en route pour l'aéroport. On le joint par téléphone dans sa voiture. Abonné lui-même à Europ Assistance, il est heureux de rendre ce menu service et il rangera avec soin, entre ses dossiers, l'enveloppe que lui porte un coursier au moment d'embarquer.

Le correspondant à Moscou vient d'achever le récit de cette opération.

– Heureusement que vous êtes là, Dimitri, pour clarifier la situation! De notre côté, je me demande ce qui a pu arriver. Nos renseignements...

À ce moment, un agent des douanes fait son entrée dans le bureau.

– Je suis navré, mais je viens de vérifier. Il y a eu une erreur de transmission. Ce n'est pas monsieur Finzi que nous devions intercepter, mais un certain Fanti! Excusez-nous, monsieur Finzi! Au fait, Dimitri, ce Fanti ne fait pas partie de vos abonnés?

– Oh non!

– C'est bien dommage pour lui. Nous l'avons pincé, et il va avoir besoin d'une bonne assistance pour expliquer pourquoi il avait rendez-vous avec ce Pinello!

Sergio Monti a bien épousé ce samedi-là sa belle soviétique. Il y avait deux invités de plus à la noce, Dimitri et Giuliano Finzi. Le fabricant de tuyaux de fonte, à un moment, prit discrètement par le bras le correspondant à

Moscou et lui fit remarquer la silhouette un peu ronde de la jeune mariée :

– Dites. S'il y a un faire-part de naissance à transporter, vous pensez à moi, n'est-ce pas ?

25

Chéri, fais-moi une surprise

Espagne, année 1966. Été torride, un vrai été espagnol. Robert Digoin contemple fièrement sa caravane toute neuve. Sa main palpe le flanc de tôle blanche ondulée, comme celle d'un prince arabe caresserait le flanc d'un pur-sang destiné à gagner le prochain prix de l'Arc de Triomphe. Belle bête! Robert Digoin laisse son œil courir sur l'arrondi harmonieux de ce cagibi à roulettes, vérifie de la pointe de sa sandale la pression suffisante dans les pneus des deux roues porteuses.

– Tu vas nous en faire voir, du pays, ma belle!

Cela, Robert ne l'a pas dit à voix haute, mais pensé, tout excité, en faisant sauter d'une pichenette une petite croûte de terre brune, qui avait eu le culot de se coller sur la précieuse caravane.

Nini, tel est le nom de baptême choisi pour l'engin, fruit de tous les espoirs (et de toutes les économies) de Digoin, Robert, magasinier récemment promu chef magasinier dans un grand commerce bien connu du centre de Paris. *Nini,* ce nom déterminé après mûre réflexion et maintes discussions avec Josiane Digoin (épouse légitime du susnommé), ce nom affectueux brille depuis en lettres chromées à l'arrière du petit palais roulant.

Robert Digoin recule pour juger de l'effet, remonte son short, tire sur son maillot de corps à petits trous.

– Josie, viens voir!

Apparaît alors Josiane, vêtue elle aussi d'un short (mais rose, c'est plus féminin) et d'un *T-shirt* à bretelles. Son bras droit jusqu'à l'épaule et le côté de son visage ont pris une curieuse teinte de homard, pour être restés au soleil, sur tout le trajet, par la vitre de l'auto.

– Regarde voir, Josie!

Elle admire les quatre lettres neuves, tout en grimaçant légèrement lorsque son mari, fier de son œuvre, entoure d'une main protectrice et virile son épaule archicuite. Le contact de cette peau brûlante semble d'ailleurs inspirer à Robert Digoin des pensées émoustillantes. Josiane s'écarte, raisonnable.

– T'es fou! Avec toutes ces voitures qui passent!

– Et alors? Dans notre *Nini,* on serait chez nous!

– N'empêche! On a encore du kilomètre devant nous si on veut suivre notre programme!

Robert se laisse gagner à contrecœur par la raison. Il monte de tout son poids sur l'attache de la caravane, pour bien contrôler qu'elle est fermement arrimée à l'Opel bleu ciel.

– D'accord! On y va!

Et les époux Digoin se remettent en chemin sous le soleil d'Espagne. Par prudence Josiane déplie un torchon à fleurs qu'elle fixe au carreau de la portière, en guise de protection contre les rayons ardents. Mais, si la brûlure se fait moins vive, ce qui ne diminue pas, par contre, c'est l'étonnement de Josiane. Car, tout au long de cette route, les pensées de son mari semblent proportionnelles à la température ambiante, c'est-à-dire proches de l'ébullition. Permettez-nous ici de parler à demi-mot et croyez bien qu'il n'est pas dans notre intention de donner à ce récit le moindre tour scabreux. Mais, pour que l'incroyable enchaînement de circonstances qui va suivre soit compréhensible, il est bon que l'atmosphère de ce voyage soit bien traduite.

Revenons donc dans l'Opel qui tracte sa caravane avec, à la place du passager, à l'abri du torchon à fleurs pare-soleil, Josiane Digoin. Et, derrière le volant, Robert. Robert, dont les pensées disions-nous, étaient aussi torrides que l'air du jour. Pensées manifestées, au fil des kilomètres, par la très nette tendance de sa main droite à abandonner le changement de vitesse pour s'inquiéter des coups de soleil de son épouse.

Vous me direz : après tout, rien là que de très normal, rien là qui ne soit approuvé (et même encouragé) par toutes les morales du monde, au sein d'un couple absolument légitime. C'est vrai. Mais l'étonnement de Josiane se justifie pourtant parfaitement pour peu que l'on connaisse le passé de ce couple-là : douze années de mariage, pendant lesquelles la volonté farouche de Robert Digoin à passer de sa fonction de coursier à celle de magasinier, puis à celle de magasinier chef a monopolisé la majeure partie de son emploi du temps et de ses forces.

On comprendra que, le temps aidant, il se soit quelque peu éloigné des préoccupations conjugales. Ajoutons à sa décharge que les quelque dix-sept kilos engrangés par son épouse depuis leur *oui* commun devant l'adjoint au maire d'Aubervilliers n'ont certainement pas facilité les rapprochements. Josiane Digoin en a d'ailleurs tout à fait conscience, et elle se les reproche assez souvent dans son for intérieur, ces dix-sept kilos, ces trente-quatre livres dont aucun régime ne parvient à la défaire.

Voilà pourquoi, lorsqu'elle constate que les pulsions de son époux n'étaient pas un feu de paille de quelques secondes au bord de la route et qu'elles résistent aux kilomètres espagnols (les plus durs qu'elle ait connus, à cause des cahots), elle s'étonne d'abord, se réjouit ensuite, palpite enfin.

Et c'est à la nuit, après une visite enchanteresse aux jardins d'Elche... après avoir réchauffé sur le camping-gaz un délectable haricot de mouton... après avoir dégusté celui-ci en compagnie de Robert, assis face à face dans des fauteuils de toile, de part et d'autre de la table lamifiée dressée derrière la caravane... après avoir lampé dans les gobelets de plastique un vin espagnol vigoureux... après avoir replié et rangé le matériel, puis rincé les couverts... c'est donc à la nuit qu'enfin Josiane Digoin cède aux ardeurs de Robert.

Laissons-les à leurs retrouvailles, à l'explosion de leurs sens embrasés! Gardons-nous d'imaginer l'ample Josiane arrachant dans sa folie le maillot de corps à petits trous du fluet Robert! Bref, que la décence nous retienne, et laissons à la nature le temps de submerger, de chambouler, de réunir les époux Digoin dans une folle étreinte.

Lorsque la porte de *Nini* s'ouvre, c'est pour laisser passer un Robert, ébloui par ses propres capacités, enfilant sous la froideur des étoiles un maillot de corps quelque peu malmené, retrouvé à grand-peine sous la cuisinière. Quelques minutes plus tard, il est rejoint par une Josiane pimpante, qui a revêtu pour cette exceptionnelle circonstance une nuisette évocatrice. Oui, une de ces petites choses taillées dans trois grammes de nylon, inventées pour mettre les hommes définitivement (si besoin en était) sous la totale et gracieuse domination de leurs compagnes. Une nuisette. Une de ces tenues hollywoodiennes faites pour découvrir plutôt que couvrir, inviter l'œil plutôt que cacher. Et celle de Josiane (elle l'avait achetée voilà cinq ans, sans jamais oser la mettre) ne dissimule rien de ses charmes abondants. Le nœud de satin rose, sur la gorge, n'est là, dirait-on, que pour être dénoué. Pour faire bonne mesure, Josiane a passé aux pieds des mules à talon, dorées, surmontées d'une houpette de cygne.

Elle s'approche de son mari, lui passe les bras autour du cou et soupire :

– Robert!

Ce qui est tout un programme, un aveu! Dans ce seul prénom murmuré sous la voûte céleste, il y a de l'admiration, de la dévotion, de la soumission. Et une invitation.

C'est Robert qui recule, jette un coup d'œil étonné :

– C'est quoi, ce machin?

– Ça? C'est... ça s'appelle une nuisette!

– C'est à qui?

– Ben... à moi!

Elle se rapproche :

– Ou à toi, si tu veux!

Prudent retrait de Robert.

– T'as pas sommeil?

– Si, un petit peu! Et qui c'est qui va faire le gros dodo avec sa Josie?

– C'est-à-dire que... moi, je me sens plutôt en pleine forme.

– Oh, mon Robert!

– Non, c'est-à-dire... j'aurais plutôt envie de rouler un peu.

Nette déception de Josiane.

– De nuit, tu veux rouler?

– Ben, je ne vois pas ce qui empêche! On a des phares! Et ça sera toujours ça de gagné!

Robert va prendre la carte et une lampe de poche, déplie la carte sur le capot, suit une ligne au crayon rouge.

– Bon. On a fait Valence, Alicante, les jardins d'Elche... Faut décider de la prochaine étape!

À le voir penché ainsi sur la carte, dans la campagne, avec son short et son maillot de corps, Josiane lui trouve soudain un air de chef d'état-major. Il aurait été bien, dans un de ces films de guerre américains. À la maigre stature de Robert Digoin, se superpose un instant la silhouette de Burt Lancaster en treillis, puis celle de John Wayne. Ces images font renaître l'élan romantique de Josiane, qui se masque les yeux d'un air mutin et dit.

– Non! Attends! J'ai une meilleure idée!

Puis, joignant les mains sur son giron palpitant sous le nylon de la nuisette, elle prononce cette phrase, qui va rester à jamais dans les annales d'Europ Assistance :

– Chéri... fais-moi une surprise!

Quelle phrase! Phrase naïve, phrase insensée, phrase fatale! Car ces mots, spontanément jaillis dans une nuit d'Espagne, ces mots venus du fond d'un cœur d'épouse désireuse de s'abandonner à l'initiative virile d'un mari retrouvé, ces mots vont lancer les Digoin dans une incroyable épopée.

– Chéri... fais-moi une surprise!

Robert relève le front et la lampe électrique :

– Quelle genre de surprise?

– Emmène-moi où tu veux! Ne me dis pas où on va! Tu n'as qu'à décider. Tu conduis, et moi, demain matin, je vais me réveiller dans un endroit que je ne connais pas!

Robert Digoin rechigne :

– Où c'est que tu vas dormir?

– Dans la caravane, pardi!

– En roulant? Tu sais pas que c'est interdit?

– En France, peut-être! Mais ici, t'as lu ça quelque part?

Robert doit reconnaître que non. Nulle part il n'a vu explicitement cette interdiction. Mais elle doit exister; ils ont bien un code, dans ce pays! Cependant, Josiane enlève la décision en posant l'ultimatum suivant :

– Bon, ben... si tu ne veux pas conduire, alors viens te coucher!

Conduire est, à ce moment, beaucoup plus à sa portée. Le voilà donc actionnant le démarreur, tandis que Josiane disparaît vers *Nini* en lançant un baiser dans le rétroviseur :

– Je te suis, mon Robert! Je vais rêver de toi!

Il est deux heures du matin lorsque Robert Digoin ressent l'impérieux appel d'une vessie malmenée par les Ponts et Chaussées espagnols. Il arrête donc l'Opel bleue et *Nini* sur un « parking » qui est en fait une aire de terre battue, sans éclairage, et s'éloigne afin de satisfaire à l'urgence. Ce qu'il ignore, c'est que Josiane, réveillée par le freinage, à senti se manifester une identique nécessité, tout aussi urgente. Elle chausse donc ses mules, ouvre la porte de sa chambre roulante. Elle voit son mari filer droit vers un poteau téléphonique bien tentant. Quant à elle, elle à tôt fait de repérer un couple de buissons.

Arrivés à ce point, si vous le voulez bien, utilisons les grands moyens pour mettre en scène cette aventure à son moment crucial. Comme la caméra d'une superproduction, élevons-nous et survolons le terrain.

Voici Robert Digoin qui revient vers son Opel, il arrive donc du côté gauche du véhicule. Un peu à l'écart, Josiane entend le moteur. Elle écourte son séjour buissonnier et traverse l'esplanade. Mais... elle est du côté arrière droit, invisible donc depuis la voiture, dans l'angle mort créé par *Nini,* la caravane!

Et maintenant, admirez depuis votre position surplombante, admirez le synchronisme parfait : Josiane se hâtant à cinquante mètres, agitant les bras; l'Opel et la caravane amorçant une large courbe vers la sortie du parking. Josiane crie :

– Robert! Attends-moi!

Mais ses paroles sont couvertes par le ronflement d'un poids lourd que Robert, prudent, laisse passer, pour s'engager d'un trait sur la route.

***

Voilà. Avant de redescendre, gardez la saisissante vision de ce parking désert, dans un coin d'Espagne inconnu, à deux heures du matin. Et, là-bas, courant encore sur quelques enjambées inutiles, Josiane Digoin en nuisette de nylon à nœud rose et pantoufles dorées surmontées d'une houpette de cygne. Tableau désolant. Est-il besoin de préciser que la nuisette ne comporte aucune poche pour des papiers ni le moindre gousset pour des pesetas ? Est-il vraiment utile de noircir le tableau en ajoutant que Josiane Digoin ne parle pas un mot d'espagnol ? Non, n'est-ce pas ? Vous vous en doutiez déjà, car il fallait bien que cette nuit fût un comble, et c'en est un. Au surplus, il vous faut tenir compte d'une donnée supplémentaire et non négligeable : bien que narrée au présent (car nous la vivons avec les Digoin) cette aventure se passe en 1966, nous l'avons dit.

Avez-vous connu l'Espagne en 1966 ? Les routes espagnoles en 1966 ? Les mentalités dans le fin fond de ce pays en ces années-là ?

La première rencontre de Josiane avance sur quatre pattes. C'est vivant, c'est animal, c'est hirsute, ça marche un peu de biais avec un pelage hérissé et la queue entre les jambes. Y a-t-il des loups dans ces contrées ?, se demande la malheureuse. Des chacals ? Elle n'ose plus bouger, figée sur l'esplanade. Le chien errant décrit un cercle, pousse un grognement qui fait surgir des taillis quatre autres pauvres bêtes pelées.

– Ils vont me mordre, me dévorer, me donner la rage, pense pêle-mêle l'égarée. Puis elle ose, la voix tremblante :

– Allez-vous-en, sales bêtes! Fichez le camp! Hou!

Ces chiens seront les seules créatures avant longtemps qui sembleront comprendre le français : ils s'éloignent.

La deuxième rencontre de Josiane est une camionnette cahotante, chargée de cageots de légumes. Un couple d'agriculteurs qui se rend probablement à un lointain marché où ils devront être tôt le matin. L'homme freine brutalement, en apercevant cette apparition incongrue. Mais sa femme le secoue en criant des choses indistinctes et sûrement peu aimables, le forçant à embrayer et à quitter ce lieu de perdition. Josiane a le temps de la voir se signer à toute allure plusieurs fois de suite.

Maintenant, la fraîcheur tombe franchement, presque douloureusement, sur les coups de soleil. Un tremblement fiévreux saisit l'isolée, qui commence à réaliser la précarité de son état. Elle n'ose pas s'éloigner, se disant qu'à tout prendre cet endroit est le seul où des véhicules ralentiront assez pour qu'elle puisse s'en approcher.

Plus d'une heure se passe ainsi.

La troisième rencontre, c'est un gros homme chauve au volant d'un poids lourd. Lorsque cette femme frissonnante s'approche, il regarde rapidement à droite et à gauche, se penche pour ouvrir la portière et il aide même Josiane à escalader le marchepied haut perché. La voilà tirée d'affaire.

Finalement, cette attente aurait pu être pire.

– Ah! Je vous remercie, monsieur! Si vous saviez ce qui m'arrive! Vous parlez français?

– *¡Sí, sí!*, dit le gros homme avec un large sourire.

– Ah bon? C'est un vrai coup de veine de vous avoir rencontré! Figurez-vous que mon mari... parce que j'étais partie en vacances avec mon mari... Robert, il s'appelle... Eh bien, Robert est reparti sans s'apercevoir que je n'étais plus dans la caravane! C'est incroyable, non?

– *¡Sí, sí!* (Large sourire.)

– Tant et si bien que je me retrouve sans rien, sans papiers, sans argent! Parce que moi, je dormais dans la caravane, et lui conduisait la voiture! Remarquez, je sais que c'est plus ou moins interdit, mais c'était exceptionnel. Je voulais juste qu'il me fasse une surprise pour me réveiller dans un endroit que je ne connais pas! Les vacances, quoi, vous comprenez.

– *¡Sí, sí!* (Sourire.)

– Mais maintenant, c'est pas le tout, il va falloir retrouver mon mari! J'espère qu'il a fini par s'apercevoir de mon absence. Si ça se trouve, il est au bord de la route et on va passer devant lui. Elle est longue, cette route?

– *¡Sí, sí!*

Là, en voyant l'imperturbable sourire du routier, Josiane est prise d'un léger doute.

– Vous avez une idée de ce que je dois faire?

– *!Sí, sí!*

– Ah bon! Et c'est quoi?

– *¡Sí, sí!*

– Zut! C'est complet! Il ne comprend pas un mot de ce que je lui raconte! Vous ne comprenez rien, là?

– *¡Sí, sí!*

– D'accord! Vu! C'est bien ma veine, ça!

Elle se met à ânonner, par syllabes :

– Moi, vacances! Perdue! Mari, parti! Vous aidez moi à trouver mari! Rouler! Prendre volant, mettre vitesse et rouler!

– *¡Sí, sí!*

Cette fois, il semble avoir saisi. Le camion quitte le parking. Et, tout en roulant, le chauffeur commence lui aussi à parler abondamment. Des choses sûrement très drôles, puisqu'il rit de bon cœur à certaines de ses propres phrases. Josiane se recule un peu. L'homme a dû faire honneur à un plat local largement saturé d'ail.

– Dites, monsieur... *señor*... ça vous ennuie si j'ouvre un peu le carreau?

– *¡Sí, sí!*

– Il n'y a pas grand monde sur cette route. Et puis Robert doit rouler bien plus vite que nous, même avec la caravane. En plus, il a au moins une heure d'avance. Je crois que je devrais m'arrêter à une gendarmerie, à la première ville qu'on rencontre! C'est loin, la première ville?

– *¡Sí, sí!*

Et alors, les choses se précisent très vite : l'homme, tout en guidant le volant d'une main ferme (d'une seule) manifeste à l'égard des charmes plantureux et peu dissimulés de Josiane des intentions... des intentions qui, si elles étaient honorables venant de Robert, sont parfaitement inadmissibles de la part d'un inconnu.

Voilà donc, peu après, Josiane à nouveau seule, cette fois sur un bas-côté herbeux, larmoyante et nantie d'un bleu au bras, là où le routier a posé sa poigne pour la retenir quand elle a ouvert la portière alors qu'ils roulaient à petite vitesse. Elle souffre aussi d'une écorchure suintante et douloureuse sur le tibia, écopée lorsqu'elle a manqué le marchepied de métal. Comment a-t-elle réussi à conserver ses deux mules à talon haut, on ne le saura jamais.

C'est alors qu'elle est en proie aux pensées les plus pessimistes que se manifeste la quatrième rencontre. C'est une voiture sombre, plein phares, qui vient en sens inverse, faisant crisser ses pneus dans un spectaculaire demi-tour. En jaillissent trois uniformes surmontés de bicornes luisants et barrés de baudriers de cuir.

– Ah! La police! S'il vous plaît! Par ici!

Enfin!

Mais il est clair que les représentants de la loi n'avaient pas l'intention d'aller ailleurs. Leur but, c'était bien Josiane, et personne d'autre. Ils ont été alertés par le couple de maraîchers, dont la femme a tenu à ameuter les autorités, scandalisée par ce qu'elle avait entr'aperçu. Josiane est donc embarquée sans douceur vers la banquette arrière, et encadrée par les policiers, qui font des efforts visibles pour se tenir droit, évitant de l'effleurer et fixant obstinément leur regard vers le pare-brise. Et, lorsque Josiane tente de donner un début d'explication à sa situation, un mot bref lui intime l'ordre de se taire.

– Bon, d'accord! Vous avez bien un responsable, un gradé? Je lui dirai tout ça, il devra bien m'écouter, lui!

***

Trois heures du matin, dans un petit poste de police de campagne, dans un village perdu dont elle ignore le nom. Un banc de bois, près d'un bureau. Josiane est assise au milieu et, aux extrémités, lui tournant résolument le dos, raides comme des piquets, siègent deux carabiniers. Le troisième est derrière un bureau, tapant à deux doigts sur une machine capricieuse un long, un très long rapport. Josiane a froid, elle a mal, elle pleure en silence. Elle voudrait dormir. Mais il n'y a même pas, dans ce poste rudimentaire, la traditionnelle cellule et le providentiel bat-flanc où elle pourrait s'étendre. Elle ne peut plus empêcher ses dents de claquer, et, dans le silence, ce cliquetis gênant, incessant, dérange le rédacteur du rapport dans sa patiente dactylographie.

Un ordre vif, et l'un des deux carabiniers postés en chandeliers se lève, rapporte une pèlerine réglementaire qu'il laisse tomber sur les épaules de la malheureuse.

Josiane fait une pauvre tentative, en reniflant :

– Ah, monsieur, vous êtes gentil, vous! Vous êtes humain! Vous voyez bien que je ne peux pas rester comme ça! Il faut m'écouter! Mon mari s'éloigne, pendant ce temps!

Mais l'incorruptible retourne s'asseoir au bout de son banc. Josiane essaie alors la colère :

– Je veux parler à quelqu'un! Vous n'avez pas le droit! Appelez un chef! Un officier! Le commissaire! *El comisario!*

Derrière la machine, une manche d'uniforme se tend pour désigner la pendule, au mur : le chef dort!

Heureusement, les horaires d'été imposent un travail matinal. Il n'est donc que six heures lorsque le responsable tant attendu fait son entrée. Il suit son chemin habituel, entend les claquements des chaussures ferrées de ses subordonnés, fait encore deux pas décidés et... se fige au centre de la pièce. Il se retourne au ralenti, aperçoit la pitoyable silhouette sur le banc. Son œil se fixe sur les pantoufles dorées où palpite la houpette de cygne, remonte le long des jambes – griffées, mais nues – qui dépassent de la pèlerine, s'arrête là sans aller jusqu'au visage.

Le chef s'approche, fait un signe. L'un des carabiniers quitte son garde-à-vous et vient, de deux doigts, écarter un pan de la lourde étoffe militaire. Apparaît alors la nuisette et son nœud de satin rose.

– C'est quoi ça? s'enquiert le chef.

Le carabinier lui débite alors, à un rythme précipité, le rapport circonstancié.

Pour Josiane, l'opportunité est là. Elle tente de lire sur les lèvres du carabinier les mots qui la concernent. Elle croit comprendre qu'on évoque les circonstances de son arrestation. Elle approuve par des hochements de tête. Tout va être éclairci! Au moment où elle sent que le rapport est terminé, elle se lève et enchaîne :

– Voilà! C'est ça! La voiture... partie!

Et elle ajoute :

– Moi, pas espagnole! Moi, française!

Le chef pince le nez, d'un air dégoûté. Française, ça il a compris. Une femme, la nuit, sur un parking, faisant signe aux automobilistes, dans une tenue de nylon rose et des chaussures dorées. Évidemment, c'est en plus une Française!

Devant ce cas lourdement aggravé, le chef, toujours sans avoir levé les yeux plus haut que le col de la pèlerine, tourne le dos sans un mot et va s'enfermer dans son bureau.

Il est un peu plus de 6 heures 30 lorsque l'on amène en le tenant par le col un jeune homme mal vêtu, un garçon épicier, suivi de son patron qui l'a surpris dans la réserve en train de se baffrer, grignotant dans ce fonds de commerce qu'il était chargé de faire prospérer. Le patron brandit un poing énorme et exprime son désir violent de faire justice lui-même. On sépare les belligérants et on les fait attendre sur deux chaises, sous la surveillance étroite d'un carabinier. Le jeune garçon, lèvres pincées, regarde ses chaussures éculées. L'épicier, à qui l'on vient d'assurer qu'il serait remboursé, se détend un peu et reluque sans gêne les genoux de Josiane.

Sept heures. Un carabinier revient en accompagnant une petite femme maigre, qui se précipite vers le commis chapardeur, le gifle d'un aller et retour sonore, puis le prend contre son cœur et le couvre de baisers. La maman, sûrement. Elle se retourne vers l'épicier et le couvre d'invectives. Cela doit donner quelque chose comme :

– Tyran! Affameur! Avec le misérable salaire que vous lui donnez chaque semaine, mon fils arrive tout juste à nous faire vivre, moi et ses quatre sœurs! Un garçon si courageux! Soutien de famille depuis que son pauvre père n'est plus de ce monde – que Dieu l'ait en sa sainte garde! Et vous, vieux grigou bien gras qui vous enrichissez en faisant suer sang et eau à vos employés, avec toutes ces bonnes choses bien nourrissantes qui s'entassent dans votre boutique!

Elle change soudain de registre, joint les mains, implore l'épicier en prenant les carabiniers à témoins :

– C'est trop de tentation, pour lui, jour après jour, il faut comprendre! Il se prive, à la maison, pour que nous puissions manger à notre faim, ses sœurs et moi! Il a cédé à la faim, mais ce n'est pas un voleur! C'est un bon garçon! Tout le monde le connaît, ici! Jamais il ne ferait de mal à une mouche! Ah, monsieur, monsieur, soyez bon, je vous en prie! Je vous donnerai jusqu'à notre dernier sou pour vous rembourser! Vous retiendrez son salaire! Vous y gagnerez, même! Mais n'envoyez pas mon petit devant les juges de ce pays! N'en faites pas un bagnard, un gibier de potence! Dieu vous regarde, monsieur!

L'épicier semble fléchir, caresse son double menton râpeux. Puis il prend un air de père noble, sublime dans le pardon, et commence à négocier sans vergogne le montant du dédommagement qui le dissuaderait de porter plainte. L'affaire est en bonne voie de règlement lorsque le chef passe la tête par la porte de son bureau et invite le jeune voleur et sa victime à comparaître devant lui.

– Non, pas vous, madame! Votre fils est assez grand pour répondre seul de ses actes!

Un bruit de voix confus derrière la porte. Le chef admoneste le délinquant et l'épicier lésé fait valoir ses droits, estimant le poids des denrées indûment consommées à ses frais. La maman tourne en rond dans le poste, avise Josiane Digoin, à laquelle plus personne ne prête attention. Sollicitude féminine : elle se penche vers elle :

– *¿Qué pasa, pobrecita?*

– Je ne comprends pas, madame! Je suis française!

Miracle : la dame a travaillé dans une famille à Perpignan. Elle se débrouille passablement dans la langue de Molière. Pas assez pour accéder au fin fond du problème, mais elle va demander des éclaircissements aux carabiniers :

– Pourquoi cette malheureuse est-elle abandonnée dans son coin?

Elle rapporte timidement la réponse :

– Ils disent, madame... Le chef a vu! Vous, une... une mauvaise femme! Pas vous parler si vous pas habillée! Son droit! Le règlement! Attendez : je reviens!

Lorsqu'elle est de retour, elle apporte un vieux cardigan et une jupe.

– Mettez ça!

Josiane s'éclipse vers les toilettes, et en ressort engoncée dans le cardigan qui menace d'éclater aux aisselles. Elle tortille la jupe autour de sa taille. Pour pouvoir y loger son anatomie généreuse, elle doit laisser la fermeture bâiller. Piètre accoutrement, nouvelle occasion de maudire ses dix-sept kilos superflus. Mais, au moins, elle est « décente », elle peut se présenter à un policier de l'Espagne puritaine d'alors. La dame espagnole lui tapote le bras, et murmure en espagnol :

– Ne vous en faites pas! Vous faites un très vilain métier! Mais la Madame qui vous regarde sait que ce n'est sûrement pas votre faute! C'est un homme qui vous oblige à ça, j'en suis sûre! Pauvre fille!

C'est désespérant! Même cette femme bienveillante est d'emblée persuadée du pire. Maudite nuisette! Josiane commence à raconter à nouveau :

– C'est mon mari, Robert...

– Quelle honte! Votre mari!

– Mais non! Il a une caravane toute neuve! Et, sur le parking...

– Dans une caravane! Mon Dieu, quelle horreur!

Le quiproquo pourrait continuer longtemps, si le fils, rependant, ne sortait à cet instant du bureau du chef, lequel serre la main de l'épicier. La maman expédie son rejeton peu faraud à la maison, promet encore de rembourser au centuple puis, n'oubliant pas sa nouvelle protégée, la désigne au gradé :

– Elle est habillée! Et c'est une femme comme une autre, même si elle a péché! Faites votre devoir!

C'est un mot auquel on ne résiste pas, et Josiane est enfin admise à faire sa déposition. La dame espagnole fait office d'interprète bénévole. Mais les bribes de français qu'elle a glanées pendant son court séjour à Perpignan sont, de loin, insuffisantes à débrouiller l'incroyable imbroglio.

Josiane, à bout de nerfs, tente d'appuyer son récit par des dessins maladroits sur un carré de papier :

– Voiture... Voiture bleue... Mon mari... Caravane, ici, derrière la voiture!

Seulement, il se trouve que Josiane est abolument incapable de donner, de mémoire, le numéro d'immatriculation. Ce n'est pas si rare qu'on le pense. Tenez, êtes-vous capable de vous rappeler instantanément le numéro de votre voiture ? Si oui, bravo ! Mais demandez autour de vous. Vous verrez que ce n'est pas le lot de tous. D'autant plus que Josiane est dans un état d'énervement et d'intense émotion.

Seul indice : le nom *Nini* collé à l'arrière de la caravane. Autre détail : Josiane a été « égarée » entre Alhama de Murcía et Totana. Regardez une carte : un peu plus loin se dessine une bifurcation. Une branche part vers Almería, la côte, l'autre vers l'intérieur, Grenade. Quel a bien pu être le choix de Robert ? La carte vous indiquera aussi que ces axes principaux se ramifient en une infinité de routes secondaires, de plus en plus petites, traversant des agglomérations dont beaucoup ne sont encore pas, en cette année 1966, équipées du téléphone.

***

Le chef de ce modeste poste de police se souviendra longtemps de ce matin où son local rustique se transforma en un mini-quartier général de recherches. Son état-major composé de trois carabiniers se met... en quatre pour joindre d'autres postes, des mairies, des auberges, réquisitionnant des témoins pour qu'ils se postent en tout endroit où pourrait passer la voiture bleue suivie de la fameuse *Nini.* Facile à identifier. *Nini,* cela se prononce et se lit de la même façon en Espagne que partout ailleurs. Peine perdue. Seul le maire d'une petite commune dira :

– J'ai bien vu passer des caravanes immatriculées en France. Une ou deux tirées par des voitures bleues. Mais aucune *Nini* en vue !

Manque de chance; elle devait être dans le lot.

Seulement, les fameuses lettres chromées, collées pourtant avec tant de soin par Robert, ont faussé compagnie à la caravane. Seul subsiste, couvert de poussière, un seul malheureux *i* qui ne tient plus que par un petit centimètre de collant et ne présente plus aucun rapport avec le signalement.

Josiane passe des larmes au désespoir, lorsque, soudain, entre deux sanglots, une phrase fuse :

– Je n'en peux plus, moi! Appelez la police française, l'ambassade, le consul, Europ Assistance, n'importe qui, mais retrouvez-moi mon mari!

Là, un nom franchit la barrière linguistique, sans traduction. Effectivement, Robert Digoin, sur les conseils d'un ami, avait souscrit avant le départ un contrat. À vrai dire, il pensait surtout à la précieuse caravane *Nini,* trop neuve pour risquer l'aventure sans protection.

Le chef du poste accepte donc d'appeler Paris et sera surpris de s'entendre répondre dans sa langue natale.

À Paris, le dossier est vite repéré.

Moins d'une heure plus tard, le correspondant local, un homme enjoué et volubile, mais précis, arrive au poste. Dans un sac de papier, il apporte même une robe qui correspond (à peu près) à la taille de Josiane. Grâce au dossier de Paris, il possède, lui, le numéro exact des plaques de la voiture, et jusqu'à celui du moteur et du châssis. Avec cela, ce serait bien le diable si l'on n'arrivait pas à l'intercepter, serait-elle au fond d'un ravin!

Car, au bout d'un moment, c'est bien la triste hypothèse qui vient à l'esprit de Josiane.

L'intervention massive et systématique du réseau d'assistance a été déclenché, et l'on n'a toujours pas de nouvelles. C'est alors que le central parisien téléphone :

– Dites-donc; nous avons en ligne un casernement de la *guardia civil,* à Baza, sur la route de Grenade. Ils ont chez eux un touriste qui s'est présenté en prétendant qu'il a perdu sa femme! Comme les membres de la *guardia* ne parlent pas le français et qu'ils ont cru comprendre que le type avait jeté sa femme par la porte de la caravane sur la route, ils l'ont mis en garde-à-vue. Ça vous intéresse?

Authentique! Robert Digoin a circulé jusqu'au matin sans se rendre compte de rien. Lorsqu'il s'est enfin arrêté, il est resté pétrifié devant l'inexplicable disparition de son épouse. Lorsque la stupeur s'est dissipée, il est allé demander de l'aide aux autorités. Mais avec tant de cris et de gestes maladroits qu'il s'est vu suspecter du pire et traiter sans ménagement, comme un dangereux agité!

Plus tard, ayant récupéré sa moitié et achevé cette

étonnante lune de miel en caravane, il passera remercier à Paris ceux qui l'ont aidé. Comme on lui demande quand même comment il ne s'est aperçu qu'après si longtemps de l'absence de Josiane, il répond ingénument :

– Je roulais, quoi. Je roulais pour rattraper le temps perdu! Comme ma femme dormait, j'ai appuyé sur le champignon. Je m'étais juré qu'elle se réveillerait en voyant Grenade!

Puis, le magasinier chef ajoute, en bombant le torse :

– Moi, quand je promets une surprise, je fais une surprise!

26

Histoire courte

C'est une histoire pour Louis-Ferdinand Céline et son cher Bébert, ou pour Paul Léautaud, l'homme qui vivait avec mille chats... bref, c'est une histoire de chat. Que viennent donc faire dans cette aventure les équipes d'Europ Assistance ?

Sylvette, quarante ans, chef d'entreprise, femme de tête, femme d'exception comme on veut. Elle mène de front son travail – accaparant – et sa vie de famille, tout aussi absorbante. Une idée, toute simple, une bonne idée lui a permis de créer, il y a quelques années, son entreprise, avec peu de capitaux, dans une région, le Nord, connue pour son taux de chômage. C'était un pari : employant des femmes sachant broder, tricoter, coudre, crocheter et fabriquer du linge dans la plus belle tradition française, elle s'est mise à dessiner des modèles. Les ouvrières exécutaient : nappes, rideaux, abat-jour, dessus-de-lit à l'ancienne. Aujourd'hui, six ans plus tard, elle a trouvé des marchés en France, à l'étranger. Cinquante employés, des machines, une gestion informatisée : les produits s'exportent bien, on retrouve des dessus-de-lits de dentelle jusqu'au Japon... et des petites nappes au crochet en Angleterre. Quand elle ne voyage pas, il lui arrive encore de quitter son bureau avant 8 heures du soir pour préparer un pot-au-feu, surveiller les études de Caroline, sa fille, soigner les rhumatismes de sa mère et faire part à son mari, Jacques, de ses nouveaux projets, de ses enthousiasmes, de ses soucis...

La liste serait incomplète si l'on oubliait le chat. Le chat, un vieux matou de douze ans, respecté, adulé, gâté. Il appartient à la vénérable grand-mère. Et on ne sépare pas la maman de Sylvette de son cher Brutus.

***

Ce samedi, Sylvette doit se rendre en Angleterre. Caroline a déserté la maison, Jacques s'est éclipsé pour un parcours de chasse. Seule, grand-mère boude dans son fauteuil, Brutus endormi à ses pieds.

Sylvette explique. Elle passe sa vie à expliquer les choses :

– Maman, je ne peux pas t'emmener, voyons! Un aller-retour en avion, un dîner de travail avec des clients anglais, une nuit à l'hôtel; que ferais-tu pendant ce temps? Cela te fatiguerait!

– J'aime mieux me fatiguer que m'ennuyer.

– Tu n'es pas seule, il y a Brutus.

– Merci pour lui! Je veux voir la Tour de Londres.

– Nous irons une autre fois, en voiture, tranquillement.

Sylvette téléphone à son agence de voyages pour confirmer sa réservation sur le vol de midi.

– Comment, des grèves? Comment, du brouillard? Il faut choisir. J'ai un rendez-vous, moi!

Rien à faire. On ne voit rien en altitude, la météo est très mauvaise. En attendant le tunnel sous la Manche, Sylvette ne peut pas remettre son rendez-vous. Un marché important avec l'Angleterre qui lui assurera six bons mois de commandes.

– Très bien. Il y a de la place dans le train-auto?

Sa mère exulte.

– Tu pars en voiture? Alors, tu m'emmènes!

– Maman! Des caprices à ton âge!

Son âge est un mauvais argument : à bientôt quatre-vingts ans, la maman de Sylvette en paraît dix de moins, et il n'y a pas d'âge qui tienne pour les caprices ou la curiosité. Impossible de refuser.

– Bon, d'accord, je te préviens. Il fait un temps de chien à Londres, je n'aurais pas le temps de me promener avec toi. Tu resteras à l'hôtel.

La valise de grand-mère est déjà prête. Son sac de voyage aussi. C'est émouvant, une mère qui prépare son cartable et veut aller apprendre la géographie de l'autre côté de la Manche. Sylvette s'attendrit. Après tout, elle aura bien le temps de lui faire faire un petit tour dans la City.

***

Douvres n'est pas loin. Embarquement immédiat des voitures.

Grand-mère est déjà sur le pont du ferry.

– Où est la voiture ?

– Dans la soute, maman. Je viens de la garer.

– Il faut que je descende, j'ai oublié quelque chose.

– Tu le prendras à l'arrivée !

– C'est très urgent, tu m'entends ?

– Maman ! Qu'est-ce que c'est ? Un médicament ? Tu as froid ? Prends mon manteau.

– C'est Brutus, il va manquer d'air.

– Maman !

Non, ce n'est pas possible ! Si, pourtant, c'est possible : elle a mis le chat dans un sac de voyage avec un peu d'aération, et Sylvette ne s'est pas méfiée. On imagine les réactions de Sylvette. Les chats ne rentrent bien sûr pas en Angleterre.

– Tu le sais, maman, on va le mettre en quarantaine.

– Justement, ils m'énervent, tes Anglais. Ils disent aimer les chats et ils les parquent. D'ailleurs Brutus est en excellente santé. Personne ne le verra ; je garderai mon sac sous le bras.

– Maman ! La douane ! On fouillera tout. Avec ces histoires de terrorisme...

– Je leur expliquerai.

À quatre-vingts ans, on sait tenir ses caprices. Le sac passera donc sur le tapis de contrôle. Sylvette fait semblant de ne pas regarder. Le contrôleur, lui, ne fait pas semblant de regarder ; il regarde et découvre Brutus.

Le visage d'un douanier anglais découvrant un chat passé en contrebande dans son pays est indescriptible : tour à tour, les yeux manifestent l'effroi, la désapprobation, l'horreur, avec un soupçon de tendresse pour l'animal. Un soupçon seulement. On fouille les deux femmes de fond en comble. Pour quoi faire? Trouver un autre chat? Sylvette et sa mère sont consignées pour vérification d'identité dans une petite salle annexe. Deux heures déjà qu'on attend. L'histoire circule parmi les douaniers. La mère de Sylvette pratique la tactique du refus et ne cède rien à l'adversaire. Non, Brutus n'ira pas dans un centre de protection animale; non, elle ne le quittera pas; qu'importe la sacro-sainte loi britannique et la Gracieuse Majesté...

– Elle n'est pas si gracieuse que cela, votre Majesté, fulmine la vieille dame indigne.

Et d'expliquer à un douanier ahuri, qui, par malheur, entend le français, que si eux, les Anglais, se veulent européens, il faudrait qu'ils se mettent sérieusement à autoriser le passage des animaux dans leur fichue île, et à conduire à droite comme tout le monde, et, et...

Sylvette essaye d'arranger la situation. Elle propose :

– *I'll just call Europ Assistance...*

L'idée est simple : mettre sa mère et le chat dans un avion de retour. Avec un peu de chance, elle pourra encore être à l'heure pour son rendez-vous dans le restaurant de Londres.

On appelle la France. À l'autre bout du fil, l'assistant n'est pas surpris. Sylvette bafouille, s'excuse, dit toutes les trente secondes combien elle se sent ridicule, mais que, voilà... Son interlocuteur trouve la chose parfaitement normale : on lui a déjà réclamé une selle pour un cheval en Crète, demandé le rapatriement d'un lévrier malade... Il prend la précaution d'envoyer sur place un confrère anglais qui saura convaincre les autorités du bien-fondé de cette solution. Un séjour de deux heures sur le territoire d'un chat français, bien enfermé dans son sac, ne devrait pas mettre en péril la situation sanitaire de l'île.

L'humour britannique reprend un peu de ses droits. Ce sera d'accord... mais il faut partir vite. Pourvu que le brouillard se soit levé, que les aiguilleurs du ciel... Le jeune Anglais dépêché par Europ Assistance prend ce dossier délicat en main, fait servir un thé à la maman de Sylvette. Une heure plus tard, ayant accompagné la vieille dame et son encombrant paquet jusqu'au pied de la passerelle, il téléphone à l'hôtel de Sylvette et laisse un message rassurant qu'elle trouvera en rentrant.

***

La semaine suivante, entre deux affaires, Sylvette composera le numéro d'Europ Assistance.

– Je suis confuse. C'était grotesque. Vous comprenez, il fallait à tout prix que je signe ce contrat, c'était très important. Heureusement que vous étiez là.

L'entreprise de Sylvette se bat bien sur le marché des exportations; c'est vrai. Bientôt 1992, le marché unique européen, répète-t-on partout. À cette date, Brutus empruntera peut-être le tunnel sous la Manche.

27

La montre de plongée

Marie-Christine et Pierre Lebeau vivent un moment privilégié dans l'histoire d'un couple : pensez donc, ce sont leurs premières vacances! Ils sont mariés depuis bientôt deux ans et, il y a huit mois, Marie-Christine a accouché d'un petit Bastien.

Marie-Christine Lebeau, vingt-deux ans, n'aura guère de mal à l'élever, puisqu'elle exerce la profession de puéricultrice. Quant à Pierre, vingt-trois ans, il n'a pas encore terminé ses études. Il prépare un diplôme d'ingénieur.

Pour leurs premières vacances, ils ont choisi l'Espagne. Par goût et aussi parce que la vie n'y est pas chère. Depuis la région parisienne, où ils habitent, ils ont traversé la France à bord de leur 2 CV d'occasion, avec Bastien bien calé à l'arrière et la tente dans le coffre.

C'était le 1er juillet 1978. Vivant sur le seul salaire de Marie-Christine, ils ne pouvaient s'offrir un hôtel quatre étoiles. Ils ont parcouru un moment le pays, s'arrêtant ici et là, et ont fini par jeter leur dévolu sur un camping bon marché de la Costa Dorada, à mi-chemin entre Barcelone et Valence, Los Alfaques.

Certes, Los Alfaques n'est pas le rendez-vous des milliardaires; c'est une sorte de gros village de toile, abritant, serrés les uns contre les autres, quelque huit cents touristes, en grande majorité français et allemands, avec quelques Anglais et des Hollandais. L'environnement n'est pas de toute beauté. La plage n'est pas de sable blanc, mais de galets tout gris, et la route nationale qui borde le terrain est l'une des plus fréquentées et des plus bruyantes d'Espagne. Jour et nuit les camions ne cessent de s'y croiser.

Mais Marie-Christine et Pierre Lebeau ne font pas la fine bouche. L'emplacement de leur tente leur revient à quelques francs par jour. Où trouver moins cher ? L'ambiance est bon enfant. Ils se sont liés d'amitié avec un couple d'étudiants. Enfin et surtout, il y a le soleil. Ici, le beau temps est garanti et la mer si chaude qu'on peut s'y prélasser toute la journée. Que demander de plus ?

***

Mercredi 12 juillet 1978, 14 heures 45. Écrasé par la canicule, le camping de Los Alfaques, en d'autres circonstances si animé, est pratiquement silencieux. C'est l'heure de la sieste. Il n'y a pas grand monde dans l'eau.

Pour une fois, les Lebeau ne sont pas ensemble. Marie-Christine fait partie des rares baigneurs. Elle a emmené Bastien avec elle et le promène sur l'eau en le tenant par les bras. En bonne éducatrice qu'elle est, elle sait qu'il est préférable d'habituer le plus tôt possible les bébés à l'eau. Pierre, lui, a imité la majorité des campeurs : il fait la sieste sous sa tente.

Tout en baignant son fils, Marie-Christine Lebeau regarde distraitement le village de toile et la route qui le surplombe. Les gros camions y circulent dans les deux sens. Ils vont vite, trop vite, peut-être. Particulièrement ce camion-citerne qui aborde le virage contournant le camp. Non, son allure n'est pas normale. Sans savoir pourquoi, Marie-Christine pense à son mari. Elle voudrait être près de lui. C'est sa dernière pensée cohérente. Juste après, c'est l'horreur.

Le véhicule quitte la route. Il heurte la bordure de ciment qui délimite le camp. La cabine s'écrase contre l'obstacle tandis que la citerne continue sa route. Marie-Christine, qui assiste, impassible, à la scène, ne peut savoir qu'elle contient quarante-trois mètres cubes de propylène, un gaz extrêmement dangereux qui dégage, en brûlant, la chaleur effroyable de 2 000 °C.

La remorque folle roule quelques instants dans le camping et percute une caravane. Il y a une explosion d'une violence indescriptible. Plus tard, on retrouvera, au point d'impact, un cratère de plusieurs mètres. Mais le pire ne s'est pas encore produit. Le propylène, s'échappant de la cuve brisée, se répand dans l'air, sous la forme d'un nuage blanc, puis s'enflamme brusquement et déferle comme une vague gigantesque. Il dévale sur le camp, faisant exploser au passage les bouteilles de gaz dont sont équipées presque toutes les caravanes. En quelques secondes, Los Alfaques est devenu un gigantesque brasier secoué par de terribles explosions. Un spectacle d'apocalypse.

C'est l'horreur! Marie-Christine Lebeau reste un moment sous le choc, tenant Bastien dans ses bras. La vague de feu arrive vers elle, précédée d'une très violente onde de chaleur. Elle a juste le temps de plonger avec son enfant. Elle reste dans l'eau aussi longtemps que possible. Quand elle refait surface, tandis que Bastien suffoque et hurle, elle découvre l'étendue de la catastrophe.

La vague de flammes a atteint la mer et s'y est arrêtée.

Marie-Christine voit des formes, des hommes, des femmes, des enfants, transformés en torches vivantes courir en hurlant, avant de s'écrouler sur le sol et de continuer à se consumer. Instinctivement, mécaniquement, comme d'autres rescapés, elle obéit au réflexe, intervenir. Elle pose le petit Bastien à terre sans s'occuper de ses larmes, et, avec un jeune homme qui se trouve là, se saisit d'un corps en feu et le jette à la mer pour éteindre les flammes. Plusieurs fois, elle refait, avec d'autres sauveteurs hébétés comme elle, ce geste dicté par la simple humanité. Elle regarde ses mains : des lambeaux de chair y sont restés collés. C'est alors seulement qu'elle se met à crier :

– Pierre!

Où est Pierre dans cet univers de cauchemar? Elle parcourt le camp en feu. Il y a des visions hallucinantes auxquelles elle ne prête même pas attention. Comme à Pompéi, certaines victimes ont été figées dans l'attitude qu'elles avaient au moment de leur mort. Une famille est assise dans la carcasse de ce qui était sa caravane. Il y a le mari, la femme et leurs deux enfants. Ils étaient en train de manger. Ils sont assis sur leurs chaises calcinées, la bouche ouverte, autour d'une table. D'autres corps, au contraire, ont été projetés par l'explosion à plus d'une centaine de mètres.

Mais Marie-Christine continue à courir en criant :

– Pierre!...

En haut, sur la route, des automobilistes se sont arrêtés et prennent dans leur voiture les blessés les moins atteints. Marie-Christine est arrivée devant ce qui était l'emplacement de leur tente. C'est du moins ce qu'elle imagine, car il ne reste rien. Quant à leur voiture, qui aurait pu servir de repère, elle n'est pas là. Elle est au garage pour un pneu crevé. Marie-Christine reste devant une portion de sol nu, au milieu des cris de douleur et d'épouvante, des appels désespérés. Elle cherche un objet, une trace, qui pourrait lui confirmer que c'était bien là qu'ils avaient élu domicile pour ce qui aurait dû être de si belles vacances. Mais il n'y a rien. Tout semble volatilisé, comme Pierre lui-même.

Les secours se sont organisés. Maintenant, autour de Los Alfaques, c'est le ballet des ambulances, dans un concert d'avertisseurs. Les sauveteurs se fraient un passage vers les victimes, triant les blessés, les morts, tandis que les pompiers éteignent les restes de l'incendie.

Personne ne pouvait prévoir l'ampleur de la catastrophe; l'hôpital de la ville la plus proche, Tortosa, est déjà complet. Il faut diriger les brûlés vers Barcelone et Valence, distantes de deux cents kilomètres, avec tout le danger que cela peut représenter pour de pareils grands brûlés.

Marie-Christine s'approche des ambulances. Chaque fois qu'on emmène un corps sur une civière, elle se précipite, mais, la plupart du temps, elle ne peut rien reconnaître dans ces formes martyrisées, carbonisées; quelquefois même, il est impossible de dire s'il s'agit d'un homme ou d'une femme.

Il est près de 17 heures. Marie-Christine s'est réfugiée dans un café au bord de la route qui sert de poste de commandement aux sauveteurs et de point de ralliement aux familles des victimes. Elle assiste à des scènes insupportables, irréelles. Elle a l'impression de vivre un cauchemar, même si quelque chose en elle lui assure qu'il s'agit bien de la réalité. À ses côtés, le petit Bastien pleure.

Un campeur français, qui était jusqu'alors assis, prostré, à ses côtés, se lève brusquement. Il s'empare d'une table, la soulève et la jette sur le sol en criant :

– Mes fils! J'ai perdu mes deux fils!

Puis, en proie à un désespoir sans nom, il se met à tout saccager autour de lui. Il ne faut pas moins de trois infirmiers pour le maîtriser, tandis qu'un quatrième lui administre à grand peine un calmant.

Un peu plus loin, un homme d'une quarantaine d'années, vêtu d'un simple maillot de bain, se dirige vers l'un des téléphones que les postes espagnoles viennent d'installer en toute hâte. Il compose un numéro avec application. Une fois son correspondant en ligne, il annonce d'un ton neutre :

– Allô! J'ai une terrible nouvelle à vous annoncer. Mon père, ma femme et mes enfants sont morts.

Puis, il raccroche soigneusement et se retire discrètement, comme s'il craignait d'avoir dérangé.

Dans un autre endroit du café, une famille qui vient de se retrouver laisse éclater sa joie. Une joie bien compréhensible, mais qui semble indécente à ceux qui ont perdu un ou plusieurs des leurs. Des injures sont échangées. Des policiers doivent intervenir pour empêcher qu'on en vienne aux mains. Marie-Christine, elle, rongée d'angoisse et ne sachant plus que faire, se laisser tomber sur une chaise.

Mercredi 12 juillet 1978, 17 heures. Au même moment, exactement, le téléphone sonne dans les bureaux d'Europ Assistance. Au bout du fil, une voix d'homme qui semble bouleversée.

– Allô! C'est terrible!...

La standardiste n'en pose pas moins les questions habituelles, qui sont indispensables pour traiter efficacement un dossier.

– D'où nous appelez-vous, monsieur? Quel est votre nom?

– Je ne suis pas abonné. Mon nom ne vous dira rien. Je suis français, en vacances en Espagne, sur la Costa Dorada. Il vient de se produire une catastrophe à Los Alfaques. Une explosion dans un camping. Il y a peut-être des centaines de victimes. Je voulais simplement vous prévenir.

Aussitôt, Europ Assistance contacte ses correspondants en Espagne. Madrid, Barcelone, Valence rappellent tout de suite pour confirmer. Alicante fait de même quelques minutes plus tard. Le siège parisien leur demande d'envoyer immédiatement sur place des interprètes.

Avant d'entreprendre quoi que ce soit, il faut aller sur place estimer l'ampleur de la catastrophe et les mesures à prendre. Un médecin et un responsable d'Europ Assistance prennent aussitôt un Mystère 20 à destination de Reus, l'aéroport le plus proche de Los Alfaques, tandis que, sur les téléscripteurs, les premières dépêches d'agences annoncent le drame au monde entier.

Le médecin et le responsable arrivent dans la soirée. À 20 heures, le bilan est d'environ 180 morts et 200 blessés. Ils parcourent la région en voiture. Il faut faire le tour des hôpitaux et recenser les blessés, sans se préoccuper de savoir s'ils sont abonnés ou non. Une priorité sera toutefois donnée aux Français, car, de leur côté, les Allemands s'occupent de leurs compatriotes.

***

Dans le hall de l'hôpital de Valence, un homme d'une trentaine d'années pose des questions angoissées. Il est de Toulouse. Il a entendu l'annonce de la catastrophe et il a sauté dans sa voiture. Il demande si l'on a des nouvelles de sa femme, de sa belle-sœur et de sa nièce, qui campaient à Los Alfaques. On évite de lui répondre. Une infirmière espagnole confie au médecin d'Europ Assistance qu'elles font partie, toutes les trois, des cinquante-sept cas désespérés.

À minuit, les deux envoyés extraordinaires ont fait leur rapport. Ils ont dressé une liste de treize brûlés qui peuvent être sauvés et qui se trouvent actuellement dans les hôpitaux non spécialisés où il leur sera impossible par la suite de recevoir les soins nécessaires. Certains sont abonnés à Europ Assistance, d'autres non. Peu importe, c'est une opération humanitaire.

Depuis Paris, décollent un Lear Jet et une Caravelle. Cette dernière, débarrassée d'une partie de ses sièges est équipée de seize civières spécialisées pour le traitement des grands brûlés. Il s'agit de matelas-coquilles faits de boules de polystyrène qui épousent la forme du corps. L'avion décolle à 8 heures du matin avec, à son bord, onze médecins d'Europ Assistance et du SAMU de Paris. Dans le même temps, le bureau régional de Marseille envoie cinq personnes pour s'occuper des rescapés, dont certains sont démunis de tout, y compris du moindre vêtement.

La Caravelle et le Lear Jet se posent à l'aéroport de Valence en début de matinée. Ils sont attendus. Treize ambulances sont là... Mais des complications administratives retardent le départ. Les services de santé exigent une procédure d'identification des brûlés, qui sont tous sans papiers. Cela prend du temps. Le consul de France doit intervenir pour faciliter les choses. Enfin, à 17 heures 40, les trois avions affrétés par Europ Assistance peuvent décoller : le Mystère 20 pour Metz, avec deux blessés, le Lear Jet pour Bordeaux, avec un blessé et la Caravelle pour Paris, avec dix brûlés à son bord.

Pendant ce temps, Marie-Christine Lebeau vit une journée de cauchemar. Tôt le matin, elle recommence à chercher son mari. Elle laisse Bastien au couple d'étudiants amis qui sont sortis indemnes par miracle et les policiers la conduisent au petit cimetière de Tortosa, où 126 morts sont alignés devant une haie de cyprès dans des cercueils ouverts.

Une vision de cauchemar. Des formes tordues, convulsées, inhumaines, une odeur de brûlé et de mort. Comment reconnaître Pierre parmi ces malheureux? Comment être sûre? Marie-Christine a pourtant un indice. Sportif et excellent nageur, son mari portait une grosse montre de plongée. Il est impossible de la confondre avec une autre.

Aucune des victimes ne porte la montre de plongée. Si Pierre n'est pas là, c'est qu'il est dans l'un des hôpitaux de la région, peut-être légèrement brûlé. Marie-Christine se souvient soudain de la voiture. Elle court au garage. Le garagiste avait imaginé le pire. Réunissant le peu de français qu'il possède, il lui propose :

– Si vous voulez une voiture plus grosse je peux prêter.

Mais Marie-Christine refuse. Elle est habituée à sa 2 CV. Avec une voiture plus puissante et dans l'état où elle se trouve, elle risquerait un accident. Elle prend la route en direction des hôpitaux, et d'abord du plus proche, celui de Tortosa. On lui a dit que c'était là que se trouvaient les brûlés légers, les cas les plus graves ayant été dirigés vers des établissements spécialisés de Valence et de Barcelone.

Les blessés sont regroupés dans des salles communes au milieu d'un concert de gémissements qui fait mal à entendre. Elle parcourt les rangées, espérant apercevoir la silhouette familière. Mais ce ne sont qu'inconnus. Beaucoup sont encore en état de choc. Quelques-uns lui demandent :

– Avez-vous vu ma femme ?...

– Avez-vous des nouvelles de mon fils ?

Des questions absurdes : ils ne donnent même pas leurs noms. Et même s'ils disaient : « *Je suis M. Dupont... Je suis Mme Durand* », comment pourrait-elle leur répondre ? Marie-Christine quitte ce lieu de souffrances avec un pincement au cœur. Pierre n'est pas là. Il n'est ni parmi les rescapés, ni parmi les blessés légers. Elle doit se rendre dans les hôpitaux où se trouvent les grands brûlés.

Elle commence par Valence. Là, les chambres sont silencieuses. Les victimes ne lui parlent pas de leur famille. Elles n'en ont pas la force. Elles luttent contre la mort et, pour certaines, elles agonisent.

Mais il n'y a personne à Valence non plus. Un médecin lui confie avec douceur.

– Vous devriez aller à Barcelone, madame...

Marie-Christine Lebeau le sait. Et elle redoute ce qu'elle va y découvrir. Elle arrive à 16 heures. Mais la visite des salles de soins est, comme à Valence, négative. Elle se laisse tomber sur une chaise, épuisée et dépassée par les événements. Elle secoue la tête.

– Mais alors, où est-il ?

Le médecin qui l'avait accompagnée pendant sa visite prend la parole d'un air gêné.

– Voulez-vous me suivre ?

– Il y a d'autres chambres ?

Le médecin semble plus embarrassé encore.

– Non, madame... Il reste la morgue. Beaucoup de blessés sont morts depuis leur arrivée.

En le suivant, Marie-Christine a l'impression d'arriver au bout du chemin. Bien sûr, elle a été partout. Il ne peut être que là.

Une grande pièce blanche, silencieuse. Marie-Christine a froid. Il est vrai qu'elle ne porte qu'une sortie de bain que lui a donnée une rescapée et qu'elle a mise par-dessus son maillot. Des hommes en blouse ouvrent des tiroirs. Non... non... non...

Marie-Christine se tait. Oh, elle n'a pas reconnu Pierre! Comment reconnaître qui que ce soit dans cette forme calcinée aussi noire que du charbon? Mais là, à son poignet droit, intacte grâce à son bracelet métallique, la montre de plongée! C'est elle. Elle se penche un peu. Elle est arrêtée à 15 heures 45. Le médecin chuchote :

– Vous êtes certaine?

– Certaine.

– Je suis désolé, madame. Il y a des formalités. Voulez-vous me suivre?

Quelques minutes plus tard, Marie-Christine Lebeau se trouve dans un bureau. On lui tend des papiers. *Acte de décès...*

Elle lit à peine. Elle signe. Elle ne sait pas comment elle fait pour ne pas s'effondrer. Une sorte d'instinct, sans doute. Le médecin lui parle lentement.

– Vous devriez vous rendre à votre consulat.

***

De nouveau, la voiture et la circulation intense et les rues surchauffées de Barcelone. C'est enfin le consulat, après avoir dix fois demandé son chemin. Là, pénible surprise, il faut attendre. D'autres personnes dans son cas sont avant elle; des visages rougis, des habits d'été visiblement prêtés, trop grands ou trop courts, des sanglots furtifs.

Une heure plus tard. Elle pénètre dans un bureau aux belles boiseries, confortable, climatisé. Le consul, lui aussi, a les yeux rouges : il n'a pas dû dormir depuis longtemps.

Il lui parle, la questionne.

– Où désirez-vous que le corps soit transporté ?

– Pavillons-sous-Bois. C'est là que nous habitions.

– Y a-t-il de la famille à prévenir ?

Les parents de Pierre... Marie-Christine n'avait pas encore pensé à eux.

– Oui.

– Voulez-vous que nous le fassions ou préférez-vous vous en charger vous-même ?

Marie-Christine aime bien sa belle-famille. Elle veut lui épargner la douleur supplémentaire d'apprendre la nouvelle d'une voix anonyme.

– Je le ferai moi-même.

– Dans ce cas, il y a un téléphone à votre disposition dans la pièce voisine.

Elle compose en tremblant le numéro de ses beaux-parents. Même dans ces circonstances dramatiques, elle ne l'a pas oublié. On décroche. C'est Mme Lebeau. Marie-Christine aurait préféré avoir son beau-père. Mais, de toute manière, il ne sert à rien de reculer.

– Allô, c'est Marie-Christine.

Mme Lebeau pousse un cri de joie.

– Dieu soit loué, vous êtes vivants !

– Bastien et moi, nous allons bien...

Il y a un long silence. Puis la voix se brise.

– Ne me dites pas...

M. Lebeau prend l'appareil.

– Comment avez-vous pu l'identifier ? Vous êtes certaine ?

– Sa montre de plongée. Le corps sera rapatrié la semaine prochaine.

Elle ne peut en dire plus. Son beau-père ne parle plus. Elle ne sait pas lequel des deux raccroche le premier.

Marie-Christine retourne à Los Alfaques auprès de Bastien et de ce couple ami à qui elle l'a confié. Elle a besoin de le revoir et de parler avec eux, sinon elle va sombrer dans le désespoir.

***

Là-bas, c'est toujours le cauchemar. Si les morts et les blessés ont disparu, il reste des carcasses calcinées, des voitures et des caravanes, des parasols réduits à leur manche et à leurs baleines... Mais le pire ce sont les gens. Une file ininterrompue d'automobilistes qui veulent s'arrêter malgré les policiers qui leur intiment l'ordre de circuler.

Marie-Christine laisse là ces charognards et revient au café autour duquel sont groupés les rescapés. Elle cherche son fils. Il est bien là, sous la protection d'une infirmière de la Croix-Rouge. Les étudiants ont dû repartir accompagner une jeune femme dont le mari et la petite fille ont péri.

Pour elle, c'est l'effondrement. Elle se sent tout à coup totalement seule, totalement désespérée. Elle est incapable de reprendre sa voiture pour rentrer. Incapable de quoi que ce soit.

C'est alors qu'elle entend une annonce faite par un haut-parleur.

– Abonné ou non, vous pouvez, en cas de difficultés, contacter Europ Assistance à Barcelone.

Suit un numéro de téléphone. Marie-Christine Lebeau se lève comme une automate. Elle compose le numéro et annonce en tremblant :

– J'ai perdu mon mari. Je suis seule avec mon enfant. Je voudrais rentrer chez moi. Aidez-moi!

– D'où appelez-vous?

– De Los Alfaques même.

– Quel est votre nom?

– Lebeau. Marie-Christine Lebeau...

L'interlocutrice d'Europ Assistance paraît surprise.

– Lebeau? C'est un nom qui me dit quelque chose. Ne quittez pas.

Au bout d'un court moment, elle reprend l'appareil.

– Votre mari est bien Pierre Lebeau?

Marie-Christine ne voit pas où elle veut en venir.

– Oui, mais...

– Il a été rapatrié tout à l'heure en Caravelle. Il va être hospitalisé à Cochin.

– C'est impossible! J'ai identifié son corps tout à l'heure.

– Je vous assure, madame.

– Comment avez-vous pu savoir que c'était lui? Il ne pouvait pas avoir de papiers.

– Non. Mais d'après mon dossier, il nous a donné son identité lui-même.

Marie-Christine Lebeau passe du désespoir à l'euphorie la plus extrême. Un dernier doute subsiste. Une erreur est toujours possible. Elle doit se forcer à ne pas y croire, pas tant qu'elle n'aura pas entendu Pierre. Elle demande.

– Que dois-je faire?

– Appelez l'hôpital Cochin demain matin. Pour l'instant, c'est trop tôt : l'avion est encore en vol.

Marie-Christine regagne la petite chambre qu'Europ Assistance vient de mettre à sa disposition.

Inutile de dire que Marie-Christine ne dort pas de la nuit et qu'à la première heure elle joint l'hôpital Cochin. La préposée aux admissions est affirmative.

– Pierre Lebeau? Oui, il est entré cette nuit au service des grands brûlés.

– Pouvez-vous me le passer?

– C'est impossible. Il est dans une chambre stérile. Toute communication avec l'extérieur est interdite.

Marie-Christine insiste.

– Comprenez-moi. Je veux être certaine qu'il s'agit bien de mon mari. C'est peut-être un homonyme.

– Je comprends. Nous avons rempli sa fiche d'après ses déclarations. Je vais vous donner son adresse et sa date de naissance.

Marie-Christine exulte en les entendant. C'est bien cela! Il est vivant! Mais elle a pourtant une dernière crainte.

– Vous avez dit qu'il était au service des grands brûlés, est-ce que ses jours sont en danger?

– Absolument pas. Tous les blessés que nous avons peuvent être sauvés. Mais, évidemment, les soins dureront longtemps.

Marie-Christine en sait assez. Elle empoigne Bastien et saute dans la voiture :

– Nous allons voir papa!

Elle passe au consulat de Barcelone afin de procéder aux indispensables rectifications. Et, le lendemain, elle est à Paris, après s'être arrêtée pour prévenir ses beaux-parents de l'heureuse et incroyable nouvelle. Elle se précipite à l'hôpital. Elle ne peut voir Pierre que derrière une vitre. Mais c'est bien lui! Il lui sourit. Le cauchemar est terminé. Elle aperçoit même, sur sa table de nuit, un objet brillant : sa montre. Ils étaient deux, au camping de Los Alfaques, à avoir la même montre de plongée.

C'est une semaine plus tard qu'elle peut entrer dans la chambre de son mari et entendre de sa bouche le récit du drame, tel qu'il l'a vécu, lui. Il a le visage très abîmé mais les pansements dissimulent le tout. Après les premiers traitements, il y aura la chirurgie esthétique et tout redeviendra comme avant.

Pierre dormait dans sa tente quand il a été réveillé par une formidable explosion. Le réflexe qui lui a sauvé la vie est de n'avoir pas cherché à comprendre et d'avoir fui droit devant. Il a couru vers la mer. À un moment, il a tourné la tête de côté pour voir ce qu'il y avait derrière lui : il était poursuivi par une muraille de flammes. C'est en faisant ce mouvement qu'il a eu la moitié du visage brûlée. Enfin, il s'est jeté dans l'eau.

Ensuite, il ne se souvient plus très bien de ce qui s'est passé. Il était en état de choc. Il a couru longtemps parmi les morts et les blessés, sans se rendre compte de ce qui venait de se produire.

Il est arrivé sur le bord de la route. Un automobiliste espagnol s'est arrêté. Il lui a dit :

– *¡Venga! ¡Venga!*

Et il l'a fait monter à son bord. À ses côtés, il y avait une petite fille, également brûlée. L'automobiliste l'a conduit à l'hôpital de Tortosa. De nouveaux blessés n'ont pas cessé d'arriver pendant toute la journée. Les plus atteints sont repartis pour d'autres destinations. Lui-même est resté parce qu'il était l'un des moins touchés.

La nuit, deux hommes se sont penchés sur son lit. Ils lui

ont dit qu'il restait une place dans l'avion d'Europ Assistance. Seule l'attente sur l'aéroport a été pénible. Pour le reste, il était comme frappé d'amnésie. C'est seulement à Cochin qu'il a réalisé et réclamé, en pleurant, sa femme et son fils. On lui a dit alors que sa femme avait téléphoné et, peu après, elle était là.

***

Ainsi se terminait l'aventure de Pierre et de Marie-Christine Lebeau : beaucoup de chance en somme dans un univers de désolation.

Au cours du drame de Los Alfaques, Europ Assistance a joué un rôle important. Entre le 12 et le 17 juillet, l'organisation n'a pas envoyé moins de sept avions sanitaires, qui ont rapatrié trente-six personnes, sans parler des chambres mises à la disposition des rescapés et des renseignements fournis aux familles des victimes.

Sans parler aussi des autres interventions sans rapport avec la catastrophe. Il n'y en a pas eu moins de 1 234 pendant la semaine tragique. Des gens en vacances quelque part en France, en Europe ou dans le monde, qui annonçaient avec angoisse : « *J'ai coulé une bielle*, ou *Mon fils s'est cassé le bras.* »

28

Une révolution

Il fait chaud, ce 2 septembre 1978, dans les rues de Téhéran; très chaud, une de ces chaleurs moites et lourdes que supportent mal les Européens. Mais il y a autre chose : les regards sont tendus, les démarches nerveuses. Des troubles se sont produits les jours précédents, quelques manifestations réprimées sans trop de difficultés. Mais tout de même, la situation paraît pouvoir se dégrader à tout moment. Il y a, comme dit Cocteau dans son roman *Les Enfants terribles*, « *un peu trop d'ozone dans l'air* ».

Est-ce donc cette atmosphère chargée d'électricité que Philippe Pelletier a tant de mal à supporter ? Il ne se sent, il est vrai, pas très bien, angoissé presque. Philippe Pelletier n'est pas dans la capitale iranienne pour ses loisirs. Ses vacances sont derrière lui; il vient de reprendre son travail depuis trois jours. Représentant d'une grande fabrique de confection masculine, il est venu conclure d'importants contrats avec des grossistes iraniens.

Il connaît bien Téhéran. Tous ses séjours y ont été agréables. Les Iraniens aisés sont résolument tournés vers les produits occidentaux. Ce sont d'excellents clients. Et pourtant, cette fois, dès son arrivée, les présages étaient mauvais. Tout le monde avait l'air préoccupé. Il n'a pas retrouvé la joyeuse faconde des Iraniens de la rue. Même les douaniers étaient fébriles. Son passeport est passé de main en main. Son premier interlocuteur – le directeur commercial d'une chaîne de magasins – vient de lui confier ses craintes : la situation politique n'est pas bonne, l'agitation couve. Il a même ajouté, en baissant un peu la voix, que le régime du chah lui paraissait sérieusement menacé.

Du magasin à l'hôtel, il y a dix minutes. Philippe a décidé de faire le chemin à pied. Il le regrette très vite. La chaleur est de plus en plus intenable, il est soudainement pris de vertiges, d'abondantes sueurs. Philippe Pelletier, quarante ans, est pourtant ce qu'il est convenu d'appeler un *cadre dynamique*, un de ces hommes qui, entre jogging et tennis, jouissent d'une santé à toute épreuve. Mais brusquement, sur ce pavé brûlant, rien ne va plus. Il s'appuie contre un étalage pour ne point tomber. Il pense à sa femme Michèle qui attend leur troisième enfant; une naissance qui doit avoir lieu dans une dizaine de jours. Brusquement, une vision horrible s'empare de lui : il ne verra pas son enfant. Il va mourir ici, si loin de sa famille. Voilà ce qu'il se répète, voilà ce qui lui martèle la tête, jusqu'à ce qu'un grand trou noir vienne l'envahir.

***

Quand il reprend conscience, il est alité dans une chambre d'hôpital, un médecin penché au-dessus de lui, qui l'examine. Il tente de se lever mais ne parvient pas à décoller de son oreiller.

– Que m'est-il arrivé ?

– Une petite attaque cérébrale. Vous êtes hors de danger. Mais vous devez vous reposer.

– Il y a longtemps que je suis là ?

– Vingt-quatre heures. Vous venez de vous réveiller.

– Mais... mais je ne peux pas bouger. Je suis paralysé!

Sourire rassurant du médecin.

– Vous êtes seulement très fatigué. Dans une petite dizaine de jours, vous serez sur pied. L'important est que vous ne vous agitiez pas.

Et, bien entendu, ces mots, censés lui apporter un peu de calme, lui apportent une grande excitation.

– Mais ma femme est enceinte; je veux de ses nouvelles. Je ne veux pas rester ici! Je veux voir mon enfant! Appelez

Europ Assistance, j'y suis abonné par mon entreprise. Le contrat est dans ma chambre d'hôtel.

Le médecin promet qu'on s'en occupera sans tarder, le temps d'appeler une infirmière qui administrera une piqûre de calmants à son patient. Quelques minutes plus tard, il a un de ses collègues médecins d'Europ Assistance au bout du fil.

– Dr Gorgan, neurologue. J'ai dans mon service un de vos abonnés, Philippe Pelletier, quarante ans...

À Paris, le Dr S. prend des notes.

– C'est grave ?

– Ç'aurait pu l'être. Un petit accident vasculaire cérébral. Il ne devrait pas y avoir de suites.

Le Dr S. connaît bien cet hopital de Téhéran. Philippe Pelletier y sera parfaitement soigné. Aussi bien qu'en France.

– Il serait préférable que vous le gardiez jusqu'à complet rétablissement. Nous le rapatrierons à ce moment-là. Inutile de prendre des risques avec un voyage.

Le médecin iranien l'interrompt. Il y a un problème : le malade est très agité, sa femme est prête à accoucher, il veut rentrer à Paris immédiatement. Pareille nervosité peut faire monter la tension. On peut craindre une rechute. Les deux médecins se concertent. De toute évidence, Philippe Pelletier doit rentrer chez lui au plus vite. Il ne sera pas transportable avant, disons, cinq jours. Rendez-vous est pris pour le 8 septembre au matin. Le Dr S. sera là et le retour aura lieu dès le lendemain. Par ailleurs, on va joindre sans tarder la future accouchée.

Les nouvelles de Mme Pelletier sont excellentes. Certes, elle est très inquiète pour la santé de son mari. Quant à la naissance, elle est toujours prévue aux alentours du 15 septembre.

Philippe, qui vient de lui parler a retrouvé un peu de son calme. La perspective de son retour ne lui a pas ôté toute sa fébrilité. Plusieurs fois dans la nuit, il se réveille en pensant : *Je ne verrai pas mon enfant!*

Sa tension sera prise quatre fois par jour : sous surveillance constante et sous médicaments, il apparaît, ce 8 septembre au matin, nettement reposé. L'arrivée du Dr S. est attendue avec une vive impatience. Le médecin apporte lettres et photos de sa femme. La suite des opérations réjouit Philippe.

– Des places nous ont été réservées dans le premier avion de demain. Vous voyagerez couché. En début d'après-midi, vous serez à Paris!

Pour la première fois depuis son attaque, Philippe Pelletier sourit franchement. Il semble hors de danger et retrouve peu à peu son optimisme, si entamé de ces derniers jours. La nuit arrive. La dernière que Philippe doit passer à l'hôpital. Il s'endort paisiblement mais ne tarde pas à être réveillé par des bruits qui viennent du dehors. Il appelle. Le Dr S. le rejoint. Il est tout habillé. Il est deux heures du matin. Visiblement, il ne dormait pas.

– Que se passe-t-il?

Ce qu'il se passe? Ce sont, cette nuit, les affrontements les plus violents qu'ait connus Téhéran depuis des années. Ce que l'on redoutait depuis des jours vient de se produire. Des manifestants du parti religieux sont descendus dans la rue. Les mots de *révolution islamique* sont sur toutes les lèvres. La police, débordée de toutes parts, a ouvert le feu. Il y a des morts, des dizaines de morts, probablement. La violence s'accroît à chaque heure, des grenades explosent, des coups de fusils répondent. On s'attend à plusieurs centaines de victimes si la situation ne se calme pas d'ici ce matin. le Dr S. aide ses collègues à soigner les blessés qui arrivent à chaque minute, administre les soins d'urgence. Et pourtant, il décide de cacher la vérité à Philippe.

– Des étudiants qui manifestent. Rien de grave... tout va rentrer dans le calme. Essayez de dormir.

Dans le regard de Philippe, il y a de la circonspection. Depuis son accident, il est devenu craintif, doute de tout. Mais le Dr S. paraît sincère. N'exprime-t-il pas le désir d'aller dormir lui-même? Il part en réalité rejoindre la salle des urgences.

La place manque déjà. On met les blessés où l'on peut. Dans les chambres déjà occupées, dans les couloirs... Philippe, qui s'était enfin endormi sur ce mensonge, se réveille dans un sursaut d'horreur : on vient d'apporter à ses côtés un blessé sur une civière. Deux femmes en blanc et un médecin s'affairent autour de lui. Dans quelques minutes, un drap blanc recouvrira le corps. C'était trop tard. Philippe appelle le Dr S. Ce dernier, occupé à faire des pansements, tarde à venir. Une infirmière se charge de lui donner un calmant.

Après un long sommeil artificiel, il retrouve le Dr S. à ses côtés. Le médecin n'a pas dormi, il a de larges cernes autour des yeux, les traits tirés et un regard sombre.

– Il y a un contretemps, monsieur Pelletier.

– Nous ne partons plus?

– Pas pour l'instant. L'état d'urgence a été proclamé, le trafic aérien est interrompu.

– Jusqu'à quand? Ce n'est pas possible.

– Interrompu jusqu'à nouvel ordre, répondent les autorités. Cela dépendra de l'évolution de la situation, je ne peux pas vous en dire plus

– Et pourquoi m'avoir menti cette nuit?

– Je ne voulais pas vous alarmer. Il y avait encore un espoir. Cette nuit, Téhéran était à feu et à sang.

Philippe Pelletier se tait un instant : Il songe : *Je vais mourir, je le savais. Je vais mourir ici; je ne verrai pas mon enfant, ma femme.*

– Appelez ma femme! Il faut que je lui parle.

Philippe apprend que les communications téléphoniques avec l'étranger sont coupées. Il y aurait peut-être une solution, le télex, seul lien, seul cordon ombilical possible entre l'hôpital et le siège d'Europ Assistance. On s'assure ainsi que tout va bien à Paris.

Philippe passera quatre journées noires, à se morfondre dans son lit, lisant les rares journaux internationaux qui parviennent jusqu'ici. Un matin, enfin, le 12 septembre, le Dr S. fait part de son soulagement :

– L'aéroport est réouvert. Cette fois nous partons – nos places sont réservées – tout de suite!

L'ambulance traverse Téhéran, sirène hurlante, dans les rues où sont encore visibles les traces de cette incroyable tempête : panneaux arrachés, vitres brisées, magasins pillés. Enfin, après vingt minutes d'une course infernale, la silhouette de l'aéroport se profile. C'est la fin du cauchemar.

Les autorités ont été prévenues. Les formalités seront réduites au strict minimum. Le médecin se fraie un passage dans la foule qui attend elle aussi d'embarquer. Il pousse la civière roulante jusqu'aux policiers du contrôle, tend les deux passeports. Les douaniers jettent un coup d'œil rapide à celui du malade, le remettent à Philippe en personne. Le passeport du Dr S. retient toute leur attention. N'ont-ils pas sursauté en l'ouvrant?

– Veuillez nous suivre, monsieur.

– Pour quelle raison?

– Quelques questions à vous poser, lâche l'un des deux douaniers.

– Mais je ne peux pas abandonner mon malade!

– Nous allons nous occuper de lui.

– Cela va durer longtemps?

– Je ne sais pas. Suivez-nous...

Sous la conduite polie et ferme des policiers, le Dr S. disparaît. Philippe se retrouve seul. Un homme vêtu d'un uniforme de la police des airs vient s'asseoir à côté de lui, lui adresse quelques mots en persan. La conversation s'arrêtera là. Philippe n'a pas le cœur de parler. Il sait que, si le médecin ne revient pas, l'avion partira sans eux, qu'ils seront à la merci d'un autre état de siège. Une chaîne sans fin. Et sa femme, et leur enfant... Les idées les plus neurasthéniques l'envahissent de nouveau.

Le Dr S. ne comprend, cette fois, pas mieux la situation que son patient. Il a été conduit dans le grand bureau du responsable de la sécurité de l'aéroport. Tout comme le douanier, l'officier sursaute en lisant son passeport. Le Dr S. s'agace, il explose.

– Allez-vous me dire ce qu'on me reproche?

La réponse a de quoi le laisser pantois.

– Vous êtes bien né à Neauphle-le-Château?

– Et bien, oui; c'est écrit. Quel mal y a-t-il à cela, je vous demande?

– Quand y êtes-vous allé pour la dernière fois?

– Mais enfin, qu'est-ce que cela peut bien vous faire!

– Répondez!

– Mes parents ont quitté Neauphle quand j'avais deux ans. J'en ai trente-sept. Je n'y suis jamais retourné. Calculez vous-même : cela fait trente-cinq ans.

– Y avez-vous de la famille?
– Non.
– Des amis?
– Non! Mais allez-vous m'expliquer?
– *Khomeiny*, cela ne vous dit rien, rien du tout?
– Qui est-ce?

Le Dr S. est sincère. À ce moment-là, le nom de l'ayatollah Khomeiny, réfugié à Neauphle-le-Château depuis quelques mois, était pratiquement inconnu en France. En France, mais pas en Iran, car c'était lui l'inspirateur des manifestations qui venaient d'embraser Téhéran. L'ayatollah téléguidait la révolte islamique. C'était son nom que scandaient les émeutiers du 8 septembre. Il était la bête noire pour les autorités, l'adversaire mortel du régime impérial. La coïncidence entre le lieu de naissance du médecin et le lieu de résidence de Khomeiny demandait quelques précisions, des vérifications.

Elles seront longues, ces vérifications. Malgré ses protestations, le médecin doit s'y soumettre. En se défendant trop violemment, il risque même de se rendre suspect. Des coups de fil sont passés : l'ambassade intervient dans un sens favorable. Le responsable de la sécurité finit par rendre son passeport au médecin.

– Excusez-nous, docteur. Votre bonne foi est reconnue. Vous pouvez partir. Votre avion n'a pas encore décollé.

Les palabres ont duré plus d'une demi-heure. Philippe Pelletier, toujours gardé par son cerbère muet, voit arriver avec un soulagement indescriptible son médecin. L'histoire de Neauphle-le-Château lui paraît, à lui aussi, parfaitement incompréhensible. Mais qu'importe; ils partent dans quelques minutes et bientôt auront rejoint la France, Mme Pelletier, et la promesse d'un enfant à naître...

Michèle Pelletier, malgré son accouchement imminent, s'est fait conduire en taxi jusqu'à Roissy. Elle accueille Philippe qui sera dirigé pour quelques jours vers une maison de convalescence. Le lendemain, Michèle accouche d'une petite Catherine.

***

C'est au sortir de son établissement de repos que Philippe apprendra ce qui s'est passé ce fameux 8 septembre à Téhéran. Un peu plus d'un mois s'était écoulé et, maintenant, le nom du fameux ayatollah faisait toutes les manchettes des journaux et la une des actualités télévisées. Cette nuit-là, pendant qu'il cherchait vainement le sommeil, il y avait eu sept cents morts dans les rues de Téhéran. C'est ainsi qu'avait débuté la révolution islamique.

Une révolution, c'est décidément une chose contre laquelle personne ne peut rien. Même Europ Assistance, qui, pourtant... Mais, après tout, quatre jours de retard pour laisser passer une révolution, ce n'est quand même pas exagéré. Surtout si l'on arrive à l'heure pour donner un prénom à son dernier-né.

29

Que Votre volonté...

La maison est là, légèrement en contrebas de la route. Plus loin, c'est la mer. Ou plutôt la plage, presque à l'infini, avec un trait argenté, mince qui signale la présence des vagues tranquilles. Marée basse sur la côte du Morbihan. Du sable mouillé à perte de vue et les bateaux aux coques rouges et bleues sont couchés sur le flanc, dévoilant le goudron noir qui couvre leur quille.

Mais c'est la maison au premier plan qui retient l'intérêt des occupants de la voiture. Les pneus surchauffés par cinq cents kilomètres d'asphalte s'arrêtent enfin sur l'herbe. Sur la banquette arrière, les quatre enfants poussent des cris d'excitation. Vincent Janvier serre le frein et soupire. La main de sa femme, Annick, vient doucement se poser sur la sienne, comme pour remercier. Merci, Vincent, d'avoir eu de la patience, avec nos quatre diables comme passagers. Merci, Vincent, de ne pas avoir crié lorsque leurs piaillements te cisaillaient les oreilles sur cette route d'été. Merci d'avoir résisté à l'envie d'appuyer sur l'accélérateur pour arriver plus vite. Cependant, c'est vers Dieu que remonte le remerciement d'Annick. Dieu présent toujours et partout dans sa vie depuis sa plus tendre enfance, enfance austère, dans une famille de notables qui possédait cette vaste bâtisse en granit gris sur la côte, au bout d'une presqu'île. Dieu qui a partagé chaque instant de la vie d'Annick, l'a aidée à vivre, à trouver le chemin, à sortir de la maladie, à rencontrer Vincent Janvier et à avoir de lui quatre enfants magnifiques.

– Merci mon Dieu, de m'avoir donné ce mari, qui sait se conduire – et conduire – en bon père de famille. Et de lui avoir donné les nerfs pour tenir le coup dans ce chahut!

Vincent sort calmement, déverrouille les portières arrière et libère les quatre garnements surexcités : Véroniques, onze ans, Viviane, neuf ans, Valentine, sept ans et Victor, six ans. Victor, le petit dernier, l'inattendu. Inattendu, mais tellement espéré : Vincent Janvier rêvait d'avoir trois garçons. Le Ciel lui avait envoyé trois filles. Annick les avait baptisées de prénoms en « V », comme leur père. À chaque fois, Vincent avait souri en saluant le nouveau bébé. Pour lui aussi, les choix de Dieu étaient sans aucun doute les bons.

– On verra dans deux ans! disait-il.

On avait vu, en suivant ce planning décidé avant le mariage, d'un commun accord : trois enfants, à deux ans de différence. On avait vu les trois filles adorables. Et on avait décidé que ce serait ainsi. Point final.

Victor s'était annoncé. Un cadeau, pour les Janvier fous de joie. Le garçon. Et, malgré tous les efforts du couple pour « *ne pas faire de différence* », la différence s'était quand même établie. D'autant plus facilement que les trois sœurs adoraient littéralement ce joli gamin blond, irrésistible, et jouaient à qui serait la meilleure petite maman pour lui.

– Vous restez dans le jardin, et vous rentrez quand on vous appelle!

Vincent Janvier voit les quatre enfants arrêtés dans leur élan tourner vers lui leurs mines déçues. Victor agite son seau et sa pelle à sable qui ne l'ont pas quitté pendant le voyage.

– Je vais faire un château, papa!

– Nous irons à la plage ensemble demain matin! Maintenant, maman et moi, nous préparons la maison! Ne vous éloignez pas!

Un instant de flottement, et les quatre reprennent leur course. On ne discute pas, on fait ce que dit papa. Vincent sait pouvoir leur faire confiance. D'autant plus que le jardin est vaste. La pelouse, entretenue par un voisin, plus loin, des herbes folles pour faire la savane, au fond, un entrelacs de buissons et de petits arbres fruitiers. Assez pour vivre de belles aventures en ce premier soir et ne pas dépasser la dune qui descend vers la plage. Vincent s'appuie contre la carrosserie brûlante et s'étire. Annick vient poser sa tête sur la joue de son mari.

À l'intérieur, il fait frais. On goûte le plaisir d'ouvrir tous les volets, de laisser entrer la tiède chaleur d'une fin de journée. On fait le tour des pièces en s'étonnant de retrouver telle vieille lampe transportée là trois ans plus tôt.

– Tiens, elle était là, celle-là ? Je l'avais oubliée. C'est celle de tante Agnès, tu te rappelles ? Elle est jolie finalement... On pourrait la rapporter à l'appartement, non ?

– On verra ! Ne pense pas déjà au retour, veux-tu ? Les vacances commencent à peine. Et puis, il y a déjà assez de fouillis dans l'appartement !

– Bon. Alors, je la mettrai dans mon cabinet. Ou dans la salle d'attente. Oh, à propos, fais-moi penser à téléphoner à Vérin, demain matin. Il faut changer le traitement pour les varices de Mme Durieux !

Annick hoche la tête. Vérin, c'est le jeune médecin qui remplace Vincent à Saint-Germain, près de Paris.

– Chéri. Vérin est un type très capable. Et tu as passé des soirées entières à lui mettre les dossiers de tes patients en tête. Et tu as promis de « décrocher » vraiment pour ces trois semaines !

– Tu as raison. Mais, en ce qui concerne la vieille Mme Durieux...

– Accordé. Va pour les varices de Mme Durieux, mais, ensuite, tu oublies le téléphone, Vérin et Saint-Germain. D'accord ?

Le lendemain, ils iront à la poste du village, pour appeler. Annick en profitera pour assurer les parents de Vincent de leur excellente arrivée. Elle se réjouit une fois de plus de l'éloignement de la maison dans cette presqu'île. Ils seront les derniers à obtenir l'adduction d'eau, mais ils ont un puits et une bonne pompe électrique. Quant au téléphone, il faudrait faire une demande spéciale pour que les PTT tirent une ligne. Et Annick a refusé; la tranquillité est à ce prix. Elle ne veut pas que la maison devienne une annexe du cabinet de Saint-Germain, avec consultation à distance pour chaque malade. Bien sûr, les grands-parents ont insisté : quand on a quatre enfants, ce serait plus prudent. Mais, comme le dit Annick, avec un médecin à la maison, on est rassuré.

Une douzaine de mouettes curieuses tournent maintenant autour du toit et observent Vincent et Annick dans leur va-et-vient entre la voiture et la maison : les paquets, sacs et valises déchargent leur contenu dans les armoires de bois ciré. De temps à autre, Annick et Vincent lancent à la cantonade le cri de ralliement familial, et de petites mains apparaissent au-dessus des herbes de la « savane » : les quatre Indiens organisent leur campement.

– Il fait assez bon pour dîner dehors! décide Annick, qui déballe dans la cuisine le poulet qu'elle a rôti ce matin à Saint-Germain, pendant les préparatifs.

Sur la route, ils se sont arrêtés pour acheter un cageot de tomates. *Directement du producteur au consommateur!* clamait l'ardoise écrite à la craie plantée sur l'aire de repos, *garanties sans engrais chimiques.* Annick ne résiste pas à cet argument.

Pendant que Vincent transporte la table dehors, on entend la voix d'Annick qui appelle :

– À taaaable!

Trois pas pressés sur le carrelage : les filles passent à la salle de bains

Les filles.

Trois pas...

Victor?

Victor est le seul à faire des difficultés pour se laver les mains avant le repas.

– Victor! À table! Tes mains!

Victor traîne au jardin. Vincent appelle à son tour. Victor fait la sourde oreille. Annick s'adresse à Véronique, l'aînée, qui surveille les deux petites et attend pour s'approcher du lavabo.

– Où est ton frère, Véro?

– Je ne sais pas, maman! On jouait à cache-cache. Il était avec Valentine!

– Valentine?

Valentine a sept ans, les yeux bruns de son père. Des yeux qui s'étonnent.

– Je me suis bien cachée avec Victor. C'était Viviane qui cherchait. Elle nous trouvait pas. Victor, ça l'embêtait d'attendre. Il est parti à quatre pattes.

– Parti où ça?

– Je sais pas.

Grandes enjambées de Vincent Janvier à travers les hautes herbes :

– Victor! Le jeu est fini!

Vincent se glisse sous les arbustes, se griffe les bras dans les buissons.

– Victor! Sors de là! Tu as gagné!

Sur la route, en traversant une ville, Vincent s'est arrêté pour acheter un gâteau. Au chocolat. Qui est arrivé assez fondu, mais consommable. C'était spécialement pour Victor, le gourmand.

– Victor! On va manger tout le gâteau sans toi!

Curieusement – Vincent le dira plus tard –, l'inquiétude n'a encore gagné personne à cet instant. Plutôt de l'énervement, après cette journée. Agacement contre ce petit cabochard que l'on sait capable de se cacher jusqu'à ce qu'il décide, lui, qu'il a vraiment gagné cette partie de cache-cache.

– Mettons-nous à table, ça le fera sortir! arbitre Annick.

Les trois filles sont déjà assises, poings fermés de chaque côté des assiettes, comme on le leur a appris. Vincent vient les rejoindre, sans pouvoir s'empêcher de tourner la tête pour scruter le jardin, maintenant plongé dans la pénombre, et de lancer tout haut :

– Victor, tant pis pour ton dessert!

Au moment où Annick se décide à plonger les couverts d'olivier dans la salade de tomates, voilà Valentine qui se met à pleurer.

– Il est perdu, Victor! C'est ma faute!

– Pourquoi dis-tu ça?

– La petite essuie une larme.

– Je lui ai pourtant dit que c'était pas permis!

– Qu'est-ce qui n'était pas permis?

– Il ne voulait plus se cacher! Il voulait faire un château de sable! Il est parti avec son seau.

Brusque mouvement de Vincent Janvier, qui court au

bout du jardin, franchit la barrière à l'endroit où les pieux sont écroulés, passe le chemin et escalade la dune.

Après la pente de sable sec piquetée d'ajoncs, la plage s'étend, magnifique. La mer a recommencé à monter, au loin. Quelques barques sont déjà à flots. À contre-jour, on distingue parfaitement les petites rivières d'eau salée dans le sable humide. Des milliers de fils minuscules, comme des branches qui se ramifient, reflétant le rouge du ciel. De là où se tient Vincent, on verrait immédiatement la trace laissée par les pas de Victor. On la verrait s'il y en avait une. La plage semble vierge. Personne n'a marché là depuis des heures. Lorsque Vincent descend, pourtant, en appelant Victor, les mains en porte-voix, la semelle de ses mocassins s'imprime, nette. Une fois pour aller, quelques grands cercles inutiles vers les bateaux. Une trace parallèle pour le retour.

Annick et les fillettes, venues sur la dune, font le même constat : Victor n'est pas allé sur la plage. Retour vers la maison, avec l'inquiétude bien accrochée dans le cœur de tous les Janvier. Regards sans appétit vers le saladier, au centre de la table, où les tomates dégorgent leur jus. Quelques moucherons imprudents viennent y terminer leur vie.

***

– Monsieur, madame Janvier, bonsoir! Bonsoir, les enfants!

M. Abder arrive sur la terrasse. M. Abder, natif des Aurès et morbihanais d'adoption. Il a épousé une fille du pays et s'est installé là. Ils ont six enfants. C'est lui qui s'occupe de la pelouse à l'année et qui surveille la maison en leur absence. Un homme bavard, mais extrêmement sympathique et qui vient, ce soir, leur souhaiter la bienvenue. Lorsque M. Abder commence à parler, il est difficile de l'arrêter.

– J'ai travaillé pour vous cet hiver. L'écoulement, cette année, ne vous fera plus d'ennuis! J'ai creusé le puisard, il n'y a plus qu'à le recouvrir, et vous êtes tranquilles!

Surprise de M. Abder lorsque Vincent Janvier le secoue par les épaules.

– Le puisard ? Quel puisard ? Où ça ? Où est-il ?

Abder comprend que quelque chose de grave s'est passé. Il est le premier à courir vers un coin du jardin de l'autre côté de la maison, un angle délaissé où l'on ne va jamais, parce que c'est juste un petit bout de mauvaise terre, où l'ombre stagne, envahi généralement de grosses plantes aux larges feuilles velues et de quelques chardons. Abder s'agenouille près d'une pile de plaques de ciment. On devine un trou, obscur.

– On ne voit rien, monsieur Janvier !

Annick court jusqu'à la voiture, retrouve dans la boîte à gants la lampe de poche, revient. Vincent s'en empare, braque le faisceau dans le trou.

– Rentre les filles à la maison, chérie !

Abder est descendu dans le puisard, se penche sur l'enfant : le corps de l'enfant repose sur le fond sableux, couché sur le ventre. Un fond d'eau noirâtre, Victor a le visage caché. Plongé dans l'eau. Abder ose à peine le toucher.

– Je crois bien, monsieur Janvier... Je crois bien...

Vincent se glisse dans le puisard, écrasant du pied le seau de plastique... Victor n'est pas allé sur la plage pour faire un château de sable. Il n'a pas désobéi.

Abder s'écarte autant qu'il le peut dans le trou étroit, tient la torche que lui passe Vincent. Le docteur Janvier se penche sur cet enfant dont il soutient la tête, essayant d'agir comme s'il n'était qu'un médecin. Il observe les yeux entrouverts, les joues et les lèvres bleues, glisse un doigt entre les dents de Victor pour dégager la langue qui obstrue le palais, guette le souffle.

Absent. Fini. La chute, le choc, quelques centimètres d'eau... L'accident « idiot », comme on en lit dans les journaux.

Un accident est toujours idiot. S'il y avait des accidents intelligents, ce serait pire. Vincent essaie de chasser les pensées incohérentes qui l'envahissent pendant qu'Abder l'aide à remonter le corps de Victor. Si lourd, pour un si petit garçon. Jamais il n'a été si lourd, lorsque Vincent le portait endormi, dans les escaliers, après un dîner chez des amis. Ces trajets, Vincent les aimait, parce qu'il sentait la chaleur douce de son fils, et l'entendait grommeler et protester contre l'inconfort.

Victor est glacé, comme l'eau du puisard, et imprégné de l'odeur saumâtre. Depuis combien de temps a-t-il la tête dans l'eau ? Le voici allongé sur la pelouse. Vincent écoute, l'oreille contre la poitrine de son fils. Reviennent alors des gestes, des gestes appris quelques années plus tôt. En troisième année de médecine, Vincent s'est inscrit avec des copains à un cours de secourisme. Le tout pour le tout. Le refus, la négation de la mort qui a déjà pris possession du petit.

Massage cardiaque. Bouche à bouche. Insuffler. Presser. Un temps. Insuffler. Presser. Trouver le rythme. Le garder. Massage.

Dans le rond jaune de la lampe de poche. Oublier les pleurs des filles, dans la maison avec leur mère, et que l'on entend par les fenêtres ouvertes. Insuffler. Presser. Un temps... Vincent Janvier a la tête qui tourne, les oreilles qui bourdonnent dans l'effort rageur et régulier. Faire repartir la machine. La machine infiniment délicate et précieuse.

Une palpitation. Une hésitation. Ce souffle, était-ce le mien ou alors... ? Vincent ne sait pas à quelle seconde précise la cage thoracique de Victor s'est remise à pulser d'elle-même, devançant les mouvements extérieurs.

Il se relève, trempé de sueur, le bas des jambes insensible d'abord, puis douloureux, lorsque la circulation se rétablit. Annick est là, trois pas en retrait, tenant la trousse médicale, sans un mot. Examen. Diagnostic.

– Il est dans le coma. Il faut l'emmener à l'hôpital.

Jamais Annick n'a autant regretté l'absence de téléphone. Mais, avec un docteur à la maison... Tout se passe très vite, presque sans échange de paroles. Victor est allongé sur la banquette, Annick près de lui pour surveiller son souffle.

M. Abder, d'autorité, a pris les trois fillettes avec lui : sa femme s'en occupera. Tous phares allumés, Vincent roule vers Auray. Plus du tout en père de famille. Klaxon aux croisements, écart de justesse lorsqu'un véhicule surgit. Il serre les dents, demande de temps en temps par-dessus son épaule :

– Il tient ?

Annick répond simplement *oui*.

Dix-huit kilomètres jusqu'à l'hôpital. L'écriteau lumineux, les bâtiments que l'on devine derrière des arbres. Au moment d'arriver vers la grille d'entrée, Vincent doit freiner : deux ambulances suivies de deux voitures débouchent en sens inverse et s'engagent sur la route.

Admissions d'urgence. Vincent fait jouer son avertisseur, envoie les phares droit sur les vitres. De longues secondes sans rien, puis une silhouette en blouse blanche. Un solide Martiniquais, le visage tracassé, se penche à la vitre.

Il aperçoit Annick et Victor allongé.

– Mince! Bougez pas, je reviens!

Il reparaît avec un brancard à roulettes et y dépose le petit garçon. Tout en le poussant vers la porte, il explique :

– Mauvaise nuit pour ça! Je suis pratiquement tout seul!

On vient de regrouper tous les membres de l'équipe qu'on a pu réveiller en ville et ils sont partis! Vous avez dû les croiser. Un autocar accidenté à cinquante kilomètres d'ici. Un groupe du troisième âge, de nombreux intransportables. Intervenir sur place, vous comprenez?

Les Janvier comprennent. Essaient de comprendre. Pas facile de faire une place à la détresse des autres dans votre propre malheur. Un interne est là, qui panse un grand gars au crâne rasé qui râle un peu. Une oreille tranchée d'un coup de bouteille. Bagarre de bistrot. Un agent de police se tient dans le couloir, essayant de regarder ailleurs. Il attend pour embarquer l'homme à l'oreille tranchée car c'est lui qui a provoqué la rixe.

Le jeune interne (le Dr R., devenu aujourd'hui fameux dans sa spécialité) ne se panique pas. Tout en auscultant Victor, il écoute le témoignage de Vincent Janvier. Puis, prenant le téléphone :

– Je vais faire ce que je peux, monsieur. Mais, je confirme votre diagnostic : votre fils est dans un coma profond. Je ne vous cacherai pas mon inquiétude. Je n'ai pas d'anesthésiste-réanimateur sous la main. J'essaie d'en joindre un, s'il est rentré chez lui. Mais, de toute manière, c'est un petit hôpital, ici. Et nous n'avons pas l'équipement nécessaire en réanimation pour un cas aussi critique.

Il attend la réaction du père. Qui ne vient pas.

– Vous m'avez compris, monsieur? J'ai préféré vous dire

tout de suite la vérité. Pas de faux espoir entre nous, n'est-ce pas ?

C'est le fantôme de Vincent Janvier qui descend les marches à pas très lents, traverse le hall vert pâle et marche vers la voiture. On aperçoit la silhouette d'Annick, qui s'est assise à la place du passager. Courageuse, elle a su résister à l'envie de monter pour ne pas gêner les médecins. Sa tête est inclinée en avant. Elle ne bouge pas.

– Est-ce qu'elle sait déjà ? se demande Vincent. Il va falloir lui dire, prononcer les mots. Peut-être répéter seulement ceux de l'interne. Ce sera plus facile. Médical.

Vincent contourne la voiture pour aller s'asseoir près de sa femme. Et, sur la vitre arrière, il voit le macaron aux lettres bleues. Plus tard, il dira :

– Je n'avais, jusqu'à cet instant, plus songé à cet abonnement.

Il ajoutera :

– Très franchement, j'ai appelé en dernier recours. Comme un de mes malades cancéreux pourrait un jour aller voir un rebouteux : sans y croire tout à fait.

Toujours est-il qu'il appelle. De la cabine téléphonique, à l'entrée de l'hôpital. Deux minutes plus tard, une sonnerie retentit à l'étage :

– Le Dr R., s'il vous plaît. Pour le Dr H., anesthésiste-réanimateur à Europ Assistance !

Le Dr R. comprend très vite, aux questions précises qui lui sont posées, qu'il a en ligne un excellent spécialiste. Un étonnant dialogue s'engage alors. Depuis Paris, le Dr H. explique à son confrère, point par point, les gestes très délicats qu'il doit faire pour permettre une ventilation artificielle. Le jeune interne suit exactement les indications, avec cette précision qui fera de lui le grand toubib qu'il est aujourd'hui. Le tuyau est passé et, pendant les heures qui suivent, le Dr R. va maintenir Victor en vie, par la pression régulière d'un ballonnet de caoutchouc noir, patiemment, posément.

Pendant que l'étonnant dialogue s'est amorcé, sur le plateau d'assistance, au 23-25, rue Chaptal, à Paris, le Dr H., entre deux consignes rigoureuses, griffonne des notes sur des feuillets de papier qu'il glisse un à un sur la table devant lui.

Une main les prend, une voix de femme transmet sur un autre téléphone.

Au rez-de-chaussée du grand bâtiment, des lumières s'allument. Un homme en combinaison blanche va prendre sur des rayonnages des valises de cuir étiquetées de grandes lettres : réanimation A, réanimation B, enfant A et B. Un instant de réflexion, et il y joint un appareil à deux cadrans, marqué d'un papier collant *vérifié* avec le nom du technicien qui a effectué la maintenance. Valises de cuir et appareil sont glissés sur un chariot. On croit voir le départ en urgence d'une équipe de reportage télévisé. Seulement, dans ces valises, il y a la vie... peut-être. Au passage, l'homme rajoute un petit container oblong : une bouteille d'oxygène munie d'un détendeur spécial, agréé pour les transports aériens. À minuit et douze minutes, un Mystère 20 décolle du Bourget, avec à son bord le Dr H. et la Dr Juliette B., également anesthésiste-réanimatrice.

Pendant ce temps, Christiane T., coordinatrice du plateau d'assistance France négocie avec les autorités de l'espace aérien la réouverture du terrain d'atterrissage militaire de Lorient, fermé à cette heure. Tout est paré lorsque le Mystère 20 s'annonce et demande la piste, au bout de laquelle attend une ambulance.

Lorsque l'équipe médicale arrive à Auray, le Dr R. toujours calme, tient dans sa main fatiguée le ballon noir d'où pulse régulièrement l'air vers les poumons de Victor. Victor, toujours dans un coma profond, mais vivant.

Aussitôt, les médecins envoyés par Europ Assistance mettent en action le matériel de réanimation très complet qu'ils ont amené de Paris. Victor est placé sous respiration artificielle et monitorage cardio-vasculaire. Sa vie n'est plus en danger.

***

Le soleil se lève sur la capitale lorsque le petit garçon entre à l'hôpital Saint-Vincent-de-Paul, où l'attend une autre équipe, dans le service spécialisé en réanimation d'enfants.

Victor sera totalement inconscient, bien sûr, de la lutte acharnée dont il est le centre pendant les heures qui suivent. Le soleil se couche au moment où il reprend conscience. Le lendemain matin, son grand sourire s'illumine quand il voit ses parents à son chevet. Les spécialistes de Saint-Vincent-de-Paul ont une batterie de tests parfaitement au point. Les réactions de l'enfant ne laissent aucun doute, il est sauvé et ne gardera aucune séquelle de son accident.

Trois jours plus tard, Pierre Desnos, directeur d'Europ Assistance vient rendre visite à Victor.

– Je l'ai trouvé assis dans son lit. Il lisait Spirou.

Pierre Desnos n'oublie pas sa rencontre avec la maman, Annick Janvier. Elle lui raconte, émue, toutes les péripéties du sauvetage.

– Je les connaissais déjà, bien sûr. Mais j'ai écouté cette maman. Elle me parlait de notre travail comme personne n'aurait pu le faire.

Mais, ce qui frappe principalement cet homme, qui a pourtant entendu tant de récits extraordinaires, c'est cette phrase d'Annick, toute simple :

– Vous savez, monsieur, lorsque mon mari tentait l'impossible, au bord du puisard, et plus tard, dans la voiture devant l'hôpital, je ne pouvais faire qu'une chose : prier. Mais je ne trouvais plus mes mots. Je ne savais répéter que ceci : « *Seigneur, si mon enfant doit mourir aujourd'hui, que Votre volonté soit faite. Mais cela ne peut pas être Votre volonté.* »

30

Le bras droit

C'est magique, un télex, magique et terrible à la fois. L'information a pris des ailes : elle traverse les continents, précise, rapide et s'inscrit sur une feuille vierge. Entre l'événement et son compte rendu à des milliers de kilomètres, tout juste quelques minutes. Si c'est une bonne nouvelle... Non, décidément, on ne reçoit pas toujours de bonnes nouvelles par ce canal. Surtout pas dans les locaux d'Europ Assistance, rue Chaptal, à Paris, dans le neuvième arrondissement.

C'est donc un drame, ce soir-là. Un samedi soir. Comme si les drames avaient une certaine prédilection pour les jours chômés, les heures tardives de la nuit, comme si toute l'horreur du monde profitait du répit et du sommeil des gens heureux pour s'immiscer dans nos vies. À Europ Assistance, il n'y a pas de jours chômés. Toutes les nuits sont de garde. Le destinataire du télex en sait quelque chose. Ce soir, devant lui, s'écrit un appel au secours d'une grande société pétrolière, un appel venu d'un petit village du désert algérien, un chantier comme il en existe beaucoup, In Amenas. Les télex sont toujours laconiques. Celui-ci est à peine plus bavard : « *Accident grave, Nicolas Loumis, vingt-six ans, bras droit sectionné. Disposons de deux médecins sans moyen d'intervenir. Un garrot a été posé, surveillé en permanence pour éviter blocage circulation sanguine. Demandons aide et assistance d'urgence.* »

Nicolas Loumis, vingt-six ans, célibataire, ouvrier spécialisé du chantier d'In Amenas, n'a pas perdu connaissance. Il a senti passer la lame, a vu son bras lui échapper, brutalement, membre déjà étranger. Il n'a pas éprouvé de douleur. On ne sent rien, dit-on, lorsque l'amputation est aussi franche et rapide. Le corps s'anesthésie de lui-même, toute la douleur est dans les yeux. C'est tout juste si l'on a la force de hurler. Et si l'on hurle, c'est parce que ce spectacle est insoutenable.

Mais la douleur ne se fait pas attendre. Les médecins doivent intervenir très vite. L'angoisse se mêle alors à la souffrance. Qu'on imagine : votre avant-bras sectionné, ce morceau de corps, qui n'est déjà plus à vous, a été détaché. Nicolas Loumis ne s'est donc pas évanoui. Il eût mieux valu. Pour qu'il ne voie pas, qu'il n'entende pas, ne sente pas le sang affluer par la plaie et jaillir.

Minute après minute, le médecin du chantier surveille le garrot : il faut arrêter l'hémorragie, il ne faut pas que l'artère se sclérose. Telle est cette course contre la montre, pendant que les grands yeux noirs de Nicolas, qui s'écarquillent, témoignent de l'horreur.

À Paris, Europ Assistance devant la nécessité d'agir très vite bénéficie d'un hasard favorable, une occasion de gagner de précieuses minutes, si capitales en pareil cas. Le hasard des gardes fait que l'un des médecins régulateurs présents ce soir dans les locaux d'Europ Assistance est un anesthésiste réanimateur qui travaille dans le service du professeur Vilain. Or, le professeur Vilain est un magicien : c'est lui le créateur de SOS Mains à l'hôpital Boucicaut. Un très grand spécialiste des greffes. Une main, un bras, un doigt même, c'est important dans la vie d'un homme. Il n'y a pas si longtemps, on baissait pavillon devant ces amputations accidentelles. Les ouvriers agricoles, les employés des scieries ou même les jardiniers de fin de semaine en savaient quelque chose. C'était irréversible. Maintenant, ce mot *irréversible* n'a plus cours. Du moins dans le service du professeur Vilain : on recoud avec art le doigt à la main, la main au bras, le bras au corps. Ce qu'Isis fit avec Osiris il y a des millénaires.

Jean-Loup F., qui travaille en qualité d'anesthésiste avec le professeur Vilain, sait qu'il faut faire vite dans ces cas-là. Il interroge à distance : la section est-elle franche ou broyée? Question capitale lors d'une greffe. La réponse ne tarde pas : *membre sectionné franchement.*

Une première précaution : placer le membre dans une enveloppe de plastique et l'entourer de glaçons. Avec une recommandation capitale pour l'équipe médicale d'In Amenas : ne pas mettre directement le membre coupé dans la glace! Le froid causerait des dommages irréparables aux tissus. Jean-Loup F. sait que l'accident s'est produit il y a une heure. Mais, dans l'éventualité d'une greffe et pour en mesurer les chances, il lui faut d'autres paramètres.

Pendant ce temps, Europ Assistance prépare déjà un avion sanitaire.

Le télex distille ses informations : pression sanguine, groupe sanguin, état cardiaque, radios des poumons. Le blessé a été placé sous tranquillisants. Une bonne mesure, confirme par le téléphone le professeur Vilain, qui estime les chances du blessé suffisantes. Il faut envoyer sur place un microchirurgien, un de ces magiciens qui travaillent la peau, les tissus, les vaisseaux, les tendons et les os à la manière des dentellières d'autrefois.

Ce quelqu'un, c'est Ludovic L. Ludovic L., spécialiste de la microchirurgie, est à cent lieues d'imaginer qu'il va partir pour le désert algérien. Ce samedi soir, il est chez lui dans la banlieue ouest et regarde le journal télévisé. En ce mois de novembre 1984, des milliers de Polonais assistent aux obsèques du père Popiuleszko, kidnappé et torturé par les policiers. On vient de libérer Jacques Abouchar, retenu en Afghanistan. L'Afrique du Sud se déchire en de sanglantes émeutes et le dollar est coté à neuf francs. Voilà pour les grandes nouvelles.

Une conversation plus intime vient de se lier au téléphone avec Europ Assistance. Ludovic L. a très vite compris.

– Il faut que je passe à l'hôpital prendre le matériel nécessaire, si nous devons intervenir.

Il n'y a, en vérité, qu'un seul problème, aussi banal soit-il. Nous sommes samedi soir et l'autoroute de l'Ouest est saturée. Ludovic vient de faire le trajet en sens inverse, il sait bien qu'il ne faut pas espérer de miracle. Jamais il n'arrivera à temps. Et pourtant, là-bas, à In Amenas, chaque minute compte.

À Europ Assistance, on lui demande de rester en ligne. Un chargé d'assistance contacte la gendarmerie nationale pour demander une escorte. Mais, cette fois, le règlement, c'est le règlement : on ne peut escorter qu'une voiture officielle ou une ambulance, pas la voiture d'un particulier.

Le chargé d'assistance garde son sang-froid. Et la meilleure idée, la plus simple, arrive : le RER. Pour aller à Paris, on ne peut trouver plus rapide.

Ludovic, dix minutes plus tard, est dans une rame. À l'arrêt convenu, un contrôleur le fait appeler par micro, dans la station, pour le prévenir qu'une ambulance l'attend en surface. La gendarmerie a accepté de lui frayer un chemin à travers les embouteillages, véhicule escortable oblige. On est à Boucicaut en moins de temps qu'il ne faut à un message pour s'afficher sur un téléscripteur.

Entre-temps, un infirmier d'Europ Assistance est passé prendre dans l'hôpital le plus proche le sang nécessaire à la transfusion, du sang du groupe O, négatif, celui de Nicolas Loumis.

À Boucicaut, Ludovic a fait rassembler tout le matériel nécessaire. Un dernier appel à Europ Assistance, pour préciser :

– N'oubliez pas de faire approvisionner l'avion en grande quantité de glace... Je prends avec moi une infirmière panseuse, c'est une spécialiste, je ne peux pas m'en passer.

Course dans les couloirs. Ludovic, l'infirmière et le matériel miniaturisé sont menés à grand train en ambulance jusqu'au Bourget, où l'avion sanitaire est prêt au décollage. S'y trouve déjà l'anesthésiste réanimateur... et de la glace, de la glace comme au pôle Nord alors qu'on file vers les déserts brûlants de l'Afrique du Nord. Une dernière contrainte, attendre l'autorisation d'atterrir à In Amenas. Pour patienter, ils écoutent la radio dans l'avion. Le bulletin de 22 heures. Toujours la même histoire. Un petit garçon de quatre ans, assassiné et jeté dans une rivière, fait la une depuis quinze jours. C'est trop triste; ils coupent la radio. Eux, leur mission, c'est de sauver une vie.

Une vie, il ne faut pas l'oublier. Ne jamais négliger l'aspect humain du drame. Nicolas Loumis n'a-t-il pas de la famille en France, un père et une mère qui vivent en province? Le chargé d'assistance se doit de les prévenir. Ils sont tellement affolés qu'ils demandent que Nicolas soit rapatrié, dans un hôpital tout près d'eux. On est obligé de leur répondre, avec mille douceurs, que non, cela n'est pas possible. Car, probablement, on devra intervenir sur place.

À 22 heures 22, l'autorisation d'atterrissage à In Amenas est délivrée – l'escale d'Alger n'est pas obligatoire. C'est un grand soulagement. Un plan de vol direct permettra de gagner un temps très précieux.

Dix minutes plus tard, le Mystère 20 décolle du Bourget. Le télex fait son travail en sens inverse : « *Arrivée prévue à In Amenas à 2 heures locales du matin. Comment est le blessé ?* »

Réponse laconique : « *État stationnaire.* »

Ludovic, de toute manière, a déjà pris sa décision. Même si l'on n'a pas perdu une seconde, les délais d'intervention ne permettent pas que l'opération se fasse en France. Le Mystère 20 se posera dans cinquante minutes sur la piste : à cet instant précis, on anesthésiera Nicolas, on le transportera à bord de l'appareil et l'impossible sera tenté, les premières sutures après le décollage, afin de permettre la vascularisation du bras sectionné.

2 heures 03 du matin. Dans la nuit fraîche d'In Amenas une ambulance vient se ranger auprès du Mystère 20 pendant que des hommes s'activent pour faire le plein.

Ludovic sait que maintenant c'est à lui de jouer. L'infirmière lui tend une tasse de café brûlant. C'est un spectacle inouï. Un spectacle que ne peuvent imaginer les insomniaques qui, quelque part dans la nuit, entendent les réacteurs du Mystère 20. Ils ne savent pas qu'à bord un homme seul, un homme aux mains de fées, réalise un prodige de délicatesse, d'efficacité, qu'un membre, conservé dans de la glace, rejoint un corps, qu'un homme dort encore quand ce Mystère 20 se pose de nouveau, mais cette fois au Bourget. C'est le petit matin.

Un fourgon de réanimation précédé de deux motards de la gendarmerie nationale attend sur la piste, tous phares éclairés.

C'est une vision irréelle. Pour quelques hommes et quelques femmes, la nuit n'a pas eu lieu. Une légère brume s'étiole sur le terrain, des spectres vêtus de blanc descendent, un corps passe de l'appareil au fourgon. Et, déchirant le silence de l'aube, une sirène se met à hurler, un véhicule traverse Paris, les boulevards, entre dans la cour de l'hôpital Boucicaut, où une autre équipe de chirurgiens est prête, prête pour la grande intervention, l'opération finale qui doit reconstituer, millimètre par millimètre, le tissu de la peau, reconstruire la machinerie merveilleuse et complexe d'un bras.

Douze heures de travail. Douze heures de travail ininterrompu pour faire d'un homme invalide à vie un homme comme les autres. Nicolas Loumis se réveillera plus tard encore. Ses grands yeux noirs, une fois de plus, s'écarquilleront.

Là, sous les bandages, on lui explique qu'une greffe est en train de prendre.

Aujourd'hui Nicolas vient de fêter ses trente ans. N'ayez pas de scrupule à lui serrer la main. De lui-même il vous la tendra, celle-là même qu'au cours d'un cauchemar une lame lui avait volée l'espace d'un soir à In Amenas.

31

Trois heures d'angoisse

16 avril 1970, 15 heures 10, aéroport d'Orly. M. et Mme Beaulieu attendent devant l'arrivée des passagers. L'avion de Rabat vient d'être annoncé et ils vont revoir leur fille Nathalie, de retour de ses vacances au Maroc.

Des vacances qui tiennent du miracle. Gilbert et Mélanie Beaulieu, vendeurs dans le même grand magasin, sont des gens modestes aux moyens trop limités pour qu'ils puissent s'offrir un séjour à l'étranger. Chaque mois d'août, ils vont dans la Creuse, où habite la famille de Mélanie, un point c'est tout. Mais il y a eu, l'hiver précédent, la rencontre avec les Hosni.

Pas banale, cette rencontre. M. et Mme Beaulieu sortaient du magasin, après la fermeture, quand une grosse voiture américaine immatriculée à l'étranger s'est arrêtée à leur hauteur. Le conducteur, un homme élégant, accompagné de sa femme, leur a demandé le chemin de son hôtel. Comme c'était loin et que les explications s'annonçaient assez compliquées, il a proposé au couple de monter à bord. C'était sur leur chemin; les Beaulieu ont accepté.

L'homme, Mohammed Hosni, s'est présenté : il était industriel à Rabat et se trouvait pour la première fois à Paris, en compagnie de sa femme Djemila. Les Hosni étaient des gens ouverts et chaleureux, ravis de faire connaissance avec une famille bien française. Ils ont invité à dîner les Beaulieu accompagnés de leur unique enfant, Nathalie, quinze ans.

Le dîner a eu lieu dans un bon restaurant de la capitale et, au dessert, dans l'euphorie générale, les Hosni ont proposé à Nathalie de passer chez eux les vacances de Pâques. M. et Mme Beaulieu ont hésité. C'était la première fois qu'ils se séparaient de leur fille et un voyage aussi lointain les effrayait un peu, mais l'enfant avait l'air si enthousiaste qu'ils ont accepté. Et, il y a quinze jours, ils ont accompagné à l'avion une Nathalie chargée de mille recommandations et munie d'un abonnement à Europ Assistance.

Tout s'est admirablement passé. Nathalie a écrit deux fois. Elle était ravie de tout : de l'accueil, du pays, du climat... Malheureusement pour elle, tout a une fin et la voici de retour.

***

Les passagers de l'avion de Rabat arrivent en groupe serré. Les Beaulieu cherchent leur fille au milieu de tous ces visages bronzés qui contrastent avec ceux des infortunés Parisiens. Cela dure ainsi quelques minutes et puis le flot se tarit un peu. Nathalie sera donc parmi les dernières. C'est vrai qu'elle n'est jamais pressée, toujours un peu rêveuse, indolente.

Autour des Beaulieu, tous ont maintenant retrouvé le passager qu'ils attendaient. Des couples s'embrassent. Des hommes d'affaires se saluent. Une femme âgée fait son apparition; elle se dirige à la suite des autres vers la livraison des bagages et, après elle, il n'y a plus personne – le vide... Gilbert et Mélanie se regardent avec la même surprise : et Nathalie ?

Voici de nouveau du monde. Mais il s'agit de l'équipage : les pilotes, les hôtesses et les stewards. Ils échangent des plaisanteries en riant. M. Beaulieu se dirige vers eux.

– Vous n'avez pas vu ma fille ?

Les rires s'arrêtent. Une hôtesse l'interroge.

– Elle était sur le vol de Rabat ?

– Oui.

– Pourtant, tous les passagers ont quitté l'appareil.

– Elle s'est peut-être endormie; elle est peut-être restée dans l'avion.

– Non. C'est impossible, nous vérifions toujours. Il n'y a plus personne. Allez au comptoir Air France. Il n'y a que là qu'on peut vous renseigner.

Une minute plus tard M. et Mme Beaulieu sont devant une autre jeune femme, à qui ils expliquent leur cas. L'employée consulte une liste.

– Nathalie Beaulieu... Effectivement, elle était inscrite sur le vol de Rabat. Elle a sans doute manqué son avion. Je vais appeler ma collègue là-bas.

Au bout d'un moment, une autre voix féminine se fait entendre dans le combiné.

– Nathalie Beaulieu? Elle ne s'est pas présentée à l'enregistrement. Nous avons fait plusieurs appels sans résultat. Nous avons dû partir sans elle.

– Et, depuis, elle ne s'est pas manifestée? Elle ne s'est pas faite inscrire sur le vol de demain?

– Non. Absolument rien.

L'employée d'Air France raccroche, l'air soucieux.

– Je suis désolée. Nous n'avons aucune nouvelle d'elle. Je ne sais que vous dire...

M. Beaulieu, lui, sait ce qu'il doit faire. Il bondit vers la cabine la plus proche et compose le numéro d'Europ Assistance.

***

16 heures 25. Une standardiste d'Europ Assistance reçoit l'appel de M. Beaulieu. Comme le cas est assez particulier (il ne s'agit ni d'un problème mécanique ni d'un problème médical), elle dirige la communication sur Monique.

Monique, vingt-sept ans, est spécialiste des interventions sortant de l'ordinaire. Son esprit d'initiative et son sens psychologique y ont toujours fait merveille. Son premier souci est d'obtenir des informations claires de son correspondant, visiblement très angoissé. M. Beaulieu est en train d'expliquer dans quelles circonstances il a fait connaissance des Hosni. Il se lamente.

– J'ai confié ma fille à un inconnu. Jamais je ne me le pardonnerai!

– Avez-vous son numéro de téléphone et son adresse?

– 21, avenue de la Constitution; 29 30 12. Mais je n'ai jamais fait qu'écrire à cette adresse.

– Nous allons vérifier. Comment pouvons-nous vous joindre?

Chez les Beaulieu, le téléphone est en dérangement depuis deux jours.

– Peut-être ici, à l'aéroport... Je vais essayer de trouver. Je vous rappelle.

Retour au comptoir d'Air France. Bien sûr, on va faire quelque chose. Il y a un petit bureau attenant avec un téléphone; il est à leur disposition.

16 heures 30. M. Beaulieu rappelle, comme convenu, Europ Assistance et donne ses coordonnées à l'aéroport. De son côté, Monique a une première nouvelle; elle n'est guère encourageante.

– J'ai appelé le numéro que vous m'avez donné. Cela sonne mais ne répond pas.

16 heures 32. Monique est en communication avec Georges, correspondant d'Europ Assistance à Rabat. De nationalité française, Georges est né et a toujours vécu dans la capitale marocaine. Il a vite compris la situation.

– Pour le téléphone et l'adresse, on va tout de suite être fixés. Il suffit de regarder l'annuaire.

Quelques instants de silence et puis :

– *Hosni, Mohammed; 21, avenue de la Constitution; 29 30 12.* C'est bien cela. Le mieux est d'aller voir sur place.

17 heures 05. Georges appelle Monique.

– C'est une grande villa. J'ai carillonné, mais personne n'a répondu. Ce qu'il y a d'étonnant, c'est qu'on entend de la musique à l'intérieur. Je n'aime pas beaucoup cela. Je vais prévenir la police, mais il me faudrait le signalement de la jeune fille et la description de la voiture.

17 heures 06. Monique, tout en gardant Georges en ligne, appelle M. Beaulieu sur un autre poste. Celui-ci lui donne les renseignements voulus.

– Nathalie est brune, avec des nattes; 1 mètre 63, yeux bleus, corpulence moyenne, aucun signe particulier. La voiture est une Chevrolet d'un modèle récent... s'ils ont toujours la même!

17 heures 25. Le correspondant d'Europ Assistance entre en communication avec le siège central, depuis le commissariat.

– Négatif sur toute la ligne. Ils ont fait le tour des postes de police du pays : aucune Chevrolet n'a été accidentée, aucune jeune fille correspondant au signalement n'a été hospitalisée. Les policiers ont décidé d'aller visiter les lieux.

17 heures 27. M. Beaulieu apprend la nouvelle dans un bureau de l'aéroport. Sa femme tient l'écouteur. L'absence d'accident ne les rassure pas, bien au contraire.

– Alors, c'est qu'il est arrivé quelque chose dans la maison. Un empoisonnement, une asphyxie. Ils sont tous morts.

– La police se rend sur place. Gardez confiance.

17 heures 35. Georges a Monique au bout du fil. Le soulagement est nettement perceptible dans sa voix.

– La villa est vide. La musique provenait d'un transistor resté allumé dans la chambre de Nathalie. Ses affaires sont rangées mais ses valises ne sont pas faites. On n'a pas trouvé son billet d'avion. La voiture n'est pas au garage. Les recherches continuent...

17 heures 37. Gilbert Beaulieu est soulagé, lui aussi, en apprenant l'information. Mais une nouvelle inquiétude s'empare de lui.

– Alors c'est qu'il l'a enlevée! Il n'est pas industriel. Sa fortune, elle vient du jeu, de la prostitution, que sais-je? Nathalie!

– Je ne crois pas, M. Beaulieu. Cela ne ressemble pas à un enlèvement. Ils sont partis tous les trois, le mari, la femme et Nathalie. Ils ont dû faire une promenade, une excursion...

– Mais ils n'ont pas eu d'accident et ils ne sont pas rentrés. Pouvez-vous m'expliquer ce qui se passe?

– Je ne comprends pas plus que vous, mais nous cherchons votre fille et nous la trouverons; nous vous le promettons.

***

17 heures 50. Après un long silence, le téléphone d'Europ Assistance sonne de nouveau. C'est Georges, triomphant.

– Ils viennent de rentrer. M. Hosni, sa femme et Nathalie! Ils sont en bonne santé!

Monique, elle aussi, respire.

– Que s'est-il passé?

– Ils ont voulu aller avant-hier à la fête du mouton, une sorte de grand méchoui dans un village de l'Atlas. Au retour, sur une mauvaise piste, deux pneus ont éclaté. Là où ils étaient, ils ont dû attendre une journée entière avant d'être dépannés. Voilà pourquoi Nathalie n'a pu prendre son avion. Et pas moyen de donner des nouvelles dans cette région dépourvue de tout téléphone.

– Vous pouvez noter un numéro à l'aéroport de Paris? C'est là que se trouvent les Beaulieu. Je crois que le mieux serait que leur fille les appelle elle-même.

Le correspondant à Rabat prend note et raccroche. Effectivement c'est à Nathalie qu'il appartient d'annoncer la bonne nouvelle. Monique range son dossier. L'affaire est terminée. Si elle était un peu particulière et si elle a semblé, à un moment, prendre un tour dramatique, elle se termine heureusement d'une manière presque banale.

Il y a pourtant un dernier coup de fil qui clôture cette série d'appels. À 18 heures 10, la sonnerie retentit dans le bureau de Monique. C'est M. Beaulieu. Ce qu'il a à dire pourrait se résumer en un mot : « *Merci.* » Cela fait exactement trois heures qu'a commencé son attente angoissée. Tout cela n'était qu'un mauvais rêve et les Hosni sont les plus charmants amis qui soient.

D'ailleurs, ils viennent de les inviter tous les trois pour les grandes vacances. Et ils ont accepté. Cette année, pour la première fois, les Beaulieu n'iront pas dans la Creuse.

32

Le mariage de Blaise

« Pour être heureux, un mariage exige un continuel échange de transpirations. »

Qui donc s'est essayé à cette fine remarque? Quel petit malin a risqué ce trait d'esprit? Petit, certes, il était. Mais grand pour le reste. Entre deux campagnes militaires et quelques amours, Napoléon Ier a écrit cette phrase immortelle dans son carnet de maximes et de pensées. C'était un homme qui ne voulait rien laisser au hasard de la postérité, même pas ses observations les plus intimes. Napoléon a dû aimer sous de chaudes latitudes; en Égypte, s'il faut prendre sa maxime au premier degré.

Au mariage de Blaise et d'Annabelle, en banlieue parisienne, cette petite phrase s'était retrouvée sur une enveloppe que le père des époux leur avait remise. À l'intérieur, deux billets d'avion pour un voyage de noces à Djerba, au printemps 1978.

Blaise et Annabelle se sont donc envolés pour cette île fascinante, communément appelée la *Perle de la Tunisie.* Ils ont atterri au beau milieu des oliviers, dans un superbe club-hôtel, devant une plage d'un sable nécessairement fin, sous un soleil que ce départ d'Orly dans la brume du mois d'avril ne pouvait laisser présager. Un soleil de rêve. Les dépliants touristiques ne vantaient pas mieux les qualités de ce séjour si exotique. C'est enchanteur, la Tunisie. Les cartes postales ne rendront jamais la senteur étourdissante des jasmins en fleur.

Blaise et Annabelle, amoureux, jeunes mariés d'à peine quarante-huit heures, font leur première apparition ce matin sur la plage, une alliance au doigt et vêtus de leurs seuls maillots de bains. Un souvenir inoubliable, ce premier réveil. Blaise, mollement étendu sur le sable déjà chaud, admire Annabelle, sirène parfaite qui s'ébroue dans l'eau bleue. Instant de bonheur intense qui ressemble si fort au paradis qu'on en douterait presque.

Blaise ferme les yeux, Annabelle fait la planche en regardant le ciel pur.

Mais pourquoi diable les dérange-t-on? Cet homme en costume de ville qui les aborde.

– Pardon de vous importuner. Je suis le directeur de l'hôtel.

Les jeunes mariés se passeraient volontiers de cette visite de bienvenue. Partagé entre l'étonnement et un léger agacement, Blaise entrouvre un œil.

– Vous êtes français, n'est-ce pas? c'est bien vous qui travaillez pour Europ Assistance?

L'œil droit de Blaise manifeste une franche lassitude.

– Voilà. Je suis venu vous chercher, parce que nous avons un client, M. Lecroix... Il est ici en vacances avec son fils de huit ans, et il nous a demandé d'appeler Europ Assistance à Paris; il est dans un état d'affolement...

Blaise s'est relevé, du sable plein les cheveux. Il écoute. Réflexe professionnel. C'est plus fort que lui.

Quant à Annabelle, elle a deviné. Elle est sortie de l'eau, se sèche et tire discrètement son mari par le coin du short.

– Tu ne vas pas y aller.... on débarque à peine!

Si, Blaise y va. Le directeur vient de lui dire que le petit garçon gémissait toute la journée dans sa chambre d'hôtel et que son père refusait catégoriquement de le ramener à l'hôpital de Djerba.

– Je pourrais régler le problème plus vite en appelant moi-même les copains de Paris.

Un baiser salé à la jeune mariée.

– Prends le soleil en attendant... je reviens pour le prochain bain...

Annabelle fait la moue. Voilà qui lui apprendra à épouser

un vrai saint-bernard. « Dans le civil », Blaise est en effet chargé d'assistance. Une seconde nature, à moins qu'il ne s'agisse de la première.

Dans la chambre d'hôtel, tous rideaux tirés, une veillée s'organise dans la fraîcheur de la climatisation. M. Lecroix tourne en rond tandis que l'enfant est au lit, très pâle, visage en sueur. Il se plaint de douleurs fortes au ventre, et de grosses larmes roulent sur ses joues rougies par la fièvre. Blaise se présente. Son interlocuteur sursaute.

– Déjà! il y a à peine dix minutes, j'ai demandé qu'on téléphone au siège, à Paris.

Blaise explique qu'il est, comme lui, client de l'hôtel et se propose de l'aider.

– Écoutez, je ne sais plus quoi faire. Julien, c'est mon fils; je l'ai en garde pendant les vacances de Pâques. Ma femme et moi, nous sommes divorcés, vous comprenez? Nous sommes arrivés il y a quatre jours et le petit s'est senti mal presque tout de suite. Très mal. Je l'ai emmené voir un médecin à l'hôpital. On m'a affirmé qu'il avait une crise d'appendicite, qu'il fallait l'opérer d'urgence. On m'a donné quarante-huit heures pour prendre une décision.

Blaise s'étonne que l'enfant soit revenu à l'hôtel, dans cet état.

– J'ai peur, avoue M. Lecroix.

– Peur de quoi, voyons? Une appendicite, ce n'est pas grand-chose.

– Je ne connais ni cet hôpital, ni ce médecin, et imaginez donc ce que viendrait à dire mon ex-femme si on opérait Julien dans de mauvaises conditions. Non, ce n'est pas possible. Je vais la joindre à Paris, elle contactera son pédiatre habituel. D'ailleurs j'ai refusé l'opération. Ils m'ont fait signer une décharge. Je veux rentrer en France, vous m'entendez, rentrer en France! J'habite à Lyon, il y a d'excellents hôpitaux. Mais on affirme qu'il n'y a pas une seule place d'avion disponible avant une semaine! Je suis abonné, faites quelque chose.

Le directeur de l'hôtel s'approche de Blaise et lui chuchote à l'oreille :

– Je sais bien qu'en France vous êtes particulièrement bien équipés en hôpitaux. Mais tout de même, permettez-moi de vous dire qu'ici aussi nous savons opérer d'une appendicite. Ma fille, il y a deux ans, par exemple...

Blaise connaît ce problème par cœur. Il est classique.

À l'étranger, les abonnés ont toujours peur. Pour de multiples et parfois irrationnelles raisons. L'obstacle de la langue, bien entendu, des habitudes qui sont prises en France et qu'on ne retrouve pas, les médecins de famille... Dans ce cas précis, il est manifeste que M. Lecroix s'inquiète des réactions de la mère de Julien; c'est elle qui s'en occupe ordinairement. Il imagine les comptes qu'il aurait à rendre, si, par malheur, il y avait des complications. Un père seul panique souvent vite.

Visiblement, l'enfant a besoin de soins urgents. Et les tergiversations de son père peuvent devenir dangereuses. Blaise installe sa petite cellule de crise dans le bureau du directeur de l'hôtel.

– Allô! Antoine, c'est Blaise...

Antoine, au standard d'Europ Assistance, s'étonne.

– Déjà revenu? Incroyable, nous te manquerions à ce point-là? Je te croyais en voyage de noces? A moins que tu ne sois déjà divorcé...

– Ne plaisante pas, ça pourrait m'arriver. Annabelle n'est guère patiente. Voilà pourquoi j'appelle...

Il est 13 heures. Blaise devrait être en train de déjeuner, sur une terrasse, de poissons grillés avec la femme de sa vie.

Antoine lui passe aussitôt le service médical.

13 heures 10. Un médecin est en liaison téléphonique avec l'hôpital Hamsouk à Djerba. Le chirurgien tunisien confirme :

– L'opération est urgente, je ne peux que dire cela. Le père a pris ses responsabilités, je ne pouvais pas l'obliger. En ce qui me concerne, le diagnostic est clair : nausées régulières, vomissements, une douleur parfaitement localisée, une fièvre à 38 °C, et l'analyse de sang qui confirme l'augmentation des globules blancs. C'est une crise aiguë. Évidemment, vous savez comme moi que la situation peut évoluer favorablement, mais je ne pouvais pas prendre le risque.

Entre médecins on se comprend. Tout est limpide, on parle le même langage dans tous les pays du monde. Reste l'affolement du père, qui vient contrarier tous les projets mais demeure une donnée essentielle du problème.

15 heures. Blaise devrait boire son café glacé à l'ombre d'un parasol et envisager une sieste, à moins qu'un petit bain en compagnie de sa chère naïade...

Il est toujours au téléphone avec Antoine.

– Alors, voilà... Tu connais le principe. En général on ne fait pas de rapatriement d'urgence pour une appendicite si l'infrastructure médicale du pays est satisfaisante, ce qui est le cas ici. Aucun moyen de convaincre le papa?

– Aucun, je viens d'y passer plus d'une heure et pendant ce temps le petit Julien se tord de douleur.

– Alors, d'accord pour le Mystère 20. Un médecin, une assistante, atterrissage à 17 heures. Au fait, comment ça se passe ta première journée d'homme marié?

Blaise ne répondra pas.

17 heures. Aéroport de Djerba. Le Mystère 20 annoncé se pose en douceur sur une piste encore baignée de soleil.

À cette heure-ci, Blaise devrait être en train de prendre l'ultime bain dans la tièdeur de ce premier soir d'échappée. Annabelle adore jouer dans les vagues.

À 17 heures, Blaise est sur l'asphalte brûlant de la piste principale de l'aéroport. Il accueille à leur sortie de l'avion le médecin et l'infirmière, les mène jusqu'à l'ambulance. Ils le suivront. Blaise à loué une voiture pour la journée.

18 heures. Chambre 27. Julien dort, mais d'un sommeil agité, tandis que son père fait toujours les cent pas, hagard quoique moins désemparé que tout à l'heure. Le médecin français ausculte le petit garçon. Il a un doute.

Du haut de la terrasse de l'hôtel où elle trempe ses lèvres dans un verre de jus d'orange, Annabelle voit passer cet étrange cortège : la civière et l'enfant, puis le père et fermant la marche, le cher Blaise.

Il lui fait un signe, de loin;

– J'accompagne M. Lecroix jusqu'à l'aéroport. Il part avec son fils. Je devrai ramener sa voiture également. Ne m'attends pas pour le dîner...

19 heures. Le moment de l'apéritif sur la terrasse, devant la mer. Un léger vent s'est levé, c'est l'heure la plus exquise.

Blaise roule derrière l'ambulance et se fait l'infirmier... du père! Toutes les deux minutes il rassure M. Lecroix. Non, son fils ne va pas mourir d'une péritonite. Oui, il est sous surveillance permanente. Non, le médecin d'Europ Assistance n'a pas décidé d'opérer. Oui, il peut s'agir d'une simple infection passagère.

Blaise promet de se charger de toutes les démarches, de faire prévenir de l'aéroport la maman de Julien, dont le téléphone ne répondait pas tout à l'heure, de lui donner toutes les indications utiles, de ne pas trop l'inquiéter, elle non plus.

M. Lecroix, dans sa confusion, n'oublie pas de remercier chaleureusement le jeune chargé d'assistance qui avait eu la si bonne idée de s'installer dans le même hôtel. Toutes ses excuses à la jeune mariée.

La jeune mariée dîne en célibataire. Il est 20 heures. Sur la petite table du restaurant de l'hôtel, un festival de crudités, de poissons, de poulpes, et ces crevettes dont Blaise raffole tant...

Le Mystère 20 décolle, il emporte le père et le fils à destination de Lyon. Le pédiatre de l'enfant est prévenu; une chambre à l'hôpital est déjà retenue...

L'aéroport toujours. 21 heures 30. Blaise vient enfin d'obtenir la maman de Julien, qui rentre à l'instant. Elle sera à l'hôpital quand le père et son petit garçon arriveront. Un dernier coup de fil à Antoine. Le dossier est résolu. Point à la ligne. Les vacances reprennent leurs droits.

Il fait déjà nuit sur la route de retour. Les jasmins n'embaument plus et Blaise se perd un peu pour retrouver l'hôtel. Il se réjouit de prendre un verre avec Annabelle qui doit l'attendre.

Personne au bar. Le réceptionniste confirme : madame est montée juste après le dîner.

Dans la chambre, la lumière est éteinte. Annabelle dort déjà, épuisée par cette première journée de mer, une Annabelle en chien de fusil à même le dessus-de-lit, les cheveux emmêlés, le nez déjà un peu rosi par les rayons du soleil insistant. Elle ouvre un œil.

– Ça va, Superman?

Superman bâille de fatigue. Il est littéralement « vidé ». La suite ne nous regarde plus. Annabelle aime son Blaise, entre autres raisons, pour ce petit côté Superman ou Zorro, si l'on préfère.

***

Les dix jours qu'il leur reste à passer à Djerba seront du domaine privé. Blaise ne s'est occupé que de l'assistance à sa jeune épouse. Ils sont rentrés heureux, bronzés, plus amoureux que jamais. La mer s'est reflétée dans leurs beaux yeux bleus.

À Lyon, quelqu'un d'autre a retrouvé toute sa santé, pendant ce temps : le petit Julien.

Après quarante-huit heures d'observation soutenue, il était sorti de l'hôpital sans avoir été opéré. La crise était passée.

Blaise, depuis, a fait un bon papa. Moins inquiet tout de même que certains. L'expérience, à n'en pas douter. Il a dix ans de plus, est toujours chargé d'assistance, et il aime cela autant que sa femme, notre ami!

Une grâce leur a été rendue : ils ont aujourd'hui une maison de campagne près de Trégastel dans les Côtes-du-Nord. Et leurs vacances, désormais, leur paraissent bien tranquilles.

33

Abonnement... à perpétuité

Dans cette histoire, Europ Assistance n'est pas intervenue. Enfin, pas de la manière active que nous connaissons. Néanmoins, elle fait partie des dossiers, parce que, de standardiste en chargé d'assistance on se l'est transmise et on la conserve précieusement. Et il y a de quoi; jugez-en.

⁂

Aldo fait le tour de la table, devant les autres gars, attentifs, comme des officiers d'état-major pour un *briefing* avant la bataille. Il passe en revue ses hommes : René, dit *Nez-Cassé,* le filiforme Joël, Marcel, dit *Ma Pomme*, toujours fripé, le gros Louis, *Le Gros* pour les intimes et le jeune Lucien, féru de mécanique, le chauffeur. Aldo repousse d'un revers de main les tasses de café, prend une poignée de sucre dans la boîte de carton et les dispose méthodiquement sur la toile cirée.

– Bon. Alors, ici, c'est le garde de l'entrée. Là, à gauche, la fille de l'accueil et des renseignements. Elle est derrière un petit bureau sur lequel est posé un écriteau avec son nom : Annick Mercier.

Les spectateurs de cette scène manifestent leur admiration : Aldo est un vrai chef, une tête. Il n'oublie aucun détail.

Aldo ajuste le nœud de sa cravate blanche sous le col de sa

chemise noire, souffle sur sa chevalière et la lustre au revers de son costume beige.

– Lucien, tu nous débarques et tu tiens la chignole au chaud, au bord du trottoir, à dix mètres de l'entrée pour pas te faire remarquer! Moteur au ralenti à 1 500 tours!

– Vu!

– Hé! Gros! C'est toi qui bloqueras l'entrée! Le garde et la petite Mercier!

Louis acquiesce avec un sérieux de contremaître. On peut compter sur lui. Aldo pose un autre sucre :

– À droite, à trois mètres, la porte du bureau de la comptabilité, les paperasses, l'administration. À l'intérieur, deux personnes : un type et une secrétaire. Joël, tu y files directement, tu les fais sortir dans la salle. Rien à craindre, ils ont pas d'alarme.

– OK pour moi, Aldo!

– Ici, juste à côté... Tu vois, Marcel?

– Ouais, c'est un autre sucre!

– Mais non, andouille! C'est un autre bureau!

– Excuse-moi!

– C'est le directeur de l'agence. Il faudra que tu y entres à la seconde même où Joël ouvrira la porte des comptables. Méfiance : le directeur a un téléphone relié à la gendarmerie! Empêche-le de poser ses mains sur son bureau!

– Pigé, Aldo. Si jamais ce type essaie de bouger ses pattes, je le descends!

– J'ai dit : pas de flingage, Ma Pomme! C'est un coin tranquille : les pétoires alerteraient tout le monde!

– Mais alors, si ton directeur il veut faire le mariole?

– Un coup sur la tête, à la rigueur! Mais pas plus!

– OK! Mais faudra pas qu'il ait une sale gueule, sans ça je lui en mets deux coups!

Aldo place un sucre supplémentaire :

– Là, au fond, devant les bureaux, deux guichets pour les dépôts et les formalités. Nez-Cassé, tu te sens capable de surveiller les deux?

Voix détimbrée de René, l'ancien champion mi-lourd de son département.

– Je les aurai à l'œil comme si c'était mes propres

sœurs! Avec un flingue dans chaque main, pas de problème!

Aldo positionne majestueusement un dernier sucre, rectifie son alignement :

– Enfin, ici, le caissier! Planqué derrière sa vitre, comme la tortue dans sa carapace! Et dangereux comme un serpent. Il a une sonnette juste sous le rebord de sa tablette, à côté du tiroir! Un geste de trop et toute l'alarme se met en branle! Ça, les gars, c'est pour Aldo et personne d'autres!

Les malfrats s'entreregardent, imaginant le désastre si Aldo n'était pas ce qu'il est. Mais Aldo, c'est Aldo, alors rien à craindre!

– Vous en faites pas! C'est du gâteau! Une petite agence, ils se méfient pas! D'ailleurs, je me suis même laissé dire que l'arme du gardien, c'était du bidon, dans ces petites succursales. On leur donne même pas de munitions, à ce qu'il paraît! Et puis, à cette heure-là, il devrait pas y avoir grand monde!

Là, le filiforme Joël se permet une question!

– Tu dis « *il devrait pas* ». Mais on en est pas sûrs! Ton plan, c'est qu'on saute hors de la voiture et qu'on entre tous en même temps?

– T'as tout compris!

– Imagine que, pour une raison ou une autre, ça soit bondé! Ou même que, par hasard, l'un des clients soit un flic! On sait jamais, eux aussi viennent retirer du pèze! Et ils sont toujours armés! Tu les vois même pas dégainer que déjà t'es mort!

Un vent de panique flotte sur la petite bande. Joël, se sentant soutenu, ose poursuivre :

– Moi je dis qu'on devrait faire comme dans un film que j'a vu. Y avait Lino Ventura, je crois, et puis aussi un autre, que j'aime bien... J'oublie son nom.

– Abrège, tu veux, Joël! Qu'est-ce qu'ils faisaient dans ton film?

– Ils envoyaient un type, un éclaireur. Il observait en se faisant passer pour un client ordinaire!

– C'est ça! À visage découvert! N'oublie pas que nous, on aura des cagoules, et on joue sur la surprise! Ton client, lui, on va le repérer!

– Mais non, Aldo! Il entre, il guigne. Si tout baigne dans

l'huile, il ressort comme de rien, il nous fait signe et on y va! Ça serait plus prudent, non?

Les autres approuvent :

– Ouais, ouais, Aldo, Joël a raison!

Aldo a horreur de se sentir contredit. Mais il a la majorité contre lui.

– Vous êtes marrants, les gars! On est juste le compte! Déjà Nez-Cassé devra surveiller deux guichets à lui tout seul!

– Bon. On n'a qu'à mettre un gars de plus dans le coup!

– Ça fera une part de plus au partage, faut bien voir ça! D'un autre côté, c'est peut-être une bonne précaution. Seulement, qui on va prendre? Ça court pas les rues, les hommes de confiance!

Marcel a une idée, ce qui surprend tout le monde :

– Hé, Al! Pourquoi on demanderait pas à Pépère?

Pépère, soixante-quatre ans, était autrefois croupier dans divers cercles clandestins. Aldo s'esclaffe carrément :

– Pépère? Mais il en touche plus une! Il est gâteux!

Joël se range du côté de Marcel :

– C'est pas couru, Aldo! Pépère, c'était quelqu'un! Il a été sur des gros coups! La preuve : quinze ans passés en centrale! S'il fait plus rien, c'est parce qu'on lui donne plus sa chance! Là, c'est du boulot de tout repos : juste observer. Et comme observateur, Pépère, il se pose là! À trois kilomètres il renifle un flic! Il peut pas les blairer, après ce qu'ils lui ont fait.

Et le fin Joël ajoute un argument décisif :

– En plus, comme il sera pas présent au braquage, on pourra lui refiler seulement une demi-part!

Suggestion adoptée à l'unanimité. Justement, Pépère n'est pas loin. Il est attablé dans le café, une cigarette maïs éteinte au coin des lèvres, étirant les cartes dans une réussite nostalgique, pendant que les jeunes montent leur coup, sans lui, dans l'arrière-salle. Il n'en revient pas lorsqu'il entend Aldo l'appeler :

– Pépère! Ramène-toi! On a un boulot pour toi!

Quatre jours plus tard, la succursale d'une banque est attaquée, sur la place centrale de la petite bourgade de V... dans la Somme. Dix heures du matin. Les quatre clients présents sont contraints de se coucher par terre, mains sur la tête, tandis qu'avec un synchronisme parfait plusieurs hommes masqués maîtrisent le directeur et les employés. Le butin s'élève seulement à quelques dizaines de milliers de francs, mais les malfaiteurs ont pu disparaître avant toute intervention des forces de l'ordre.

L'inspecteur Tardi, délégué spécialement d'Amiens, interroge les témoins.

– Ils avaient des armes et des cagoules!

– Ils étaient cinq!

– Non, six, je crois!

Le policier s'arracherait volontiers les cheveux :

– Un détail! Vous n'avez pas remarqué un détail précis?

– Si, moi, monsieur l'inspecteur!

– Allez-y! Je note!

– L'un d'entre eux portait un imperméable!

– Nous voilà bien avancés! Vous avez noté la couleur?

– Beige. Mais je ne suis pas sûr!

– Enfin, messieurs-dames, réfléchissez bien. Vous n'avez pas observé, je ne sais pas, moi, un va-et-vient inhabituel, avant le hold-up? Mademoiselle Mercier, vous qui êtes près de l'entrée?

– Non. Rien de spécial. Il n'y pas eu beaucoup de clients, ce matin. Personne ne m'a demandé quoi que ce soit. Même ce vieux monsieur.

– Quel vieux monsieur?

– Celui qui est entré juste un moment avant... Il a eu chaud : s'il était resté un peu plus longtemps, il aurait été forcé de se coucher par terre comme nous. À son âge...

– Il est donc reparti... Après avoir fait quoi?

– Je ne sais pas. Je suppose qu'il a dû prendre des renseignements sur Europ Assistance. Il est resté un bon moment debout, au pupitre, là-bas, où sont les prospectus et les bulletins d'inscription. Il est ressorti sans me donner son bulletin. Je me suis même dit : Il a tort. À son âge, s'il part en voyage, il devrait prendre des précautions!

L'inspecteur Tardi s'approche du pupitre haut perché.

Des casiers, avec des livres de documentation. Un stylo à bille attaché par une chaîne faite de petites boules chromées. Des bulletins d'inscription. Le premier de la pile est en partie rempli.

Nom (en capitales) : GERSON

Prénom usuel : Paul

D'une écriture appliquée, tremblante. Pépère, pris par l'émotion du rôle important qui lui était confié, a voulu se donner une contenance.

L'inspecteur Tardi pense :

– Non. Impossible. Ça ne peut pas être une piste. Ce serait trop énorme !

Pourtant, dans une affaire où il n'y a pas l'ombre d'un indice, on ne peut rien négliger. Il communique le bulletin au fichier central de la police. Et, lorsque le bulletin revient, accompagné d'un épais casier judiciaire et de photos anthropométriques, il faut se rendre à l'évidence : aussi invraisemblable que cela paraisse, le vieux gangster, probablement trop ému, a inscrit son véritable nom ! D'ailleurs, Annick Mercier reconnaît sans hésitation « *son vieux monsieur* » sur les photographies. La police n'aura aucun mal à appréhender Pépère et à lui faire avouer le nom de ses complices.

***

De toute l'histoire d'Europ Assistance, c'est certainement (et heureusement) le seul bulletin d'inscription qui aurait pu se compléter ainsi :

Destination : prison centrale.

Durée de l'abonnement : à perpétuité.

C'est ainsi qu'Europ Assistance s'est retrouvée au cœur d'une arrestation. Pour la première et dernière fois. Elle a plutôt l'habitude en effet de faire sortir de prison des touristes malchanceux dans des pays où un simple accident, un problème de conduite automobile, conduit parfois à l'ombre d'une cellule.

34

Des inconnues dans la base

– Excusez-moi de vous déranger.

– Vous ne me dérangez jamais, madame! Que pouvons-nous faire pour vous aider?

– Voilà. Ce n'est pas pour moi, c'est pour ma fille.

Au bout du fil, la dame qui appelle Europ Assistance est hésitante. Vers quel service la téléphoniste doit-elle l'aiguiller?

– S'agit-il d'un dépannage? D'un problème de santé?

– La petite s'est brûlée avec un fer à repasser!

– D'où appelez-vous?

La dame donne un numéro à Chartres, instantanément mis en mémoire sur l'ordinateur, afin de pouvoir la rappeler si la conversation était coupée.

– Quel est votre nom?

– Dolmieux.

Ne quittez pas, madame Dolmieux!

L'appel est commuté vers un plateau d'assistance où veillent un chargé d'assistance et un médecin régulateur. Il est minuit passé.

– Bonsoir, madame Dolmieux. Vous appelez donc pour votre fille, à propos d'une brûlure par fer à repasser, c'est cela?

– Oui monsieur. Je m'inquiète beaucoup.

– Ne vous affolez pas. Quel est l'âge de votre fille?

– Vingt-trois ans.

– Ah... Pouvez-vous la faire venir à l'appareil, ou bien sa brûlure est-elle trop grave?

– Non, c'est-à-dire... Ce n'est pas ma fille qui est blessée. C'est sa fille. Elle a huit mois.

– Je comprends mieux. Dans ce cas, puis-je parler à la maman ?

– Non. Elle n'est pas ici.

– Pouvez-vous me donner son numéro ? Je vais la contacter directement.

– Elle... Elle n'a pas le téléphone. C'est elle qui m'a appelée, et moi j'ai pensé que vous pouviez faire quelque chose.

– Certainement, madame. À quel moment le bébé s'est-il brûlé ?

– Il y a deux jours, d'après ce que j'ai compris.

Regards étonnés sur le plateau d'assistance.

– Essayons de résumer, madame Dolmieux. Votre petite-fille, âgée de huit mois, s'est brûlée sur un fer à repasser voici deux jours ?

– À peu près oui.

– Votre fille – la maman du bébé –, qui n'a pas le téléphone, vient de vous appeler ?

– C'est ça !

– Et comme vous êtes abonnée chez nous, vous nous demandez notre intervention ?

– Non, non ! Ce n'est pas moi qui suis abonnée ! C'est ma fille !

– Et pourquoi ne s'adresse-t-elle pas à nous ?

– Elle n'a pas sa carte d'abonnée ! Elle l'a laissée ici ! C'est son père qui a voulu lui offrir l'abonnement. Elle a dit qu'elle n'en aurait pas besoin !

– Madame Dolmieux, essayons d'y voir clair. Votre fille a-t-elle consulté de son côté un médecin pour son enfant ?

– Non. Elle n'ose pas. À cause de son ami. Il s'y oppose. Des raisons religieuses ! Mais comme la petite a de la fièvre, ma fille aurait bien essayé d'appeler quand même le docteur. Seulement, ça risque de faire toute une histoire, puisque personne ne doit savoir qu'elle habite dans la base !

– Quelle base ! madame ? Pouvez-vous être plus précise ?

À ce moment, quelqu'un prend l'appareil des mains de

Mme Dolmieux, et une nouvelle voix intervient sur la ligne, une voix d'homme :

– Écoutez, je ne sais pas si ma femme a eu raison de vous appeler, mais je vais essayer de vous expliquer tout ça. J'ai souscrit un abonnement à Europ Assistance pour ma fille mais elle l'a laissé ici, parce que je me suis plus ou moins disputé avec elle quand elle a fait ses valises. « *Claudine*, je lui ai dit, *Claudine, ce type-là, je n'ai pas confiance en lui! Difficile à dire pourquoi, mais je le vois sur sa figure; il ne peut rien t'apporter de bon!* » Alors voilà ma Claudine qui commence à le prendre de haut, me lançant que je n'ai jamais rien compris à sa vie, que nous devrions au contraire nous réjouir de cette rencontre avec un homme qui accepte de prendre en charge une enfant qui n'est pas de lui!

Le chargé d'assistance qui entend ce déferlement de phrases a une longue expérience des appels nocturnes. Il sait que, dans certains cas, la meilleure attitude est de ne pas couper les demandeurs dans leur élan sauf si le danger est de telle nature que chaque seconde compte. Mais parfois, il faut absolument laisser la personne « se purger » de son problème. L'écoute attentive est le premier devoir, même lorsque cette écoute est longue et complexe. Ensuite, par questions prudentes et précises, il faut cerner l'affaire et décider quelle aide réelle est demandée. Et souvent, cette aide n'est pas exprimée objectivement. Il faut savoir distinguer entre les mots.

André, le chargé d'assistance, prend alors quelques notes : « *Dolmieux à Chartres. Fille, Claudine, 23 ans. Petite-fille, 8 mois, brûlée par fer à repasser. Claudine vit avec Dany qui n'est pas le père de l'enfant.* »

– Je vous écoute, monsieur Dolmieux. Qu'est-il arrivé ensuite?

Elle n'a rien voulu entendre! Moi, je sors sa carte d'abonnement en lui disant de prendre au moins ça et un peu d'argent. Mais voilà ma Claudine qui jette le tout sur la table, et qui sort en claquant la porte, avec sa valise dans une main et la gamine sur l'autre bras. Et sans même embrasser sa pauvre mère. Elle n'a pas tardé à s'en mordre les doigts!

– C'est-à-dire?

– Oh, ben, ça n'a pas traîné! Tout à l'heure, on était prêts à s'endormir. Le téléphone sonne, ma femme décroche. Moi je sentais bien que c'était une mauvaise nouvelle. Pensez donc : un coup de fil à minuit passé! C'était Claudine. La petite a de la fièvre, sa brûlure commence à s'infecter, et elle a mis deux jours pour arriver à s'échapper vers un téléphone, avec ce type qui la surveille de jour comme de nuit. Ma femme a tout de suite pensé comme vous : il faut montrer la petite a un toubib, évidemment. Mais Claudine a dit qu'elle n'a pas le droit. Son Dany le lui interdit, il prétend que tout ça peut se guérir par de la concentration, des prières, le contrôle de la personnalité ou je ne sais quel mic-mac! Figurez-vous qu'il s'est laissé bourrer le crâne par une secte. L'Église de... je ne sais plus quoi. C'est plus ou moins couvert par un baratin scientifique, et ils appellent ça une Église. Mais, moi, je dis que c'est ni plus ni moins qu'une secte! Des millions de dollars, ils ramassent avec ça! Les gogos comme Dany leur donnent les trois quarts de leur paye!

André, le coordinateur d'assistance, note en complément sur sa fiche : « *Dany, membre d'une secte, refuse soins médicaux.* »

– Bien, monsieur Dolmieux. Votre fille ne peut donc pas être jointe au téléphone?

– Non. Claudine a profité de son absence et de la sieste de la petite pour se glisser dans une cabine. En plus, elle n'avait presque plus d'argent!

– Quand pensez-vous qu'elle vous rappellera?

– Je ne sais pas. Ma femme et moi, on ne va plus bouger d'ici. On attend.

– Votre fille a-t-elle accepté vos arguments? Est-elle décidée à voir un médecin?

– Oui! Maintenant, oui! Elle s'inquiète. La plaie de la petite s'infecte!

– Alors, voici ce que vous allez faire : à son prochain coup de fil, vous lui direz de nous joindre. Comprenez bien ceci : vous êtes de la famille de notre abonnée. Mais votre fille est majeure. Nous ne demandons qu'à intervenir mais nous voulons pouvoir le faire efficacement.

– Oui, mais...

– Monsieur Dolmieux, c'est important, surtout dans une situation de conflit comme celle-là. Un simple appel de votre fille suffira mais il est indispensable. Le cas échéant, si elle est à court d'argent, il suffit qu'elle donne le numéro de sa cabine et nous la rappellerons. Ensuite, si elle le demande, nous enverrons un médecin auprès d'elle.

– Mais vous ne pourrez pas!

– Et pourquoi?

– Parce que votre médecin ne pourra jamais entrer dans la base! Ça ferait toute une histoire! Personne ne sait que Claudine et la petite vivent avec ce type dans la base! Ma femme vous l'a dit, tout à l'heure!

– La base? Quelle base?

– La base militaire Del Monte. C'est à côté de Los Angeles!

Si l'on pouvait entendre tomber le silence, il y aurait à cette seconde un grand bruit sur le plateau de la rue Chaptal, à Paris, dans les locaux d'Europ Assistance.

***

Résumé de la situation telle qu'elle apparaîtra dans le dossier après une longue enquête :

Minuit et demi. Un brave couple de Chartres téléphone pour leur fille Claudine, vingt-trois ans, qui se trouve à Los Angeles, avec son bébé blessé. Mère célibataire d'une petite Blandine de huit mois, Claudine a été courtisée par un soldat américain, Daniel W., dit Dany, alors cantonné en Allemagne, qui visitait la France pendant ses permissions.

Dany était à la recherche de Dieu, ou plus exactement d'une religion qui soutiendrait son caractère étrangement faible. Ce Daniel W. est un garçon plutôt taciturne, probablement d'ailleurs très entiché de Claudine. Un peu cyclothymique, tout de même. Pressé par les impératifs de son service, il venait de recevoir une nouvelle affectation dans un camp de la côte ouest des USA, non loin de Los Angeles. Il a offert à Claudine de partir avec lui. Une fois dans son pays, il l'épousera et adoptera le bébé. Une chance pour la jeune Française. Malgré l'évolution prétendue des mœurs, la vie n'est toujours pas très facile dans certaines de nos provinces pour une « fille mère », tant sur le plan affectif que matériel. Elle est donc partie, malgré l'opposition de ses parents. Les Dolmieux connaissent leur fille; elle vient déjà de vivre avec un homme marié une aventure dont la petite Blandine est le seul résultat tangible. À vingt-trois ans, Claudine n'a pas la maturité d'une femme de son âge et encore moins le sens des responsabilités d'une mère.

Dany W., esprit influençable lui aussi, avait été contacté en Allemagne par les « prospecteurs » d'une secte, une organisation aussi structurée qu'une société multinationale. Son appellation d'Église dissimule en fait un réseau d'encadrement parfait, et ses « rabatteurs » étaient postés aux alentours de la caserne, lieu où certains jeunes gens peuvent souffrir d'isolement, se sentir brimés ou éloignés de leur famille, de leurs amis. Cette secte leur apparaît comme un refuge. Dès ce moment-là, en langage grossier, « le poisson est ferré » et la secte ne lâchera pas prise.

La fiche informatisée concernant Daniel W. avait même précédé l'arrivée du jeune homme aux USA. Des cadres de l'organisation étaient là pour l'accueillir. Des hommes au costume strict, entretenant soigneusement dans leur mise et leur langage la confusion d'une ressemblance avec des prêtres, pour aller dans le monde moderne prêcher avec des termes pseudo-scientifiques.

Désagréable surprise pour ces messieurs lorsque Dany débarqua en compagnie d'une jeune femme et d'un bébé. En effet, un soutien de famille est une proie moins malléable.

Quant au plan matériel, c'est gênant aussi. Il devra entretenir femme et enfant, alors que l'on compte bien faire verser sur les énormes comptes bancaires de l'organisation la majeure partie des revenus du « disciple ». Pour cela, on lui vend des livres et des cours progressifs, de plus en plus coûteux, censés le guider vers des étapes toujours plus élevées de ses aptitudes mentales, de la domination de soi, il doit même acquérir des appareils « électroniques » permettant de tester l'évolution de ses capacités.

Trop habiles pour heurter Dany de front, les « prêtres délégués » commenceront donc par le féliciter, couvrant de compliments la fiancée.

– Dis-nous, Daniel... Tu vas devoir habiter dans la base de Del Monte ?

– Oui, certainement, dans un premier temps. Mais je vais demander une dispense. Si j'épouse Claudine, elle pourra venir avec moi !

– Oui, peut-être. Mais tu sais combien la hiérarchie militaire est lourde, lente et administrative. De plus, étant parmi les derniers arrivés, il n'est pas certain que tu obtiennes cette dispense très rapidement. Peut-être même ne l'obtiendras-tu pas du tout. Les logements militaires familiaux sont rares et réservés aux gradés !

– C'est vrai, je n'avais pas pensé à ça !

– De surcroît, chère petite Claudine, il semblerait que vous ne parliez pas bien la langue de ce pays ?

Claudine ne connaît que trois mots d'anglais.

– Ah ! Daniel... Cher, cher Daniel... Ne te serais-tu pas montré d'une extrême imprévoyance en cette importante circonstance de ton existence ?

– Vous avez raison !

– Ce qui tendrait à prouver, si besoin en était, que tu es encore loin, bien loin, de cette maîtrise à laquelle tu aspires ! Et que, plus que jamais peut-être, tu as besoin d'être guidé !

– Je m'en rends compte !

– Heureusement, cher Daniel, la bonne énergie qui est en toi a su te mettre sur la route d'amis sincères, qui jamais dorénavant ne t'abandonneront. Nous sommes là, Daniel, nous avons beaucoup de ressources et de relations dans cette ville. Et nous parlons français. Sois donc sans inquiétude. Pars vers ton devoir, entre à la base, et nous, nous allons nous occuper de Claudine et de sa petite fille.

Claudine regarde son compagnon avec inquiétude. Elle serre instinctivement son bébé contre elle. Mais elle voit Dany se répandre en remerciements confus. Après tout, peut-être a-t-elle eu une première impression fausse. Ces hommes gris au ton onctueux sont probablement désireux de les aider. Il est difficile de juger des personnes quand on ne connaît pas leur langue.

On la laisse embrasser brièvement Daniel. L'un des hommes la conduit vers une voiture. L'autre accompagne le militaire vers un autocar. En l'aidant à monter son bagage, il se penche vers lui, confidentiel :

– Ami, encore un conseil, si je puis me permettre : ne presse rien en ce qui concerne ta demande de dispense. Commence par te faire apprécier de tes chefs, ils n'en seront que mieux disposés lorsque tu solliciteras leur bon vouloir.

– Vous ne croyez pas que...

– Non, non! Chaque chose en son temps. C'est l'un des préceptes de notre enseignement pour t'élever dans l'échelle de la connaissance, n'est-ce pas?

– Je ne l'ai pas oublié.

– Fort bien. Pendant ce temps, nous régulariserons les papiers de Claudine. Elle n'est ici, officiellement, que pour un voyage touristique. Si elle le prolonge, elle sera en situation illégale. Crois-tu qu'il serait bon, dans le cadre de l'armée, que l'on te sache lié avec une immigrée clandestine?

– Non, certainement, non!

– Tu vois bien! Et puis, entre nous, depuis combien de temps la connais-tu?

– Deux mois. Pourquoi?

– Daniel? Fais travailler ta pyramide mentale! As-tu vraiment eu la certitude, en un temps si bref, que l'énergie vitale contenue dans cette femme soit à la dimension... oui, n'ayons pas peur des mots!, à la dimension de l'être potentiel que tu es?

– Moi?

– Oui, Daniel! Tu n'es pas n'importe qui! Tu es destiné à un haut degré de l'échelle!

– Oh, allez! Vous dites ça...

– Je le dis sérieusement, Daniel! Un haut degré! Pourquoi crois-tu que nous t'avons choisi pour être des nôtres? Pur hasard?

– Ben...

– Il y a entre ta force non encore maîtrisée et notre Église des résonnances, des liens qui ne doivent rien au hasard! Tu ne les perçois pas encore, mais un jour viendra où ils te seront aussi présents que ta propre main droite!

– Ma main! Ça alors!

– Oui, Daniel! Voilà pourquoi, jeune et inexpérimenté

que tu es, il est probable que tu n'as pas eu les moyens ni le temps de sonder l'esprit et le cœur de cette femme pour en prendre la vraie mesure. Peut-être est-elle à ta hauteur. Nous te le dirons honnêtement. Tu as confiance en nous, Daniel ?

– Bien sûr ! Mais...

– Alors, pars tranquille ! Nous sommes avec toi, et nous, tes amis, nous, ton Église, nous nous considérerons comme les dépositaires de tes biens les plus précieux ! Va, maintenant !

Claudine et son bébé vont se retrouver dans une maison de Santa Monica, banlieue de Los Angeles. La jeune française ignore où elle est : la voiture l'a déposée là en partant de l'aéroport, après avoir roulé sur d'interminables boulevards. La première chose qu'on lui demande en arrivant est de confier à l'un des accompagnateurs son passeport.

– C'est pour régler les formalités d'un séjour prolongé. C'est convenu avec Daniel. Ah ! Avez-vous de l'argent sur vous ?

– Un peu. Des francs français.

– Je vais les prendre aussi. Je les changerai pour vous au meilleur cours. Et puis, dans cette demeure, vous n'en aurez pas l'usage ! Notre Église pourvoira à tous vos besoins.

Pendant plus d'une semaine, Claudine devra rester dans une chambre au deuxième étage. Deux fois par jour, on lui apporte les repas. La petite Blandine ne manque de rien, mais la maman, elle, est nourrie au strict minimum : du riz complet essentiellement, quelques potages clairs qui ne tiennent pas au corps. Ni viande, ni poisson. Parfois, elle en a la tête qui tourne et se surprend à regarder avec envie le jambon haché que l'on mêle aux purées de sa fille. Il semble n'y avoir que des hommes dans cette maison. Ceux qui lui portent la nourriture sont presque à chaque fois différents, et silencieux. Lorsqu'elle veut engager la conversation, demander des nouvelles de Daniel, on lui signifie par gestes qu'on ne parle pas le français.

Au matin du troisième jour, un nouveau venu entre dans la chambre sans frapper. Claudine, en jupon, procède à une toilette sommaire devant le petit lavabo. L'homme lui fait signe de ne pas tenir compte de sa présence, et il va s'asseoir sur une chaise, les mains posées sur les genoux, le regard dans le vague. Lorsque Claudine s'est rhabillée, en hâte, il tourne les yeux vers elle, et il ne la quittera plus pendant des heures, quoi qu'elle fasse.

Le lendemain, même manège.

Après trois journées de cette observation muette, nouveau régime. Très tôt le matin, on vient réveiller Claudine, on la prie de se vêtir, et on la fait descendre au rez-de-chaussée. Là, dans un salon sommairement meublé, elle se trouve face à quatre hommes, dont les deux accompagnateurs de l'aéroport.

– Ah! Enfin! Vous parlez français, vous! Expliquez-moi...

– Non! C'est à vous d'expliquer, madame! Ou plutôt, mademoiselle!

L'un des inconnus s'est levé, les deux « amis » de Daniel n'ont pas bougé.

– C'est à vous d'expliquer un certain nombre de choses!

L'homme parle un français si parfait qu'elle le prend pour un compatriote.

– Mais d'abord, prenez ceci!

Sur la table, il y a un appareil bizarre, un boîtier avec des ampoules colorées et un cadran au centre. De chaque côté sortent des fils électriques qui aboutissent à des poignées de métal, cylindriques. Claudine a un geste de recul.

– Ne soyez pas idiote, ma petite! Il n'y a aucun danger! Prenez une de ces poignées dans chaque main! Oui, comme cela! Serrez bien fort! Et maintenant, répondez!

Et les questions commencent à fuser, déroutantes, sans lien logique apparent, parfois saugrenues, parfois générales, parfois intimes, à la limite de la décence.

– Votre nom?
– Où êtes-vous née?
– Votre nom! Répétez!
– Aimez-vous votre enfant?
– Jusqu'à quel âge êtes-vous allée à l'école?
– Admirez-vous Napoléon?
– Quand avez-vous eu vos premières règles?
– Comment calculez-vous la surface d'un cercle?
– Pourquoi êtes-vous venue ici?

– Aimez-vous votre enfant ?

– Comment s'appelle le président des États-Unis ?

– Quel est votre nom ?

– Si vous deviez sauver votre vie ou celle de votre fille, quel serait votre choix ?

À chaque réponse, on observe et on note les mouvements de l'aiguille sur le cadran de la machine.

– Qui vit le plus vieux, le perroquet ou l'homme ?

– Pourquoi n'avez-vous pas épousé le vrai père de votre enfant ?

Déjà fragile, amoindrie par le régime des derniers jours, la pauvre Claudine sanglote. Elle ne comprend rien à ce cauchemar. On lui remet en mains les poignées de l'étrange appareil, et les questions reprennent. Les hommes se relaient, et cela dure plus de trois heures.

Lorsque enfin, épuisée, on la reconduit vers sa chambre, Claudine a juste la force de nourrir et de changer le bébé qui pleure, et elle s'effondre tout habillée sur le lit.

Presque aussitôt, la lumière se rallume. L'un des deux hommes qu'elle connaissait est là. Il a repris son air amical et compréhensif.

– Asseyez-vous, petite Claudine. Nous devons parler sérieusement !

Elle se traîne jusqu'à une chaise, l'homme s'assied en face d'elle et commence à lui décrire la vie qui l'attend ici, avec un ami militaire sans cesse sollicité par son service. D'ailleurs, le pays n'est pas tendre avec les étrangers. Et puis, a-t-elle pensé au bonheur de Daniel ?

– Oui, à son bonheur, Claudine ! Savez-vous que ce garçon est jeune, bien jeune pour prendre pareille responsabilité ? Vous a-t-il confié quel était son rêve, sa vocation avant de vous rencontrer ? C'est vers l'esprit qu'il voulait se tourner. Vers la méditation. Il faut du temps pour méditer. Il faut être à l'abri des soucis du monde. Déjà son métier n'est que trop prenant. En s'occupant de vous et de votre enfant, quel temps lui restera-t-il pour ce qui est son aspiration véritable ? Et, d'ailleurs, voyons les choses en face. Pour l'instant, vous représentez la nouveauté, la passion essentiellement physique. Mais, lorsque cela aura passé, qui vous dit qu'un jour il ne vous en voudra pas de l'avoir détourné, condamné à une vie dont il ne voulait pas vraiment ?

Cette nuit-là, Claudine dormira à peine deux heures. Puis, à l'aube, la revoilà devant la machine et son cadran, et le jeu des questions reprend. De nouveau le soir, l'épuisante et insidieuse conversation « amicale » en tête à tête.

C'est le lendemain matin, alors que l'on s'apprête à la soumettre à une nouvelle séance de tests, que l'opportunité se présente : un choc sourd suivi d'un fracas de ferraille retentit devant la maison. La voiture de l'un des membres de la secte, qui était garée le long du trottoir, vient d'être heurtée de plein fouet par un camion. La voiture a été catapultée de l'autre côté de l'avenue. Les personnes présentes dans la maison se sont précipitées dehors. Il y a des blessés, un attroupement. Claudine est seule, elle prend son bébé dans ses bras et descend l'escalier. Personne. Pression prudente sur la poignée de la porte d'entrée. C'est ouvert! Coup d'œil rapide, sortie éclair. En rasant les murs, Claudine s'éloigne. D'un pas qu'elle essaie de garder normal au départ, pour ne pas attirer l'attention, puis plus vite, puis en courant.

À trois blocs de là, elle croise un taxi. Sans réfléchir, elle le hèle, monte.

– Del Monte! US Army! Del Monte!

En fait, la base est loin. La ville de Los Angeles s'étend sur quarante kilomètres de long et le camp militaire est encore bien au-delà. Le chiffre inscrit au compteur est conséquent et justifie amplement l'esclandre que fait le chauffeur lorsqu'il comprend que sa passagère ne possède pas le moindre dollar.

Cette fureur est providentielle, car le taxi n'ose pas s'en prendre entièrement à cette jeune femme aux traits tirés, avec un bébé sur les bras. Et c'est lui qui fait des pieds et des mains auprès du poste de garde, dont la barrière rouge et blanche reste abaissée, pour que l'on prévienne Daniel W.

Arrive un grand gars, un peu balourd, engoncé dans une combinaison tachée de cambouis.

– Claudine! Qu'est-ce que tu fais là ?

– Règle d'abord le taxi, je t'expliquerai!

Claudine s'accroche à son bras.

– Dany! Emmène-moi avec toi! Ils doivent être en train de me chercher!

– Qui ça *ils*? Qu'est-ce que tu racontes?

Manifestement, il est embarrassé par la présence des soldats en faction, casqués et en guêtres blanches, qui tentent de conserver un air impassible mais lui lancent des regards réprobateurs. Une scène de famille à la grille du camp, ce serait mal vu si un gradé passait. Daniel entraîne Claudine et le bébé qui pleure.

– Viens me raconter ce qui ne va pas! Mais je ne peux prendre que dix minutes. Je suis en service!

Sur le long boulevard qui mène au camp sont disséminés quelques cafés pas très reluisants : enseignes de néon, chaises de plastique et serveuses du plus mauvais genre. Ils entrent dans le premier de ces tristes refuges à soldats.

– Dany! Oh, Dany! C'est affreux! Ces hommes sont des monstres! Si tu savais ce qu'ils m'ont fait subir!

Elle tente de décrire l'isolement, la persécution, les interrogatoires, la machine et son cadran. Daniel hoche la tête :

– Mais qu'est-ce que tu vas t'imaginer? Ce n'est pas de la « torture », comme tu dis, c'est pour ton bien, pour tester tes forces internes! J'y suis passé, moi aussi, tout comme les prêtres qui t'ont testée. Et regarde-moi, maintenant. Je vais tellement mieux! Je me connais jusqu'au plus profond de mes terribles faiblesses! J'ai opéré ma prise de conscience! Et, grâce à cela, je suis sur la voie de la maîtrise parfaite!

– Mais ces hommes te trompent, Dany! Ils abusent de toi! Ils se disent tes amis, mais ces deux types qui t'attendaient à l'aéroport sont venus dans ma chambre toute la nuit, ils ont essayé de me dégoûter de rester ici! Ils veulent nous séparer!

– Tu me fais de la peine, Claudine! Ces « types », comme tu les appelles, sont plus que des amis. Ce sont des guides spirituels, qui ont atteint un haut degré de connaissance dans mon Église! Oui, Claudine, en les attaquant, c'est ma religion que tu critiques! Tu ne dois pas faire cela!

– Dany chéri, je ne veux pas aller contre tes convictions, mais crois-moi, jamais tu ne me forceras à remettre les pieds dans cette maudite maison! Je hais ces gens! J'ai peur pour Blandine!

Daniel regarde sa montre.

– Écoute... Je ne peux pas m'attarder! En principe, je n'ai même pas le droit d'être ici.

– Je veux rester avec toi!

– Bon. Alors, voilà ce que je te propose : pour cette nuit au moins, tu vas venir dormir chez moi! Heureusement, j'ai une chambre individuelle. Seulement, tu ne peux pas entrer en plein jour, par la porte principale! Tu vas attendre ici, et, à neuf heures, tu viendras sans te faire remarquer à un endroit où tu pourras passer. Ce n'est pas difficile : tu suis le grillage du camp sur un kilomètre, côté gauche. Au début, il y a des réverbères, mais après, tu verras, c'est assez sombre. Je t'attendrai de l'autre côté. Ne crains rien.

Imaginez le parcours nocturne de cette jeune femme, portant un bébé, les premières centaines de mètres le long du boulevard désert de la lointaine banlieue de Los Angeles. Quelques centaines de mètres sur un trottoir rectiligne, goudronné. Puis l'obscurité, le sol qui devient pierreux. Plus loin, c'est un terrain vague, où des bulldozers ont laissé de profonds sillons, envahis d'herbe jonchée de boîtes et de bouteilles vides.

– Claudine! Par ici!

Daniel est là, accroupi, cachant au creux de sa paume la lueur d'une lampe torche. Claudine escalade un talus abrupt, protégeant tant bien que mal son enfant. Soudain, derrière elle, des phares. Une patrouille? la police, peut-être? Une longue Cadillac jaune ralentit, s'arrête un instant. Un type vêtu d'un invraisemblable costume violet se penche, ouvre la portière, et libère trois donzelles en jupes brillantes ultracourtes.

– Ne traînez pas trop, les nanas! crie le conducteur avant de redémarrer.

Claudine les suit. Daniel explique, gêné :

– Ce sont des... filles, quoi! Elles viennent là pour les gradés! Comme qui dirait, c'est l'entrée des artistes!

Claudine ne trouve pas la plaisanterie drôle du tout. Mais au moins, elle sera à l'abri dans ce camp. Daniel la guide vers l'une des bâtisses carrées, au toit à quatre pans, toutes semblables, alignées sur d'immenses surfaces d'un gazon ras. Il la fait entrer en catimini jusqu'à une chambre dont il tire les doubles rideaux avant d'allumer l'ampoule unique, dans un globe au plafond. Ce n'est guère plus luxueux que l'endroit où elle a passé les dernières nuits : une armoire de métal, un lavabo, un lit fait au carré, une table de bois contre un mur, une commode.

– Je sais, Claudine, ce n'est pas le nid d'amour rêvé, mais, pour une nuit, on s'arrangera.

Tandis que Claudine installe son « campement », Daniel expose ses intentions :

– Je crois que tu t'es fait baucoup de cinéma à propos de ce qui est arrivé là-bas! C'est un malentendu avec mes amis. Tu n'es pas encore sur la bonne longueur d'ondes! C'est important, les ondes! Le monde entier n'est fait que d'ondes, les animaux, les humains et même les pierres et les rochers! Alors, demain j'irai leur expliquer, et tout rentrera dans l'ordre!

Claudine est trop épuisée pour insister. Elle verra bien.

Le lendemain soir, Daniel rentre un peu tardivement avec un sac de papier kraft sur le bras. Son air jovial est un peu forcé :

– Coucou! J'ai apporté des provisions.

Puis il entreprend de faire sa toilette, de se changer. Claudine attend, assise au bord du lit.

Daniel sent le regard posé sur sa nuque. Sans se retourner, il dit :

– Oui... Tu vois, finalement, j'ai préféré ne pas brusquer les choses. Je n'ai pas trouvé le niveau auquel présenter tout ça. C'est une question de niveau, au fond. Je ne voulais pas que tu aies l'air d'avoir mal agi envers eux, que tu aies tous les torts, tu comprends. Mais je vais trouver le niveau. J'irai demain!

Mais, pas plus le lendemain que les jours suivants, il n'ose de lui-même affronter ses « guides spirituels ». Claudine vit cloîtrée dans la chambre de son compagnon avec Blandine. Comme elle ne peut pas sortir, elle fait prendre l'air au bébé derrière la fenêtre après avoir fermé les volets. Et elle passe le plus clair de son temps à essayer de distraire la petite avec deux jouets de plastique achetés par Daniel. Elle craint que le bébé ne s'ennuie et pleure et que les voisins ne finissent par trouver cette présence suspecte. Elle regarde même la télévision sans le son, pour que la chambre paraisse inoccupée pendant la journée.

Cependant, les membres de la secte veillent. Sachant Claudine sans autre appui que Daniel, ils se doutent que c'est lui qui l'a recueillie. Ils reprennent l'initiative et, comme leur organisation a des ramifications partout, ils le relancent à l'intérieur de la base. Ils menacent de le dénoncer aux autorités militaires. Évidemment, ils n'ont aucun intérêt à le faire, ne tenant pas à perdre un adepte ni à ce que le nom de la secte soit mêlé à un scandale. Ce n'est qu'un moyen de pression pour faire céder la brebis égarée. Mais Daniel se croit réellement au bord du désastre. Pourtant, il hésite à faire ressortir Claudine et sa fillette. Ils pressent que ses « amis » ne seront pas tendres avec elles et que, dès l'instant où il aura cédé, il ne les reverra plus.

Ce jour-là, Claudine, pour se rendre utile et faire passer le temps qui n'en finit pas, a décidé de faire un peu de lessive et de repassage. Elle a installé Blandine près d'elle, avec ses deux jouets, bien calée sur une chaise entre des oreillers. Une buée très dense envahit la chambre : ne pouvant faire sécher le linge, Claudine le repasse humide après l'avoir tordu et essoré. À travers le chuintement de la vapeur, elle perçoit un clapotis. Désastre : le lavabo, obstrué par un pan de chemise, déborde. Le temps que Claudine se précipite pour éponger, elle entend le cri : Blandine vient d'appliquer sa main et le dessous de son bras sur le fer!

Comment calmer ce bébé qui souffre ? Claudine lui glisse une tétine entre les lèvres et s'affole en voyant la peau si fine, si tendre, devenir écarlate et se couvrir de larges cloques, qui éclatent au plus léger contact. Claudine berce son enfant, la supplie de se calmer, implore le ciel, fait le tour de la chambre en ouvrant tout ce qui pourrait contenir une pharmacie. Peine perdue.

Le seul recours de la jeune maman : une bouteille de lait dans le frigo. Elle verse doucement, prudemment, le liquide glacé sur la peau. Le bébé hurle de plus belle. Par une coïncidence inouïe, la maison est totalement vide. Mais Claudine, désorientée, ne le sait pas. Alors, elle va recourir à une solution qui va choquer les mères et les pères qui nous liront. Elle se rappelle que Daniel possède un flacon de somnifère. Claudine le retrouve, et, tout en berçant Balndine, essaie de déchiffrer l'étiquette. C'est en anglais, elle ne comprend pas vraiment. Mais, se dit-elle, Daniel en prend une vingtaine de gouttes. Pour Blandine, quatre ou cinq devraient suffire. Et elle les lui fait avaler avec une cuillère de jus de fruits. Quelques minutes après, la petite semble effectivement assoupie. Lorsque Daniel rentre à l'heure du déjeuner, Claudine lui montre le bras du bébé. Son compagnon s'absente alors quelques minutes et revient triomphant.

– Je leur ai téléphoné, pour leur demander conseil.

– Quoi ? Tu ne veux pas dire que tu leur en a parlé... à « eux » ?

– Si ! Ils m'ont dit que ce ne serait rien ! Il faut nous concentrer, prier, et la puissance de l'esprit doit venir à bout des petits malheurs de la chair ! Viens, essayons de rassembler nos énergies internes et de les diriger vers Blandine ! Nous allons la soutenir et c'est son propre esprit qui agira sur la matière dont elle est faite !

L'incroyable, c'est que Claudine, la mère de cette petite fille blessée, va se prêter à ce scénario aberrant ! Et cela va durer deux jours ! Deux jours entiers. Deux jours pendant lesquels elle continuera à abrutir son enfant avec des gouttes de somnifère, mais en cachette de son ami ! Et celui-ci, satisfait, constatera :

– Tu vois : elle ne pleure presque plus ! C'est bien la preuve qu'elle est sur la voie ! La chair est dominée par la pensée bien contrôlée ! Allez ! Concentrons-nous encore !

Pour un observateur extérieur, la tactique froide et calculatrice des membres de la secte apparaît clairement. Ils n'hésitent pas à laisser s'aggraver l'état de l'enfant pour que l'on en vienne au point où il lui faudra des soins importants, obligatoirement à l'extérieur de la base. Et là, c'est encore à eux que Daniel fera appel. Ils pourront alors reprendre totalement la situation en main.

Au troisième jour après l'accident, le bras de Blandine est tellement enflé, les cloques devenues si infectées, qu'enfin la mère se décide. Elle ramasse quelques dollars dans un tiroir et sort discrètement jusqu'à la cabine téléphonique. Là, elle appelle ses parents, à Chartres, en France. Mais les pièces tombent si vite dans l'appareil, et elle se sent si coupable, qu'elle n'ose pas dire toute la vérité. Elle devrait expliquer tant de choses qui dépassent l'entendement! Elle n'a donc que le temps d'appeler à l'aide.

– La petite s'est brûlée, et je suis dans cette base militaire de manière clandestine!

– Donne-nous ton numéro!

– Il n'y a pas de téléphone dans la chambre!

Et, presque tout de suite après, la communication est coupée. Imaginez l'état des parents Dolmieux, de braves gens, perdus dans leur province.

***

Imaginez aussi le silence qui règne sur le plateau de la rue Chaptal, lorsque, cette nuit-là, André, le chargé d'assistance, commence à entrevoir une partie, une toute petite partie, du problème! Il faut bien commencer par prendre cet écheveau emmêlé par un bout :

– Monsieur et madame Dolmieux, suivez bien ce que je vous ai dit : vous ne bougez pas de chez vous. Lorsque votre fille vous retéléphonera, donnez-lui notre numéro. Insistez pour qu'elle nous rappelle, par tous les moyens. Nous devons lui parler afin de la secourir. Et nous le ferons aussitôt!

Rue Chaptal, l'attente commence. Claudine appelle dans le courant de la journée. Comme son dossier a été complété et parfaitement suivi, on lui évite de raconter à nouveau son histoire. Mais voici ce qu'elle demande :

– Qu'est-ce que je dois mettre sur le bras de ma fille? Dites-moi quels produits je dois acheter! Je me débrouillerai!

Aussi délicat que cela soit pour le chargé d'assistance, il doit se montrer ferme s'il veut réussir à porter un secours efficace.

– Non, madame! Je suis obligé de vous dire que c'est

impossible de procéder de cette manière. Nous ne pouvons pas vous donner une consultation à l'aveuglette! Un contact médical n'a d'utilité qu'entre un médecin régulateur de chez nous et un confrère américain qui aura vu l'enfant et pu juger de la gravité des brûlures.

Réaction prévisible, connue d'ailleurs des spécialistes d'Europ Assistance : Claudine se met à vitupérer.

– Oui! Alors, si c'est ça votre assistance! Vous ne servez à rien! C'est complètement bidon! Vous ne voulez pas m'aider!

Mais André a l'habitude de supporter ces rebuffades, de les contourner et de les transformer si possible en une attitude positive, pour la sauvegarde de l'abonnée elle-même.

– En agissant les yeux bandés, madame, nous risquons de vous donner des conseils qui feront plus de mal que de bien à votre enfant! Il faut obligatoirement qu'un médecin voie les blessures et nous les décrive!

– Mais vous ne comprenez rien. Jamais ils ne laisseront entrer un docteur dans cette base! Je n'existe pas, ici!

– Alors, il faut sortir et vous rendre dans un endroit où nous enverrons un médecin spécialisé pour ausculter le bébé!

– Daniel va être fou furieux! Il ne voudra jamais!

– Madame, votre ami n'est pas le père du bébé! La décision légale et morale vous appartient! C'est VOTRE enfant!

Après une longue conversation téléphonique pendant laquelle André fait jouer la fibre maternelle, Claudine accepte de noter le numéro du correspondant local d'Europ Assistance à Los Angeles. André pense avec soulagement : « *Nous y sommes.* » Mais Claudine d'ajouter :

– Bon. Je vais réfléchir.

Et elle raccroche.

***

La suite de l'histoire apparaîtra rocambolesque à plus d'un de nos lecteurs. Il faut cependant la restituer dans son contexte.

Le correspondant de Los Angeles se nomme Warren Calvo. C'est un homme en perpétuel mouvement, qui passe une bonne partie de sa vie à rouler, circulant sur les centaines de kilomètres d'autoroutes qui s'enchevêtrent autour de cette métropole gigantesque, dangereuse, composée de quartiers qui sont autant de villes, avec leurs lois, leurs mafias. Warren Calvo, dans l'exercice de sa fonction, a vu se dérouler des scénarios que les meilleures séries américaines ne peuvent rendre. Ici, à Los Angeles une faune variée se déplace et organise ce monde de la nuit et de la délinquance.

Warren Calvo est l'homme des situations impossibles. Il connaît tout ou presque de cette ville, Hollywood, la légendaire Beverly Hill, ses piscines de milliardaires du show-biz, ses ruelles mal famées où des enfants de toutes races, de toutes nationalités, jouent au milieu des détritus. Le dossier de Claudine Dolmieux lui est déjà parvenu par le télex. Il a emporté les feuillets, les consulte sur la banquette de sa voiture. Il appelle son bureau, annonce son arrivée imminente. De là il joindra Paris.

– Vous croyez qu'elle va se décider ?

– Nous ne savons pas.

– Bien. Chez moi, tout le monde est prévenu. On attend.

Lorsque Claudine appelle chez Calvo, elle est dans une cabine à l'extérieur de la base.

– J'ai pu me glisser dehors. La petite est avec moi. Elle a du mal à respirer et son bras saigne. Je n'ai plus d'argent et je ne sais pas où je suis !

Calvo lui fait décrire l'endroit, l'y trouve, l'emmène vers une chambre d'hôtel qu'il a déjà retenue. Le médecin qu'il a alerté les attend.

– Madame, je ne peux rien faire de sérieux : la fillette doit être hospitalisée !

Claudine n'a plus un sou, et aucun papier d'identité. Europ Assistance envoie dans le quart d'heure qui suit un télex à l'hôpital : « *Ressortissante française d'identité connue. Abonnée à notre organisme. Prenons en charge tous frais médicaux. Situation légale sera régularisée par nos soins.* »

Blandine est confiée à un service parfaitement équipé.

Son état le nécessite vraiment. Claudine est reconduite à son hôtel. De Paris, les parents Dolmieux reçoivent un coup de fil rassurant : tout est en ordre.

Calvo a donné rendez-vous à Claudine le lendemain à l'hôpital à l'heure des visites. Comme il ne la voit pas dans le hall, il monte vers l'étage où Blandine est soignée. Il a apporté un petit lapin de peluche.

– Dolmieux? La petite Française! Ah non, elle n'est plus là! Elle est sortie voilà une heure!

À la réception, Calvo apprend que Claudine est venue, accompagnée d'un militaire, et qu'elle a signé toutes les décharges pour faire sortir sa fille du service, malgré l'insistance des médecins! Calvo a compris. Inutile même d'aller à l'hôtel, Claudine n'y sera pas. À la base militaire non plus; Daniel n'aurait pas l'audace de l'y réinstaller.

Calvo a son idée. Il interroge le gardien du parking.

– Ah, oui! Une très jeune femme blonde, avec un soldat, et un bébé au bras bandé? Oui, bien sûr. Il y avait deux hommes qui les attendaient. La femme n'avait pas l'air de vouloir partir avec eux! Elle refusait de monter dans la voiture! Même qu'il y a deux ambulanciers qui se sont arrêtés pour regarder avec moi. Et puis, finalement, la femme et le bébé sont montés dans la voiture, et ils sont partis!

Calvo plisse les yeux.

– Les deux ambulanciers, vous connaissez leurs noms?

Deux heures plus tard. Calvo se présente devant le bâtiment occupé par la secte. L'homme qui lui ouvre est entouré de deux personnages au complet strict, cravates aux discrètes rayures : des avocats, les redoutables *lawyers* américains, intraitables et possédant leur code sur le bout des doigts. L'Église est d'ailleurs réputée pour cette spécialité. On assure que l'un de ses plus gros postes de dépenses, dans toutes ses succursales du monde, est affecté aux honoraires de ses hommes de loi.

– Assistance ou pas, vous êtes ici devant un bâtiment privé! Vous n'avez aucun droit d'y pénétrer!

– Il y a chez vous un bébé en danger!

– Cette enfant a été retirée de l'hôpital par sa mère selon toutes les dispositions légales en vigueur dans notre pays! Cette femme était parfaitement dans son droit, et nul ne peut la forcer à faire subir à son enfant des soins auxquels elle est opposée! Calvo fait un signe vers sa voiture. Un homme en complet sombre en sort immédiatement et le rejoint. En vieux renard, Calvo avait prévu la riposte. Son avocat, non moins courtois, non moins intraitable, s'adresse alors à ses confrères.

– Nous avons tout lieu de supposer que la femme dont il est question est retenue ici contre son gré. La présomption est renforcée par trois témoins, le gardien du parking de l'hôpital et deux brancardiers qui ont clairement entendu cette femme protester et refuser cette destination. Sur cette base, vous le savez, il me faut moins d'une heure pour obtenir un mandat du juge Parson, qui supervise ce district, et que vous connaissez, je crois. Il serait sûrement ravi de... nous nous comprenons? Entre temps, n'espérez pas faire sortir la femme et le bébé : il me suffit de donner un coup de fil depuis cette voiture pour demander une surveillance du poste de police qui se trouve à deux blocs d'ici. Alors?

Les avocats et le représentant de la secte ont vite fait de délibérer : ils risquent gros, et la direction de l'Église ne pardonnerait pas un scandale aussi voyant.

Dix minutes plus tard, Claudine sort de la chambre où elle était enfermée. Elle pleure, supplie qu'on la fasse rapatrier. Au fond de la maison, on entend les grondements furieux de Daniel retenu de force par deux robustes « guides spirituels ». Il hurle que sa fiancée doit rester, qu'il saura lui apprendre à dominer ses forces mauvaises. Calvo fait monter Claudine et le bébé dans sa voiture, revient en arrière :

– Vous n'oubliez rien, messieurs? Le passeport et l'argent de cette dame, je vous prie!

Claudine est embarquée avec sa fille dans le premier vol vers Paris, accompagnée d'une infirmière qui donnera au bébé les soins indispensables.

À l'arrivée, un représentant d'Europ Assistance est là pour les accueillir, avec André, qui, après ses heures de permanence sur le plateau, a tenu à être l'un des premiers à rencontrer les protagonistes de cette incroyable histoire dont il s'est occupé et qui lui a donné tant de soucis. Claudine a demandé que ses parents ne viennent pas : elle ne tient pas à se retrouver tout de suite face à eux. Europ Assistance lui a donc réservé une chambre.

Ensuite, par des relations, on lui dénichera un petit studio derrière la gare du Nord. Claudine a pris son courage à deux mains. Elle ne souhaite pas revenir à Chartres, ni se trouver à la charge de ses parents. Elle trouvera un travail. Quant à la petite Blandine, elle la confie à une nourrice qui s'occupera d'elle dans la journée. Le calme revient lentement dans sa vie.

Ou presque. Un chargé d'assistance recevra quelques mois plus tard un nouvel appel de Claudine, entrecoupé de pleurs :

– Venez voir! Venez voir ce qu'ils ont fait!

Le studio de Claudine n'est pas loin. Quelqu'un va voir.

– Je rentrais de chercher la petite chez la nourrice, et voilà ce que j'ai trouvé!

Il ne reste plus rien qui soit intact, tous les modestes meubles ont été brisés, les placards vidés, les tiroirs retournés, les fils électriques arrachés. Tous les robinets ont été ouverts et les vêtements, les provisions, la literie baignent dans plusieurs centimètres d'eau. Nul n'en aura jamais la preuve, mais il est à peu près certain que la secte a retrouvé la trace de Claudine.

Après cet acte malfaisant, Claudine disparaît. Régulièrement, les équipes d'Europ Assistance demandent des nouvelles aux parents Dolmieux. Ils ne savent rien. Claudine l'a voulu ainsi.

Et puis, presque une année plus tard, le hasard faisant parfois joliment les choses, c'est André qui participe à une permanence de nuit. Et c'est à lui qu'arrive ce coup de téléphone très bref :

– C'est Claudine. Claudine Dolmieux. Juste pour vous dire que je pense à vous. Je travaille. Je suis dans un endroit où il y a du soleil. Même la nuit est tiède. Je vous remercie pour tout. « Ils » me laissent tranquille, maintenant. Je vous quitte. La petite dort.

35

Le secret de Jérémie

Jérémie est un adolescent de seize ans à qui l'on dit trop souvent sa chance d'avoir une mère américaine et un père suisse. La chance est un facteur éminemment subjectif. Pour les camarades de Jérémie, il ne fait pas de doute qu'il est un sacré privilégié. Aller une fois l'an de l'autre côté de l'Atlantique, en Floride, aux Bahamas ou au Mexique, avec sa mère, durant les grandes vacances, relève de la grande vie. Qui plus est quand on vit le reste de l'année dans une maison élégante de Genève, où on peut à loisir faire du bateau avec son père ou skier, tous les week-end, dans une station élégante où la famille dispose d'un petit chalet.

Jérémie, lui, voit les choses autrement. Il préférerait mener une vie « normale », c'est-à-dire ne pas être l'enfant d'un couple divorcé, d'un couple qui s'entendait mal, dont il a vécu et souffert les péripéties, dix années durant, d'un homme et d'une femme qui n'arrivent même plus à se parler au téléphone sans se disputer.

Telle est la vie de Jérémie, telle fut son enfance, celle d'un petit garçon, sans frère ni sœur, adoré de son père, adoré de sa mère, tellement adoré qu'il se trouvait mal aimé de part et d'autre.

Le père de Jérémie est ingénieur, il voyage souvent à l'étranger et travaille pour une société multinationale. Un homme trop absent mais qui veille tout de même à ce que l'éducation de Jérémie soit parfaite. Quant à sa mère, elle vit ailleurs, très loin, en Amérique, ne travaille pas, se contente d'une jolie rente que ses parents lui ont aménagée et d'une non moins coquette pension alimentaire que son ex-mari lui verse chaque mois.

De longues procédures entre des avocats internationaux ont scellé ce *modus vivendi*. Si les avocats suisses l'ont toutefois emporté sur les avocats américains, il y a tout de même une raison. On ne confie pas si facilement la garde d'un enfant à son père.

Jérémie avait quatorze ans quand son père lui a expliqué. Expliqué que sa mère, en raison de troubles psychologiques, n'avait pas été reconnue apte à élever l'enfant. Voilà donc ce que les petits camarades du cours privé de Jérémie appellent *chance*.

Cette année encore – nous sommes en 1978 –, Jérémie retrouve sa mère en Californie, pour ce mois de visite, demandé par les avocats américains et accordé. Une sorte d'amour maternel contraint qui s'impose ainsi à date fixe. Ce qui n'empêche pas Jérémie d'avoir une certaine affection pour cette femme-enfant de bientôt trente-cinq ans, dont la vie, partagée entre quelques lubies, ressemble à un radeau perdu dans l'océan. L'année dernière, Mary lui avait fait vivre une sorte d'enfer doré. Entre le *body building*, la musculation intensive et la nourriture végétarienne, Jérémie avait perdu quatre kilos. Et s'était, somme toute, énormément ennuyé. Mary est ainsi faite, qui aime vivre ses passions jusqu'au déraisonnable. Chaque été donne un peu plus la mesure de l'étrangeté de cette femme, perpétuellement sous influences. Le père de Jérémie ne laisse jamais partir son fils en Amérique sans une certaine dose d'inquiétude. Il attend avec impatience la majorité de Jérémie pour que cesse cette mauvaise habitude. Quant à l'adolescent, c'est avec une respectueuse politesse qu'il se plie aux lubies de sa mère. Ce qui pourrait finir par être dangereux.

Cette année, Henri se fait beaucoup de souci. Il doit lui-même partir à l'étranger pendant que son fils voyagera. Il part dans un émirat du Golfe. Les contacts téléphoniques seront difficiles. Mais Jérémie paraît équilibré. Ses seize ans lui ont apporté un sens assez sérieux des responsabilités, des interdits, de la mesure. Père et fils se quittent donc à l'aéroport de Genève. Jérémie doit rejoindre sa mère à Los Angeles, d'où ils repartiront faire un petit séjour au Pérou afin de visiter, entre autres, les ruines du temple de Machu Picchu.

Et, bien sûr, les petits camarades n'ont pas manqué de lui dire :

– Quel veinard tu fais, tout de même!

Juste avant de partir, Henri a glissé dans la poche de la veste de son fils le contrat d'Europ Assistance qu'il lui prend chaque année pour les vacances américaines.

À Los Angeles, Jérémie a presque du mal à reconnaître sa mère. Mary a changé, profondément changé. La jolie femme, élégante, maquillée à l'excès, a laissé la place à une personne austère, aux cheveux coupés très courts, habillée sobrement, sans fards. La métamorphose s'applique également au prénom : sa mère désire que son fils ne l'appelle plus Mary, mais Sarah, sœur Sarah! Jérémie prend note. Quant au voyage à Cuzco, ce sera, dit-elle, un voyage « *introspectif* ». Ne lui a-t-elle pas donné à lire, dans l'avion, un épais livre, *L'Évangile de la doctrine et des alliances*? Jérémie a ouvert le volume puis a glissé entre les pages une bande dessinée qu'il a pu feuilleter en toute impunité durant la traversée.

Sa mère lui parle de temps à autre d'une secte étrange, les Fils de Dieu. Ses disciples attendent la venue du Christ en personne sur le territoire californien. Quant à Jérémie, quand il aura dix-huit ans, il ne pourra rien faire de mieux que de venir vivre ici afin d'être « *évangélisé* ». Plus tard, ce sera à son tour de délivrer la bonne parole là où il se trouvera.

À seize ans, on ne relève pas ce genre de lubies. On se contente d'admirer Machu Picchu, site fantastique, avant de retourner passer quelques jours à Cuzco, capitale de l'empire des Incas, dans une chambre réservée. Jérémie adore se promener tout seul dans la ville. Sœur Sarah lui dispense mille recommandations, elle qui semble si peu se protéger : ne pas fumer, ne pas accepter de drogue, refuser l'alcool. Le mal est partout, dans la rue, dans les hommes, seul Dieu... Il devra se laver les mains huit fois par jour pour se purifier.

Jérémie est en parfaite santé, celle d'un garçon de seize ans normalement constitué. Voilà cependant qu'au lendemain de leur arrivée à Cuzco une violente douleur au ventre le réveille pendant la nuit. Quelque chose comme une lame qui fouillerait ses entrailles du côté droit.

Très vite, la douleur se fait intolérable, accompagnée de nausées et d'une fièvre soudaine. Il se persuade que les haricots rouges et les piments mangés la veille ont dû contribuer à altérer un peu sa santé. Mais, d'heure en heure, la douleur s'accroît. Il faut bien en parler à sa mère, laquelle, ayant perdu de ses intuitions maternelles, s'affole immédiatement et demande conseil au directeur de l'hôtel.

Un médecin péruvien se présente. Un jeune médecin, qui ne met pas plus de trois minutes à donner son diagnostic : crise d'appendicite aiguë. Il fait dire, dans un anglais approximatif, à Jérémie, qu'il a déjà ressenti, quoique bien plus légère, cette sorte de douleur, ces derniers mois. Le jeune garçon n'y avait pas prêté attention. Cette fois la crise paraît grave, et si la fièvre ne se décide pas à baisser, il faudra songer à une opération.

Mary, alias sœur Sarah, réagit curieusement. La glace sur le ventre, elle veut bien. Mais les médicaments, elle n'accepte pas. Les médicaments sont des drogues.

Le médecin et Jérémie s'efforcent de lui expliquer que les antibiotiques ne sont pas des drogues comme celles qu'elle réprouve. Le praticien péruvien profite de ce que Mary vient de sortir pour questionner le garçon.

– Ta mère ne te donne jamais de médicaments?

– Je ne vis pas avec elle. Mais, depuis que je l'ai retrouvée, elle ne parle que de religion. Je suis sûr qu'il y a un rapport avec cela.

Le médecin lève les bras au ciel. Les sectes font des ravages, ici aussi. Elles se multiplient et gagnent jusqu'aux paysans des Andes, quand ceux-ci ne sont pas déjà intoxiqués par la propagande du Sentier lumineux, une organisation maoïste très bien implantée dans le pays.

– Surtout, ne l'écoutez pas. Prenez ces médicaments, et, s'il y a un problème, téléphonez à mon cabinet, je vous ferai hospitaliser. En attendant je vous envoie une infirmière pour faire les piqûres.

Le médecin laisse une ordonnance sur la table de la chambre.

Première dispute depuis longtemps entre Jérémie et sa

mère. Elle se refuse à aller acheter les médicaments. Violents heurts. Il finit par sonner une femme de chambre et lui intime, du haut de ses seize ans, l'ordre d'aller à la pharmacie. Le conflit prend des proportions indescriptibles quand l'infirmière arrive pour faire la piqûre.

– Vous ne toucherez pas à mon fils!

L'infirmière est hébétée. Son regard passe du fils à la mère. Elle n'a jamais vu cela.

Jérémie se fait conciliant. Ruse oblige.

– D'accord, maman, on laisse tomber les piqûres. Mais le médecin m'a prescrit des massages. Cela, tu ne peux pas le refuser. Il n'y a pas de drogues.

Regard stupéfait de l'infirmière. Des massages! Elle, faire des massages pour résorber une appendicite!

La naïveté de Mary a de quoi surprendre. Rassurée, elle abandonne son fils aux mains de l'infirmière, qui, bien entendu, s'abstient de faire un massage.

– Écoutez, j'ai besoin de votre aide! Le médecin dit que ma mère est folle. Vous devez jouer la comédie, c'est pourquoi j'ai parlé de massage.

Trois jours durant, l'infirmière complice viendra faire des « massages » à Jérémie : en réalité une piqûre par jour.

Mais la fièvre ne chute pas. L'infirmière rappelle le médecin. Inquiétude. Il vaudrait mieux l'hospitaliser. L'opération peut être nécessaire. Mais aussitôt un problème se pose. Celle que le médecin continue d'appeler *la loca* (*la folle*) n'acceptera certainement pas que son fils soit opéré. Or, Jérémie est mineur, et il faut une autorisation parentale. Le médecin est très embarrassé ; la décision doit être prise maintenant.

Jérémie, mis au courant par la zélée infirmière, invente un nouveau stratagème.

– Dites-lui que c'est pour faire des radios. Je pense qu'elle sera d'accord.

L'idée était bonne. Ambulance, puis lit d'hôpital. La première manche est gagnée. Jérémie, qui ne s'était pas trop ému des étranges réactions de sa mère, devient peu à peu inquiet, inquiétude entretenue par celle des médecins qui se concertent.

C'est alors que Jérémie sort son joker. La carte magique, celle d'Europ Assistance. L'hôpital de Cuzco obtient Paris et raconte cette histoire de fou, cette histoire de folle. Comment retrouver le père, Henri ? Très vite, bien sûr.

Le chargé d'assistance ne s'étonne de rien. Même si cette aventure est singulière, le principe de son intervention reste le même : retrouver un homme, lui prendre une réservation sur le prochain avion, et, dans le cas extrême, envisager un rapatriement sanitaire à Genève.

À l'hôtel de Dubai, où la secrétaire sait que le père de Jérémie est descendu, on trouve un message. Il est absent pour quarante-huit heures, parti en repérage avec une équipe de techniciens à plus de cent kilomètres de la ville. Impossible de le joindre au téléphone avant demain soir.

Le médecin péruvien apprend la nouvelle avec consternation. Comment opérer sans l'autorisation paternelle ? Le risque à prendre est trop grand. Le chargé d'assistance est moins pessimiste.

– Un de nos médecins va se mettre en liaison avec votre chirurgien. Nous allons également tenter de joindre la mère et de la convaincre, avec un psychologue en ligne, d'accepter toute intervention possible sur son fils. S'il le faut, nous viendrons sur place.

Dans la chambre 42 de l'hôpital de Cuzco, une femme vient d'en décider autrement. Aveuglée par ses convictions, Mary, en prière au chevet de son fils, a décidé de le ramener à Los Angeles et de le confier à un médecin qui fait partie de sa secte ! Le chirurgien a beau lui dire qu'il doit opérer demain matin d'urgence, sous peine de non-assistance à personne en danger, elle maintient son refus. Et n'accepte même pas de prendre les médecins d'Europ Assistance au téléphone.

Jérémie est épuisé. La fièvre, les litanies absurdes de sa mère, il n'en peut presque plus.

– Donnez-lui des calmants, qu'elle dorme, et opérez-moi !

On en arrive à échafauder des scénarios, qui se révèlent tous plus invraisemblables les uns que les autres. Pendant ce temps le chargé d'assistance se démène. Il dispose, par l'intermédiaire du contrat, de l'autorisation du père de Jérémie afin d'envisager toute intervention nécessaire sur son fils. Un chirurgien est immédiatement envoyé à Cuzco. Il arrivera le lendemain dans la matinée.

L'ambulance de l'hôpital l'attend à l'heure convenue. Mais comment tromper la vigilance de cette mère irresponsable ? Une astuce est imaginée. Un avocat peut demander à la police locale de vérifier l'identité de la mère de Jérémie. Une vérification qui s'effectuera dans un commissariat et qui prendra bien une heure ou deux. Pendant ce temps, l'équipe médicale d'Europ Assistance se retrouvera en toute légalité devant le malade, prêt à être opéré.

***

Quelques heures plus tard. L'intervention a eu lieu. Sans problème. Il ne devrait pas y avoir de complications d'aucune sorte. La fièvre est tombée le lendemain soir.

À Dubai, un homme apprend avec une panique rétrospective qu'on a cherché à le joindre pendant deux jours, que son fils... Parler de soulagement est un faible mot.

L'été prochain, c'est décidé, on n'enverra pas Jérémie en Amérique. Mary, alias sœur Sarah, prendra, elle, quelques vacances. Dans une maison de repos, dans la proche banlieue de San Francisco.

36

La deuxième vie de Marie B.

L'eau, d'une transparence inouïe, clapote autour du matelas pneumatique bleu. Marie B. l'entend tout contre son oreille, amplifiée par la caisse de résonance de l'oreiller gonflé. Elle se sent si bien, Marie B. Le dos offert au soleil, les bras dans l'eau fraîche, faisant de petits mouvements pour garder le matelas face à la plage. Une crique blanche entre les rochers rouges, avec, au sommet du promontoire, les pierres bistres d'une petite ruine. Un temple de l'Amour, à ce que dit Yannis.

Yannis est grec, Yannis est beau. Cette île est la sienne, il a joué toute son enfance dans ces ruines et sur ces rochers. Marie B., bercée par les vaguelettes et dorée par le soleil, est étonnée. Étonnée de n'avoir pas plus de soucis. Elle voudrait même éprouver un peu de remords.

– Enfin, quoi! Épouse parfaite, irréprochable, mère de famille, tu as bel et bien « lâché » ton mari et tes deux enfants pour venir te rôtir seule dans ce petit paradis?

C'est ce qu'elle essaie de se dire, mais sans parvenir à se convaincre.

***

C'est vrai qu'elle a laissé partir Bernard avec Valérie et Arnaud, chez les parents de Bernard, dans l'Allier. C'est vrai qu'elle a improvisé ce voyage dans cette île grecque, où elle avait été si heureuse dix-huit ans plus tôt, avec ses copains de la fac de lettres.

Mais c'était la seule chose à faire, dans l'état où ils étaient, tous. C'était ça, ou tout casser, tout de suite. Ce voyage d'une semaine, seule, c'était un ballon d'oxygène, une occasion de laisser la pression diminuer dans cette marmite à vapeur qu'était devenue la famille B.

Prendre un peu de recul, laisser les têtes refroidir pour trouver ce qui pourrait être changé, sauvé du désastre. Faire le point. Le bilan.

Pas très encourageant. Marie B., élève surdouée, étudiante promise selon tous ses professeurs à un avenir brillant : les lettres, la politique peut-être. Elle pouvait tout espérer, tout se permettre, tout essayer. Rencontre avec Bernard B., moins talentueux, moins doué mais travailleur méthodique. L'équilibre dont Marie avait besoin. Le mariage, l'abandon des études, au grand désespoir de l'entourage.

– Tu regretteras, Marie! Pense à toi d'abord! Tu vaux mieux que cela!

Marie n'a rien regretté. Elle ne trouvait ni déshonorant ni rabaissant de devenir la femme d'un homme sérieux, aimant, et d'élever les deux enfants qui leur étaient nés dans les deux premières années. Elle ne trouvait pas ridicule de donner le meilleur d'elle-même pour aider Bernard dans sa carrière en lui préparant un foyer parfait, accueillant, qui puisse le reposer de ces longues et épuisantes journées de travail dans une entreprise américaine installée en France.

Elle ne l'a pas regretté pendant des années. Et puis, lorsque les enfants sont devenus lycéens, lorsqu'ils ont préféré passer le mercredi, puis le samedi avec leurs camarades, lorsque Bernard n'a plus semblé remarquer le bouquet de fleurs sur la table et a trouvé naturel que le pli de ses chemises fût impeccable, ça n'a pas franchement été du regret pour Marie mais un vague sentiment d'inutilité, un vide envahissant. Elle allait timidement essayer de faire admettre à son mari qu'elle pourrait, trois jours par semaine, l'après-midi seulement, reprendre ses études. Cela se faisait beaucoup, de nouvelles formules universitaires étaient créées.

Elle allait le faire lorsque les choses se sont précipitées.

– Ils m'ont vidé, Marie! Vidé, moi, tu te rends compte?

L'entreprise où Bernard s'investissait si totalement, l'inhumaine entreprise, avait décidé une « *restructuration conforme au profil bas nécessaire face à la crise* ». Et cela, pour Bernard B., se résumait en un mot :

– Vidé!

Il avait alors vécu une dépression, totale, brutale, épuisante, et Marie avait été là pour l'aider à en sortir tout en menant la barque du foyer avec le budget chômage et l'indemnité de licenciement.

Marie avait trouvé un appartement à Meudon, moins luxueux que celui de la Résidence Saint-Cloud, sans marbre dans l'entrée, sans tennis ni piscine, mais presque aussi grand. Chacun des enfants y avait sa chambre, et Bernard son bureau, où il pourrait écrire le roman qu'il avait en tête depuis si longtemps. Marie avait refait les peintures, collé les papiers, installé les meubles auxquels Bernard tenait tant; elle lui avait même acheté d'occasion un jeu complet de clubs de golf pour qu'il puisse pratiquer un sport moins fatigant lorsqu'il sortirait de la clinique où il était allé se reposer.

Il en est sorti, gris, morne, sans appétit de vivre. Il restait sans se raser des jours entiers, vêtu d'un vieux pull ras du cou et de baskets qu'il ne laçait même pas, affalé dans le canapé, devant la télé allumée dont il ne voyait pas les images. Son seul point d'intérêt semblait s'appliquer aux devoirs des enfants. Il piquait des colères disproportionnées, contrôlant tout par le menu, estimant que « *cette génération ne pense qu'à en foutre le moins possible* ». Valérie et Arnaud ployaient l'échine, essayant de ne pas contrarier ce père qu'ils ne reconnaissaient plus.

Lorsque la lettre arriva, Marie, folle de joie à la première lecture, sentit quelques secondes plus tard le ciel lui tomber sur la tête. Un ancien camarade de fac, dont elle avait eu quelques rares nouvelles depuis son mariage, cherchait une collaboratrice. Il était le patron d'une maison d'édition en pleine expansion.

« *Il me faut quelqu'un de précis, avec en même temps un sens littéraire aigu. Quelqu'un de sympathique et d'ouvert, mais qui se montre ferme dans les relations internes. Des connaissances commerciales seraient bienvenues, mais avec la capacité d'assimiler très vite les impératifs techniques des imprimeurs. Bref, l'introuvable, le mouton à cinq pattes! Ma chère Marie, je ne vois que toi!* »

C'était flatteur, inespéré. Pourtant, Marie conserva trois jours la lettre sur elle, la tournant et la retournant dans sa poche, redoutant la prévisible réaction de son mari. Puis, le samedi, elle entrevit une petite « éclaircie ». Bernard avait sorti les clubs de golf, une balle, et proposait même aux enfants d'aller « faire quelques trous » avec lui le lendemain.

Arnaud eut le réflexe de ne pas parler de la sortie au ciné qu'il avait projetée avec ses copains, et Valérie se montra sincèrement réjouie. Le moral étant au beau, Marie osa poser la lettre sur la table. D'emblée, Bernard détesta cette perspective; Marie le sentit bien.

– Dis-le-moi, Bernard! Si vraiment tu penses que c'est mieux pour nous tous que je reste à la maison, dis-le-moi! Personne ne me force à accepter. Si c'est juste pour l'argent, nous nous sommes bien débrouillés jusqu'à présent, nous continuerons!

– Non, non, pas du tout! Tu es libre! Ce n'est pas une raison, parce que je suis un raté pour que, toi, tu ne saisisses pas cette chance!

– Bernard! La situation ne va pas s'éterniser! Tu vas retrouver un emploi, toi aussi, bientôt, et tout sera comme avant! Je vais dire que j'ai réfléchi, et que je préfère garder ma liberté, d'accord?

– Non! Excuse-moi, chérie. J'ai conscience d'être d'un parfait égoïsme, mais il ne faut pas trop m'en vouloir; j'ai le moral vraiment bas. Fais pour le mieux, choisis selon ton désir.

Bernard avait de bons côtés, il était si touchant parfois. Marie fit donc son choix, elle entra dans la maison d'édition.

Au bout d'un an, elle dirigeait deux collections. Après dix-huit mois, elle en lançait une troisième. Pour la deuxième année, elle fut chargée de l'ensemble du développement de la société. Et elle publiait un livre, court mais excellent aux dires de nombreux critiques.

La vie à la maison devint... difficile. C'est un mot poli pour désigner la succession de minuscules dégradations dans les rapports qui s'enchaînèrent avec l'inéluctable machine à laminer du quotidien.

La reprise d'activité de Marie, dans un premier temps, donna une sorte de coup de fouet à Bernard qui, à force de tirer des sonnettes, parvint à se faire engager, certes à un poste bien moins important que celui qu'il avait perdu. Il dut repartir au bas de l'échelle. Malgré toute l'énergie qu'il put y mettre, son ascension fut pénible et les promotions parcimonieuses. Marie, de son côté, se laissa absorber par son travail passionnant. Elle dînait de plus en plus souvent avec des éditeurs étrangers, des auteurs...

Bernard n'avait en échange qu'à rapporter d'âpres négociations sur des stocks dont la vitesse de rotation laissait à désirer. Il ruminait d'aigres propos de couloir, se félicitait de la façon dont il avait évité les peaux de banane semées sur le chemin de sa réussite par quelques cadres jaloux.

Ses soirées libres et ses week-ends, Marie les passait à écrire.

– Sortez sans moi, mes chéris! Je profiterai du silence pour finir un chapitre qui me trotte dans la tête!

Puis, elle dut voyager : Francfort pour la Foire aux livres, Düsseldorf pour un contrat, Zürich pour recueillir le manuscrit, passé sous le manteau, d'un auteur dissident de l'Est.

De difficile qu'elle était, l'atmosphère du foyer B. devint franchement intenable. Même les enfants qui, au début étaient plutôt du côté de Marie commencèrent à lui faire grise mine. Les rares moments qu'elle partageait avec eux se terminaient par des fâcheries, pour des broutilles.

Arnaud manqua un examen, Valérie rapporta des séries de notes lamentables et se mit à se ronger les ongles. Elle fut la proie d'une crise de bégaiement nerveux qui nécessita des visites hebdomadaires chez un orthophoniste. Le point de rupture fut atteint lorsque Arnaud fut surpris par son père dans sa chambre en train de rouler une cigarette dans laquelle il n'y avait pas que du tabac.

La crise éclata fin juin.

– Ça ne peut plus durer, Marie! J'ose espérer que tu en as

conscience! Je ne parle pas pour moi. Je comprends qu'après tant d'années de mariage tu trouves plus intéressant de t'occuper d'un dissident soviétique ou d'hommes de lettres autrement plus passionnants que moi, ton mari! Cela, je pense le comprendre, Marie! Mais regarde dans quel état sont tes enfants! Ta fille a les nerfs malades, ton fils est un drogué.

– Bernard, tu ne crois pas que tu exagères? Arnaud a promis qu'il ne recommencerait pas! C'était juste une expérience.

– C'est ça! Encourage-le, tant que tu y es! En tout cas, tu ne nieras pas leur échec scolaire.

Et le ton monta, insupportable. On en vint à la mauvaise foi, aux reproches mesquins. « *Pitoyables... Nous étions devenus pitoyables!* » Voilà ce que Marie admet enfin, bercée par le matelas pneumatique sur l'eau incroyablement transparente qui baigne l'île grecque. Elle revoit ces semaines, ces mois qui ont passé avec tant de rapidité. Elle essaie, en toute franchise face à elle-même, d'analyser à quel moment tout a bifurqué sur la mauvaise voie, pourquoi ce qui aurait pu être si bien est devenu si triste. Elle commence à reconnaître qu'elle a eu des torts, elle aussi. Qu'elle aurait pu aménager ses activités, les concilier avec cette vie de famille à laquelle elle tient, au fond, sincèrement.

En tout cas, elle a eu raison de décider ce voyage. Elle sentait le moment où le point de non-retour allait être atteint. Il fallait éviter la phrase imbécile, le cul-de-sac du genre :

– Bon, Marie, maintenant tu choisis! Si c'est pour continuer ainsi, quitte à vivre en père célibataire avec mes deux enfants, je préfère que les choses soient nettes!

Heureusement, elle a su arrêter la machine avant. Peu importe par quelle pirouette, par quel pieux mensonge, mais elle a fait tourner la discussion de telle manière que ce soit Bernard qui décide, fermement :

– Alors, écoute : moi, je pars chez mes parents, dans l'Allier, avec Valérie et Arnaud! Toi, tu fais ce que tu veux. Prends de la distance, du champ, et réfléchis!

Elle a obtenu le sursis. Un petit sursis.

– Huit jours, Marie! Après, je veux savoir à quoi m'en tenir!

Huit jours, c'est court. Mais elle va trouver la solution. Elle rejoindra bientôt ses chéris avec la solution. Ici, dans cette île que la fureur du progrès n'effleure pas, c'est le cadre idéal pour décompresser. Pas de touristes. Une famille allemande, avec qui elle sympathise vaguement. Et Yannis, natif de l'endroit, biologiste à Athènes, qui revient se ressourcer dans son village, et qui, débarrassé de son costume et étendu sur les rochers, ressemble à un pêcheur de l'Iliade. Yannis ne lui fait pas la cour, il sent qu'elle n'en a pas envie, mais il est drôle, prévenant, et il passe sans s'impatienter des heures à rafraîchir les rudiments de grec que Marie avait acquis lors de son premier séjour ici, dix-huit ans plus tôt.

Peut-être que si, voilà dix-huit ans, elle avait rencontré Yannis... Mais elle refuse cette pensée et, paresseusement, replonge ses bras dans l'eau pour faire revenir un peu le matelas pneumatique vers la côte. Le drame survient sans prévenir. Ou à peine.

***

L'oreille de Marie, contre le matelas, perçoit un ronronnement, une vibration dans la mer. Elle a juste le temps de redresser la tête, pour voir surgir au détour du promontoire la coque fuselée, blanche, épouvantablement aveugle. Un *off shore*, une de ces cigarettes nautiques dont la mode fait fureur au large de la Floride. Moteur d'une puissance effrayante. L'engin frôle à peine les vagues. L'étrave cisaille le matelas flottant. Et Marie. Marie happée, engloutie, mille fois retournée dans le tourbillon. Les jambes hachées par l'hélice.

Yannis a vu. Yannis a plongé, nagé comme un dément. Yannis saisit la forme qui roule entre deux eaux. Il refuse de penser à ce qu'il a vu de rouge, refuse cette image avant d'avoir déposé sur la plage le corps de Marie. Le couple d'Allemands est allé au-devant du sauveteur, avec de l'eau à mi-cuisses. Ce qu'ils voient... ce qu'ils voient dans les bras de Yannis les empêche de l'aider. Ils n'osent pas, ils ne savent pas comment toucher Marie B. Trop de sang. Trop de chair meurtrie. L'homme part devant, prépare un drap de bain. La femme s'écarte, malade, incapable de résister à la nausée. Yannis, pendant ce temps, ne perd pas une seconde. Il allonge Marie sur le drap d'éponge rayée, vérifie que le cœur bat encore.

– Je crois qu'il y a un médecin en villégiature dans les environs. Un Anglais. Trouvez-le!

L'Allemand, souffle coupé par l'atrocité de la scène, fait signe qu'il y va. Il lui faut remonter le chemin abrupt pour rejoindre sa voiture. Et puis, où aller? L'île est petite, mais pleine de recoins, avec des maisons cachées entre des arbres.

De la plage, Yannis crie :

– Vous avez une trousse à outils?

Étonné, l'Allemand jette une trousse de toile, qui rebondit dans les broussailles de la pente. Yannis la récupère, va prendre sa chemise qu'il déchire en lanières. Il ne se souvient plus très bien, sur l'instant, de quelle façon il faut poser un garrot. Il lui semble qu'il y a danger si l'on se trompe. Mais il voit les jambes, les pauvres jambes de Marie, et tout ce sang qui pulse hors des horribles plaies mâchurées, et qui imbibe la serviette, le sable. Il faut juguler l'hémorragie. Il torsade ensemble les lanières de chemise, et utilise les clefs à tube de la trousse à outils pour serrer les garrots. Les desserrer aussi, au bout d'un moment; il croit se souvenir que c'est ainsi qu'il faut procéder.

Par l'une de ces miséricordes de la nature, Marie a perdu connaissance, ce qui lui évite pour l'instant de ressentir l'abominable souffrance. Lorsque la conscience lui revient, le médecin anglais est agenouillé près d'elle, une seringue à la main. Il n'a pas beaucoup de matériel ni de produits pharmaceutiques dans la petite trousse qu'il emporte en vacances. Marie a juste le temps de remarquer que cet homme est très pâle. Les seuls mots qu'elle entend prononcer :

– Je ne sais pas si elle peut être sauvée. Mais, de toute façon ses jambes sont...

Et Marie sombre dans le noir.

***

Ici commence la partie fantastique de cette histoire, mais, tout comme nous, vous ne comprendrez qu'à la fin à quel point elle est fantastique.

Deux ans vont passer. Deux années terribles dont Marie garde en point de repère une longue série de chagrins, d'efforts à la limite de ses ressources pour ne pas capituler, pour trouver le courage de vivre. Elle n'a plus qu'un souvenir confus de la convalescence, mais elle sait que cela a duré plusieurs mois. Les visites de son mari et de ses enfants? Confuses aussi, entrecoupées de longues périodes de sommeil. Des visages qui se forcent à sourire, de grands instants de silence, l'impossibilité de parler vraiment de ce qui est arrivé, de son état réel, de l'avenir qui les attend.

Retour à la maison. L'appartement si durement déniché à Meudon est dans une immeuble récent de trois étages. C'est au premier, mais sans ascenseur. Des petits paliers avec quatre ou cinq marches à l'entrée, dans le hall. L'architecte y a prévu ici et là des jardinières, où devraient pousser des plantes vertes. On y a mis des plantes de plastique, pour décourager les chats du voisinage. Mais chacun de ces paliers est maintenant une muraille infranchissable. Pas le moindre plan incliné pour y passer un fauteuil roulant.

Se faire porter par Bernard, pour le premier voyage. Marie est devenue bien légère. Elle pleure d'humiliation. Et après? Une fois là-haut? Tous ces jours, toutes ces semaines. Ces années à venir?

Pour les commissions, les enfants se relaient. Une voisine pourra donner un coup de main. Bernard a maintenant un travail qui lui permet de payer une femme de ménage deux fois la semaine. Et après? Lancinante question, toujours la même. La torture dans la tête de Marie.

Le dimanche, Bernard devra-t-il la descendre, la mettre dans la voiture pour aller prendre l'air? Tant d'amour dans cette tête lucide et tendre. Tant de passions tranchées nettes par l'étrave de ce bateau-monstre. Tant d'envies et de projets qui ne seront jamais assouvis. L'éternelle peine, la permanente humiliation d'être à la charge de l'entourage, de ceux que l'on aime. Ne leur apporter que tracas, alors qu'on leur voudrait du bonheur. La crainte, derrière leurs sourires, leurs gentilles phrases, leur air « détaché », « naturel ». La crainte de sentir affleurer leur agacement, malgré tout.

– Je ne veux plus être un poids mort!, dira Marie. Je veux que vous puissiez vivre normalement! Et d'ailleurs, moi-même, je ne supporte plus cette dépendance, cette sensation d'être au milieu de garde-malades! J'ai besoin d'être seule! Seule, vous comprenez? C'est moi qui vous le demande!

Il existe, dans la banlieue de Paris, un immeuble qui a été pensé pour les handicapés : plans inclinés, ascenseurs vastes, pas de couloirs étroits ni de portes traîtresses dans les logements, sanitaires spécialement accessibles. Un studio pour une femme seule n'y coûte pas une fortune.

Tentative pour reprendre le travail dans la maison d'édition. Dérobade du bon camarade de directeur :

– Mais, ma pauvre chérie, tu es très courageuse. Seulement, l'agencement des bureaux n'est pas du tout commode. Et puis, tu connais notre rythme infernal, les déplacements. Non, vraiment, j'aurais mauvaise conscience de te soumettre à tout ça. Tu dois songer à ta santé avant tout.

Marie déteste cette hypocrisie mais répond tout de même :

– Je comprends, Georges. Je te remercie de te préoccuper de ma santé. Alors, qu'est-ce que tu proposes?

– Eh bien... je ne sais pas, moi. On pourrait par exemple te donner des manuscrits à *rewriter*? Ça, tu pourrais le faire?

Oui. Ça, elle peut le faire. Crépitement de la machine à écrire dans le studio de banlieue. Marie réécrit le futur best-seller d'un auteur vedette qui traverse une crise intérieure très éprouvante... suite à un rappel d'impôts. Il a livré un torchon lamentable, probablement déjà écrit à la va-vite par un nègre, et il est parti exposer son bedon rondelet au soleil des Seychelles pour oublier son percepteur. Le champion des gros tirages ne reparaîtra que tout bronzé, devant les caméras des émissions littéraires, pour expliquer à quel travail acharné il doit la puissance de son style.

Marie, du temps où elle était une brillante directrice de collection, avait cautionné plusieurs montages de ce genre. Mais, l'ayant vécu de l'intérieur, elle en mesure toute l'injustice pour ceux qui travaillent dans l'ombre.

Au cours d'une de ses rares visites chez l'éditeur, elle a rencontré une femme qui, à sa manière, souffre elle aussi d'un handicap : un ex-mari qui la persécute et qui, de scandale en scandale, lui fait perdre tous ses emplois. Ensemble, elles décident de monter une agence littéraire d'un genre nouveau. Elles feront écrire sous leurs vrais noms ces « oubliés du livre » qui ont une vraie patte professionnelle mais qui, souvent, ont besoin d'être poussés pour faire éclore leur vrai talent personnel d'écriture, pour ne plus se cacher derrière des personnalités plus médiatiques.

Utopie ? Peut-être. Projet qui, en tout cas, ne reçoit pas les appuis des circuits traditionnels. Il faudra lutter. Tant mieux! Marie et son amie ne demandent que cela, une chance de se battre. Pour se déplacer, Marie ne possède pas de voiture. Les autobus de banlieue lui sont interdits. Elle travaille beaucoup par téléphone, mais elle est parfois obligée de plonger vers le centre de la capitale. Elle est devenue amie avec un chauffeur de taxi qui habite à quelques rues.

Pour peu qu'elle le prévienne suffisamment à l'avance, il s'arrange toujours pour venir la prendre devant chez elle. Il la dépose en ville, elle groupe ses rendez-vous dans le quartier Saint-Germain, où l'on trouve neuf éditeurs sur dix, dans cinq ou six pâtés de maisons, et le soir, le taxi la reprend, sur son parcours de retour. Il met le capuchon réglementaire sur son signal lumineux, et le compteur ne tourne pas.

– C'est pour mon plaisir, madame B. Ça me fait une compagnie!

Marie est devenue championne du fauteuil roulant. Elle sait descendre ou monter un trottoir sans l'aide de personne, et, lorsqu'elle est dans la voiture, elle met un point d'honneur à soulever l'ustensile pliant à la force du poignet, à l'extraire d'entre les banquettes, à le déplier d'un coup sec et à s'y transférer d'un mouvement habile. Elle parvient même à donner l'impression qu'elle ne fait aucun effort.

C'est sur un passage clouté, boulevard Saint-Germain, que

le choc arrive. De plein fouet. Une moto puissante double l'embouteillage dans la file réservée aux autobus. Légère pluie. La visière fumée du casque intégral du motard est embrumée. Crissement des chromes tordus, enchevêtrés. Bruit sourd des carrosseries heurtées.

Douleur intense. Douleur dans les jambes.

Marie B. se réveille à l'hôpital. Bernard est à son chevet, Valérie et Arnaud un peu en retrait, près de la porte. Les premiers mots de Marie :

– Mes jambes! J'ai mal!

Depuis tout ce temps, pour elle, ses jambes n'existaient plus, elle avait oublié toute sensation.

***

Et maintenant, lisez bien ce qui suit, car, comme nous, vous aurez de la difficulté à comprendre dans un premier temps. Et, ensuite, à croire l'incroyable.

Un homme en blanc, entre dans le champ de vision.

– Vos jambes sont sauvées, madame! Elles m'ont donné beaucoup d'inquiétude, mais elles sont sauvées!

Marie ne comprend pas. Le chirurgien explique :

– Je n'aurais rien pu espérer si l'essentiel n'avait pas été fait dans l'avion!

– Quel avion? De quoi parle cet homme?

Bernard touche doucement le bras de sa femme :

– Tu te rappelles ce qui est arrivé, ma chérie?

Marie fait d'abord signe que oui. Puis, non. Elle pressent qu'elle est au cœur de l'impossible.

Alors, on lui explique tout, lentement. On devra le lui répéter plusieurs fois. Elle a été heurtée par un bateau *off shore* alors qu'elle prenait le soleil sur un matelas pneumatique, à quelques dizaines de mètres de la côte d'une île grecque. Elle est restée trente-six heures dans le coma, et elle vient de se réveiller. Vous avez bien lu. L'accident de l'île est arrivé moins de deux jours plus tôt.

Marie avait laissé son sac à main dans la voiture du couple qui l'avait conduite à la plage. L'homme est parti à la recherche du médecin anglais et l'a repéré assez vite, dans le seul café du village. En montant dans la voiture, le médecin a instinctivement fouillé le sac de Marie pour y trouver l'adresse de la famille, peut-être une fiche de groupe sanguin. Dans le portefeuille, près du passeport, il y avait une carte d'Europ Assistance.

Coup de téléphone immédiat au centre parisien. Conseils d'urgence au bout du fil par le médecin régulateur de l'organisation. Tandis que le praticien britannique donnait les premiers soins à Marie B., sur la plage, le chargé d'assistance, de la rue Chaptal, à Paris, déclenchait le dispositif. Mais, sur place, l'état de la blessée était tel que le médecin anglais la vit perdue.

– Je ne sais pas si elle peut être sauvée. Mais de toute façon, ses jambes sont fichues.

Pourtant, à cette même minute, moins d'une heure après l'appel, un hélicoptère décollait du littoral grec et, tandis qu'il recueillait Marie et la transportait vers l'aéroport, un Mystère 20 quittait la France pour la Grèce.

C'est à bord de cet appareil que les gestes médicaux indispensables furent effectués pour préserver les jambes de Marie, éviter une évolution critique irréversible. À Paris, une équipe menée par le professeur F., grand spécialiste de la chirurgie réparatrice, était alertée, un bloc opératoire préparé à l'hôpital Boucicaut. Une ambulance ramenait Marie depuis Orly. L'opération, longue, difficile, incertaine a duré près de dix heures.

Trente-six heures après son accident, Marie reprenait conscience. Mais alors, direz-vous, on n'y comprend plus rien! C'est vrai, Marie B. est bien la première à n'y plus rien comprendre. Et ces deux années, cette « autre vie », cette séparation d'avec sa famille, ce lâche éditeur, ce studio de banlieue, cette associée sympathique, ce taxi amical, cette moto folle?

– J'ai dû rêver tout cela, vivre deux années en deux jours.

C'est la seule explication que peut donner Marie B. Mais c'était loin d'être satisfaisant. Trop vague. Aussi, lorsque les membres de l'équipe d'Europ Assistance nous ont raconté cette histoire (ils l'avaient apprise de Marie elle-même, en allant prendre de ses nouvelles après son sauvetage), nous avons voulu en savoir plus. Nous avons demandé un rendez-vous à Marie B. et nous sommes allés l'interroger.

Elle habite aujourd'hui dans le 5e arrondissement de Paris, non loin du quartier des éditeurs.

– Je marche bien, maintenant. J'ai jeté ma canne après dix-huit mois. Mais je me fatigue encore assez rapidement.

Elle nous montre ses jambes.

– Au début, je n'osais plus mettre de jupe. Et puis j'ai eu recours à la chirurgie plastique. Ils ont presque gommé mes cicatrices.

Elle rougit un peu.

– L'année prochaine, j'irai peut-être à la plage. Pour l'instant je porte encore des bas foncés.

Au bout d'un moment, lorsque Marie nous connaît un peu mieux, nous nous permettons quelques questions plus audacieuses, plus personnelles.

– Madame B., il est vrai, et nous en avons tous fait l'expérience, que les rêves sont un domaine mal connu, et qu'ils sont susceptibles de créer des raccourcis étonnants dans le temps. Cependant, sur cette « deuxième vie », vous êtes capable, semble-t-il, de donner des détails confondants ?

– C'est vrai. Cela se présente pour moi comme un... comme un accordéon !

– Pardon ?

– Oui : une succession de moments comprimés, où tout semble logique, mais résumé, condensé, et d'autres moments où j'ai la sensation d'un temps à durée normale.

– Par exemple, entre mon premier accident –, oui, je l'appelle ainsi –, entre cela et le moment où j'ai décidé de vivre seule, je me vois, morte de honte, portée par mon mari à mon retour dans notre immeuble de Meudon. Par contre, je ne me souviens pas de ma « convalescence » à l'hôpital. Mais je peux vous dessiner exactement le plan du studio où j'ai vécu, et vous dire que je payais 2 750 F de loyer par mois.

– Mais, ce studio, cet immeuble spécialement conçu pour les handicapés, vous avez eu la curiosité.

– D'aller voir s'il existe ? J'ai essayé. Eh non ! Il n'existe pas !

– D'autres détails?

– La femme avec laquelle je me suis associée, le chauffeur de taxi. Je me rappelle leurs noms. Ils ne sont pas non plus à l'annuaire.

Mais Marie ajoute :

– Seulement, je sais que ces personnes vivent quelque part. Peu importe leur vrai nom, mais je suis sûre que je les croiserai un jour.

Troublant, n'est-ce pas? Surtout lorsque Marie B., pleine d'humour, retourne totalement la situation :

– Mais si vous voulez une explication logique, pourquoi ne pas penser que j'ai inventé tout cela pour me rendre intéressante?

C'est vrai; pourquoi pas? Mais quelle raison pourrait pousser cette femme à inventer volontairement cette deuxième vie dont certains moments, lorsqu'elle les évoque, lui tirent irrésistiblement des larmes?

Elle redevient sérieuse :

– Non : je pense que je suis quelqu'un capable d'écrire des livres, donc de faire vivre des personnages. J'ai dû faire la même démarche inconsciemment pendant que je luttais contre la perte d'une partie de moi-même. J'ai « écrit » dans ma tête ce qui aurait vraiment pu m'arriver si Europ Assistance n'était pas venue me chercher sur cette île!

Aujourd'hui, Marie B. vit avec son mari et leur fille Valérie.

Arnaud est parti étudier à San Francisco. Marie a quitté sa maison d'édition.

– Georges, mon « ami » et patron était aussi peu fiable dans la réalité que dans mon rêve. Mais j'ai bien négocié mon départ; j'ai obtenu une confortable indemnité!

Cette somme, ainsi que les dommages et intérêts touchés après un long procès en Grèce, Marie B. l'a investie dans le projet qui l'occupe entièrement : réunir des promoteurs et des architectes pour la construction d'un ensemble immobilier très spécial.

Avec des plans inclinés, des ascenseurs. Et pas d'escaliers.

37

Insuline insulaire

– Faites quelque chose, sinon je vais mourir!

– Mais non! Ne bougez pas! Je vous assure qu'il ne risque rien!

– Assassins! Ce sont des assassins! Ils veulent me tuer avec une piqûre de purin!

C'est par ces phrases étonnantes que commence l'histoire de Roger H. Des phrases hurlées au fond d'une pièce, transmises par un téléphone dont Roger H. essaie de se saisir. Plus près du combiné, une autre voix, posée, avec un bel accent britannique.

– Au secours! hurle Roger H.

– Ne vous inquiétez pas! rassure la voix anglaise.

Louis, le chargé d'assistance, tente de démêler le fil embrouillé de cette situation. Roger H., cinquante-cinq ans, diabétique, a appelé ce matin. Prolongeant son séjour au Royaume-Uni, il s'aperçoit en dernière minute qu'il va être à court de son indispensable insuline. Il appelle alors Europ Assistance, qui est immédiatement en mesure de lui dire qu'il existe en Grande-Bretagne un médicament équivalent à celui qu'il a l'habitude de prendre. Mais Roger H ne veut pas en entendre parler. Il l'affirme avec une telle fougue, que Louis, le chargé d'assistance, lui dit : « *Pas de problème, nous l'expédions par le premier vol pour Londres. Veuillez me rappeler le nom du médicament en question.* »

– NPH! Vous pouvez demander à mon médecin! C'est le seul produit que je tolère! Je vous donne le nom et l'adresse de mon docteur!

– Bien sûr, monsieur H. Nous allons l'appeler!

– Surtout, vous faites vite, n'est-ce pas! J'ai très peur d'en manquer! Même une heure de retard, et je suis en danger!

– C'est promis! D'ailleurs, pour être plus certain d'avoir votre médicament à temps, pouvez-vous venir vous-même le réceptionner et le dédouaner à l'aéroport?

– Oui, oui! Je préfère! Je compte sur vous!

Consultation du médecin parisien de Roger H. Achat du produit. Pendant ce temps, le service fret d'Europ Assistance prévient les British Airways :

– Vous avez un vol en début d'après-midi? Comme il s'agit d'un médicament urgent, nous comptons sur vous pour le prendre à votre bord même au dernier moment.

– OK. Une hôtesse attendra jusqu'à la dernière minute!

Un motard fonce vers Orly, muni de tous les documents et du précieux paquet. Il accomplit au pas de course les formalités d'expédition. Toutes les mentions sur les papiers sont correctes. Les services compétents facilitent l'opération. Les portes s'ouvrent. L'hôtesse réceptionne le paquet et les documents internationaux sur le seuil de la passerelle. L'avion décolle.

Bon. Il n'y a pas d'histoire, en somme. Tout est parfait, tout le monde a fait son travail au mieux.

Ça y est, vous avez deviné. L'avion a une panne; une tuyère flambe, juste au-dessus de la Manche, et...

Non. Vous avez perdu. Là aussi, tout se passe bien. Pas la moindre anicroche.

Alors, pourquoi, en cette fin de journée, Roger H. est-il en train de se débattre comme un beau diable entre deux gardes du service de sécurité, dans un bureau à l'aéroport de Heathrow? Pourquoi hurle-t-il que l'on veut l'assassiner à coups de piqûres de purin? Et qui est cet homme, au flegme britannique, qui a repris le téléphone et assure :

– Votre protégé ne risque rien! Il est un peu... comment dites-vous en France?... un peu *agité*, n'est-il pas? Un de nos médecins est là, il va lui faire une injection, et je pense que ce monsieur se calmera!

Et Roger H. de crier de plus belle :

– Non ne me touchez pas!

Louis a cru comprendre que Roger H. s'est vu interdire de prendre possession de son médicament. Mais il fait un tel scandale et son coup de téléphone est si confus qu'il est impossible de saisir le fin mot de l'affaire. Sur une autre ligne, Louis prévient le correspondant à Londres :

– Mieux vaut que tu sois sur place!

Londres envoie immédiatement son représentant, Mr Brooks, à Heathrow, mais son voyage de Londres à Heathrow est, comme presque toujours, ralenti par un embouteillage. C'est néanmoins à peine deux heures après le début de l'affaire que Mr Brooks arrive sur les lieux.

Roger H., un petit homme au ventre rond, littéralement terrorisé, s'accroche à lui dès qu'il voit arriver son sauveur.

– Vous voilà, enfin! Tirez-moi de là! Si vous saviez ce qu'ils veulent me faire! Ils me refusent mon médicament! Ils veulent me faire une piqûre avec une cochonnerie!

« *Agité* », avait dit l'Anglais au téléphone, pour désigner Roger. C'est en effet le mot qui s'impose. Le voici d'ailleurs, ce fameux Anglais. Moustaches en crocs poivre et sel. Uniforme bleu merveilleusement taillé, épaulettes dorées et un impressionnant triple galon s'étageant au-dessus de la visière de sa casquette. Il est le responsable, le patron du service des douanes de l'aéroport.

– Nous avons tenté d'expliquer à ce monsieur que le produit qu'il désire introduire sur notre territoire fait partie de la liste rouge!

– Mais il s'agit d'insuline! M. H. est diabétique! C'est vital pour lui!

– Certes. Mais pour nos services, n'est-ce pas, c'est une marque, le NPH. Et, si vous voulez consulter nos livres, remis à jour régulièrement, regardez : *NPH, liste rouge!*

– Mais M. H. possède une ordonnance de son médecin en bonne et due forme!

– Je n'en doute pas une seconde. Cependant, il s'agit d'un cas de figure très courant. Et c'est ce que nous avons également tenté d'expliquer. Si le NPH est interdit à l'importation, c'est parce que nous avons ici un médicament qui a strictement la même composition, l'Hypurin!

– Comment dites-vous?

– Hypurin! C'est une excellente insuline, en tous points semblable. Notre médecin vous le confirmera!

Tout s'éclaire pour Mr Brooks. C'est la consonnance bizarre de ce nom, prononcé par des Anglais, qui a troublé Roger H. Lui qui ne saisit pas une syllabe de la langue de Shakespeare a dû comprendre que l'on voulait lui injecter un liquide inommable!

Mr Brooks se fait confirmer par le médecin qu'il n'y a aucun danger et, rassuré, entreprend d'initier Roger H. aux subtilités de l'équivalence chimique. Peine perdue. Le malheureux agite son ordonnance dans tous les sens, et gémit :

– Je ne supporte que le NPH! N'importe quoi d'autre provoque chez moi des réactions allergiques! Vous êtes avec eux! Tous contre moi! Et d'abord, je ne vous connais pas!

Manifestement, le pauvre homme a subi un véritable choc. Mr Brooks s'inquiète grandement. La santé de son abonné est tout à fait préoccupante, y compris sur le plan nerveux. Brooks entraîne alors le responsable des douanes et le médecin vers un bureau voisin, et un colloque diplomatique s'engage.

– Notre abonné est sérieusement choqué, docteur?

– C'est vrai. Si son état empire, je vais devoir aussi lui administrer un sédatif. Mais en premier lieu, parlons de son insuline. L'heure de sa piqûre est dépassée, et vous savez ce qu'il risque!

– Bon. Admettons que vous lui fassiez quand même cette injection avec de l'Hypurin?

Le médecin hoche la tête :

– Cliniquement, il y trouverait son compte. Mais nous n'avons pas son assentiment. Je n'ai pas légalement de droit de l'obliger à subir des soins qu'il refuse. Or, il les refusera tant qu'il sera conscient! Je ne peux intervenir sans son consentement qu'en cas d'urgence! Vous ne voudriez tout de même pas que j'attende les premiers symptômes du coma diabétique pour agir?

Mr Brooks se tourne vers l'officier des douanes :

– Vous avez entendu! Le médicament français est là. Donnez-nous une dose! Vous pouvez fermer les yeux, pour une fois!

– Mon métier est de les ouvrir! Je suis assermenté... Je n'ai tout de même pas refusé jusque-là pour céder devant un chantage! Le produit britannique existe, le docteur en a dans sa mallette. Suivez le règlement! Votre protégé n'est pas à l'article de la mort!

L'homme des douanes réfléchit :

– Et si vous lui faisiez cette piqûre avec une seringue anonyme, que vous rempliriez ici avec notre Hypurin?

Le médecin anglais intervient :

– Non! Ce patient fait une fixation totale sur « son » médicament! Il va se douter du subterfuge et risque de faire une très forte réaction. C'est psychosomatique. Ça peut même être très dangereux!

C'est alors que Mr Brook a une idée géniale : il s'approche de l'officier des douanes et lui chuchote quelques mots à l'oreille. Le gradé soulève sa casquette à triple galon, dévoilant un crâne dégarni sur lequel il passe la main pour plaquer trois cheveux impeccablement alignés. Signe d'une intense réflexion. Il ouvre un livre épais, le consulte en détail et finit par admettre :

– Humm... Oui... Certes... N'est-ce pas...? Je pense que cela pourrait s'envisager!

Quelques minutes plus tard, on administre à Roger H. une dose d'insuline qu'il accepte avec un grand sourire. Le sourire de la victoire : il a gagné! Le docteur a ouvert devant lui une boîte du seul, du vrai NPH et le lui a injecté. Remis de ses frayeurs, Roger demande à Mr Brooks de récupérer ses bagages à l'hôtel et de le rapatrier par le premier vol. Il ne veut pas rester une heure de plus sur le territoire britannique, content tout de même de la conclusion de cette affaire.

Chose curieuse, l'homme des douanes le regarde s'éloigner en frisant sa belle moustache poivre et sel. Il est lui aussi satisfait. Le médecin regagne sa permanence d'excellente humeur. Le secret de cette satisfaction générale? Il est simple. Il tient dans ce que Mr Brooks a suggéré.

– Voyons, nous avons ici le pointillé invisible de la frontière. D'un côté de cette table, le médicament français, d'une certaine marque. De l'autre côté, l'insuline anglaise, exactement semblable, mais d'une autre marque. Or, ce que veut mon abonné, ce sur quoi il ne veut pas céder, c'est sa marque ? Si le règlement interdit d'importer le produit, comporte-t-il une interdiction quelconque à propos de l'emballage ?

En effet, le zélé fonctionnaire britannique eut beau parcourir son manuel des douanes en tout sens, il n'était fait nulle part mention de l'interdiction de passage d'une boîte vide et d'une étiquette.

Avec beaucoup de soins et un peu de colle, sous l'œil vigilant du cerbère de Sa Gracieuse Majesté, Brooks et le médecin purent donc procéder à l'échange : introduire la réglementaire insuline anglaise sous étiquette et boîte françaises. Quant à Roger H., l'Hypurin lui fit le plus grand bien.

***

Afin de respecter la morale médicale, précisons que, plus tard, lorsqu'il fut revenu à plus de calme, Roger H. s'entendit raconter la vérité. Une vérité, bien entendu, à laquelle il ne voulut jamais croire.

38

Le Père Noël existe

Oui. Le Père Noël existe. Mais nous ne l'avons pas rencontré. Il n'a pas voulu.

Cependant, nous savons que ce Père Noël-là est près de nous, tout prêt. Probablement même est-il en train de lire ces lignes comme vous. Aussi permettez-nous d'user de ces quelques mots pour lui adresser un message personnel :

– Merci. Merci pour Liliane et Paul Marquand. Merci pour le petit Carlos.

Fin du message personnel. Voici l'histoire.

***

Santa María, en Colombie. Vous en avez vu récemment des images à la télévision. Colombie, pays de la drogue. La Colombie, ce n'est pas seulement cela. Mais c'est ce que vous avez sûrement retenu. Contraste étonnant, choquant, entre quelques milliardaires enrichis par cette mortelle poudre blanche et des millions de pauvres. Des paysans que des hommes de main à la solde des puissants trafiquants forcent à transformer leurs cultures nourricières en des plantations de coca, ne laissant plus rien de consommable à des kilomètres à la ronde. En échange des récoltes, les exploiteurs distribuent avec parcimonie des conserves. Pour ne pas mourir de faim, et sous la menace des violences et des rafales aveugles d'armes automatiques, les paysans entrent dans le système infernal, jusqu'à ce que les autorités, poussées par la pression internationale, se décident ici et là à intervenir.

Intervenir, c'est-à-dire détruire les plantations et ruiner définitivement les pauvres.

Quant aux trafiquants, prévenus bien à l'avance par d'obscurs circuits, ils se sont repliés à l'abri, laissant passer l'orage. Ils reprendront leur racket quelques villages plus loin. Aux faubourgs des villes, chassés de leurs terres qui ne peuvent plus produire que la mort, les rescapés des tueries légales et illégales se réfugient, s'entassent dans une misère à peine concevable.

Des orphelinats se remplissent, qui gardent les enfants jusqu'à sept ou huit ans, âge auquel ils peuvent se débrouiller seuls. Ils doivent se débrouiller seuls, car les établissements bondés remettent à la rue les plus âgés, pour libérer un lit, une paillasse, pour un tout petit.

C'est un de ces déshérités que Liliane et Paul Marquand ont décidé d'adopter. N'importe lequel, garçon ou fille, au moins un ou une qu'ils tireront de là.

Liliane et Paul n'ont pas beaucoup à offrir. Pas beaucoup à notre échelle à nous, mais c'est un luxe énorme par rapport aux taudis et aux tas d'immondices que l'on pille pour subsister – la paix, la santé, un toit et beaucoup d'amour. De l'amour, ils en ont plein le cœur, Liliane et Paul. C'est même, peut-on dire, leur seule richesse. Paul, qui a poussé ses études assez loin, a quitté une bonne place dans une société d'informatique pour un travail de représentant en articles ménagers, rémunéré à la commission. Et ce n'est pas lourd. Mais Paul avait ses raisons.

– Ras le bol, de cette grosse boîte! Tous les procédés et l'ambiance de ce que je déteste le plus chez ces multinationales! Ce n'est pas pour une poignée de billets que j'allais devenir un rouage, entrer dans ce système qui a toujours été à l'opposé de mes idées!

Ses idées, Paul l'avoue, datent des environs de 1968. Mais il y tient, il y croit. Il se contrefiche de se faire traîter de *baba cool*. Les idées de Paul vont lui attirer d'autres soucis. Mais n'anticipons pas, parlons de Liliane.

Lorsque son mari a quitté sa place, leur train de vie s'est considérablement réduit, et elle a sauté sur le premier travail qui s'offrait, gérer une cantine d'école dans la banlieue où ils sont allés habiter, par nécessité, un appartement au loyer modeste, dans un vieil immeuble.

– Cela nous a obligés à nous séparer d'un tas de vieilleries. Nous n'avions plus la place. Mais c'est très vivable. Ça prouve qu'on est trop attaché aux objets! Il y a des mois où Paul gagne davantage, et, avec mon salaire fixe, nous avons une petite sécurité! Nous nous en sortons très bien. Au fond, nous vivons comme lorsque nous nous sommes rencontrés!

Idéal. Bonne philosophie de la vie. Sauf que, lorsqu'ils se sont rencontrés, Liliane et Paul s'étaient promis d'avoir des enfants. Deux. Et ils n'ont jamais pu. La quarantaine approchait. Après la tournée des laboratoires, ce fut l'attente dans les services sociaux, les dossiers, les entretiens. Et l'espoir qui s'amenuise.

– Vous savez, explique une dame de la DDASS, les listes d'attente de couples dans votre cas sont longues! Rien que dans cette pile de dossiers, j'en ai déjà qui patientent depuis six ou sept ans!

Mais enfin, tous ces enfants, dans vos centres! Ces abandonnés!

– Justement, non. Ils ne sont pas abandonnés! Juste confiés à nos services. Il suffit que la mère se manifeste une fois par an. Très peu d'enfants sont adoptables! Vous pouvez « parrainer » un enfant, que vous verrez de temps à autre, mais il peut être éloigné de vous à tout moment.

– Mais nous voulons donner une famille à un gosse! Une vraie famille!

– Alors, je ne vous le cache pas. Vos chances sont très réduites. Ne vous bercez pas d'illusions!

Un mur. D'un côté des petits sans famille, de l'autre des parents sans enfants. Et le mur qui grandit, mois après mois. Puis un soir, à la sortie d'une réunion de quartier, les Marquand sont invités à poursuivre la discussion dans l'appartement d'un couple des environs. En entrant, la dame allume une lumière tamisée et chuchote :

– Il ne faudra pas parler trop fort. Les enfants dorment! J'ai une voisine qui a les clés. Elle vient toutes les heures. Je vais jeter un coup d'œil.

Liliane ne résiste pas :

– Je peux les voir ?

La maman entrouvre une porte. Un rai de lumière éclaire ses enfants, un garçonnet de six ans, endormi sur le dos, une petite fille de quatre ans en chien de fusil, le pouce entre les lèvres. Tous deux ont une peau bistre, avec des nuances d'olive à peine mûre et des cheveux si noirs que les reflets y sont bleus. Liliane, surprise, regarde la maman, blonde très pâle, et se retourne vers le mari, qui parle dans le salon avec Paul. Lui est d'un châtain tirant sur le roux. Aussitôt Liliane se reproche cette curiosité. Mais la dame sourit :

– Ne soyez pas confuse. Tout le monde réagit comme vous! Tina et Pablo sont vraiment nos enfants. Seulement, nous ne les avons pas « fabriqués », c'est tout!

Ce soir-là, et dans la nuit qui se prolonge, de question en question, Liliane et Paul apprennent l'existence de la filière colombienne. Bien sûr, tout n'y est pas clair comme de l'eau de roche, bien sûr il y a des combines, bien sûr il y a des profiteurs qui en tirent de l'argent. Mais, au moins, la preuve est là : on peut adopter des enfants, et ces deux-là qui dorment paisiblement dans un petit appartement de la banlieue de Paris pourraient être couchés, le ventre creux, au milieu de la vermine, dans un caniveau de Bogotá. Cela, au moins, c'est quelque chose de sûr, de réalisé, d'accompli dans une vie.

Dès cette nuit, Liliane et Paul Marquand n'auront de cesse de pénétrer cette filière. Et il y parviennent. D'intermédiaire en intermédiaire. Paul en est à son troisième voyage en Colombie. Les deux premières fois, pour réduire les frais il y était allé seul. Mais ce troisième déplacement, Liliane le fait aussi. C'est maintenant que tout devrait aboutir.

Comment cela est-il arrivé ? Leur patience a été malmenée par des fausses alertes, des fausses joies, des annulations de dernière minute, des demandes incessantes de subsides par un avocat colombien. Cet homme sait qu'il tient tout en mains, qu'il a la partie belle et il entretient le suspense. Il exploite au maximum l'espoir et la confiance de ces deux Français. Paul le sait bien : il garde le souvenir précis de ce gros homme huileux, au sourire perpétuel, qui porte au petit doigt de chaque main d'énormes chevalières, l'une surmontée d'une pierre rouge, l'autre d'un diamant. Paul revoit ces mains boudinées croisées sur le bureau douteux, marqué des traces rondes de verres et de bouteilles.

– Désolé, *señor* Marquand! Je fais tout mon possible! Mais les responsables sont de plus en plus corrompus.

Paul dépose une nouvelle pile de dollars. L'œil globuleux de l'avocat jauge la liasse.

– Ce sera à peine suffisant pour les prochaines... formalités. Inutile de rester ici, *señor* Marquand. Rentrez en France et pensez à me faire parvenir quelques provisions si vous ne voulez pas que votre dossier passe sous la pile. Je n'y suis pour rien, c'est l'administration!

Cette fois, l'avocat avait dû sentir qu'il avait atteint la limite des possibilités financières des Marquand. Trois mois plus tard, un télégramme les trouve à Paris.

– Venez. C'est fait. Apportez le solde en liquide.

C'est ainsi que les Marquand se sont mis en route. Leurs finances déjà épuisées par les ponctions incessantes les ont conduits, ces derniers mois à différer le paiement de leur loyer. À l'arrivée du télégramme, ils prennent tous les deux un congé de travail pour s'envoler dans les quarante-huit heures.

***

Ils sont à Santa María, Colombie, dans un hôtel bon marché, mais le luxe est loin de leurs préoccupations. Ils attendent dans leur chambre le coup de téléphone qui déclenchera la phase finale. L'enfant, leur enfant est quelque part dans cette ville; il respire le même air, et ils ne le connaissent pas. Et ce téléphone, va-t-il sonner? Liliane et Paul se relaient pour descendre chercher des sandwiches, qu'ils mangent en silence assis au bord du lit.

Lors de la seconde nuit, ils sont réveillés par des détonations, des cris. Quelque chose se passe dans l'hôtel. Ils n'osent pas bouger. Un long moment plus tard, des sirènes dans la rue et des gyrophares qui éclairent les façades. Paul se décide à descendre. Dans le hall de l'hôtel, il y a une femme qui hurle, des traînées de sang sur le carrelage, une forme que l'on emporte sur une civière, des policiers casqués et d'autres en manteau noir. Paul s'adresse à eux pour savoir. Au simple jugé, ceux-ci décident de l'emmener au poste pour vérification d'identité! Paul, éberlué, mais impuissant, les suit. Il saura au moins ce qui vient de se passer cette nuit à l'hôtel. Il veut faire prévenir Liliane. Rien à faire. Celle-ci apprend, une demi-heure plus tard en descendant dans le hall de l'hôtel, que son mari est parti en compagnie des policiers. Il ne reviendra qu'à dix heures du matin. Liliane, paniquée, croit toutefois connaître le fond de l'affaire. Il s'agirait d'une sorte d'expédition punitive parce que l'établissement a abrité de « mauvais Américains ». Selon les témoins, les types étaient une quinzaine, avec des uniformes genre para et des casquettes. Ils ont mitraillé tout ce qui bougeait. Il y a eu deux morts.

– Ça, c'est la première version. La vérité, c'est que le but de l'expédition était le cambriolage! Ils ont vidé le coffre de l'hôtel! ajoute Paul.

– Mon Dieu! Tu veux dire que...

Paul hoche tristement la tête :

– Tout! Ils ont tout pris! Nous n'avons plus rien!

Les économies durement accumulées en sacrifiant tout, en vendant même les quelques meubles qui subsistaient de leur ancienne habitation... Tout avait été changé en dollars américains et déposé au coffre.

Par sécurité.

– Paul, nous avons un reçu de l'hôtel, pour notre argent! Tu as porté plainte, j'espère?

– Penses-tu! Les flics ont pris les devants. Ils m'ont prévenu que, dans notre situation, cela risquait de nous attirer de gros ennuis! En fait, je me demande si ces types en uniforme qui ont attaqué ne sont pas plus ou moins de faux révolutionnaires, des provocateurs couverts par des services secrets, ou quelque chose du genre. Toujours est-il que je suis reparti du poste sans pouvoir rien faire, sinon dire merci parce qu'on me laissait sortir.

Les Marquand n'ont guère le temps de mesurer le désastre; on frappe à leur porte. C'est l'avocat huileux.

– Ah! Mes amis, j'ai appris qu'il y avait eu ici quelques... ennuis! Les lignes de téléphone sont surveillées. J'ai pris quelques risques en venant, mais... je l'ai fait pour vous, *amigos*! Venez ici, regardez avec moi!

Le gros homme va jusqu'à la fenêtre, qu'il ouvre :

– Là, en bas, regardez vite. Ils ne pourront pas rester!

Une longue voiture bleu sombre, poussiéreuse. La porte arrière s'ouvre, et une femme en blouse blanche se glisse au bord de la banquette, montre un instant une forme menue, enveloppée dans une couverture bistre :

– Vous voyez, c'est lui; C'est votre enfant! Il a onze mois! C'est un très joli petit garçon!

L'avocat fait un signe, la portière se referme, escamotant cette vision fugitive et la voiture s'éloigne.

– D'ici, vous ne pouviez pas bien voir, mais il est superbe! Il a des yeux magnifiques et il est déjà très intelligent! Mais... il y a juste un imprévu... Des frais... administratifs, de nouvelles formalités... un petit supplément.

Il annonce la somme. Paul sursaute :

– Mais... C'est carrément le double de ce que vous demandiez!

– Oh, à peine, mon ami, à peine!

D'une serviette de cuir usée et bondée, il tire une poignée de documents froissés :

– Ce sont toutes ces paperasses! Pour chaque coup de tampon, il faut payer, *amigo*! Et encore, je ne vous compte pas ce que j'ai dû donner à la nurse de l'orphelinat pour qu'elle accepte de sortir le petit! Cela, je le prend à mon compte! Je vous l'offre, *amigo*! J'aime tant les enfants!

Liliane bondit à son tour. Elle va crier à ce sale type qu'il est ignoble d'avoir osé leur faire entrevoir leur enfant avant de les saigner à blanc! Elle va lui dire que de toute façon, ils n'ont plus d'argent du tout, et que s'il ne leur donne pas le petit tout de suite, elle va le tuer, tout avocat qu'il est! Mais Paul la retient, lui serre le bras à lui faire mal. Il parle d'une voix qu'elle ne lui connaît pas, basse, égale, menaçante.

– Vous êtes un salopard, et nous le savons tous les deux. Je vais vous remettre cette somme dans les quarante-huit heures. Mais je vous jure – je vous jure, vous entendez? – que si vous avez le malheur de me demander un dollar de plus ou de ne pas nous donner l'enfant, vous ne boirez plus jamais un verre de bière tellement il y aura de trous dans votre gros ventre... *amigo*!

L'avocat ramasse ses papiers, les serre en désordre dans sa serviette et retourne vers la porte à reculons.

– OK! D'accord! Deux jours, pas plus. Je compte sur vous. Vous verrez, c'est un très bel enfant!

Une fois l'homme sorti, Paul rouvre la fenêtre en grand.

– On a besoin d'air!

– Tu a eu raison de m'empêcher de tout lui dire, chéri. Mais qu'est-ce qu'on peut faire?

– Je ne sais pas. Moi non plus, je ne t'ai pas tout dit; notre situation est plus grave encore que tu ne le crois. Les policiers, tout à l'heure, ils m'ont demandé de ne pas quitter l'hôtel. Ils m'ont confisqué mon passeport. Même si nous avions l'enfant, nous ne pourrions pas sortir du pays!

De sa situation réelle, Paul Marquand ne connaît pourtant pas toute la gravité. Car elle s'est dégradée également à des milliers de kilomètres de là, en France. Le propriétaire de l'appartement est venu un soir pour réclamer personnellement ses arriérés de loyer. Il a trouvé la porte close et, en interrogeant les voisins, il a entendu :

– Le couple du deuxième? Oh, on ne sait pas trop! Ils sont partis du jour au lendemain, avec des bagages!

Le propriétaire, en redescendant, a avisé la boîte aux lettres. Du courrier entassé, dont une lettre de l'employeur de Paul, avec l'adresse de l'entreprise.

Dès le lendemain, il téléphonait au patron, qui lui confiait :

– Vous savez, moi, je ne sais plus quoi penser! J'ai cru que Marquand était tombé malade. En fait, il nous a bel et bien laissé choir sans préavis! S'il espère retrouver son emploi, il se trompe!

Un locataire mauvais payeur, licencié de surcroît. Le propriétaire introduit une demande d'expulsion. Pour un couple sans enfants, et avec quelques appuis, il obtient le jugement en référé. Exécutoire sans délai.

Ignorant cela, Paul cherche un contact. Il le trouve en la personne d'un correspondant d'une agence de presse venu enquêter dans l'hôtel après l'attaque du commando. Il lui raconte toute son histoire.

– En plus, ils sont venus retirer aussi le passeport de ma femme! Je ne comprends pas ce qu'ils nous veulent! Qu'est-ce qu'il faut faire dans un cas pareil? Alerter un consulat, faire appel à l'opinion publique? Notre gouvernement peut se permettre d'intervenir?

Et c'est le journaliste qui suggère :

– Moi, je vais faire ce que je peux de mon côté. Mais, est-ce que par hasard, vous ne vous seriez pas abonné à Europ Assistance avant ce voyage?

– Si. Tiens! J'avais complètement oublié. Mais c'est en cas d'accident, ce service.

– Oui, entre autres! Mais j'en entendu dire par des collègues qu'ils font des choses assez inattendues. Vous devriez les contacter!

En effet, Europ Assistance intervient, par son correspondant local.

– En ce qui concerne l'argent, nous pouvons vous faire une avance de fonds. Ce n'est pas un gros problème.

– Pour nous, si. Comment allons-nous vous rembourser?

– Nous verrons cela à Paris. De toute façon, il faut que vous rentriez! Le vrai problème est double : récupérer vos passeports et votre enfant! Pour ces deux opérations, il faut l'appui d'un conseil légal sérieux. Nous en avons un!

La bataille juridique va durer vingt et un jour. Sur les deux fronts : convaincre les autorités qu'elles n'ont aucun intérêt à faire opposition au retour du couple, et persuader l'avocat véreux qu'il a tout intérêt, lui, à se montrer plus raisonnable dans ses demandes d'argent. S'il continue à exiger autant, les Marquand repartiront sans l'enfant, et la somme entière sera perdue.

***

Pendant ce temps, à Paris, une grande station de radio s'empare de l'affaire et fait connaître à tout le pays le drame de ce couple retenu contre sa volonté.

– L'étrange liberté surveillée des Marquand se prolonge maintenant dans cet hôtel de Santa María, en Colombie, depuis près de trois semaines. Les autorités policières refusent de répondre officiellement sur la date possible d'une autorisation de sortie du territoire. Les passeports, affirment ces autorités, sont actuellement retenus pour un examen d'authenticité. Quant aux formalités d'adoption du jeune orphelin colombien, elles en sont évidemment au point mort. Cependant nous avons voulu en savoir plus sur les Marquand. Nous avons envoyé un reporter enquêter... à Paris! Et non en Colombie.

En effet, écoutez l'étonnant reportage que nous avons enregistré. On entend alors la voix rocailleuse et fanfaronne du propriétaire ponctuée par les aboiements de son chien-loup qui ne le quitte pas :

– J'ai rien à me reprocher moi! D'abord, ces gens-là, demandez autour, c'est gauchistes et compagnie! Nous, tout ce qu'on veut, dans ce quartier, c'est la tranquillité et la sécurité! C'est pas pour rien qu'on a organisé une troupe de volontaires pour faire des rondes de surveillance! Tais-toi Brutus!

Le chien-loup cesse d'aboyer. Le reporter enchaîne :

– Oui, mais... vous avez bien procédé à une expulsion en leur absence?

– Hé, dites-donc! J'ai la loi de mon côté! Cela a été fait avec serrurier, huissier et tout le saint-frusquin! Au grand jour! Je ne m'en cache pas, moi! C'est mon appartement! D'ailleurs, il faudrait pas qu'ils se plaignent : leurs quelques meubles, je les ai pas jetés à la décharge! Dans ma propre cave, je les ai mis! Ils les récupèrent quand ils veulent, ça me débarrassera! Mais tais-toi, Brutus!

Brutus se taiera. Pas le propriétaire, dont nous ne rapporterons pas tous les propos... parce qu'ils furent, disons, outranciers, choquants en la circonstance. Des millions de Français ont eu l'occasion de l'entendre à la radio. Ça suffit. Eh oui! Il y a des gens comme ça! J'espère que vous n'en avez pas sur votre palier. Toujours est-il que celui-là affirme haut et clair ses opinions, et, tout fier d'être « passé dans le poste » offre une tournée au bar du coin. Il y a là d'autres bons citoyens qui n'ont pas honte de trinquer à sa santé.

Le hasard fait que ce reportage, que vous avez peut-être

entendu en son temps, passe aux informations à l'heure des embouteillages. Dans une voiture grise, discrète, un homme écoute attentivement. L'animateur conclut :

– Voilà où en est, aux dernières nouvelles, l'affaire Marquand. Nous vous tiendrons au courant de son évolution, et, à tout moment, le dispositif d'Europ Assistance est prêt, le cas échéant, à opérer le rapatriement des deux ressortissants français et, qui sait, peut-être d'un troisième, ce bébé qui, nous venons de l'apprendre, se prénomme Carlos!

Le conducteur de la voiture grise éteint son auto-radio, décroche le téléphone de bord, consulte le macaron collé sur la vitre arrière : *Europ Assistance, 42 85 85 85.*

Quelques minutes plus tard, une standardiste se branche sur le bureau de Chantal Dubois, directeur des assistances.

– Excusez-moi, madame. Nous avons un appel bizarre. Au début, j'ai cru que c'était un canular. Mais quelque chose me fait penser que c'est sérieux. Cela concerne le couple Marquand.

– Connectez-le avec le plateau d'assistance Colombie!

– Je l'aurais déjà fait, mais ça ne concerne pas vraiment l'assistance. C'est inhabituel, très particulier.

– Bon. Passez-le-moi!

À cette seconde, le Père Noël est entré par la petite porte, la modeste porte du standard, comme n'importe qui. Au bout du fil, une voix gênée :

– À qui ai-je l'honneur?

– Chantal Dubois, directeur des assistances.

– Je... je préférerais ne pas dire mon nom. Enfin, si cela ne vous gêne pas.

– Pour l'instant, pas encore! Que puis-je pour vous?

– Pour moi, rien. Je vais très bien. Justement, c'est cela qui me tracasse. Je suis moi-même patron d'une entreprise. Pas de la taille de la vôtre, mais elle est à moi, je l'ai bâtie tout seul.

– Pardonnez-moi, monsieur, votre vie est sûrement très intéressante, mais...

– C'est précisément cela. Ma vie. Je viens d'entendre à la radio parler de ce couple, de ce bébé. Je pense à ce qui les attend à leur retour. Moi, j'ai mes soucis, comme tout le monde, mais je sais où aller. Si j'avais des enfants, hélas, madame, si j'avais des enfants, je n'aimerais pas qu'une chose pareille leur arrive. Alors, je me suis dit : « *Voilà, tu as travaillé dur, c'est vrai, mais pour toi, toujours pour toi.* » Vous m'écoutez, madame ?

– Je vous écoute !

– Je n'ai jamais vraiment rien fait pour quelqu'un, rien de difficile. Je trouve que ces jeunes gens sont courageux. Et je souhaiterais... Non, vous allez me trouver ridicule !

– Dites toujours.

⁂

Lorsque, après leur vingt et unième jour dans l'hôtel, les Marquand gagnent la bataille, avec l'aide de l'avocat et du correspondant d'Europ Assistance, qui a mis en mouvement le réseau de négociation diplomatique, trois places les attendent sur le premier vol vers Paris. Ils sont trois maintenant. Liliane serre le petit Carlos contre elle. Pour ne pas les inquiéter, on ne leur a pas signifié la décision sans appel de leur propriétaire. Ils arrivent à l'aéroport sous les flashes, devant les caméras et les micros tendus. Très vite, il se dégagent et sont installés dans une voiture qui les attend.

– Où nous emmène-t-on, maintenant ? Ce n'est pas la route qui mène à la maison.

– On nous a demandé de ne rien vous dire avant d'être à destination. C'est une surprise. Une bonne, rassurez-vous !

Dans un quartier tranquille de la capitale, au troisième étage d'une maison fin de siècle. Une heure du matin. Chantal Dubois regarde un homme heureux : un homme qui met la dernière main à la préparation d'un berceau de voile bleu, dans une petite chambre où des peluches sont posées sur la moquette. L'homme passe dans le salon, arrange un bouquet dans un vase, regarde une dernière fois les meubles qu'il a choisis lui-même. La cuisine ? Importante, la cuisine, quand on a un bébé ! Il n'y manque rien.

Les meubles ont été achetés au nom de Mme et M. Marquand. L'appartement comporte trois belles pièces. Il est loué pour deux ans, loyer payé. L'homme s'inquiète auprès de Chantal Dubois.

– C'est bien entendu, n'est-ce pas? Il n'y a que vous qui connaissez mon nom?

– Seulement moi.

– Même s'ils insistent, je tiens à ce que cela reste ainsi. Je ne suis personne!

– Juste un ami, monsieur.

– C'est bien.

La voiture conduisant les Marquand arrive au coin de la rue. Trois coups de klaxon brefs, comme convenu. Chantal Dubois et l'inconnu descendent par l'escalier de service, laissant derrière eux l'appartement éclairé.

– Au revoir, madame Dubois.

– Au revoir, monsieur.

Chantal regarde ce Père Noël anonyme sortir comme il est entré, modestement, par la petite porte. Vous ne saurez jamais qui il est. Mais il existe. Cela fait du bien de le savoir, non?

TABLE DES MATIÈRES

Cet ouvrage a été réalisé sur
Système Cameron
par la SOCIÉTÉ NOUVELLE FIRMIN-DIDOT
Mesnil-sur-l'Estrée
pour le compte d'Édition 1
le 21 juillet 1988

ISBN : 2-86-391-286-0
49-31-0531-03

Imprimé en France
Dépôt légal : juillet 1988
N° d'édition : 9977 – N° d'impression : 10074

49.0531.1